阿飄

PHANTOM

上官鼎

書中人物與情節全是虛構，

如有雷同，純屬巧合。

阿飄　上官鼎

楔子

東方即將出現第一線曙光，黑夜將退。海浪輕撫沙岸，伸展至極處就雍容而退，似乎不願帶走任何一粒砂石。

一輪紅日在海平面下呼之欲出，海天相接處已現金色霞光，這時候突然有一線極細極亮的紅光像一束雷射劃過長空，瞬時凝駐在沙岸上；一個碟形的飛行器無聲無息地停在三尺上空，一動也不動，狀甚詭異。

碟形飛行器上兩個艙門悄悄打開，一個身著異形外衣的人從較大的艙門內飄出，輕巧地落在地上，那人背上揹著一件長形的行李，抬頭回望那飛行器，頂上有六個漢字，是漂亮的隸體書法：「塞美奇晶二號」。

他對著飛行器，一字一字地發出指令：「塞美奇晶二號速回中繼站，向科學智人回報。」

飛行器內無人駕駛，接收指令，艙門關閉，紅燈閃了三次，冉冉升起，忽然以不可思議的速度沖天而去，霎時即不見蹤影。那人立於沙岸上環目四看，只這一會工夫，一輪紅日已從海平面升起，沙灘上像是撒了一層金粉，不遠處有數重斷崖矗立在萬道霞光及無邊大洋之間，陸壁上林木蔥蔥，海水碧藍而白浪撫崖，彩色奇幻而氣象萬千。他震驚於這美景，不由自主地輕呼出聲：「婆娑之洋，美麗之島！此乃我任務計畫中首訪之地也。」

他俯身抓起一把沙，細細分辨沙粒的觸感，忍不住嘆了一口氣，喃喃自道：「向者『塞美奇晶一號』來訪，時當漢朝武帝年間，已是兩千餘年之舊事矣！」

西元前九十九年，漢武帝天漢二年。

長安，初冬的氣候已帶來肅殺之象，大地草衰，木葉盡脫，預告著一個嚴寒冬季的來臨。

太史令司馬遷的馬車從未央宮的南司馬門出來，迴轉走上安門大街。大街寬達六十步，中央的御道寬二十八步，兩邊的官民道各寬十五步，與御道以流水相隔，兩側遍植大樹，煞是氣派，不過這時候只有松柏長青，槐榆之屬就剩滿樹的空枝了。

司馬遷坐在車裡滿腹心事，愁眉不展。

皇帝方才在未央宮的前殿議事，前方伐匈奴的戰事接二連三地傳來壞消息。

皇帝的寵妃李夫人及寵臣李延年有一位長兄，就是大名鼎鼎的「貳師將軍」李廣利，他是繼衛青、霍去病之後最為得寵的皇親國戚大將軍；這一次的伐匈奴其實肇因於漢軍征伐車師時，匈奴出兵援助車師，於是他率大軍從酒泉出師，要與匈奴右賢王決戰於天山。

由於戰線拉得太長，漢武帝便命名將李廣的孫子李陵率五千步兵，負責運輸輜重，但李陵不願擔任後勤，力求率部出擊匈奴東側，以分主戰場的壓力。武帝拗不過他的執著懇求，也甚讚他的忠勇豪氣，便命他從居延出兵，行軍千里直奔蘭干山。豈料才到達東浚稽山下就遇上了匈奴單于的主力。

匈奴在浚稽山的兵力有八、九萬騎之多，這是漢軍情報中沒有料到的情勢，於是側翼之戰反而變成了主戰場，李陵面臨了以五千步兵對數萬騎兵的絕對劣勢。

李廣利的大軍在前方卻沒有遭遇到太多抵抗，也找不到匈奴的主力發動大戰，反而是李陵這邊以寡擊眾，打得驚天動地。李陵一面打一面退，其間屢用奇兵，殲敵數千，他希望能退到己方掌控的地區待援，援兵一到就開始反擊，勝負尚可一搏。

坐在未央宮裡的漢武帝每天和群臣討論戰情，先是天山傳來進軍順利的消息，接著李陵的部下報呈大軍沿途所經山川繪成的軍事地圖，也報告了李陵部將士氣高昂，全軍願拚死報效朝廷，武帝大為讚賞。眾大臣一片歌頌讚揚，紛表自有先見之明，早就看出李陵治軍之能猶勝其祖李廣。

然後戰情就逆轉了。

李廣利沒殺死幾個敵人，忽然就被冒出來的匈奴大軍包圍了，一戰崩盤，大敗而歸。

李陵以五千步兵苦戰匈奴八萬鐵騎，施出渾身解數，殺敵近萬，終於寡不敵眾，矢盡援絕，李陵擊鼓下令將旗幟及珍貴物品埋藏於地，將餘糧分給眾將士，沉痛地下達最後一道命令：「大軍已敗，諸君各自逃命吧。若得突圍，約在遮虜鄣集合！」

李陵和副將上馬，有壯士數十人追隨，但匈奴派出上千騎兵追趕，副將及隨行壯士一一戰死，李陵終於被團團圍住，他仰天長嘆：「我無顏回見陛下，就在此了卻殘生吧。」

李陵生死不明的消息傳回朝廷，眾大臣各種揣測紛紜，皇帝一言不發，鐵青著臉，眾大臣的聲音漸消，終至滿朝啞口無言。

太史令司馬遷站在前殿左手邊的第二排。他觀看殿內的情況，默察皇帝的思維，暗自沉吟：「當此漢軍大敗之際，皇帝心中憂憤之餘，定是期盼李陵英勇戰死，如此尚能保留我大漢天朝一線氣節。」

可惜事與願違，就在此時，千里外傳來快報，李陵戰敗降敵。

未央宮的前殿中氣氛凝重，皇帝開始怒罵李陵，眾大臣像是忽然醒了過來，開始一一細數李陵之過，不但治軍無能，托大冒進，朝廷明明派他輸送輜重糧草，偏要逞強作先鋒，結果兵敗還不戰死，反而投降於戎狄，壞我朝廷之尊嚴，傷我皇帝之威望……

其中幾位機靈之士則對最後一句大大的保留，以免哪壺不開提哪壺，真正傷了皇帝的威望。

司馬遷看不下去了，他屢次想要奮起發言，但看到殿內言論一面倒的情況，終於強行忍住。忽然，他聽到皇帝的聲音，殿內靜了下來：

「太史令，朕見你在一旁似有高見不吐不快，請暢言之。」

司馬遷再也不能緘默，他從第二排出列，向前十步，再拜而言：

「臣與李陵並無私誼，平日觀之只覺他為人節孝信廉，有國士之風。此次自動請纓急國之難，豈能以一戰之失便受到萬般責難，臣細讀前方送來之戰情報告，可知李陵兵敗之時實已矢盡路窮而救兵不至，所率五千步卒與八萬胡騎血戰十數日，其間諸役不乏以少勝多、以弱擊強者，殺敵之數超出己方總數，雖然摧敗，其功勞足以顯示於天下……」

說到這裡，他抬眼看了皇帝一眼，皇帝面無表情，但見凝重而不形喜怒，便續進言道：

「以臣觀之，李陵雖身陷重圍兵敗投降，其心必懷俟機報效大漢之意，誠不能以一時一紙之報，斷言其背棄朝廷，賣主求榮也。」

司馬遷一口氣說完，大殿鴉雀無聲，皇帝臉色依然陰沉，他忽然揮手，執事太監便尖著嗓子高呼退朝了。

司馬遷的馬車沿著章台街北行四里餘，到了北司馬門外的北闕，此地屋舍儼然，是大臣官宦所居之地。

進入屋內，妻子柳倩娘笑臉相迎，原本一臉的溫柔遇上良人一臉的陰沉，便噤口不言了。

司馬遷接過女兒遞來的紅棗枸杞茶，盤膝坐在他最鍾愛的南窗書几前，啜了一口茶，默然不語。

柳氏那年正好四十歲，素有才女之稱的她看上去絲毫不顯老態，畫眉秋水之間透出一種詩書底蘊的斯文氣。

女兒司馬英年方十五，身材長得比較高䠷，面貌卻是嬌豔照人，母女兩人平日陪司馬遷讀書修史，也幫忙整理他雲遊天下收集的巨量資料，都是太史令工作上的好助手。

「父親今日退朝歸來，似有鬱鬱怒氣，敢問因為何事？」還是女兒和父親直言不拘，她言語文雅，臉上卻帶著三分稚氣，便是這靈慧而天真的表情，最為父親所喜。

「英兒，為父今日在未央宮前殿一番議論，恐已得罪皇帝了。」

柳氏吃了一驚，但聰明的她故作輕鬆地笑道：

「夫君耿直不阿，一向敢言，天下人皆知，皇帝豈有不知？自命夫君為太史令以來，得罪皇帝之言豈只此一回？」

司馬英樂了起來，她扯著父親長袖笑道：

「父親如何又得罪皇上，女兒洗耳恭聽。」

司馬遷見妻女如此，心情似乎稍微放寬，又啜了一口茶，緩緩道：

「今日庭議西北伐匈奴之事，前方傳來惡訊，貳師將軍李廣利率數萬大軍出戰天山，竟為匈奴包圍，戰得一敗塗地，僅以身免；而騎都尉李陵率五千步兵，在浚稽山遭遇八萬敵騎之伏，血戰十數日，殺敵數千人，矢盡援絕，走投無路，終於被俘而降。眾臣落井下石，群起攻訐李陵，對李廣利之大敗無一言之非，是我不忿，為李陵之敗辯護，似有觸怒聖上之意。」

司馬英睜著一雙大眼睛，搶著道：

「父親仗義執言，皇帝應該接納才對，何況我父身為太史令，廟堂之上，春秋之言出自諤諤之士，乃國之幸也，父親何憂之有？」

司馬遷也睜大了雙眼，望著這個聰明好學的女兒，滿心的愉悅，哈哈大笑道：

「不錯，千夫諾諾不如一士諤諤，英兒，妳這一席話為父記住了。」

柳氏見丈夫一掃陰霾，臉上露出笑容，但是不知為何，心中實有隱憂，於是她對女兒道：「英兒，妳去廚房交代晚餐吧，我和妳父親再說幾句話兒。」

司馬英知母親要支開自己，便搖了搖身子道：

「女兒也要聽。」

柳氏指著她笑叱道：

「英兒，妳已許給楊家，不久即將為人新婦，恁地還是作如此小女兒態？快去廚房備餐吧！」

司馬英離開書房，柳氏面色漸漸轉為沉重，她看司馬遷，發現丈夫的臉色也沉了下來。

「夫君……」

「倩娘……」

兩人同時開口，又同時住口，兩人心知他們想要說的是同一件事。過了片刻，柳氏道：

「夫君，妾只擔心皇上誤解君意，以為夫君之言意在指責貳師將軍……」

司馬遷默然點首，然後道：

「皇上退朝後必見後宮李夫人……禍事是否臨頭，明日便知！」

禍事來得比預料更快。

亥時三刻，司馬遷正放下手中筆簡準備上床，門外傳來馬嘶，接著便是敲門之聲，聲重而急，司馬遷的心為之一沉。

持燭開門，只見黃門郎蔡同帶著三個武裝侍衛肅然立於門口，蔡同見是司馬遷親自開門，便一揖道：

「蔡同見過太史令。借貴宅一步說話。」

「請。」

蔡同一面跨入，一面作手勢要三名帶刀侍衛留在屋外。三侍衛主動分散，守住前門及後門。

進入屋內，蔡同一揖到地，低聲道：

「太史令，禍事了。上諭要寅夜提拿太史令到案。」

司馬遷還了一禮，盡力壓低憤怒的嗓音：

「到案？我犯何案？」

「李陵案！唉，今日前殿太史令讜言過於耿直，聖上當時並未發作，退朝之後想必受了奸小撥弄，以至於斯。」

司馬遷暗道要來的終躲不過，平日蔡同雖然事已以師禮，但此刻他皇命在身，由不得有半分徇私，便嘆道：

「蔡黃門，事已如此，司馬遷敢在皇帝面前說那一番話，便敢承擔後果，待我略事收拾，便隨你去吧。」

他轉過屏風，看到妻女都在，知道方才和蔡同一番對話妻女都聽到了，心中感到一陣悽然，但也閃過一絲輕鬆的感覺，因為他無須再作解釋說明了。

三人面面相覷，相對無言。只片刻後，柳氏問道：「再無轉圜之計？」

司馬遷搖頭，沉思一會，然後道：

「可試求助於孔安國夫子、楊敞親家及壺遂上大夫。未必有用，但可一試。」

孔安國夫子，孔子第十一世孫，是漢武帝尊敬的五經博士，董仲舒死後，他便是國內最淵博的大儒，對司馬遷致學古典的用功素來賞識。親家楊敞甚得大司徒霍光的賞識，朝中盛傳將任大司農；而壺遂為著名的術士，他曾和太史令共同制訂新曆，以太初曆取代多所謬誤的秦曆，和司馬遷有些「革命情感」。

柳氏記下了，低聲道：

「夫君稍待，妾即打整衣物必需品備用。」說完便快步入內。

司馬遷轉囑女兒：

「英兒，為父要託妳一事。」

司馬英雙眼噙淚，問道：「父親請吩咐。」

司馬遷道：

「妳隨姨此刻在同州養病，汝儘快通知她，為父事發，未來之事殊不可料，盼能勉力趕來見吾一面。」

司馬英點首，她心中暗忖道：

「父親寵愛隨姨，母親雖識大體，心中難免有所芥蒂，是以通知隨姨之事便交代於我；隨姨和我私下交好，名分雖為長輩，感情實如姊妹，一切逃不了父親法眼。」

她望著父親憂心忡忡的臉，強忍悲傷答道：

「父親放心，女兒會辦妥交付。」

司馬遷也深深望著這個聰敏懂事的掌上明珠，輕聲道：「事急之時，汝即藏身楊家吧。」

隨清娛坐在一塊羊毛墊上，身邊生了一個小火爐，一個老嫗從廚房捧著一小壺熱茶走到她身後，輕咳一聲道：

「小姐，喝了這壺藥茶，早些睡了吧。」

隨清娛轉頭看了侍候她的張婆一眼，張婆也睜大了老眼，慈愛地看了女主一眼。她略顯清瘦的面頰襯著異常白皙的膚色，未施脂粉而雙頰緋紅，朱唇如櫻，雙眸色淺而透明，有一種不食人間煙火的清麗，令人看一眼便覺心頭一震，暗驚世上怎有如此冷豔、不似來自人間的神仙人物。

隨清娛自己知道，她的「病」其實非病，身子日益衰弱乃是來自水土不服，「病」情愈是嚴重，容貌卻愈顯豔麗。每日清晨，梳洗臨鏡，見到自己豔麗的容顏，不喜反驚。可是她也知道，無論搬遷到哪裡，這「水土」是沒法服貼了。

這個「病」藥石無效，先生要她留在鄉間養息，其實是沒有什麼用處的，但她敬愛先生，先生的話總是聽從不忤。

她十七歲從了司馬遷，對這個博學、耿直、有正義感的男人傾心相愛。在她生命中曾經見過、識得眾多威武強壯的男子，但是不知為何，只有這個斯文人竟然讓她感覺到一種磅礴的俠氣，無人可及。

十多年前，先生開始了他的畢生大業——撰寫《史記》。在先生的計畫中，《史記》一書要記載上自黃帝時期下至當今，共三千多年的歷史，其時、地、人、事各以〈本紀〉、〈世家〉、〈列傳〉、〈表〉、〈書〉諸體撰寫之，建立亙古未有之宏偉巨構。司馬遷每寫完一卷，她逐字讀過，便已牢牢記下，一字不遺。

坐在溫暖的火爐旁，清娛啜了幾口熱藥，感到一陣恍惚，不久前的事浮上眼前……

皇帝派人向司馬遷索取新撰就的兩篇初稿：〈今上本紀〉及〈孝景本紀〉，那是當今武帝及他父皇景帝的本紀，司馬遷不敢不給，只是呈上去後就惴惴不安。隨清娛陪著他閒談解悶。

「先生自詡步孟軻之後而善養浩然之氣，妾讀孟子之書，從未見其有惴惴然如先生者，何哉？」

司馬遷啞然失笑道：

「清娛膽敢嘲余。」

隨清娛道：「清娛豈敢嘲弄於先生？但覺得今上雄才大略，先生奮春秋之筆寫下前今兩朝大事，定不至為幾行實言直書而降禍於先生，否則堂堂大漢天子豈不成了齊國殺太史之崔杼？」

司馬遷撫掌而笑，捧著隨清娛的小臉，凝視她的雙眼，那一雙眸子色淺而清，透明有如琥珀。

司馬遷最愛清娛這一雙慧黠靈氣的眼睛，他想要放下心中的憂思，擁佳人入懷，清娛卻不委婉相就，只直坐身旁，讓司馬遷緊握住她的雙手。

司馬遷暗忖：「清娛雖以侍妾事我，其端莊矜持更勝大家閨秀，便是閨房之內亦少旖旎風流，我司馬遷娶妾竟娶了一位治學上的紅粉知己。」

「先生沉吟不語，還有憂思擾心麼？」

隨清娛俯首細聲探問，司馬遷只聞佳人吹氣如蘭，卻已了無遐思，輕嘆一口氣道：「清娛，妳有所不知，宮中熟人已私下通報於我，皇上讀完兩篇本紀後，雖然一言不發，但私命宦官將兩篇文字用利刃削去，並將書簡毀棄，可見皇帝對我之記史極為不滿。」

清娛沒有回答，司馬遷繼續道：

「這也罷了，可那兩篇本紀乃余殫思竭慮，兼顧史實與二帝尊嚴之作，竟毀於宦官之手……可恨復可悲。」

清娛正色道：

「先生切莫憂傷，那兩篇本紀字字珠璣，妾早已一字一字牢記無誤，未來全書告成，此二篇或重書於簡，或藏諸名山，視時而為之，何憂之有？」

她想到自己「過目不忘」的能耐，不禁暗自微笑。

司馬遷凝視她那琥珀般透亮的眸子，搖頭嘆道：

「清娛清娛，汝過目不忘、繁算無礙之能古今未有，本初元年吾等制訂新曆之時，《周髀算經》上之難題，汝只需一眼即迎刃而解，此等奇才是天賦異稟，還是仙人指授？」

隨清娛美目翻轉，閃過一線靈光，然後巧笑道：

「天賦異稟和仙人指授，兩者皆有之。妾侍先生，諸事必求化凶為吉。先生春秋大業，請以無畏之心，巨椽之筆，完成自生民以來未有之偉大著作，驚天地而泣鬼神，必獲天佑。」

司馬遷胸中升起一股浩然之氣，他緊握住清娛的手，豪情地道：

「清娛，得汝此言，我明日就返回京城，我將持齊太史之簡，執晉董狐之筆，誓必完成《史記》！汝且暫留此地好生養息，待春暖花開，再接汝到長安踏青賞花。」

隨清娛含笑點頭，只有她心裡明白，自己能活的日子不會太多了。

司馬遷瞅著清娛無比豔麗的面容，再次感覺心猿意馬，終於忍不住執手低道：

「時不早矣，該就寢了。今夜妳要好好陪我。」

清娛嬌羞點頭，和先生攜手走入內室。

喝完手中一壺藥茶，清娛的思想從回憶回到現實，身體卻感到昏昏然而有睡意，忽然聽到外面有人深夜來敲門。

張婆持燭引客人入室，昏黃燭光下勉強看清了來客的面容，來客已先叫道：

「隨姨！」

「啊，英兒！」

「隨姨，父親出事了！」

司馬遷被關進了大牢，遭到酷吏的毒刑折磨。柳氏向孔安國夫子、壺遂上大夫、楊敞軍司馬等人求助，雖不能免其罪，至少在牢中的待遇大為改善。

於是司馬遷被移至獄中最大的一間牢房，有草榻、木几，白天窗外可見青天白雲，晚間供燭火，最讓司馬遷感到安慰的是，獄官准許他在牢中讀書寫作。

柳氏每隔一日可來探望，甚至可以攜帶一些酒食。隨清娛和司馬英每三日可來探望，主要就是和司馬遷閒聊解悶。司馬遷牢中寫作成簡，便藉機帶出，回家藏好。

不久，皇帝派大將公孫敖率軍去救迎李陵回國，遭到匈奴頑強的抵抗，雖然並未喪失大軍，但畢竟沒有達成任務。公孫敖回朝後向武帝報告，襲擊匈奴無功乃是因為李陵為敵人策劃並訓練步卒。武帝大怒之下，下令誅殺李陵家族，想到那個為李陵辯護開脫的司馬遷，以太史令的身分讚揚兵敗投降的李陵，意在貶抑皇帝外戚貳師將軍李廣利，不禁愈想愈怒，便下令也判處死刑。

獄官一見詔令，臉色立時丕變，帶著兩個獄卒，威風凜凜地走進司馬遷的牢房。

「司馬遷聽詔！犯人之婦迴避！」

正在為司馬遷送來乾淨內衣褲的柳氏大驚失色，一個獄卒上前將她拉出牢房，她聽到獄官陰惻惻的聲音讀道：

「……欲沮貳師，為陵遊說，誣罔之罪，按律當斬……」

柳氏兩腿一軟，倒在地上，獄卒連拖帶拉將她趕出大獄。

司馬遷坐在黑暗的牢房中，萬念俱灰，腦中一片空白。

不知過了多久，他的心思漸漸恢復了活力。腦子開始思想，雙目亦流出眼淚。

淚眼中他似乎看到了風燭殘年的老父，耳中也似乎聽到了滔滔河水的聲音，他記得，那是在陝東周南、河洛之間，垂死的老父握住他的手流淚道：

「司馬先祖為周朝太史，如今為父又為太史，一生欲成一家之言，可惜天不假年，為父難竟其功，汝當繼吾志續成《史記》。」

他俯首哭道：

「小兒不才，必以全力繼承先人所記史料，完成《史記》之作，不敢有缺漏。」

這番話每個字司馬遷都記得清楚，因為老父的手就在他說出的一字一字之間漸漸地冷了。

深吸一口氣，從幽思回憶中回到現實，覺得安慰的是，此時他的《史記》初稿已經完成十之八九，全書將包括〈本紀〉十二卷、〈世家〉三十卷、〈列傳〉七十卷、〈表〉十卷、〈書〉八卷，共一百三十篇，估計應有五十二萬字。

令他憂心的是這部初稿完成後仍須嚴謹地逐字校正，務使成為一部曠世巨著，開創中國史書之體制，流傳於千年之後。然而此刻死刑催命，他還有時間竟其全功嗎？他期待妻子被強制離去後，好歹總要設法回大牢來見最後一面，他有許多重要的事需要交代。

司馬夫人柳倩娘跌跌撞撞地出了大獄，她畢竟是讀書知禮的大戶出身，很快就強自鎮定下來，她對自己說：

「夫君心頭有未了之大事，我要回家先和清娛、英兒商量，然後拜託楊親家出面奔走，好歹總要設法進大牢和他見一面，聽他的交代。」

果然不愧是司馬遷的夫人，她完全瞭解丈夫的心意。

「啊，夫人回來了！夫人怎麼了……」

「母親，您怎麼了？」

「英兒，汝父判了死刑，要問斬了！」

「死刑？問斬？這怎麼可能？」

清娛也不敢置信，她白皙的臉色更顯蒼白：

「不可能！那日先生在朝廷大殿上為李陵辯護，皇上含怒退朝之時尚且未下死刑之令，事隔多日豈會突然問斬？有沒有聽錯？」

柳氏慘然搖首，低聲道：

「獄官親自傳旨，我親耳聽到『欲沮貳師，為陵遊說，誣罔之罪，按律當斬』，這等大事，豈能聽錯？」

司馬英呼吸急促，急得說不出話來，過了一會順過一口氣，才哀聲道：

「母親，隨姨，我們要怎麼辦？」

經過這一陣折騰，柳氏已經有了定見，便對女兒道：

「英兒，妳快叫老陶備車去楊家，定要見到楊敞，要他設法讓我們明日進牢見妳父親一面，我想妳父有大事要交代……」

「見楊敞？母親……」

她尚未過門，去找未來夫婿？

「英兒，事已急，這些規矩就從權罷！」

夜已深，司馬寓所的書房裡仍有微弱的燭光，三個女子圍著几上白燭席地而坐，她們臉上的表情是緊繃的，神色則帶著緊張的亢奮。

司馬英的聲音有些顫抖：

「女兒見到了……楊敞，他……他已得知消息，是一個叫公孫敖的將軍率軍營救李陵，無功而回又折損了一些將士，便對皇帝說李陵通敵，為匈奴策劃兵法。皇帝暴怒之下滅了李陵族人，於是遷怒判了父親死刑……楊敞他願意幫忙……但……情況不容樂觀……」

母親打斷道：

「他如何幫忙？」

「楊敞要女兒在他府裡待著，他便乘車出去了一個時辰，回來時告訴我已經打通獄官的關節，明日天亮前可有一人到大牢與父親相見，獄卒會通融半個時辰，讓我們獨處話……話別。但是他再三叮囑，只准一人入內。」

「難為楊敞了。」

書房陷入沉默，清娛忽然拉著司馬英一齊起立，恭聲道：

「夫人，明晨您去探牢時所需之物，妾與英兒自會備妥。另恐先生遭判極刑後，獄官已將竹簡筆墨收去，故須特別準備文具，萬一先生有些交代須筆墨記下之時可以使用。另外……」

她看了英兒一眼，繼續道：

「另外，先生所作《史記》已完成十之八九，僅有關本朝四帝一后之〈本紀〉五篇尚未定稿，已完成之書簡存於先生臥室密窖之中。英兒私以極細之筆抄了一份副本，寸寬之簡上書寫兩行共六十字，全書約得八千餘枚竹簡，全用細繩串穿妥當……」

柳氏驚訝萬分，轉望英兒，英兒用力點頭，接下話道：

「呈於朝廷之一套日後恐難逃遭到竄改之命運，是以另一套則由母親密藏，以待有日公之於世也！」

清娛心中暗忖：

「還有第三份，藏在我心中。」

柳氏又驚又慰，心想如此安排，一定大合司馬遷之意。她暗忖：「藏於我處，待英兒出嫁，就當作嫁妝帶到楊府，最為安全。」於是她激動地道：

「清娛、英兒，難得妳二人如此用心，未雨綢繆保護先生之著作，真乃我司馬家門之幸也。」

書房內又陷入沉默，三人苦思還有什麼未想到的重要事物，過了半晌，柳氏開口道：

「清娛妹，為姊有一事求妳……」

清娛嚇了一跳，連忙道：

「夫人有事請吩咐，休說『求』字……」

「明日天亮前去大牢之事，為姊要請妳代勞……」

尚未說完，清娛已搶著道：

「夫人何出此言，先生已遭判極刑，明日之會或為最後一會，豈能由妾身代夫人？先生也絕不會以此為然！」

柳氏的神色在燭光中顯得嚴肅決斷，她伸手阻止清娛說下去，正色道：

「清娛賢妹，生死之際，我等不可感情用事。吾妹理智堅強，思慮細密清晰，先生多次讚賞不已。此去乃是我司馬公交代傳世大事之關頭，不可以夫妻話別、兒女之情視之。我已思之半日，此事由清娛前去最為妥當，必不至有任何誤失，吾妹不可推辭！」

「姊……夫人，非妾推辭，此為最後一次見面，夫人實無可取代……先生亦必期盼與夫人一見……」

柳氏打斷道：

「清娛賢妹，此去只得半個時辰之便，須妳去才能把大事辦妥。若是我去，到時恐怕控制不住悲情，反而誤了大事，何況萬一……萬一得免一死，爾後與家人見面仍有機會……」

清娛為之一震，什麼「萬一得免一死」，這是什麼意思？難道夫人胸中還有其他妙策？

柳氏說到這裡，忽然轉首對著女兒道：

「這事就這樣決定了，英兒，妳先回房去睡，我和妳隨姨還要說幾句話。」

司馬英不願離開，但看到母親臉色變得少見的堅決嚴肅，便不敢不從，移步走入內室。

清娛也見到夫人的臉色，在閃爍跳躍的燭光下顯得凜然，她受到感染，心中感到肅然，一字也不敢出聲。

夫人凝視清娛，低聲道：

「賢妹，有一事，吾等須要想清楚。」

「何……何事？」

「明日……談到『宮刑換死刑』，我們要如何回答？」

「宮刑換死刑？換死刑？那……宮刑是什麼？」

柳氏吃了一驚，想不到清娛已為人婦，居然不知宮刑是何？不禁一時頓住，不知如何說明。

清娛睜大眼睛瞪著柳氏，一臉的不解，疑惑中也帶有一絲興奮，因為她聽到了

「換死刑」這三個字，至於「宮刑」是什麼雖然不解，下意識覺得不管是什麼，總比「死刑」好些吧？

良久，柳氏終於說明道：

「妹妹，妳不知宮刑？宮刑是一種對男子極為殘酷的刑罰，就是『去勢』，聽過『去勢』否？」

清娛茫然搖頭，夫人只好勉力解釋道：

「『宮刑』就是將男子……生殖之器……割去的刑罰，對受刑人而言，身體及精神之創傷極大，常令受刑者感到生不如死，其殘酷較之一刀而絕之死刑猶有過之……」

清娛睜大雙眼，等待夫人繼續解釋。

「依大漢律，先生這類死刑犯可以兩種方式贖命，其一，須以五十萬貫買命；其二，以宮刑換死刑。先生天降大任尚未完成，也許會有勉求苟活的念頭。但若接受宮刑，他所受到的痛楚及羞辱將更超過被處死。如果……如果談到了這一點，我們如何說法？」

清娛聽得激動萬分，她知道司馬家是絕拿不出來五十萬貫錢的，那麼剩下只有第二條路了。白皙的臉龐漲得通紅，頭腦轟然欲暈，連忙倚几跪下，以免跌倒。

她仰頭對柳氏道：

「夫人，妾唯夫人之命是從。」

柳氏微微搖頭，柔聲道：

「不，為姊和先生已經有了英兒，賢妹，妳從了先生至今無後，若先生死了，以妹妹之妙齡嬌顏，孝期滿後自可擇良人再嫁，生育子女；如若先生不死，則妹妹將一生無後，且形同寡居，是以妳要想清楚了。」

清娛低下頭，堅定地回道：

「夫人過慮了，妾身許從先生，只為敬愛先生之正直博學，雖是一介文人，卻有俠義之風，尤其欽佩先生撰寫三千年信史之壯志。若先生能忍人所不能之大痛大辱，以殘生完成《史記》巨作，妾身願捨命助成之，侍候先生終年，絕無貳心。」

柳氏出此言乃是因為清娛年輕貌美，以漢朝初年之社會風俗，年輕寡婦再嫁之事甚是尋常，何況清娛在司馬遷家中只是侍妾身分，因此想要瞭解她對此事的看法，此時聽清娛這番話，心中暗道一聲慚愧，便對清娛作揖謝道：

「妹妹見諒，是為姊想得多了。明日就請妹妹直言，此事我倆意見一致，懇請先生忍辱忍痛，為其千秋大業多活幾年！」

司馬遷以超人的意志力接受了宮刑之痛，蠶室之苦，終於獲准返回家中養息。

年關將至之時，他寫完了〈太史公自序〉，一百三十篇《史記》大功告成。他輕輕放下手中的墨筆，呵了呵又凍又瘦的手，凝視著堆積如山的竹簡上密密麻麻的字，兩行老淚流了下來，想到自己為完成這一部史書所受的痛楚和屈辱，辛酸難以自禁，忽然伏案痛哭起來。

內室裡，妻、妾和女兒都聽到了哭聲，柳夫人伸手攔阻了清娛和英兒，她以指按昏，命大家噤聲，她知道丈夫此時需要的不是任何慰藉之話語，他需要的是滿腹抑鬱徹底的宣洩，就讓他哭個痛快吧。

這一夜司馬遷夜深仍不能眠。隔壁房裡隨清娛也在床上輾轉反側，近日她感到身體愈來愈慵懶不振，天生具有暗中辨物的夜視能力也在漸漸消失，她知道自己這「水土不服」的毛病日漸嚴重。她所來之地和中原的「水土」相差太大，初來時靠著自己帶來的藥丸勉強鎮住各種不適，藥丸服完後，各種不調便一一出現，此地大夫開的藥完全無效。她只是強忍著身體的不舒服，不讓人察覺。

窗外月光可喜，照在門外蛋青色的石板地上好像一方湖光，三兩枝影則如水中藻蔓，睡不著覺的清娛索性輕輕起身，穿了厚棉袍，悄悄走到院子中。

月光皎潔，四方寂寥，遠處傳來兩聲犬吠聲，清娛瞅著自己的影子映在地上，忽然有一種悲從中來的感覺，竟然有點想哭，她瞿然而驚，記不得上一次哭泣是什麼時候的事了。

這時，兩個黑衣人從院子西邊樹林中一閃而出，疾如閃電般就欺到清娛身後，其中一人勒住清娛頸項，伸手掩住清娛的口鼻。清娛叫不出聲來，另一人從側後方環抱清娛雙臂，清娛動彈不得。兩人都蒙了黑色面罩，一人低聲道：

「汝脫隊太久，我等奉命捉妳，跟我們回去吧。」

聽嗓音是個男子，操一種不甚流利的怪口音。

「嗯……嗯……」清娛想要掙扎，另一人低聲喝道：

「『洞頭』數日之內將啟，只極短時即關閉，再不走，汝將回不成家了。」竟然是個女子的聲音。

前面一人鬆開了清娛口鼻上的手，清娛深吸一口氣，正想開口，那兩人忽然一左一右抓住清娛，三人一體竟從院子裡冉冉騰空升起，清娛才叫得一聲：

「不要……」

兩人已挾持她加速升上高空，在樹林上迴旋半圈，朝東南方飛去，片刻不見蹤影。

CHAPTER 01

阿飄

丘守義騎著他的老爺機車在辛亥路上奔馳。

時近午夜，這一路車輛稀少，他耳中只聽到自己老爺車的引擎聲，轟轟地亂響，他暗忖：「排氣管該換，不能再拖了。」

丘守義這輛老三陽「野狼125」，買進手時就是二手貨，騎了十幾年，除了方向燈、煞車燈等配件三不五時要換之外，那個「史帝田鐵」引擎好像依然勁道十足；自從買了一輛二手的馬自達，騎機車的機會自然少了些，不過這匹老野狼賣也賣不到幾千元，還不如留下來，不時騎騎，感覺滿好的。

這陣子台北一直是陰偶細雨濛濛的天氣，車行駛過第二殯儀館，前面就要進入辛亥隧道，殯儀館和路邊交通號誌的ＬＥＤ燈在潮溼的黑夜中都顯得有些黯淡。丘守義放鬆了油門，駛入了隧道裡汽、機車共用的慢車道。

每次一進入隧道就感覺到一種異樣的氛圍。這條隧道兩端分別是辛亥路三段及四段；

三段屬台北市大安區，四段則屬文山區。也許由於地形複雜的緣故，大安區、文山區的氣候常有明顯的差異，不知是不是各種差異的交錯，使得隧道內部在照明的黃光下顯得有些昏曛，不少行車人甚至會產生一種虛幻的感覺。

丘守義放慢了車速，規規矩矩地跟在前方一輛計程車的後面，那車頂上有「個人」兩個字的小燈。個人計程車的司機開車都很規矩；按規定要三年無違規紀錄的司機才有申請的資格。

一長聲喇叭來自快車道的身後，一輛白色的ＢＭＷ呼嘯而來，駕駛人在限速五十公里的隧道內飆到一百，不足五百公尺長的隧道，他不用二十秒鐘就閃電通過。前面的計程車司機顯然被嚇了一跳，他示警地也按了一聲喇叭，純屬好心的警告，但白色ＢＭＷ的駕駛人自恃技術高超，絲毫不減速地衝出了隧道。

辛亥隧道的文山端一出口就是向右的急彎，白色ＢＭＷ的尾燈瀟灑地劃一道弧線向右衝出，然而不出十秒鐘就從前方傳來尖銳的煞車聲夾著轟然巨響。出事了。

丘守義的機車衝出隧道口，正好看到一股白色的濃煙從彎道的前方升起，前面的計程車已經疾駛向出事的地點，丘守義連忙趕上，只見在距隧道口約兩百公尺的彎道右邊，那輛白色ＢＭＷ不知為何衝出路肩，撞上一棵大樹，車上似乎只有駕駛一人歪倒在駕駛座上。

計程車已經停車，司機跳下來快步奔向肇事點。丘守義驅近細看，只見ＢＭＷ車頭撞毀，冒著濃煙，還好沒有起火，擋風玻璃全被震碎。駕駛者是個留長髮綁辮子的年輕人，安全氣囊全啟動了，看上去肇事者性命是保住，只是暫時被震得昏了過去。

計程車司機是個五十幾歲的瘦漢子，他一面察看出事狀況，一面對丘守義喊道：

「先生，麻煩你趕快撥一一九。」

丘守義掏出手機撥了一一九報案，正要收好手機，耳中聽到計程車司機驚恐狂叫聲：

「唉呀！那是什麼……什麼？你看，快看……」

丘守義被他驚慌恐怖的聲音嚇了一大跳，轉頭一看，只見計程車司機指著天上，顫聲叫道：

「阿飄……阿飄……」

丘守義順著他的指向望去，昏暗的夜空中有一張臉孔飄過他們上方，詭異的是完全沒有身體，只看到一張臉孔，雖然昏暗，但是在車燈反射下，確實清楚地看到那張臉，長相清秀而表情木然，說不出的怪異。

丘守義一時說不出話來，用手機咔嚓咔嚓連拍了兩張照片，然後眼睜睜看著那張臉漸漸飄遠，終於消失在黑暗中。他見司機的臉色在機車頭燈照射下泛青，低聲問道：

「司機大哥，你是說……我們遇到了阿飄？」

計程車司機似乎回過神來，他嚴肅地點了點頭，壓低聲音道：「你可看見了？這個飆車的少年郎肯定是看見了阿飄朝他飄過來，才嚇得慌了手腳而出了車禍……這個地段不平靜啊，遇上阿飄的可不止我們這一回。」

丘守義精神甫定便陷入沉思，那司機見他不答，又道：

「你不相信？難道你剛才沒看見那個……那個……沒有身體的臉？好恐怖啊，這地段就在芳蘭山和蟾蜍山下，兩邊都是墳場，隧道那邊又是第二殯儀館，我每次經過這裡都覺得毛毛的，你騎機車要特別小心……」

丘守義仍然不答，司機低低絮叨道：

「我瞧這少年郎撞得雖不輕，大概也沒有死，我們不要去動他，就等警察和救護車來……」

丘守義似乎下了決心，打斷道：

「司機大哥，我得趕時間，不能再等了。等會警察來到問出事現場的話，就麻煩你報告一下，如果警察問起我這個報案人，你把這張名片給他們就ＯＫ。」

他發動機車，計程車司機叫道：

「你再等一下嘛，警察馬上就到，喂，好兄弟，你……」

他戛然而止，忽然想到在這個時間和地點上叫「好兄弟」有點不妙。

丘守義將他的「野狼125」油門加足，順著辛亥路四段的彎道向前急馳，然後右轉入一條小路，上坡幾個轉彎後駛上福興路，四周很暗，路面又窄，丘守義卻毫不猶豫地向山坡上衝。

「老爺車」的引擎吼叫虎虎有力，只是消音器壞了，難聽的噪音分貝肯定破表，好在附近不見人跡，有的只是整片的墳墓。

從芳蘭山的山稜線小徑向北走約一、兩百公尺，小徑消失在雜樹叢裡。他雙腳觸地，勉強向前推進了十幾公尺，停下車，熄了引擎。四周頓時靜了下來，連風吹枝葉的聲響都沒有，一種深沉的、令人不安的氣氛從四方合攏過來，周遭溼冷的空氣使丘守義不禁打了一個寒噤。

飄】

前方路盡處歪斜立著最後一盞路燈，一個人影忽然悄悄地出現在昏黃的燈光下。

那人背對著丘守義，燈光下依稀可看出他身穿一件長衫，就顯得身材很高，背上揹了一個長形的大背包，也不知道何時就突然出現在前方，沒有發出任何聲響，像是從草地裡悄悄冒出來的，也像是從前方的黑暗中「飄」出來的。

「啊，阿飄是他？……」丘守義在心中狂喊，他考慮是否要上前去弄個清楚，正要掏出手機照相，一眨眼，那人已向山下飄然而去，立時就隱入重重樹木之後。

「啊，那方向直通到空軍作戰指揮部的後側門，難道阿飄是要……」

丘守義從小在這附近的違章住戶裡長大，墳場和他的家是分不開的，各形各色的墳墓都是他小時候和鄰居小孩的遊戲場所。所謂的「阿飄」，他至少看過三次，但三次都被他老爸咬定是無稽的錯覺；比起他老人家當年在徐蚌會戰戰場上親眼看到的、親手摸到的、親口和他講過話的死人、鬼魂，算不了什麼。

他從小就在老爸的家庭教育之下洗了腦：就算真有阿飄，碰上了也是好運氣；阿飄和你無冤無仇，找上你可是看得起你，結識了阿飄，暗中定有佑護的。

巧的是他服兵役時，有將近一年的時間，駐地就是芳蘭山下的「空軍作戰指揮部」，那時候還叫作「空軍作戰司令部」，有個地下的聯合作戰指揮中心，是他服役所屬的憲兵連最主要的衛戍對象。

指揮部在芳蘭山上布有幾個崗哨，居高臨下也算是制高點。曾經當兵站哨的他對山上的小路走得熟悉，他想追下去探個究竟，但想想還是不要去惹崗哨的憲兵，於是牽車掉頭，發動引擎，轉向回頭路。

他騎車緩緩下山，心中構思一篇靈異事件的目擊報導，還可以一魚兩吃，寫它一個幾十分鐘的電視節目腳本，想到精彩處，嘴角露出微笑。

丘守義，退伍後曾在某報社擔任政治新聞記者，兩年跑國會，第三年跑總統府，對國內的政治生態極度失望，寫稿時不知不覺愈來愈犀利辛辣而有針對性，經常引起政府高層及立法委員的抱怨，就這樣和報社主管互動不佳，便主動離職而去。之後幾年也沒有找到穩定的正式工作，憑著天生對超自然現象特別敏感和一手不錯的文筆，成為所謂的「自由撰稿人」，專門替幾家雜誌寫些靈異相關的文章餬口。近年電視上多了一些此類的節目，幾位「名嘴」拿中外靈異事件當題材，用誇大得近乎胡鬧的方式充分發揮台灣電視的特色，收視率頗為不惡，因此關於靈異事件的腳本便有了新的市場需求，丘守義的收入也好了不少。

他駕車在辛亥路和興隆路相交前右轉入一條巷子，再左轉就到了他租住的舊公寓。一排汽車停在巷子裡，原本就狹窄的路面更是只能單向出入。左邊第三輛寶藍色的小馬自達就是丘守義去年新買的二手車。他習慣性地藉機車的頭燈照著看了一下，愛車無恙，沒有被刮傷，便停好機車，開門上三樓，摸黑進入他的房間。

桌上放著一封早上收到還沒時間拆看的信，展信看了一眼，「啊」了一聲：「好呀，『瘋天文讀書會』週末的演講人是吳一覺教授，一定要去聽，我還有幾個問題要問他呢。」

除了「靈異」，「天文」也是他的最愛。

他掏出手機來檢視拍下的兩張照片，有點模糊，其中有一張拍得比較好，那張木然的臉依稀可辨識，放大來看，仔細比較前後拍下的兩張，覺得那張「木然」的臉雖不清晰卻很漂亮，有點像是一張面具。但是除了這張「臉」，完全看不到任何「身體」。

這到底是怎麼回事？真是鬼魂顯靈，還是什麼光學的魔術？

他躺在床上打開主燈，這房間雖舊，面積倒有十坪出頭，他躺在床上呆看牆邊一張長椅，破爛得厲害。他想那阿飄想了半天不得要領，盯著看那張破長椅卻看出了心得：「我把破長椅丟掉，空出來的地方裝一套簡單的廚具，這種時候就能搞點宵夜來吃。聽說長沙街有一家家具店，專賣小巧實用的廚台，改天可以去看看。」

林紫芸是師大附中實驗班的學生，她國中畢業的成績足夠進北一女中，但是她卻不顧父母及學校老師的意見和期待，堅持進入這所男女合校的中學。

她選擇附中很大的原因來自附中畢業的哥哥。從小就不斷聽哥哥講附中的各種好，校風多麼開明，教育理念如何鼓勵均衡發展……但最重要的是，迷上武俠小說的老哥告訴她，古龍、上官鼎、鄭丰都是附中校友；而五月天則是紫芸從小到大的偶像，就這樣，她非附中不讀了。

紫芸一直都是班上數理科成績頂尖的學生，她特別喜歡天文和數位科技，興趣廣泛的她也喜歡音樂、美術和文學，課外大部分的時間都在閱讀、聽音樂、看畫展及玩電腦。

班上的公眾事務她並不特別熱心，可是這學年她「不幸」被選為班長。

就這件事害她最近心情不佳。

學校舉辦了「創作海報」比賽，每個班級都有一面相當精美的海報板供張貼布置所用，比賽前一天，隔壁班的海報板忽然失蹤，到處尋找不得，最後只好十分委屈地把作品草草貼在一塊臨時找來的簡陋報板上。這事令隔壁班導丁老師十分憤怒，她班上有同學懷疑是紫芸班上某些同學的惡作劇，便鬧到學務主任辦公室。

學務主任查了各種可能性，也詢問了所有相關人，案情卻絲毫沒有進展。偏偏隔壁班丁老師十分強勢，逼得腦子不十分好使的學務主任滿頭大汗，幾乎要叫救命。

於是他施出殺手鐧，找上了林紫芸。

以下是引起軒然大波的一段對話。

「林紫芸！我知道偷海報板的肯定是妳班上的同學。」

「學務主任，我不知道欸。」

「我知道，一定是妳班上的人做的，可妳班上沒有人敢作敢當，全班都不是男子漢大丈夫……」

「主任，你忘了，我們班上本來就有好些個同學不是男子漢。」

「妳，妳……好，不談這個，反正這件事丁老師不會放過，我一定會查出幕後是誰幹的。既然大家都不承認，主任我就指定班長妳，妳負責給我查出來，妳放學前把幹壞事的同學名單交給我！」

「主任，您……您太武斷！我辦不到！」

「妳是班長，妳一定知道是誰幹的！妳辦不到，那就只好處罰妳！」

「這不公平，主任！」

飄】

「你拿薪水的都查不出來，我不拿薪水的怎麼查得出？」

「怎麼不公平……」

林紫芸惹了麻煩，但這事的後續發展出乎意料。學務主任有點怪，挨了頂撞倒不太生氣，隔壁丁老師卻氣得雙眼直翻白，她覺得林紫芸仗著功課好、人長得漂亮，簡直是目無尊長、桀驁不馴，堅持要嚴加處罰。這一來林紫芸的班導師也有點動肝火了，就挺身力保林紫芸，絕對不准處罰她。事件開始向上發展，好像變成了兩位班導之間的戰爭，弄得學務主任不知如何處理才能讓大家下台階。

紫芸心情不佳，下午不想上課，一個人悄悄收拾書包就蹺課了。

附中的圍牆其實是聊備一格，紫芸瞅個好檔子，一跨腳就出了學校，她在捷運大安站前牽了一輛Ubike，騎了一站路，還了車，走到一家以前常來的網咖。

很久沒有來這裡了，這時間網咖人不算多，紫芸找到她熟悉的機台，準備在這裡消磨一個下午。她掏出手機刷了四個小時的費用，沒有注意背後有人跟著她一道進來。

她才坐好，背後那人也在鄰座坐好，她瞄了一眼，只見鄰座坐著一個留著波浪型長髮的年輕人，衝著紫芸微微一笑。紫芸見他長得斯文好看，忍不住多瞥了一眼。這年輕人大約二十歲，皮膚異常白皙，五官輪廓長得很有氣質，臉上神色卻顯冷漠，眼珠的顏色很淺，像是一雙半透明的琥珀，看一眼便覺他眸子裡面似乎有些深不可測的東西，紫芸心跳猛然加速了一下，暗道：

「這人有點怪。」

她開始玩她的「駭客」遊戲，忍不住留了一絲餘光注意右邊的年輕人。感覺上那人極為專注地盯著自己的動作，然後依樣畫葫蘆進入了作業系統，動作生澀，像是第一次玩電腦，紫芸暗笑，心想：「這人搞不好從來沒有碰過電腦，竟花錢到網咖來開洋葷，好笑。」

她精通網路語言、編程、作業系統，上網咖從來不為玩網上現成的遊戲，卻專愛玩破解程式、系統的把戲，透過入侵網站，提醒系統擁有者資安有漏洞，然後留下大名炫耀一番。她覺得自己是個善意的駭客。

今天她隨機選擇了之前試過兩次都不得其門而入的美國國家大氣研究中心（National Center for Atmospheric Research，簡稱ＮＣＡＲ）。

她很快步進到之前攻抵的位置，開始思考嘗試不同的駭客策略及程式，卡住了就再試一條新路。不知不覺之間已過了兩個鐘頭，她沉溺在駭客攻防遊戲中渾忘一切，所有的煩惱都被拋到九霄雲外。

這時她「駭」得有了進度，因為她終於發現了ＮＣＡＲ網站的漏洞。她深呼吸一口氣，停下手指，瞄了鄰座一眼，只見那個亦步亦趨一指一鍵的菜鳥還在座上，只是兩個鐘頭不見，這人已經脫胎換骨，十指如飛，不知他在搞什麼東西，直覺是在編寫複雜無比的程式。

「這人扮豬吃老虎？」

「還是……一個天才菜鳥？」

她搖了搖頭，繼續專注到自己未完成的駭客大業，也不知過了多久，忽然，紫芸發出一聲輕呼：「我進入了。」

只見她的螢幕上出現了美國國家大氣研究中心的內部資料，一行行研究計畫的題目、主持人及單位、經費、審查意見、專家資料庫……紫芸終於破解了NCAR的防護網，駭入列為機密的資料檔。

她對資訊的內容並不感興趣，但是對自己終能駭入這個資料檔深感得意。於是她在檔上用英文留下「善意駭客到此一遊」的字句，然後簽名"Ruta Violette, Taipei"，紫芸，台北。

正在自我感覺良好時，鄰座人從斜後方遞過來一張紙片，上面寫著「我心讚佩」四個字，書法優美，是標準的隸書寫法。

紫芸十分訝異，忍不住在紙片上寫了「謝謝，沒什麼」五字丟還給那人，那人匆匆在紙片上又寫了八個字遞了過來，紫芸更加訝異，此人好像偏愛寫文言文：

君藝超凡何謙若是

一時調皮興起，在紙片上也用文言文寫下：

得逢古人何幸如之

那人眼神中露出一絲笑意，使得原本冷漠的臉增加了一些溫暖。紫芸看了看時間，已經六點十五分，便起身準備回家。她抬頭看到那人的眼睛，不知為何又心跳了一下，竟然有點慌亂；她深吸一口氣，匆匆走向櫃檯。

走到櫃檯才發現書包忘在電腦座位上，正要回身去拿，那年輕人已拿著她的書包送過來，紫芸道謝：

「不好意思，謝謝你。」

那人回道：

「舉手之勞，何足掛齒。」

紫芸覺得好笑，但忍住了。她接過書包，匆匆離去。那年輕人等紫芸出了門，也上前付錢，他用戴在腕上的手錶刷付了帳，快步出門，紫芸已消失在匆匆的下班人流中。

年輕人用只有他自己聽得到的聲音喃喃自語：

「此姝操運程式雖有出類拔萃之能，惜乎精明不足且大而化之，袋中要物遺失，竟然不覺，可嘆。」

他右手在衣袋中握著一個HTC手機，暗忖道：

「適才吾得三秒鐘之便，彼手機內所儲資訊已盡入吾之手錶，明日可將手機送還原主矣……」

一個小時後，紫芸氣急敗壞地趕回網咖，她一進門，看到一小時前她的電腦座位上空無客人，但檯上座位清潔溜溜，沒有任何物品，詢問店員有沒有人看到她的手機，答案是否定的。

紫芸急得厲害，想到手機是今年生日爸媽送的禮物，更是又心急又心疼，一個工讀生幫她仔細找了一圈，徒勞無功。

紫芸忽然想到那個有點怪異的年輕男人，想到那人曾經把她遺忘在座上的書包遞給自己。

「唉呀，是不是就那麼一下子，書包裡的手機就被那人偷走了？」

她愈想愈覺得有可能，便向店員詢問那人來歷，店員回答不知，只說那人好像是頭一次光顧這家網咖。

「我也覺得那年輕人有點怪，說不出的怪，要不是網咖的生意愈來愈不好做，老闆交代客人上門先消費再算帳，我就會先驗他身分證或是要押金的……」

紫芸聽了感到絕望，如果真是被那個怪異的陌生青年拿走了，便毫無任何線索可以追尋下去，即便那人再次來到網咖，找到他也沒有任何證據可以向他追討。

「要不要到派出所報個案？他們可以調門口的監視器來察看。」店員好心地問。

紫芸沉吟了一會，輕搖了搖頭，心中想：

「毫無頭緒地報案有啥用處？唉，我的手機再也找不回來了，就像，就像……」

她腦中忽然閃過學務主任的臉孔。

「……就像隔壁班那塊海報板，再也找不回，也查不出是誰偷的了。」

眼前浮現班上那幾個調皮惡搞的共犯男生，不禁輕嘆口氣。

「搞不好這是報應啊，這報應也來得太快了吧。」

回到家，紫芸不敢提起搞丟了手機的事，一整晚念不下書，也定不下心做任何事，只不斷回想在網咖和鄰座那個年輕男人短暫的互動，愈想愈覺怪異，久久不能自已。

「用文言文筆談……」

「那一筆漂亮的隸書體字……」

「扮豬吃老虎的程式高手？」

最後出現在眼前的總是那一雙琥珀般半透明的眸子，引人好想看穿後面蘊藏的東西，深不可測……

第二天一大早，紫芸又回到那家網咖。她想昨晚深夜網咖的工讀生清場時，也許有一線機會找到她的手機。

她搭捷運信義線，過師大附中不下車，直到信義安和站。

網咖裡冷清，昨晚清場時，室內空氣做了清淨的循環通風工作，一進入就呼吸到人造的新鮮空氣，涼意中有一些玉蘭花的香味。

她對一個工讀生展開微笑，問道：

「昨夜你們交班清場，有沒有看到我的手機？」

那夜班工讀生累了大半夜，強熬著瞌睡，等待一刻鐘後的交班，是正妹的笑容令他精神一振，回答得很有士氣：

「啊，妳就是昨天丟了手機的那位小姐，我們昨夜找遍了每個角落，都沒有找到妳的手機，真失禮……咦呀，妳看！」

他滿臉驚訝地指著右邊一台電腦前的座椅上，一副不可置信的表情。

紫芸循聲望去，就在她昨天下午玩的那台電腦座位上，赫然放著一支手機，猩紅色的底殼，正是她心愛的新款HTC。

紫芸喜出望外，忍不住尖叫道：

「不錯，是我的手機，但怎麼會……」

「對，怎麼會這樣？我們查過這裡少說也有六、七次，都沒有看到這支手機，也沒有看見有人進來過，這是怎麼一回事？太……太玄了吧！」

不管發生了什麼事，紫芸的手機總算失而復得了。她在店員要求下簽了一張失物尋復的單子，滿懷高興地去學校上課了。看時間，還趕得上升旗典禮，自己好歹還是個班長，老是無故缺席，還是有點說不過去。

到中午時，紫芸發現她的HTC發生了一些變化，令她驚喜不已。首先，她發現手機上網抓資料的速度比原來快了不知多少倍，手指觸下去，資料就跳出來，幾乎沒有等待搜尋的時間。

到放學時，她又發現手機中多了一個新植入的軟體，名稱是「超星」。軟體不大，有一段類似「說明」的文字是漢字文言，選用的是隸書體的字型。由於沒有英文字及阿拉伯數字，軟體中出現了許多天干地支及中國古文中的計數，如萬、億、兆、京、垓……等萬進位（四次方）的單位。

她不懂這個「超星」軟體有什麼用，也不知道她的HTC速度暴增和這個軟體有沒有關係，只知道它遺失了一夜，回到手中變成了一支超級手機，那變化之大讓她心生驚恐。

「這件事太不可思議，恐怕跟昨天那人大有關係……」

「這事太恐怖，我不能告訴任何人……」

「要是能再遇上那人就可以好好問問他……我要請那網咖的店員幫忙，如果那人再去網咖就通知我……好多問題要問他。」

「我也要抽空常去那間網咖混混，碰碰運氣……」

一下子紫芸的小腦袋裡閃過一串想法，每個想法都引她想得很深，課堂裡老師在講什麼，一個字也沒聽進去。

過了週末，紫芸試了多樣的操作及應用，發現她的手機無論是速度或儲量都是呈「指數」級的增加，小小一支ＨＴＣ不折不扣成為一個超級電腦了。

「不可思議，完全不可思議！」

她心中重複「不可思議」這四個字，信手查古中文計數表，忽然發現「不可思議」介於「恆河沙」及「無量」之間，代表十的六十四次方，也就是一後面六十四個零。

「啊！原來『不可思議』在古時候是一個數字，真不可思議！」

「瘋天文讀書會」是一群愛好天文的朋友共同出資舉辦的活動，參加成員有學生、教師、教授及社會人士，每個月找一個晚上借師大附中的階梯教室聚會一次。每次聚會都會有一位會員主講一個有趣的天文問題或事件，講完後自由討論，大約是「科普」的程度。以前的主講人及發言討論大多是教授、教師及有相關專業的社會人士，近年來資訊發達，科普程度的資料在網上觸指可得，不少學生都能參與討論，甚至常能提出獨特的見解。雖然立論不一定正確，但有他們的參與，使得每一次的聚會變得更熱鬧，討論內容也更富創意。

當過記者的丘守義是這個活動的常客，他從參加這活動中得到許多天文的知識，聽到許多天馬行空的想像和假說，覺得對自己寫「靈異」事件的解說有加分作用。「靈異」想像加上一點科普的解釋，使他寫的東西更有賣點。

週末的聚會演講人是天文學的科普達人吳一覺教授，題目是「古中國的天文學」。由於題目和講者都有吸引力，距七點鐘尚有四十分鐘，教室裡已坐了九成聽眾，看來今晚是爆滿的場面。

演講很成功，吳教授以古中國天文學的大事紀為經，幾位重要的古天文學家的生平故事為緯，編織成九十分鐘的演講內容，了無冷場。聽者提問也很熱烈，丘守義本來準備了兩個有關「黑洞」和「蟲洞」的問題，因為年輕學生們提問踴躍，自己的問題又和今晚的講題沒有太多關聯，便忍住沒有發問。

演講會的高潮是在最後吳教授宣布了一個好消息，兩岸的民間天文協會決定各自資助一名交換中學生，利用暑假期間到對岸參加一個月的天文學活動，包含來回旅費、住宿及生活費用，全部由天文協會支付。經過評審篩選，台灣方面選出了師大附中高三的林紫芸同學。

林紫芸在場聽演講，事先並不知道自己會入選，當下高興地跳起來，吳教授對她伸出大拇指叫道：

「林同學，妳將利用七月暑假，前往大陸貴州大學報到，參加全球最大天文望遠鏡舉辦的訓練營，和對岸的優秀中學生一同學習，並參加最先進的天文學活動，恭喜妳！」

吳教授接著補充：

「大陸方面的交換生人選尚未定，預定將由中壢中央大學的天文所負責接待及安排學習活動。這是一個新的嘗試，如果成效良好，明年起將擴大到兩岸各十名的規模辦理。林同學，散會後請妳留下，我有一些資料給妳參考，還有一封家長同意書，請妳帶回家跟父母報告這個好消息，並請他們簽署。」

丘守義從後排看到這個外表亮麗、一臉聰明相的小學妹，衷心為她感到高興。對於貴州的「觀天巨眼」，「五百公尺孔徑球面望遠鏡」，他略知一二，這個世界最大的射電天文望遠鏡，由數千塊鋁製三角反射面板組成，有三十個足球場的面積，能接收到太空深處的訊號，對追求瞭解宇宙奧祕的天文學家而言，是目前人類最具威力的工具之一；林紫芸小小年紀能有機會參加它的訓練營，累積一些第一手的經驗，真是可遇不可求的機會。

他想在會後問吳教授兩個問題，但會後吳教授就和林紫芸談訓練營的事，丘守義看看時間已晚，心想只好等下次機會再向吳教授請教吧。

晚上九點鐘已過，凱達格蘭大道上車輛逐漸減少，從景福門向總統府望去，右邊的台北賓館已在黑暗中沉睡，左邊的外交部大樓也只有微弱的內部照明開著，整棟大樓寂靜無聲，沒有任何活動。

對面的總統府三樓卻燈火通明，總統辦公室外肅立著四個人，一位藍色空軍制服的侍從官，一位黑色西裝的祕書，還有兩位年輕高大的特勤人員。

進入後是一個小客廳和一間小會議室，可供訪客等候接見，厚重的楠木門後面就是總

【飄】

統的辦公室，台灣最高權力的所在。
小會議室中圍坐一張木桌的是行政院長、立法院長、國安會祕書長、國防部長和外交部長。
五人坐定了，侍衛送來茶水，侍衛長步出會議室，穿過小客廳，畢恭畢敬地站定在總統辦公室木門前，伸手輕輕敲了三下。
五秒鐘後，木門打開，總統已經站在門前。
「報告總統，人都到齊了。」
總統點頭走入會議室，會議室中全體起立，總統作手勢請大家坐下，五人等總統坐定後才紛紛就坐。總統忙了一天，臉上略現疲態，嚴肅的表情使其看來比實際年齡更老一些。
侍衛長鞠躬退出，輕輕帶上門。
總統側向右邊首座的行政院長羅正虹，羅院長面色嚴肅，她任院長之前曾擔任過一年的內政部長。
「羅院長，妳起個頭吧。」
「是的，總統。今天我們會議的主題是國軍武器更新這個大計畫，這計畫由於種種原因進行得不順利，其中尤以國人高度重視的『戰機國造』計畫，預定時程已超過，預算追加了兩次，關鍵的技術瓶頸仍然無法突破。這個計畫已經到了山窮水盡的地步，是需要斷然作一決定的時候了；行政院評估，如果再拖下去，我們執政的基礎將受到極大的撼動……我，先報告到這裡，下面我想請國防部長向總統報告一下最新的實際情形。」
國防部長洪天鑄站起來報告：

「總統、兩位院長、各位同仁，國防部報告：在座都知道『戰機國造』的計畫從自製教練機開始交機後，我們提出的後續增強的教練、攻擊兩用機的計畫，一夕之間在立法院豬羊變色，變成了建造高性能戰鬥機的計畫，這一段的過程我就不再贅述。從空軍提出新戰機『性能要求書』算起，當時承諾預計第一架原型機試飛的最遲期限已經嚴重跳票，其中最主要的原因是美國方面答允提供的幾項關鍵技術一一跳票，中科院自行研發的成果到目前為止達不到空軍的要求。兩個月前，國防部軍備局會同美方專家小組，對這個計畫作了詳細嚴格的檢視，小組慎重建議我方放棄繼續執行此計畫——而且多年來這個計畫的預算已經兩次追加，如果要繼續執行，還要再追加預算，立法院那邊恐怕不易通過——更重要的是，民意和輿論將對政府極為不利……」

「洪部長，請先停在這裡，我想請外交部長報告一下與美方交涉的情形。」

外交部長許懋言應聲道：

「是，院長。這一部分的工作外交部是站在資源整合的立場來協力推動的，實際與美方相關單位的爭取、遊說等工作還是靠國防部本身具備的能量在推動。參與我方承造的企業界也透過他們的人脈不遺餘力地向美方爭取，問題是美國國務院方面的承諾從一開始就比較脆弱，中間又經過華府政權更替、政策搖擺等影響……不過，我必須說……」

說到這裡，許部長的聲調忽然慷慨激昂起來：

「……我必須說，影響美國國務院態度最大的力道來自北京，中國打壓我們這個計畫的力道是空前的強大，他們以龐大的政經資源為後盾，施出各種壓力和利誘，國務院的態度從搖擺漸趨負面，因而美國軍方的態度也產生了不利我方的影響，最近一個月，我們駐華府代表每次請見國務院相關業務主管都不得其門而入……」

外交部長還要說下去，總統皺著眉頭打斷他的話頭：

「許部長，你說我們駐美代表見不到國務院的官員，是屬什麼層級的官員？」

「報告總統，從上個月起，駐美蔡代表聯絡國務院亞太事務助卿的辦公室，迄今未得回音。本週因事急，緊急聯絡主管經濟和貿易的科長，都得不到回電，感覺上美方最近是刻意在躲避我方，不願接觸。據代表處的分析判斷，應該跟北京最近簽約一百架波音787-10的採購案有關；我們有來自可靠來源的情報，顯示波音公司正全力動員它在華府的遊說團隊，力阻國務院官員及國會議員與我代表處人員接觸……」

一直不發一言、閉目聆聽的國安會祕書長王耀堂這時睜開一雙細眼，衝著外交部長道：

「許部長這話恐怕……需要補充一下，堂堂美國這麼大國是不會因為區區一百架飛機的採購案，就大張旗鼓跟我們全面斷線的。中國企圖封殺美國對我軍售及技術轉移絕不是只有這一案，是全面性的，是政治性的，只是他們施加的力道和運作的範圍超過了你們的想像。」

外交部長臉上有點掛不住，趕緊接上去，一面見風轉舵，一面見招拆招。

「王祕書長講得不錯，我完全同意，中共打壓我們的力道及範圍既大又廣，駐外單位畢竟只是第一線的執行單位，盲點難免是有的。我們也亟盼掌握全面情資的國安會能對第一線的工作給些指點，相信我們在前方作戰的同仁一定能做得更周全……」

「許部長太客氣了，駐外單位不只是負責執行的手腳，更是掌握第一手情資的耳目，外交部是國家涉外事務的最高決策單位，國安會嘛，是總統府的幕僚。在緊要時刻，許部長，你要當仁不讓。」

外交部長心中暗罵：

「幹，誰不知道這些廢話，問題是外交軍事的決策全在總統府！」

他忍不住望了總統一眼，只見總統的臉色比進來時更陰沉，便不敢再說什麼了。

許部長不怎麼看得起這位搞選舉出身的國安會祕書長，總覺得他一個地方政客不懂國際事務，卻要對外交部的業務和人事指三道四；卻不知在王祕書長心中，只覺得基層幹上來的外交老兵許部長一身的事務官味道，根本沒有政治敏感度，幹這個高度政治性的部長缺了不只一根筋。

羅院長對兩人之間的矛盾心知肚明，此刻她必須掌握討論的大方向，不能讓這兩個人高來高去地抬槓，於是她轉向國防部：

「洪部長，撇開政治外交面，我們在自製戰機的實際進程上最大的困難是什麼，請你用簡單的說法向總統報告……總統今天可能有決定性的指示。洪部長，你坐著說。」

回到技術面，國防部長講話就顯得較為自信：

「問題確實不少，但總而言之，就兩個最大條的：發動機和雷達……」

總統忽然打斷他：

「發動機一向是我們的弱項，但精密電子則是我們的強項，怎麼雷達也有問題？」

「報告總統，這一次空軍要求的新戰機性能要和美國的F-35A相當，雷達是先進的『主動相陣雷達』，中科院和民間廠商協力自行研發是有若干進展，但達不到新戰機的要求，要能符合需求恐怕還得搞不少時間，有點緩不濟急。美方有兩家公司都願意協助，但是都卡在國務院的同意。」

他喝了一口茶，繼續報告：

「至於發動機，我方基礎更弱，當年做ＩＤＦ經國號戰機時的經驗和當前需求有了代差，美方准許出口、我們拿得到的貨色，規格都不足，我們想要的美方又不肯鬆口；本來這兩方面都可以採取由我方出資聘請美國『民間顧問』來台指導——以前也用過這法子——可是這回每次談到這節骨眼上，老美就閃人，現在……我們軍備局的外採單位仍在配合代表處持續努力之中……」

說到這裡，洪部長忽然想起一件事一定要報告一下：

「對了，說起國內的研發也不是一無是處：由於空軍要求新戰機必須具備先進的隱匿性能，而隱匿材料是國內過去全無基礎的項目，我們的研發團隊得到兩位早期台灣留美的退休科學家的幫助；一位伊利諾大學退休教授指點了我們『隱形』塗料配製的訣竅，這一方面我們團隊研發出來的成品，自認已有國外先進戰機所用塗料的水準……」

總統聽得很認真，聽完後微嘆了一口氣道：

「看來大家都很盡力，只是一步要自製五代戰機，目標設定太高，整個計畫還是有點好高騖遠……」

國防部長立刻接上：

「總統說得一點不錯，當時立法院如果照國防部提出的高級教練、攻擊多功能增強計畫通過預算，此刻早已完成交貨，甚至外銷了。等累積了更進步的經驗之後，再來談自製高性能戰機，情況一定好很多，沒想到立法院……」

一直沒有出聲的立法院長廖淳仁一手撐住禿頂的大頭，一手玩捏他唇上留的短髭，這時忽然打斷洪部長：

「任何案子送到立法院，朝野委員爭相加碼是我們立法院的生態。部長，你又不是不知，這事固然是朝野一批不懂的委員跟著民粹的要求起鬨相逼，但是當時國防部長怎麼能當場一口承諾。這可怪不得立法院——你們有信心、有能力做，立法院編了預算給你，不夠又追加了，最後做不到，怎能怪立法院？」

說到這裡，行政院羅院長不能不開口了，她向坐在對面的立法院長揮手致意，然後道：

「廖院長，洪部長沒有怪立法院的意思。大家都希望國軍能及早配備高性能的戰機，只是高科技的武器研製不可能一蹴而就。那時候的台美關係和現在又不同，ＡＩＴ講的話前後差很大。今天是讓總統及廖院長瞭解實際的困難，然後請示總統作一個裁決。到時候下一步的事，還要立法院一本初衷，繼續支持行政部門。」

羅院長說到這裡，大家都聽得出行政院已經為今夜「終結」這個計畫的裁決作好了準備。廖院長不再說話，紅潤的臉上帶著一種似笑非笑的神情望著對面的羅院長，顯得有點莫測高深。

總統沉吟了一會，翻動了一下桌上的書面資料，忽然轉頭向左問道：

「廖院長，如果行政院再提追加預算，依你看立法院通過的可能性如何？」

此話一出，立法、行政兩院長都為之一驚。

羅院長開這個會的目的，是希望總統裁決停掉這個高性能戰機自製案，原因很簡單，這計畫搞了那麼多年，千億的錢該花的、該分的都已經搞得差不多了，就只有產品做不出來。總統裁決停案，大家都解脫了。

廖院長心中也有他的打算。這個計畫原來不是行政院提出的，當時在立法院眾多委員感到民粹意識高張，有委員喊出「自己的戰機自己造」的口號，便失去理智紛紛加碼，硬是把一個高級教練機的增強計畫升級成高性能戰機自製案，現在成了尾大不掉的爛攤子。如果追究起來，那時自己初任立法院長，就在自己親手主持的院會中作下的決定。立院的壓力總是有的，如果總統裁決停止執行，正好可以下台階了。

沒想到總統問「再追加預算」的事，難道聽了那麼多訊息，總統還要硬幹到底？所以不免吃了一驚。但是身經百戰的他立刻恢復從容，先把問題送回給別人再說，這也是廖院長處理大事的SOP。

「報告總統，那也要看行政院提追加預算案時保證何時可以試飛，何時可以成軍？只要……只要國防部方面提得出合理的保證，我相信立法院同仁還是會一秉初衷，予以支持……」

羅院長暗罵：「他一句話就丟給我了，好厲害。」

果然總統轉頭看著她：「羅院長？」

「報告總統，詳細的數字可能需要再精算一下，如果……如果總統裁決這個計畫必須執行到底的話……」

總統陷入沉思，立法院廖院長又瞇上了他的一雙細眼，讓人猜不透他在想什麼，只有國安會王祕書長用一種「提醒」的語氣問道：

「總統，這個案子影響極大，要您作了裁決，行政立法部門才能往下面做。」

這話似在「催促」，但以他和總統的默契，總統定能領會真意，果然，總統點頭道：

「這個案子影響很大，千億的錢已經花下去，不能說一聲『停』就停，如何交代前因後果，要有充分合理的說法，我們要再想想。今天就到這裡吧，散會。」

總統回到自己辦公室，先進了盥洗室，數分鐘後走回，王祕書長已坐在長沙發上。

「你坐……」總統揮手阻止他站起來。

「總統，這事麻煩大了，羅院長和她的部長們已經準備好要下車了，就等您下令，揹起這個『黑鍋』。」

「嗯，你看廖院長的態度如何？」

「他盼您下令終止計畫之心比羅院長更為殷切，只是他一向深沉不露，不到最後關頭，他是不會開口表態的。」

「不錯。你可是有什麼想法，剛才不能當著他們說？」

「唉，就是沒有想法才急著希望您趕快結束會議；沒想法，但絕不能照行政院的想法裁示！」

「嗯……不錯，我們要好好想一個說法，不，不是說法，是做法；如果堅持執行下去，成功之日遙遙無期，以後愈來愈難自圓其說。」

這時候侍衛長在外敲門。

「請進。」

侍衛長是一個英挺的陸戰隊中將，他走入辦公室，一臉嚴肅地報告：

「今天的祕密會議雖然很晚才召開，媒體仍然全知道了，他們聚在重慶南路對面，用TV攝影機的望遠鏡頭錄下參加會議長官的車牌。請示祕書長，是否需要發言人準備一下……」

王祕書長打斷他說下去：

「不用，讓記者去個別堵他們，他們不會透露任何訊息的。」

侍衛長想了想，似乎還想說什麼，但終究沒有說，只行了一禮就退出。

總統臉上終於露出一絲微笑：

「除了一個人，其他人離開總統府就都會把手機關了。」

「不錯，那個人一定會接受採訪，不過放心，他絕對會給記者一個完全不相干的故事，明天看報紙就知道了。」

總統府前門，黑頭轎車一輛輛開上凱達格蘭大道離去，第一輛是有警車開道的行政院長座車。

聚在重慶南路對面大停車場邊的記者也收工離開。

總統府後門的博愛路上沒有車隊，也沒有記者，在一片寂靜中，一張沒有身體的人臉悄悄從樹頂飄過，越過長沙街向東南飄去。

沒有人注意到，總統府三個後門的警衛憲兵們也都沒有注意到。

只有空蕩蕩的博愛路人行道上閃出一道白光。

丘守義呆坐在他的床緣上，對面靠牆那張舊長椅已經換成了一組設計小巧精緻的廚具。「以後自己煮點宵夜什麼的，方便多了。」

手機裡有三張模糊不甚清晰的照片，別人看不出是什麼，只有丘守義自己明白，三張照片中的亮點都是那個「阿飄」，辛亥隧道外車禍現場飄過的那張沒有身體、沒有表情的人臉。新的一張是在博愛路長沙街口拍到的，畫面更不清楚，但他想到那個阿飄居然飄到了總統府後面，心中不禁感到一陣驚駭。

那一晚，府裡顯然有重要活動，因為今日媒體詳列了總統府深夜密會參與者的名單，有行政院長、立法院長、國安會祕書長、國防部長和外交部長，但會後只有立法院長透露，會議討論的是國防和外交的預算問題，總統聽取報告和跨部門討論，沒有作任何結論。丘守義看了說「呸」。

他拿起床頭那張幾天前的舊報紙，辛亥隧道外的車禍新聞登的篇幅不大，配有一張撞毀的ＢＭＷ照片，但是標題下得很聳動：「阿飄！辛亥隧道口車禍現場出現」。文字內容記載計程車司機口述，斬釘截鐵地咬定看到一個沒有身體的人臉，文末計程車司機告訴記者除了他還有一個騎摩托車的目擊者，不過那人不肯多留，只幫忙打電話叫一一九就匆匆離去了。

丘守義想到自己交了一張名片給那計程車司機，顯然他只把名片交給了警察，對記者則不提此事。看來此人是個老江湖，對記者的問題能不答就不答，不禁暗中莞爾。只是有點奇怪，事過數日，直到此刻警方並沒有打電話來詢問。

「自從台北市民喜歡選怪叔叔當市長，警察每天處理上司交代的怪事，忙得筋疲力竭。這車禍也不算嚴重，大概就算現場有『阿飄』出現，也引不起警察太大的興趣。」

才想到這裡，手機鈴響了。

「喂，對，丘守義就是我。你是……啊，程士雄警官，你好！」手機中的聲音很沙啞，不知是患感冒還是天生沙喉嚨。

「程警官，我最近比較忙，下星期約個時間，我去派出所找你可好？你是要記錄我現場的見證好結案對不？也不差幾天吧？」

「什麼？你不能等到下週？……我看這樣吧，後天上午十點鐘我在家裡等你，我名片上有地址……」

「不謝，不謝，後天見。」

闔上手機，丘守義泡了一壺茶，倒滿一馬克杯，坐在桌邊凝視著桌面，一塊透明壓克力板下面壓著一張多年前的剪報。

標題粗黑大字「都會區輕軌運輸路線一夜翻盤」，副標題是「執政黨在野黨立委聯手施壓合力綁標」。

揭發這條內幕的記者正是丘守義。這篇報導是使他離開報社的最後一根稻草。

那時他不顧報社主管好言相勸，執意以犀利之刀筆揭發此一內幕，利用主管的一時疏忽，他將這篇報導偷渡上報，引起朝野委員一面自清、一面互攻，一時之間台北政壇冒出多位「瘋人」，不消說，這篇報導讓朝野恨之入骨。

丘守義也因這篇報導紅了一陣子，他離開報館後，有兩家媒體的朋友表示想以高薪拉他加入，但是當他認真表示有意願後，人事案到了媒體高層便如石沉大海，最後得到的回信是，現在正在鋒頭上，拉他入夥有些大人物面上不好看，等稍過一段時間再說，就不了了之了。

他不在乎，因為中學畢業那年，他那士官長老爸就告訴他，天下做大官的都是一樣，要你賣命時，說什麼都是好的，你賣過命後，就啥都忘了——而且老爸強調一點：不是假裝忘了，是真的忘了。他一直記得老爸這句名言。

所以他年紀不大，這些事卻早就看開了。

他想到老爸，牆上掛了一張他老人家的遺照，黑色中山裝襯著一頭白短髮，看上去顯得挺精神的，布滿皺紋的黑臉上露出白牙在笑，而且笑得很詼諧，不知拍照時在想什麼，守義總覺得他笑得有些玩世不恭。

他老爸十八歲時被抓壯丁進了部隊，剛練完基本操就真槍實彈上戰場，打了慘烈的徐蚌會戰，敗下來的殘兵整併在雜牌青年軍中運往金門，數月後又在金門打了古寧頭之戰。

有個指導員被解放軍迫擊砲打傷了兩腿，是老爸揹著他冒槍林彈雨跑了一公里半，送到衛生連手上才保住了命。

這個指導員後來做到中將政戰高官。丘老爸在部隊裡從小兵升到士官長，也算是「登峰造極」了。他五十歲退役，透過朋友介紹討了個老婆，宜蘭來的女人，結婚後就發現女人先天有些智障，為了傳宗接代，還是冒險生了守義。還好醫院測試發現守義不但不智障，腦子似乎還比許多其他嬰兒靈活管用，不禁感謝祖宗保佑，他親自動手弄了一塊丘氏列祖列宗的木牌位，足足拜謝了兩個禮拜。那兩個星期裡，丘老爸每天吃麻油雞、喝高粱酒，順便也幫產婦進補坐月子。

丘老爸沒讀多少書，但為人極有主意，心知靠祖宗保佑多半只此一次，這險不能再冒，便不敢再生第二個孩子了。三年後，身體羸弱的老婆先一步走了。

老爸一生不求人，沒地方住就在墳場裡三不管的林子邊搭了個鐵皮屋，一窗一門全部自己雙手做，一輛舊腳踏車每天都能從各地拉來別人不要的東西，經他修修補補全都是「好」東西，兩年下來，丘家的鐵皮屋裡「客廳」、「廚房」、「臥室」該有的「家具」應有盡有，丘守義記得老爸喝了兩杯高粱酒就愛吹牛，有一回他說：

「守義啊，你老爸就像流落到荒島上的魯賓遜，啥也難不倒他，他也不求任何人。」

不過後來牛皮還是破了。

守義考大學那年，丘老爸的鐵皮屋要被強制拆除，從不求人的老爸走投無路，想到了他曾經在金門戰場上捨命相救的指導員——如今已經是官拜中將的大官，也許他能幫個忙。

守義記得有一天老爸真找到了人，人家也記得在金門遇救的事，卻不記得救他的人，他要老爸找個證明，老爸掉頭就回來了。

就那天，老爸跟他說了那句名言。

他的目光又回到書桌上壓著的那篇報導，嘆了一口氣：

「比起今天台北的政壇，那時候算是好的了。」

他喝了一口茶，有些涼了。

上午十點，程士雄警官準時赴約。

程警官騎了一輛警用150CC的「重機」車，看起來還滿新的，但引擎聲音聽起來十分噪雜不順，排氣管也有點冒白煙，丘守義開門迎客正好看到程警官停車熄火。

「程警官，你的警用車新的就這德性？」

「你就是丘守義？警方今年採購的一批新車他媽的全是這德性，開到八十以上那聲音就像要炸了似的。」

他的聲音和神情說明，沙啞的嗓子不是患了感冒，是天生的。

丘守義把程警官帶上二樓他的房間，泡了兩個茶袋，回頭瞥見程警官正在低頭讀桌上壓著的那張舊簡報。

「嘿，原來是你！那年輕軌運輸案爆料揭弊的記者原來就是你！幹，爆恁娘卡好！」

程士雄年紀不輕了，還是一線三星的基層警官，長得還算「稱頭」，講話卻愛夾雜粗口，國台語粗話交互使用無礙。

守義把一杯茶遞給程士雄，兩人坐下。

「警官，有事就請問吧。」

「也沒大事，請你把車禍那天晚上你目睹辛亥隧道口發生的情形說一下——失禮，啊，我可以錄音吧？重點是你有沒有看到一個『阿飄』的臉？那個計程車司機說他有看到，你也有看到。」

「你儘管錄音，我……那天我騎車路過，在那輛白色ＢＭＷ肇事現場，確實看到一張怪怪的臉飄過去——飄到芳蘭山那邊去了……」

「芳蘭山？ＯＫ，聽說你拍了照片？」

守義在手機上找出一張比較不清楚的照片給警官看，心想比較清楚的一張要配他的文字稿送雜誌社，不能給他看到。程警官仔細看了一會，實在模糊看不清，但他仍然要求：

「能不能傳給我存檔？」

「你們警方真要正式存這種『神怪』的檔？」

「對上對外的檔裡當然不存這個，但局裡內部的檔案總要留個底吧。你放心，絕對保密，你的名字只是『證人B』。」

守義暗忖：「你早就知道我姓名，講這種屁話騙老百姓。」便冷笑道：

「我不是怕留名字，我是說這張照片我有智慧財產權，你們除了祕密存檔之外不能用它來作任何其他目的……」

「幹，你的照片什麼也看不出，還能有什麼其他目的？」

丘守義有些火了，回頂道：

「這又不是什麼刑事證物，你沒有權力強制沒收，你他媽的不給我保證，我照片就不給你。」

說完便把手機收了，程警官見風向不對，倒能當機立斷，立刻轉舵：

「好、好、好，你有理，我保證，照片用電郵傳給我，寫明僅作存檔，不得做為其他用途。這樣可以吧，我操，厲害。」

丘守義把較不清楚的那一張照片加上但書傳了，要程士雄立刻回覆收到，往來兩封信都存了檔。程士雄看他做事謹慎，便嘻嘻笑問：

「嘿，丘桑，說實話，你真的見到鬼了？」

「當然是真的，那一帶常出現的，我從小就住在那一帶，見過好幾次了，這次是第……第四次吧。你要是不怕，找個月黑風高的晚上，我帶你去山上走走，要是你運氣好的話，說不定也能見著……」

「你講什麼？運氣好？」

「我爸說的，碰上阿飄是走運，好兄弟會保佑你。」

程士雄臉上閃過一絲詭異的笑容，丘守義覺得詫異，忍不住問：

「你笑什麼？」

「告訴你一個祕密，其實他媽的，我好像也見過你說的那個阿飄……」

「哦，你那天也在車禍現場附近？」

「不，前天晚上，我到長沙街博愛路口國史館——你知道，就是從前的交通部，找我以前的同學——他在那邊負責警衛工作，聊完了走到路口，我看到那個……那個好兄弟的臉……從總統府飛出來，飛向羅斯福路的方向，那張臉就跟你們講的一模一樣……所以我才想起要打電話給你……」

由於有些興奮，他講得有些結巴，丘守義卻暗吃了一驚，忖道：

「原來昨夜除了我，居然還有人也看到它。」

守義看程警官又緊張又興奮的樣子，忍住笑對他道：「程警官，我看你對這些事有興趣，以後我若再看到什麼，一定通知你。」

程士雄喜道：「丘桑，你這人不錯，我要有聽到什麼通報，頭一個也通知你。」

送走了程警官，丘守義從筆電中叫出未完成的稿子，打算繼續寫完他目擊阿飄的專題報導。

他敲了三行字就停下，因為心頭上壓著幾個沉重的疑問。

「如果那張臉是同一個阿飄，他為什麼遠離芳蘭山和蟾蜍山一帶的墳場，卻飄到總統府去趴趴走，幹什麼？」

「那天我跟蹤到了芳蘭山，那『人』直往空軍作戰指揮部走去就消失了。難道他對軍、政要地特別有興趣？難道是要刺探軍政機密？」

「這麼說，他究竟是不是一個鬼魂呢？」

丘守義想得愈深，愈覺得有些不寒而慄，筆電已自動跳到待命，他的目擊故事竟然寫不下去，直到腹中感到飢餓才驚覺該吃中飯了。想了那麼久，且下一個暫時性的結論：

「一張會飄的臉不是阿飄誰才是？這錯不了，也許生前是一位大官，是個對軍政大事不能忘懷的鬼魂，雖然已經往生，仍舊超愛台灣的，國家安危耿耿於魂魄，哇塞，可敬啊。」

想到這裡，便帶上門，去巷口餃子館打發中餐。

花了整個下午加半個晚上，丘守義的靈異事件特別報導終於完稿。他讀了一遍頗覺滿意，唯一遺憾的是配圖那張照片不夠清楚，那個阿飄濛濛的臉孔只勉強可辨，不過搭配他妙筆生花的文字，應該可以引起讀者熱烈的興趣和迴響了。

這時手機鈴響了。

「喂……是妳，何薇！好久沒有聯絡了，妳好嗎？」

手機中傳來清脆悅耳的聲音：

「我還好，你呢，守義？」

「就這樣子，說不上好還是不好。妳還在X報嗎？」

「對，不過我現在是採訪主任了……」

「恭喜妳，除了調派採訪，妳個人負責哪一塊？」

「主要是國會那一塊，你，你最熟悉的戰場……」

守義是耳中聽到何薇的聲音，眼前浮現何薇漂亮的面容，那曾經讓守義心動的女孩，現在恐怕也三十多了。當年離開報社時，他收到唯一的一封鼓勵信便是來自何薇；信中對守義的揭弊勇氣給予了極大的讚美。

讚美來自年輕美女，守義著實感動了好幾天，但過後也就沒什麼聯繫了。

「喂，守義，你有在聽嗎？」

「有，有，我在聽著……妳說國會是我最熟悉的戰場……」

「今晚立法院會挑燈夜戰，審查在野黨提的公投法修正草案，想請你到立法院來看看。」

「看看？公投法不是剛修過嗎？」

「不錯，不論哪個政黨，在野時就在這個法上加碼，想要拆穿對手的假面具，其實誰也不敢真正公投台獨，這是個膽小鬼遊戲，你來近距離觀察，然後可以採訪一、兩個年輕委員，會覺得很有意思的……」

「何薇，妳知道我早就不跑政治新聞，立法院……這些東西離我好遠了，再說，我沒有立院的採訪證……」

「守義，技術問題交給我解決，你雖不跑政治新聞，你仍有記者證，仍在寫政治評論，別以為我不知道……」

「沒有的事……何薇。」

「請問『成仁』是誰的筆名？你騙得了別人，可騙不了我。」

守義想不到自己用「成仁」為筆名，零星在報章雜誌上寫的政治評論，居然被何薇注意到，而且慧眼認出來，不禁有些感動。人在潦倒中，這種「知音」之感會被放大，守義心中忽然產生一種衝動，想要見到何薇，和她說幾句話。

「好吧，何薇，我現在過來，十五分鐘就到，我們哪裡見？」

「我在青島東路、鎮江路口老地方等你，十五分鐘啊，你趕得到？」

「沒問題，我騎機車來！」

放下手機，心中有一點狐疑：

「她為什麼要問十五分鐘趕不趕得到？難道……難道她知道我住這裡？」

他套上一件夾克衝下樓，心中想：

「丘守義，你怎麼啦，別自作多情了。」

何薇還是那麼俐落漂亮，守義頭髮未整、于思于思的模樣，不禁有些自慚形穢。何薇可沒管那麼多，遞給守義一張「X報」的臨時記者採訪證，拉著守義就要往議場跑。

守義盯著採訪證上的「X報」字樣，心中有些反感，沒有立刻伸手接過，何薇瞪了他一眼道：

「唉呀！你就馬虎一點嘛，『X報』也不是見不得人的媒體，你就快給我掛上！」

守義勉強把採訪證掛好，何薇帶他走到立法議場口前，跟警衛打個招呼，就把守義領到記者旁聽席，她一面上樓一面低聲道：

「目前國會席次攻防十分緊繃，在野黨加上無黨籍席次比執政黨只少兩席，今晚要對決了……」

「差一票和差十票沒有分別，執政黨多一票就夠。」

「有人跑票就不一定了。今晚一定有人跑票，雙方陣容都有人被挖了牆腳，等一會的發展預期會很精彩……所以才找你來。」

「謝謝妳備好入場券請我看戲。」

「守義，你不要急，看完戲我有話跟你說。」

何薇臉上露出一個狡獪的笑容，那曾令丘守義著迷的笑容。

議事廳裡一片混亂，立委們幾乎每人手上都拿了一塊標語牌，執政黨委員手中的寫著「換了屁股　就換腦袋」、「一法三修　沒事生亂」、「玻璃心　嗚嗚嗚」……在野黨的標語上寫著「換了屁股　就換腦袋」、「拆了鳥籠『獨』鳥敢飛?」、「台獨公投　總統發動」……

由於雙方都打出「換屁股換腦袋」的標語，顯得大夥兒的屁股和腦袋都有問題，也許因為如此，大部分委員的屁股都沒敢坐在座位上，大家舉起標語牌四處遊走、吆喝，有如賣場。

一個少年白髮的委員手持指揮板，上寫「反對」兩字，正是執政黨的黨鞭。另一邊是一個長髮的女委員，手持板上大書「贊成」，應該是提案的在野黨黨鞭了。

在野黨派出一個年輕的帥哥在發言台上大聲疾呼，何薇在守義耳邊道：「這個小鮮肉是本屆的，是在野黨明日之星，今年才二十八歲的姚志鴻。」

「我知道，他是台北市文山區選出來的，原來是市議員，當了一屆就出來選立委，靠他在市議會打架時把對方三個資深議員各打了一記重拳，得到完勝而當選。」

何薇忍不住笑出聲來，因為她想到當時的場面：姚志鴻打完三對手，同黨的議員立刻飛快地在海報紙上寫了「完勝」兩個大字，舉起來在議場跑了三圈，引起全場鼓掌及怒罵，畫面有如動漫。

這場景被電子媒體重複播放二十四小時。就憑這，不但姚志鴻選立委高票當選，連那舉「完勝」跑場的同志也高票連任議員。姚志鴻謝票時，他的小卡車走到哪裡，都聽到「完勝」、「完勝」之喝聲此起彼落，響徹雲霄，他則四方抱拳，有拳王的架勢。

這時姚志鴻講到既然立了《公投法》，讓公民對高度爭議的事項直接行使創制或複決權，就不應該設太多限制，他過去任市議員時就反對「鳥籠公投」……

台下響起一陣噓聲，姚志鴻指著噓他的委員們大聲叫道：「不信你去市議會查查本席的發言紀錄……」他繼續說：

「總而言之，《憲法》增修，包括領土變更等都應該納入《公投法》第二條，第四款文字只須修正為『《憲法》增修案之創制及複決』即包含了領土變更等議題。另外，第十七條也應改一改，加上一段文字，讓總統發動獨立時，可以不受提案人及聯署人數的門檻限制，直接公投。這才是直接民主玩真的。之前的鳥籠公投及後來的半鳥籠修正案全是膽小鬼的騙子通過的法案……」

他的聲音愈來愈高昂，用詞愈來愈辛辣，立法院廖院長聽不下去了，他心想，這法案是大家通過的，你這新進的小子在罵誰？於是指著掛鐘叫道：

「姚委員，你已經超過發言時間整整十分鐘，請你立刻停止發言。」

姚委員完全沒有停止的意思，他對主席的話全不理睬，繼續大聲發言：

「……之前的《公投法》修正案名為改革，實則是半吊子的惡質政治操作。我們提出的修正案，可以匡正現行的缺失。既然多數公民認同執政黨的國家定位，你執政了就要盡全力做到支持者的期待。今天我們把鳥籠給完全拿掉了，那隻『獨立之鳥』應該振翅高飛才對。一個永遠主張台灣獨立的政治工作者領導的政府不肯去做，非不能也，是不為也，我看不起這種孬……」

執政黨的委員開始在下面怒吼：

「胡言亂語！情緒發洩！」

「你有沒有常識呀！」

「《公投法》經過多少專家仔細推敲過，你算什麼！在這裡胡說八道，下來！」

「下來！立刻下來！」

「主席，他超時太多，叫他立刻下來！」

姚志鴻見自己成了眾矢之的，但也成了媒體的聚焦，不禁大喜，馬上「嗨」起來，暫時停止發表高見，開始和台下對罵：

「說中你們的要害了吧？欺騙人民的把戲被本席拆穿了吧？詐騙集團破功了吧？」

閃光燈「咔嚓」、「咔嚓」如星雨齊落，姚志鴻更亢奮了。

廖院長氣得猛捏花白的短髭，大聲喝道：

「姚委員，你立刻下來！再不下來，主席只好強制請你下來。」

有幾個長得孔武有力的執政黨委員見院長撂下這句話便開始走向發言台，姚委員昂然不懼，因為他已看到在野黨的委員也開始行動，衝上前來準備護駕。

雙方衝突一觸即發，都把女性委員放在第一線，有一個戰力不讓鬚眉的女立委慣用高跟鞋踹人，她的對手們頗具戒心，相約大家防著她的下盤動作。

推擠了一陣，有委員被木牌撞傷了額角，鮮血掛在臉上，於是大夥兒見血興起，義無反顧地加入戰場。

丘守義在樓上看到這場景，心中竟油然而生出一種「親切」的感覺，他旋覺慚愧，忖道：

「之前極為厭惡這種場面，許是好久不曾看到了，倒也看得有趣。」

何薇道：

「在野黨有四個委員在日本北海道賞雪，黨團下了緊急令要他們趕回，現在還在桃園到台北的高速公路上。等他們到齊了，這邊在野黨便不會占發言台了。」

守義搖頭道：

「還是老把戲。妳是說投票表決在野黨有勝算？」

何薇道：

「難說得很。你看那邊樓上擠滿了關心本案的各種團體代表，委員們背後各有支持團體，各有立場、各施壓力，兩陣容只要有一、兩票跑掉就會影響結局……還有十幾個小黨和無黨籍的委員，你看，他們端坐在座位上滑手機，有的在拍照留念……難料結局會怎樣。守義，我找你來這看看是要和你商量……」

守義沒有反應，何薇轉頭發現他身軀僵直，臉色異常。

「你怎麼了？」

守義仍無反應，因為他偶一回頭時，忽然看見上方牆上掛的現任總統肖像的臉變成了那個「阿飄」的臉，他定目細看，只見那阿飄的臉一閃而過，然後似乎消失在二樓門口處。這一切發生得極快，唯一能確定的是，他又一次看到了阿飄，雖然只是驚鴻一瞥。

「守義，你怎麼了？」

何薇見守義失魂落魄，忍不住再問一句。守義支吾道：

「沒……沒什麼，剛才好像看到一個……一個老朋友一閃就出去了，來不及打招呼。」

何薇看了他一眼，雖然肯定絕不是那麼一回事，但也不再追問，就接著先前的話繼續道：

「守義，這個案子裡面有太多的內幕，兩黨都有大咖委員面臨要不要跑票的壓力和抉擇。我手上有不少黑資料，不便在我們報上發表，想把資料全交給你，由你處理可好？」

丘守義懂得她的意思，是想要他用「成仁」的筆名撰文在雜誌上發表，揭露其中的內幕。他略為考慮，便答應了。

何薇將一個大信封交給了守義，守義想了想道：

「好的，等我寫好了，我們再找個時間一起討論一下。」

他忽然好希望能再見到何薇。

當晚九點半，立法院議事廳內終於停止發言，投票的結果，在野黨的提案差一票沒有通過。

執政黨跑了兩票，在野黨跑了一票，小黨及無黨籍的委員倒是全部投了贊成票。

根據事後某周刊的權威報導：有兩人借「尿遁」，一人借「屎遁」，其中兩位委員在投票時躲在同一間廁所內，假裝互相不認識。

林紫芸自從手機失而復得後，曾兩次跑去那間網咖，都沒有再遇到那個神祕的年輕人，漸漸地她就把這事擱在一旁了。

寒假最後幾天，故宮博物院展出一檔極為難得的畫展：「水墨一千年」。

策展團隊精選從宋朝到現代具特色的水墨畫六十幅，其中包括山水、人物、花卉，選擇了能充分表現各時期美學沿革及水墨技巧變遷的代表作。

這樣的六十幅頂尖水墨作展於一堂，除了策展的慧心慧眼，也只有故宮博物院有這樣的館藏條件和氣魄，做為展館，實為不二之選擇。

紫芸滿懷興奮地約了同班好友一同去觀賞，不巧同學臨時有事放她鴿子。她心想一個人看畫展也不錯，雖然少了「知心」間的討論互動，但也可以看得更專注。

萬沒想到，在展場遇見了他。

紫芸正在欣賞南宋馬遠的〈山徑春行圖〉，這幅名作之前只有在畫冊中看過，這時看到真跡中的人物、柳枝、花、鳥，畫家用不同的線條和筆法畫不同的景物，時而剛毅果斷，時而乾淨瀟灑，其美在一瘦字。

她看得暗中讚嘆，這時湧入了一批包團來的遊客，一時之間，身後看畫的人突然變得特多，她略退一步，前面便插進了好幾人，於是她環目四看，只見鄰室中只有寥寥十數人，心想：「我便先去那邊看，等會這邊人少了再回來。」

移步到鄰室才發現這一間展覽室展出的是近代的抽象水墨畫，才跨入，她就看到那個網咖中遇見的神祕年輕人，在一幅巨大的抽象水墨畫展前，左看右看，趨前退後，似乎有極大的興趣。

紫芸吃了一驚，但忍不住走近，認出那幅畫是劉國松的〈雪山組曲〉精品，那個年輕人認真地觀賞，臉上卻帶著明顯的不解和疑惑的表情。

紫芸見他遠看近看，又站著凝視好一會，然後彎身伸頭貼近畫面細看，引得坐在門口的管理員過來干涉：

「先生，不要越過地上的畫線！」

那年輕人似乎嚇了一跳，低頭看一眼，衝著管理員笑道：

「我腳沒有越線。」音調怪怪的。

管理員是個身材矮小、面色嚴肅的女人，聽他這樣說便覺此人不僅強辯，而且有點調戲的味道，便板著臉對他道：

「參觀者不得太靠近展出作品，這是規定。」

那人一聽到「規定」兩字，立刻退後兩步鞠躬道：
「是，對不起，我不應該違反規定。」
那管理員以為他故意耍寶，更是一肚子不高興，哼了一聲便不再理他，快步走回門口的座位。
紫芸卻忍不住「噗哧」笑了一聲，那人回過臉來看到紫芸，立即展開一個燦爛的笑容，開心地道：
「是妳！」
紫芸板起臉道：
「怎麼？不用文言文了？」
那人一怔，隨即點頭道：
「對，我已學會你們講的話，妳說以前我講的是文言文？」
紫芸不甚瞭解他何以如此說，覺得這人說的國語口音古怪，不知像哪一種方言，當下撇開這個話題，冷言道：
「那天在網咖是你偷用我的儲值卡，又偷走我的手機，對不對？」
那人毫無「修飾」地盯著紫芸，看得紫芸有些不自在，正要開口責他無禮，他忽然退了一步，又對紫芸恭敬地行了一禮，正色道：
「尚未請教尊姓大名，那日未經同意擅取貴物，雖即奉還，仍須當面謝罪。」
紫芸暗道：
「又來了，這人有毛病。」

卻見他一臉誠懇，也不便過分相責，而且她心中也有幾分覺著此人可笑而有趣。

「你對著這幅畫手舞足蹈，是不是有毛病？」

那人用手梳了一下頭髮，紫芸發現他的頭髮特別纖細柔軟，手指一梳理便如波浪般從頭頂上傳到末端，很是奇特。

那人想了一想道：

「我從來沒有看過這樣子的畫，紙上不見一筆，只見一片一片的潑墨，墨裡好像埋了好多筋脈……妳確定這是中國水墨畫？」

「這是現代抽象水墨畫，是很有名氣的畫家作品，你喜歡嗎？」

「很難說，看不懂。」

「那你上下遠近不停地換角度看，總看出一些門道吧？」

「門道？」

他好像聽不懂「門道」二字，紫芸解釋道：

「總看出一些道理吧？」

「不知。但我有一種回到家的感覺。」

「你，你的家鄉是哪裡？」紫芸暗忖：「難道是喜馬拉雅山？」

那人瞇起一雙深邃的琥珀灰色眼睛，想了兩三秒鐘，然後緩緩道：

「很遠很遠的地方。」

紫芸更覺得這人神祕，對他好奇心大過厭惡感，見他好像看不懂抽象水墨，正好一位工作人員走過，紫芸就試著央請工作人員做一點「導覽」工作。那工作人員停下來簡單介

飄】

紹：

「這些畫家打破傳統具象的繪畫概念，畫的不是形，是意；有的甚至連意也沒有，就是某一種感覺；紙、筆、墨的機遇組合……」

他認真地聽，不住點頭，但聽到這裡就打斷道：

「可是這張畫上一筆也沒有。」

紫芸從旁補充道：

「你說得不錯，這畫的作者就是出名的要『革筆的命』，他作畫向來不是傳統畫法。」

「妳是說他不照傳統方式用筆？」

那位工作人員點頭稱是，然後打個招呼就去別處忙了。

紫芸忍不住笑道：

「孺子可教也。」

年輕人盯住紫芸看，忽然回一句：

「卿乃……窈窕佳人也。」

紫芸臉上飛紅，嗔道：

「你胡說什麼？你偷我東西的事我還沒有跟你算帳，等會看完畫展你不要開溜，我要你好好交代。」

那人似乎嚇了一跳，喃喃道：

「我……我不是把手機還給妳了嗎？怎麼還要……還要交代？」

他說到「交代」兩字時，臉上閃過一絲害怕的神情，紫芸板臉道：

「第一，你在我的手機上動了什麼手腳？第二，你用我的預付卡付了網咖的費用，那就是偷我的錢，你就是偷錢的小偷！」

那人似乎不理解，又摸摸頭，引起一頭長髮如風吹柳絲，一陣閃動；他瞪大雙眼盯著紫芸道：

「尊手機經吾之手而威力百倍，何怨之有？那張卡片，哈哈，太好用，我暫時不還給妳。」

聽他一半文言一半白話，說話邏輯令人費解，紫芸原本還覺得這人有點犯傻，但傻得還不討厭，但聽到後一半，不禁惱道：

「你不還我也不在乎，我預付卡中也沒放多少錢，你留著也沒有用！」

那人臉上顯出一絲頑皮的笑意，看起來又不像腦子有毛病，他怪腔怪調地道：

「那張卡片真好用，我每天用。」

紫芸不想跟他在展覽場爭執，便壓低聲音道：

「我們不看畫了，出去，我要你講個清楚明白。」

她暗忖那人一定不肯就範，便使出她自覺最凶的語氣狠狠地對那人施壓。

那人似乎真被嚇到了，他退了一步，再次鞠躬諾諾道：

「喏，喏，夫人。敝人遵命。」

紫芸被稱「夫人」，心頭火起，指著門口道：

「我們現在就出去，我……我要好好問你……」

那人見紫芸生氣，連聲道：

「是，是，請……妳先走。」

他們走出博物院，在兒童學藝中心左邊的一片草坪中停了下來。那人一面走一面偷看紫芸的臉色，似乎在評估紫芸生氣的程度。

紫芸見四顧無人，是個安靜的角落，便開口質問道：

「你到底是誰？為何這樣……這樣奇怪？」

「我……哪裡奇怪了？」

紫芸氣鼓鼓地道：「你不奇怪？你是不是從什麼精神病院偷跑出來的病人？」

那人不解，問道：

「妳說……什麼是精神病院？」

紫芸不知他是真不懂還是裝傻戲弄人，一時之間為之語塞，那人忽然笑了起來，啊了一聲道：

「嗟夫，吾知之矣，精神病院者，瘋人院也。」

然後又用白語文補一句：

「在我們那邊就叫『瘋人院』，沒聽說過『精神病院』這種說法的，好怪。不過我不是病人，我不是瘋人。」

紫芸暗忖：「你不是瘋人，我倒快要被搞瘋了。」

她再次問：「你到底是誰？你不是台灣人！」

那人點了點頭道：「敝姓斯，名永漢，從遠方來。」

「斯永漢？」

道：

「對，『斯文』的『斯』。」

「你，為什麼偷我的預付卡？」

「初到貴地一文不名，偶見當地人持卡可換各種所需之物，甚覺方便，取而試之，果然無往不利，吾甚愛之……」

他又開始用文言文講話，紫芸之前聽他講文言文還覺有趣，這時卻聽得生氣，打斷道：

「難道你媽沒有教過你，別人的東西不可隨便動手拿嗎？」

他聞言為之一怔，囁嚅道：

「我媽早逝，不曾教過……」

紫芸幾乎肯定這人是在裝瘋賣傻了，他一會說文言，一會說白話，當時用文言寫字條，多半是要引起自己注意，從頭到尾都是在戲弄人，十分可惡。

尤其可惡的是他動手偷拿別人的東西、偷用別人的預付卡，卻裝得一派天真無辜，好像什麼都不懂，正要開罵揭穿他，卻見到他一雙深邃的眼睛中閃著溫柔之光，紫芸一時之間完全被弄糊塗了。

「你……」

「沒事，我拿了妳的……妳生氣，很不好意思，還給妳就是。」

他從衣袋中掏出那張預付卡，遞還給紫芸，紫芸道：

「這卡沒有用了，我估計早就該用光了。」

「不對，今天我還用它買過東西。」

紫芸吃驚道：「你真的還在用？怎麼可能？」

斯永漢臉上又露出一絲頑皮的笑意，回答道：

「我發現妳的卡片被拒不能用了，我就略施小技，把卡片的密碼改了，就又可以用了，用了幾次又不行了，我就再改密碼……」

紫芸又驚又怒，打斷道：

「你能改儲值卡的密碼？你是……絕不可能，斯永漢，你不要想騙我！」

斯永漢急道：

「林紫芸，我何必要騙妳？這事極為容易，只要……」

「慢點，你怎麼知道我的姓名？」

「我在網咖站在妳背後看到妳簽名，我不但知道妳姓名，還照樣替妳簽了好幾次名，完全……完全……一模一樣，沒……沒有人……能找到……找出……差別……」

他愈講愈得意，說得快就有些不順了，似乎說白話對他反而吃力。

紫芸愈聽愈氣，便凶狠狠地罵道：

「斯永漢，你這個小偷，偽造文書、資訊犯罪，我要去告你！」

她撂下這句狠話，掉頭就走，斯永漢急忙追上去叫道：

「林紫芸，妳聽我解釋……」

紫芸怒道：

「不准跟我，你再跟，我現在就去找警察！」

丘守義詳讀過何薇給他的「黑」資料，有的很瑣碎，有的缺乏有力證據，不過依時下媒體的水準及讀者品味的下限來衡量，足可以寫成一篇精彩而有爆炸力的政治內幕新聞。

他想到當年自己爆出的黑暗內幕，手中掌握的證據比目前這些黑資料恐怕還要強一些，卻不為報社長官所接納，現在反而答應要用「成仁」的筆名當何薇的寫手，以昔視今，心中湧上百般感慨。

他再翻了翻桌上的資料，心中在構思如何用他的刀筆把這些資料巧妙地串起來，讓其中涉及的政治人物和商界人士在報導中「各司其角」，湊成一篇具爆炸力的報導文學。到時候「成仁」就要「成名」了。

想了一會，他打開電腦準備開始工作。習慣性地先「掃描」一下媒體本日要聞的標題。他的注意力被一條不起眼的新聞標題所吸引：

「『值得保』公司資安遭駭，預付卡多起遭盜用」

他點開看全文，報導「值得保」公司發行的預付卡在半個月內發生多起遭駭客盜用的報告，公司的網路安全部門已經報警。據相關業者表示，此番盜用信用卡事件案情十分奇特，公司主系統的安全網絡全無被駭客侵入的痕跡，而遭盜用的卡片亦無任何與主系統之間的聯動。一位網路安全業者表示，案情像是有人在遠端能獨立發出與公司主系統相同層級的指令，直接竄改密碼，盜用卡值，持卡人報請公司廢止該密碼後，盜用者又隨機盜用另一個帳號。

文尾記者補充「值得保」是中型預付卡發行公司，其儲值卡多為中、小額，由於手續簡單、服務迅速且貼近顧客需求，頗受學生及年輕族群愛用。

「道高一尺，魔高一丈。愈是被年輕族群愛用，他們的『創意』愈防不勝防。」看完這則新聞，丘守義忽然覺得自己已經很老了。

他的報導文稿才起了一個頭，手機響了。

機面上顯示出「程士雄」的名字。

「啊，是那個警官，不知又是什麼事？」他一面接電話，一面暗忖著。

「喂，警官，有何貴幹？」

手機裡傳來程警官粗啞的聲音：

「大記者，我是給你送新聞材料來了。」

「啊，什麼新聞？」

守義想到曾經和這個滿口粗話的警官約定，如發現新的「靈異」事件一定相互通知，便又補一句：

「你先講，等會我也有消息要告訴你。」

手機中程警官的聲音壓低而且變得有些顫抖，不知是因興奮還是驚恐：

「那個阿飄又出現了，而且不止在一個地方。」

「你看到的？」

「你他媽少開玩笑，我哪能整天跟著那張臉全台北市跑？告訴你吧，我把上回的報告呈了上去，原以為上面便會以『無實證』為由存檔了，哪曉得這回上面看到你那張照片，竟然大陣仗送到刑事鑑識單位去，用最先進的技術分析你那張鬼照片，幹！你猜……」

丘守義大為光火，立刻打斷他：

「等一下，程警官！你答應過我那張照片只供你局裡內部存個底，怎麼還是呈上去了，他媽的你講話是放屁嗎？」

程士雄聽了居然沒有回罵，只好言解釋道：

「丘桑，你先聽我講，我說『內部』便是指警方的內部，我的上級還算是『內部』，廣義的內部嘛，也不算違背當時的約定啦……」

守義覺得這人說得也有幾分歪理，便忍住沒有再罵，程士雄見解釋奏效，趕快繼續道：

「我萬料不到刑事鑑識單位把你那張鬼影相片七搞八弄居然真現出那張臉來，這一下上級為之震動，竟然下令成立專案小組，專門蒐集資訊，偵察那個阿飄的行蹤……」

「你講真的？你們真的成立專案小組追阿飄？小組的名稱叫啥？」記者本色。

「就叫『獵飄行動小組』，各分局及線民全面動員偵察阿飄行程。你猜猜看，今天收到的通報上說什麼？」

「說什麼？你不要吊胃口了！」

「各地通報，不到兩個禮拜竟然有四件疑是阿飄的報告，它們發生的地點分別是：中華電信公司、法務部調查局、五指山國軍公墓，還有公館附近一帶，實在是有夠詭異啊……」

「警官，你再報一遍，讓我記下來……」

「不用啦，我電郵傳一張大台北地圖給你，上面我都標明了地點。我這可是背著長官通知你啊……」

「感謝，程警官，我們打平了，你是尚有義氣的好朋友。」

飄】

「慢點，丘桑，你剛才說要告訴我啥米？」程警官沒有忘記。

「阿飄也出現在立法院，禮拜二晚上，大約八點鐘前後，立法院議場樓上的記者席……我親眼看到。」

接完電話，三十秒鐘後，「叮」的一聲，丘守義收到程士雄傳來的電郵。

丘守義盯著筆電面板上的大台北地圖，程警官果然在地圖上畫了四個小圈，分別是中華電信、法務部調查局、五指山國軍公墓、公館，一旁注有發現通報的時間。

「公館，基本上應該就是空軍作戰指揮部附近，也就還是芳蘭山一帶；其他三個地點之間有什麼關聯？」

他想了很久不得要領，便在電腦上記下「阿飄出現之時間地點」，然後加注他所能想像到的可能相關資料。

芳蘭山、蟾蜍山：墳地。

總統府：國政決策中心。

中華電信：電信、資訊樞紐。

五指山：墳地。

公館（空軍作戰指揮部）：軍事資、通訊及指揮中心。

立法院議場：立法委員議事場合、媒體聚集地。

丘守義把這份清單看了又看，有幾處似乎有些關聯，但證諸其他地點，又找不出什麼共通性，尤其是「立法院議場」最為突兀，他想破了頭，也找不出任何相關性。

守義覺得再多想也無益，便關上了筆電。

他拿起手機，撥給程士雄，士雄沒有接。

他自忖道：「從七個地點就推想出阿飄的行動目的，恐怕是不可能的，但只要這個阿飄真有什麼目的，繼續在台北市趴趴走，我們把發現他蹤跡的數據累積起來，終究還是能解開這個謎團。」

但他立刻反想：「不過也有可能這個阿飄只是一個孤魂野鬼，四處遊蕩並無目的，那我們就被自作聰明給耍了，還不如找個道士到芳蘭山去作法，再多燒些紙錢，拜託他別鬧了，來得實惠有效。」

結論是，那講話帶粗口的程警官似乎是個講信用的明白人，這事還得跟他深談一下。

這時他的手機鈴響，是程士雄回電了。

CHAPTER 02

BS2-1

廖院長坐在他的Maybach賓士S-600豪華轎車裡閉目養神，車駛在高速公路上平穩安靜有如湖面行舟，車廂後座是分離的兩張飛機頭等艙的座椅，椅背後仰四十度，電動腳踏板托住廖院長的短腿，整個後座調整鎖定在院長最舒服的位置，前後仍有許多空間。

這輛S-600價值一千多萬。本來廖院長對乘坐這種頂級豪華轎車是頗有些顧忌的，尤其在前幾任總統的座車相對節省的情況下，身為民意機關的首長，實在不好太過招搖。但是近年總統座車預算大幅升級，廖院長終於沒有了後顧之憂，加上太座百般叮嚀，院長為國事在高速公路上來回奔波過於頻繁，行車安全第一，絕對馬虎不得，於是他的座車也跟著升級。

再說，國會雖然日議一案都做不到，但案案攸關人民福祉，身為議長之尊榮，座車豪華一點，好像也沒受到太多批評。

這段路如果不塞車不過兩小時車程，廖院長從政三十多年來在這段路上起碼奔馳過上千個來回，多少年來沿途一樹一屋的變化，四季景色的變化，甚至路邊高架廣告的變化，即使沒有特別用心，也都一一印入他腦中。

這時他要舒舒服服地瞇一下，議場中的衝突鬥爭可以暫時拋到腦後，回到家後，還有一場另類的鬥爭在等著他。

廖院長的家從外面看不見豪華，進入屋內就感受到地方出身的大咖政客的奢侈。客廳極大，歐風家具只占一個角落，於是另一角就布置了全套花梨樹瘤的中式仿古家具。客廳右邊一間隔音設備的廂房，卻不是欣賞高級音響的視聽室，房中放了一套上好紫檀木的麻將桌椅，雖然奢豪，卻不見高雅。

三個牌搭子都到齊，正在等院長到了就開打。

坐在廖院長上手的翁偉中曾是高科技的電子「新」貴，近年來產品的市場占有率被競爭者逼得節節敗退，業務已經走下坡，但他個人在全盛時期搞了數百億的財產，改投資生技製藥業賠掉不少錢，最近伸手房地產業卻頗有斬獲；和廖院長的政商關係淵源流長，也是多年的牌搭子，交情非比尋常。

對面坐了一個矮胖的女人，素顏簡裝，看上去卻很富態而有架勢，身上沒有珠光寶氣，只左腕帶了一只手鐲而已。可這只翡翠手鐲是冰種正陽綠，就憑這一件首飾身價就在那裡了。

這位戴董事長在經營電視系統業，她的家族擁有頻道，不僅經營頻道，自身又兼代理商，成為一條龍式的垂直整合，圈裡圈外黑白兩道捭闔虎虎生風。

下手坐著一個胖子，他是廖院長的長年老搭檔游政，江湖稱為「阿不拉政」，也是他選區的辦公室主任，平時幫他處理選民服務，選舉時幫他處理政治獻金和財務調度；阿不拉政本人原是金城技術學院營建系的講師，本身也有很大的營建事業，近年兼營了幾個社區整體規劃的土地開發案，財力更上層樓。

所謂「處理選民服務」，當然是指一般性的服務，重要的案子就要到台北辦公室去處理，而最有「前瞻性」的大計畫，有時就要在這個麻將桌上喬定了。

四圈打下來吃飯，吃完再打八圈，打完時已過午夜。廖院長手氣好，以一吃三，贏了一百多萬。翁偉中在上手放了幾大槍，把院長的手氣沖上來了，他連連自摸，那順風牌就沒人擋得住了。打完結算，翁偉中是最大輸家，戴董第二。大家當場簽了支票。

這場牌局廖院長是打得心滿意足，手上贏牌，嘴上損人，得了便宜猛賣乖，其他三人也不生氣，因為他們手氣好時，那囂張的氣焰也夠瞧的。

散了局，四人回到客廳，菲傭送上四碟剛熱好的下酒好菜，院長要菲傭去開一瓶二十五年的麥卡倫單芽純麥威士忌。

翁偉中搖手道：

「今天晚了，院長的好酒下次再開吧。」

廖院長笑道：

「小翁今天輸了一屁股，不能讓你空肚子走，這好酒好菜肯定要招待一下的。」

游政補充道：

「照賭場規矩，對輸光的賭友也是要招待一下的。」

翁偉中哈哈笑道：

「阿不拉政，你說你院長的宅子是賭場？我輸急了就要戴董把你這句話在媒體上炒一炒，你老闆就教你吃不完兜著走。」

阿不拉政打拱作揖，故作求饒狀，戴董道：

「夭壽啊，足沒骨氣。」

菲傭端了四杯威士忌上來，二十五年麥卡倫果然醇香綿密，優雅細膩，口感極佳。

酒過三巡後，翁偉中終於提出今日牌局的重頭戲：

「自從阿不拉幹完那幾件眷村改建的大案子，院長的故鄉已經推不出大開發案了，我和幾個朋友看中一塊地方可以搞大的……」

「哪塊地？」

「BS2-1。」

「啊，那塊地相當大，可好像是水源保護地，欸？」

「院長可能還記得，我說的那一塊山坡地原來屬於農牧用地，後來被劃為水源保護地。二十多年來，那群原始地主不斷陳情，學術界及專業界做了不少調查研究，都認為可以依法、有規劃的解禁……」

「那塊地的地主是誰？」

「地主是一群教研人員，以教授為多，附近研究機構的人員也參與，其中博士碩士一大堆，我敢保證是全國學歷最高級的地主群，這些傻瓜有知識沒常識，把半生積蓄合力壓死在一塊水源保護地上，可笑得要死。」

飄】

戴董聽得有趣，插口道：
「不過這群教授裡還有人能找到人頭以農民身分登記產權，也不能說太傻瓜。」
「大姐頭說得不錯，他們其中確是人才濟濟，完成了一本十分專業的研究調查報告，從地質、水文、氣候、環保生態、經濟發展……等各方面詳細調查再加檢討，所得結論全有數據支持，肯定比他媽政府單位的報告更加專業可靠……」
阿不拉政哈哈笑道：
「小翁啊，政府的報告不也還是委外給這些教授做？這回他們為自己利益作報告，肯定更賣力，更詳盡的。」
廖院長瞇著細眼仔細回味好酒的醇香，他摸了摸脣上花白的短髭，問道：
「小翁，你先說一下，這塊地能作什麼大計畫？」
「向水源的坡地種電，背水源的坡地開發高級別墅、森林花園、運動設施！」
「運動設施？」
「講白了吧，就是高爾夫球場。」
「種電？」
「對，那一片坡地原來就是有些梯田種茶和柑橘，咱們就依原來的坯子整地，鋪上高性能的太陽能光電板，比起他媽的大陸雲南哈尼梯田更加酷，搞不好哪天由院長領銜，送到聯合國教科文組織去申請世界文化遺產成功，那他媽才是台灣之光哩。」
翁偉中雖已年近不惑，但從小在眷村長大養成的說話習性不改。廖院長笑道：
「妙啊，可條件是我國加入聯合國的申請案得先通過，這事得靠中國幫忙。翁老大，你大陸那邊人頭熟，就要靠你了。」

院長口中說笑，其實已在腦中考量，一心多用是他的本事，也要有這本事才能縱橫政壇數十年，從地方到中央，不論是法案、預算、人事、基礎建設、土地開發……他無一不插手，利益大的案子無一不設法主導，多年來各方對他的負面批評不斷，但也有很多是央求他出手喬事情、平息爭執……地方上、企業界感激之聲也時有所聞。

他知道精明老到的翁偉中如果沒有全盤的可行性計畫，不會貿然就這樣提出來；不過關鍵點還是要親自先掌握，於是問道：

「BS2-1地主人數那麼多，你要買他們一整塊地談何容易？」

游政替翁偉中答了：

「翁董和大學及研究機構的人都熟，他們溝通過好多次。據我所知，小翁有把握拿到九成以上的同意書，未來待這案子鬆綁了，肯定百分之百的地主都會歸隊。」

廖院長看了游政一眼，心知既然游政已知這案的細節，就表示他也在這案子中，那也就表示自己也在這個案子中了。

戴董插口道：

「翁董的家庭作業做得十足，這案子也不需要修改法令，只要地方政府願意呈報中央、中央環保署、經濟部等水資源單位審核同意，就能放寬限令。」

廖院長暗忖道：

「看來我這個厲害的阿戴也在裡面了，難怪今天這個牌局會約到一齊，嗯，搞不好他們故意放槍，讓我贏得開心……」

想到這一層，理智上雖覺極有可能，但情感上他心中立刻予以否定：因為廖院長的麻將牌藝高超，江湖上誰人不知？就算翁偉中那傢伙有意放了一、兩槍，也不減我一路「通殺」的威風。

大家談到這裡，他已第三杯威士忌下喉，心中對這個案子有了整體一個譜，他放下手中玻璃杯，淡定地道：

「小翁啊，下星期到台北來，我介紹幾個人給你談談。」

翁偉中和阿不拉政及戴董很短暫地交換了一眼，然後道：

「太好了，院長。台北哪裡？」

廖院長道：

「就我辦公室吧，時間嘛，等我安排好了，賴小姐會通知阿不拉。」

大夥站起來準備告辭，廖院長又補一句：

「你們要找土地種日光能發電，這事倒符合政府的能源政策，讓小翁出面來帶頭搞也合適，你畢竟是全國知名的電子業大咖。」

翁偉中和戴董相偕離去，客廳裡只剩下廖院長和阿不拉政。

游政請示院長還有沒有其他交代，院長搖頭，游政也就要告辭，院長忽然道：

「阿不拉，這事在這時候提出來，時間正好，你知道為什麼？」

游政不急著接口，只看著老闆靜候說明。果然廖院長自問自答：

「能源政策執行至今，再生能源預定的目標達不到也就罷了，但不能像現在這樣缺口太大，我想政府主管單位壓力一定大到不行。翁偉中這個鬼點子，嘿，梯田種電，一定很對經濟部的胃口，就只環保署那邊需要協調。」

「水資源那邊呢？」

「嘿，你忘了水資源歸經濟部管。」

「而且，幾年搞下來，能用來鋪太陽能板『種電』的土地也差不多都用光了──院長，我聽說南部有的立委早就各自在台糖土地上圈地，廠商們各有『供地』主，以政府收購電的補貼額，幹，利潤也太大了吧。」

「他們可以幹，我是院長，不能幹那些事。嘿嘿。」

在野黨提的「公投法修正案」差一票胎死腹中，何薇介紹了兩位年輕的立委，幫丘守義約好時間去立院採訪。

其中一位是在辯論此案時出盡風頭的姚志鴻委員，看在何薇的面子上，他居然花了一個多小時接受丘守義的採訪。丘守義把握機會，策略性先猛捧姚委員戰力超強，以一當十，姚志鴻立刻「嗨」起來，滔滔不絕把執政黨痛批一番，話鋒一轉就檢討在野黨的缺失。

丘守義慢慢把話題帶到「跑票」，果然姚志鴻對兩位在野黨委員臨陣脫逃極表不滿。守義試著拿何薇給他的「黑」資料中兩個關鍵點求證，姚志鴻表示委員的名字不能證實。至於傳言執政黨高層策動在野黨委員的金主施壓，這兩位委員挺不住就開溜，姚志鴻表示這項傳言應該有一定的根據。

守義謝了他，並保證不會在報導中將受訪者姓名曝光。

結束訪問已經快要七點鐘，立法院裡不少辦公室都已下班，熄燈鎖門。有幾個委員會的會議室依然亮著，挑燈夜戰。

守義發現院長辦公室燈火通明，顯然院長仍未下班，他有些好奇，便上樓走近看看，卻見到兩個官員匆匆從院長辦公室走出來，快步下樓而去，守義上前向一位站崗的資深警員打探：

「欸，大哥，剛才下樓的兩位長官是什麼部會的？」

那警員挺個不小的啤酒肚，斜目看了守義胸前掛的記者證一眼，回答道：

「環保署張副署長，你當記者不認得？」

「這些官員換得太快，來不及記。另一位呢？」

「好像是水保處的處長，姓啥就莫宰羊。」

守義道了謝，正要下樓去，忽然看到兩張認識的臉孔，頓時使他血液幾乎為之凍結，他口呆目瞪，連呼吸都感到困難。

第一張臉是電子界大咖翁偉中，有一陣沒有在媒體上看到此人，似乎老了不少，他出現在院長辦公室倒也不算駭人聽聞。可怕的是，翁偉中身後數步之遙，守義又看到「阿飄」那張詭異的臉。

同樣是驚鴻一瞥，阿飄的臉快速上飄，消失在立法院初夜的天空中。所不同的是，這一回守義確定感到那張臉對自己看了一眼，極為短暫，但那是令他整個人為之一震的一眼！

那張臉還是那麼木然，可是那雙眼睛在和守義的目光交會的一剎那間，守義確信他收到了一個訊息。

那個「訊息」是什麼？丘守義呆在立法院門外的人行道上努力思索：

「阿飄想對我說什麼？」

他緩步走向停車場，腦中不停地思考這個問題，但完全不得要領。回到家中把何薇要的內幕新聞稿寫完，想重讀一遍作最後的修辭，才讀了一半就迷迷糊糊打起盹來。

驚醒過來時，彷彿看到「阿飄」正飄然離去，眨眼再看，卻什麼也沒有。嚇了自己一跳，心中卻若有所得，他喃喃低語：

「啊，我知道了，阿飄是要自己告訴我：『我認得你了，你在跟蹤我！』」

丘守義和何薇約在信義路大安公園對面新開的一家星巴克見面。何薇事先已讀過了守義的內幕報導全文，有些什麼意見早就在Line中互相交換過了，但他們仍然約在這裡，純粹只為見面。

「守義，你犀利之筆威力不減當年。」

「是嗎？見笑了。」

「其實我覺得猶勝當年。」

「啊，這令我受寵若驚，何以見得？」

「你當年寫的只見犀利的批判，缺少一種……一種同理心的厚度，所以讀者讀了覺得痛快淋漓，但很少會就你報導的內容去深思；但是這一個長篇不同，你在批判之餘，對事情和當事人的主客觀情境有十分精準的描述，不少地方留下比較客觀的寬容空間，讓讀者會停下來想一想……這不只是一篇新聞稿，而是報導文學甚高的境界。」

守義聽了很是感動，他面上擠出一個笑容，故作瀟灑地回道：

「哪有妳講得那麼好，我都起雞皮疙瘩了。不過就是一篇政壇內幕的報導罷了，倒是要感謝妳提供的『黑』資料，還有替我約到當紅小鮮肉的立法委員接受訪問。」

何薇啜了一口熱咖啡，淡淡地道：

「守義，你真的變了……變得更適合做個一流的政治新聞媒體人。」

守義微笑凝視何薇：

「這句話是褒還是貶？」

何薇回瞪守義一眼道：

「你別煩了，你知道我的意思。」

丘守義嘆了一口氣道：

「何薇，也許妳說得對，我變得比較成熟了。但是，為什麼人老了會變得成熟，台灣的政治環境卻愈老愈墮落？」

「也許墮落也是一種成熟吧？」

守義搖頭，但他覺得何薇先前說得對，成熟的民主社會根本的條件是要有足夠多能理性思考的公民，而兼負有社會教育之責的媒體人，尤須要求自我成長，先做一個有公民意識的資訊傳播者；尖銳和犀利是獲取讀者青睞的利器，但也是刺激讀者理盲民粹的興奮劑。

何薇沉默了一會，忽然開口道：

「守義，你有沒有興趣重回報社？」

聽到這一問，守義有些意外，其實也不真的意外，他考慮了五秒鐘，臉上露出一絲玩世不恭的微笑，回答道：

「看來，妳這個採訪主任是有人事權的。」

何薇嗔道：

「我是很serious地問你，你別顧左右而言他！」

守義搖頭道：

「妳是知道我的個性的，我不可能吃回頭草，謝謝妳的好意，我做『自由撰稿人』做慣了，閒雲野鶴不受拘束；再說，如果我回報社，報社裡雖然有妳罩我，其實我從外面觀察，面對政府透過政治力及經濟手段，對媒體掌有愈來愈大的影響力，台灣的媒體對各種八卦的尺度愈來愈開放，但對『政治不正確』的言論，態度愈來愈趨保守，自我設限成為大家遵守的潛規則。而我這些年來正好反其道而行，愈來愈開放自由，我回報社難保不會為妳惹上麻煩……」

「我看你寫的這篇專題報導十分中肯而客觀，儘管文筆犀利如昔，但觀點多元自由、不偏執而有深度，這種水準的報導文章在國內鳳毛麟角，我相信報社一定能容得下的……」

「我相信妳能容得下，妳的長官那邊我可沒有信心，我不想歷史重演，又害到妳。」

「可是，你現在……」

「我現在好得很……」

「什麼好得很？一個人，混來混去，也沒個固定的職業，收入也不穩定，整天寫些神奇鬼怪的事，寫得多了自己也像個孤魂野鬼似的，我好……心疼……」

飄】

守義吃了一驚，想不到何薇會說出這番話來，他怔了一下說不出話來。

何薇眼眶裡閃著淚光，守義低聲道：

「何薇，其實我活得很好的，自由自在，不必看任何人的眼色，我寫的文章也還有市場，收入供我一個人省吃儉用不成問題，我……我是真不想回報社，不回任何報社。」

何薇抬眼望著守義道：

「守義，你應該混得比這個好很多才對，當時一起跑政治新聞的一夥人，就算你才華最高，文筆、邏輯最好，你不畏威權，敢於據理力爭的膽識，也是我……和我們幾位女同事最欣賞的……」

她說到這裡，低下頭啜了一口咖啡，咖啡已經有些涼了，她把咖啡杯放下。

丘守義心中狂跳，他一直以為當年只是自己對何薇暗中心動，萬沒有想到何薇對自己也一直有同樣的感覺，一時之間想不出怎麼說。

過了一會，何薇柔聲道：

「如果我沒有記錯，守義，你是你家族唯一的單傳，你總該為你家族的延續著想，找一個好女孩成家……要是你老爸還在，一定會贊成我所說的……」

守義從小到大，無母無姊，跟著一個老兵爸爸生活，成長過程中曾經渴望有個年長的女性，能像媽媽或姊姊一樣關心照顧自己。何薇其實比守義小好幾歲，但這時候守義卻覺得她像個姊姊，他忍不住伸出手，放在何薇的手上。

這個動作是那麼自然自發，何薇還沒有意識到，她放在桌上的手已經被守義握住。

守義握了一會輕輕放開，看著何薇道：

「何薇，謝謝妳關心我，把我當作……家人一樣，我真的很感動。其實我老爸臨終以前就叮囑過我，不能讓丘氏家族這一支斷絕。妳勸我找一個好女孩成家，我不是不願成家，其實我心中一直有個好女孩，但是總覺得距離她好遙遠，直到今天和妳……」

何薇臉現赧顏，甩甩頭髮別開頭道：

「人家是關心你，誰跟你說到這來？真是鬼話。」

守義有些尷尬，一時分不清何薇的話是幾分真幾分嗔，便打個哈哈道：

「說到鬼話，我最近真遇到鬼了，這個鬼很不簡單……」

何薇聽他把話扯開，緊繃的心為之一鬆，回臉笑道：

「要真是鬧鬼，我聽說鬼魂背後多有冤屈的隱情，可難懂了，哪有簡單的鬼？」

守義道：「這個鬼只有臉沒有身體，已經出現了七次，其中四次都被我遇見……」

「只有臉沒有身體？太恐怖了，是男鬼還是女鬼？長得好不好看？」

「應該是個男鬼，他長得倒是很清秀，但是沒有什麼表情，就像戴了個面具似的。」

何薇道：「你說他出現了七次，全在台北？聽起來真像是有什麼冤屈，死了還不肯甘休？」

守義其實沒有答案，但他心中隱約還是有些直覺的想法，便小聲道：「如果真是一個冤魂，我覺得他放不下的可能與政治有關。」

「你怎知道？」

「他出現的地方有兩次在墳場附近——這比較容易解釋，鬼嘛，不在墳場在哪裡？但是他也出現在空軍作戰指揮部、總統府、還有……立法院……」

「不對，你說你遇見過四次，可你這一串就已經說了五個地方了。」

「沒有錯，我是只看見過四次，但台北市警察局『獵飄行動小組』的內部報告上，有另外三個地方見鬼的通報，一共是七次。」

「『獵飄行動小組』？啊，獵『阿飄』！你怎會有台北市警察局內部的報告？」

守義偷笑一聲：「哈，警察局裡我有內線。」

何薇聽得更感興趣了，她並沒有親眼目擊過那個阿飄，心中總存有較多的懷疑；沉吟了一下，她問道：

「你確信是『阿飄』？不是什麼特殊的光學效應造成的幻象？我知道絕大多數『飛碟』的報告都經不起科學的檢驗，很多都是特殊情況下的光學幻象。」

守義搖了搖頭，小聲道：

「十多天內，不同的地方出現七次光學特效？不可能吧！何況，跟妳想的相反，警方用科學方法檢驗了一張模糊不清的現場照片後，才決定成立『獵飄行動小組』，可不是鬧著玩的。」

「守義，你……你一直遇見『他』，有影響你的心神情緒嗎？」

「本來沒有。」

何薇睜大了眼睛道：「那就是說，現在有影響了？」

守義皺了皺眉，點頭道：

「是的，因為『他』似乎認出了我，他的眼神對我說：『我認得你了，你在跟蹤我。』」

何薇覺得不寒而慄，下意識地抱住雙臂，守義深吸一口氣道：「不說這了，這個鬼好像很『政治』，我要追下去，說不定從靈異事件追成政治新聞哩。我們走吧，要不要一起去吃個晚餐？」

何薇點頭。

付了帳，他們走出星巴克，信義路上華燈初上，何薇不自覺地靠近守義並肩走，守義牽起何薇的手，感覺到她的手好溫暖。

CHAPTER 03

搞飛機

林紫芸一肚子不高興的回到家。

原本要去故宮好好欣賞一場畫展，卻碰到那個怪人胡纏亂攪一番，什麼好興致都沒有了。

但是回想那人的談吐行為，紫芸生氣過後又忍不住還是在想那怪人。

「真不知道這人是從哪裡來的，他只說遠方，怪怪的。還有他在我的手機上不知動了什麼手腳，計算能力居然增加那麼多倍。我猜想我的手機一定還有能力做許多我不懂的事，真該好好問他的。」

「他說他叫斯永漢，從遠方來，多遠？新疆？難道是新疆的少數民族？難怪他講話口音很奇怪，他來台灣幹什麼……」

就在這時，她的手機「叮」的一聲，有郵件來了。

她點開信箱，一個從沒見過的郵件地址。「要不要打開信件？」紫芸有些猶豫了；同學們都說最近有暗藏病毒的信件在網上亂發，那些信的主旨都是一些對中學生特有吸引力的字句，引誘中學生一打開就中毒，然後個資就被駭取。

仔細讀這封郵件的地址，是SYH的谷歌郵件。

她忽發奇想，SYH會不會是斯永漢的縮寫？

信的主旨是「君子不器……」

「君子不器，點點點？『君子不器』的下一句是『朝聞道，夕死可矣』，難道是他？他今天看抽象水墨畫好像開了竅似的……」

她忍不住好奇心，終於打開了郵件。

一讀內容紫芸就呆住了。

「果然是他！」

郵件上寫著：「吾聞善畫者下筆巧類萬品，唯妙唯肖，可謂至矣。然吾人俯仰大千，浩瀚天地豈局於一筆之所能？故能者進而去其形而得其神，猶如倉頡創字，初而象形，凡無形可象則求諸會意，是『革筆之命』之真意乎？」

紫芸回想在故宮看抽象水墨畫時，那斯永漢對著畫顛倒激動的模樣，顯然那是他第一次看到抽象畫，聽了那位工作人員寥寥數語的解釋，想不到他竟寫得出這一段文章來，雖是簡潔的文言文，但紫芸從字裡行間可以讀出他天真而受感動的一面。

想著想著，紫芸又有些想要和這個年輕的怪人再見一面了。

但是紫芸並沒有回斯永漢的電郵。

丘守義回到住處已經晚上九點半了。他和何薇吃完晚飯，陪她到報社，然後回家。這半天過得不像真實，沒想到自己曾經默默心動的女人，斷線了那麼多年，忽然就那麼輕鬆自然地聯絡上了，那種幸福感是丘守義好久以來未曾有過的。

也許都年過三十了，重新聯絡上就少了一些矜持，兩人很自然地心靈交流，說也奇怪，認識了那麼多年，竟有「相見恨晚」的感覺。更奇怪的是，他們大半個晚上的話題，竟然不是立法院的內幕，而是那個「阿飄」的故事。

丘守義坐在桌前，對著筆記電腦，心中想的還是這半日的種種場景，歷歷如在眼前。「叮」，他的信箱新進了一封電郵，是何薇發送來的。

「守義，認識你那麼久了，怎麼今夜會覺得相見恨晚？你老爸說的還真有些道理：遇上阿飄是要走運的，你覺得呢？」

守義讀了一遍，胸中充滿著天下所有掉入戀愛的男人相同的心境和情愫，他再讀了兩遍，然後回信，只寫了兩個字：「同感。」

「叮」，何薇再傳來：「晚安。」

守義沉醉在愛意之中久久不能自已。「叮」，又有一封電郵進來。

「simasuii@gmail.com，這是誰？」

信上寫著：「何事總相隨？」

附件是解析度極佳的四張相片，前兩張是從較高角度所攝，都是守義用手機正在拍照，細看背景，一張在辛亥隧道外車禍的現場，連那個熱心的計程車司機都很清楚地被拍了下來。另一張的背景是在總統府後門的博愛路、長沙街交叉口。

第三、四張都拍攝到丘守義驚駭、張口結舌的表情，背景之一是立法院的議場，其二是立法院院長辦公室的門口，那個挺肚警察的半邊臉也被拍入畫面。

守義驚嚇過後，慢慢鎮定下來，頭一個不得其解的問題就是：這些照片是誰拍的？

從這四張照片拍攝的角度判斷，拍攝者應該就是那個在空中的阿飄本人，但是守義回想四次遇見阿飄的現場，阿飄連手都沒有，怎可能拍照？

如果不是阿飄所拍攝，那麼在阿飄同一方向難道還有另一個藏鏡攝影人？未免太不可思議了吧？

第二個問題是，「他」怎麼知道我是誰？知道我的電郵地址？

「我要跟『他』聯絡嗎？」守義不得不停下來好好思考。

這個阿飄在守義心目中仍是個鬼魂，只有臉沒有身體的鬼魂。雖然他做了一些不太像是一般想像中鬼魂的行為，但鬼魂本來就是不可用常理『想像』的。

「我要冒險和這個鬼魂聯絡上嗎？」

他猶豫再三。

也許因為他從小在墳場長大，也許因為他老爸說遇見鬼會走運，守義終於決定回應，他按了「回覆」鍵，接著寫下：

「你是誰？如何找到我？」，「送出」。

「叮」，「我姓ＳＭ，自遠方來。是閣下你在跟蹤我。」

守義看了看「他」的郵址，simasuii@gmail.com，暗忖道：

「姓ＳＭ，ＳＭ……」

他再仔細看，simasuii@gmail.com，忽然靈機一動，立刻寫下：

「你其實姓司馬對不？司馬……司馬『隨』？『綏』？『遂』還是『穗』？」，「送出」。

「叮」，「你很厲害，可惜是自以為聰明，simasuii@gmail.com是為了使用你們電子郵件，隨意臨時編造之假名，『司馬隨意』。我昨天才學會拼音。」

「叮」，「對不起，忘了寫『哈哈哈』。」緊接著補了一封信進來。

守義震驚了，也完全迷惑了：

「這……這一切，我像是在和一個鬼魂互寫e-mail嗎？」

終究他還是得問最重要的問題：

「ＳＭ，你是人還是鬼？」

「我還活著，你為何要說我是鬼？」

「你只有臉，沒有身體。你飄來飄去。」

「你沒聽過『全頻隱術』？如果不是要更清楚地親眼觀察你們，我的臉孔也可以隱去。沒有聽過『個人飛行裝置』？難怪你們只適合在地上走！」

這一回守義無言可對，他默忖：

「如果是這樣，『阿飄』來自一個科技遠遠領先的國家，那是什麼國家？」

於是他寫下最重要的問題：

「ＳＭ，請明告，你自何處來？」

「叮」，回信是「渺渺無垠，在天一方。」

守義陷入沉思，不料對方反而追問過來：

「丘桑為何追隨我？必有圖謀？」

守義暗自吃驚，這個阿飄怎會稱自己「丘桑」？他來自日本還是根本就是台灣本土？一時沒有答案，只好回道：

「我當你是鬼魂，初時好奇而已，繼而想知道，如果你不是鬼，飄來飄去嚇唬人定有什麼詭計？我是新聞記者，凡屬新聞，我必追查。」

對方停止不再回信，守義以為對話到此為止了，正打算關上信箱，忽然「叮」的一聲，對方又送信來。

「丘桑，我們合作。」

守義更加好奇了，他忍不住回問：

「合作什麼？如何合作？」

「你是新聞記者，我有『全頻隱術』，兩人合作，兩人有利。」

守義聽著似乎有理，但心中其實疑慮重重，他需要進一步瞭解，多一些訊息才能作決定。於是問道：

「那天你從立法院院長辦公室出來——就是你送來的第四張照片所拍攝地點——你在辦公室聽到了什麼消息？」

等了好一會才收到回信：

「辦公室裡有四人，他們在談一個水資源保護區的土地開發之事。」

「水資源保護區？有沒有聽錯？」

「沒有錯，有兩個比較年輕的，像是官員，一再說水資源保護區問題很敏感，規定也很嚴格，最好不要打主意。我聽他們至少說了十幾次『水資源保護區』，所以肯定沒有聽錯。」

「還有一個上了年紀的老人，他在裡面幹什麼？」

「他有一皮包的資料，一張張拿給那兩個年輕人看。」

守義暗忖：

「是翁偉中！翁董從高科技轉業到炒地皮，這案子有意思了。」

於是他再問道：

「他們談出什麼結論？」

「我不太懂。有一個禿頭留短鬍子的老頭最後說到『基金的預算過不了關』的事，那兩個官員臉色不好看，但不再說什麼。最後禿頭要兩個官員回去報告他們的長官，說預算的事他可以幫忙解套，希望今天談的事也可以解套。什麼是解套？」

守義看得入神，但心中懷疑更深了，這樣以預算要脅官員的事怎可能公然在院長辦公室裡進行？當著事主的面，毫無忌憚地施壓？這個「阿飄」給他的感覺似乎不通人情世故，有點怪怪的，但他怎可能把施壓過程記得鉅細靡遺？

於是他問：

「他們的對話你都記得？」

「叮」，立刻就回答了：

「一個字也不會錯，順便告訴丘桑，凡我看過的、聽過的就『全音像』收錄了。送給你的那四張照片就是我用眼睛錄下的，那四個人的對話我全部用耳朵錄下了，如果你要聽，我可送你一份『全音像』。」

叮的一聲，守義真的收到了廖院長對官員施壓的影音全錄，他很快地看了一會，一面覺得釋疑了，一面驚駭之情油然而起。他心中在叫著，指上飛快地打出同樣的一句話：

「你，人腦和電腦的融合體！」

「你們的電腦只是一個機器，我們的，是人腦的一部分。」

守義再送出一句話：

「ＳＭ，我知道了，你來自另外一個星球。」

「叮」，立刻收到回傳：「晚安。」

守義的電腦忽然「嚓」一聲輕響，接著他和ＳＭ的對話信件及影音全錄忽然自動被刪除，只兩秒鐘守義的信箱中便清除一空，恢復到他未接第一封simasuii來信前的狀態。

守義試著主動發信給simasuii@gmail.com，立刻收到「系統找不到地址」的回信。

他駭然坐在桌前發呆，這回真比遇見「阿飄」更令他驚駭，他這一生碰到「阿飄」不止一次，這可是頭一次碰上外星人。

他仔細回想這些日子以來的遭遇，一件一件終於有合理的解釋了。

「他」會飄來飄去，因為他有「個人飛行裝置」。

「他」只有臉，沒有身體，因為他有「全頻隱術」，露出臉來乃是為了要用眼睛、耳朵更直接清晰地將所見所聞作「全音像」記錄在他腦中的電腦裡。

「他」叫我「丘桑」，多半是那個程警官和我的對話也被他「全音像」錄下了——好像只有程士雄那個寶貝叫我「丘桑」。

「他」是一個自稱「ＳＭ」的外星人！

ＳＭ不肯說他從哪裡來，只說是遠方，「渺渺無垠，在天一方。」他的意思是不是指外太空？浩瀚銀河的某處？

思緒整理到這裡，剩下最困難解釋的問題：

ＳＭ為什麼要來到地球？目的是什麼？

為什麼選擇台灣？「他」為什麼會中文？

此外，他說要和我「合作」。綜合他的說法和他出現的地緣關係，他似乎想要蒐集、刺探台灣的政治情報，想要利用守義的新聞專業助他一臂之力。

反過來想，守義可以利用他的「隱身術」和「全錄耳目」打探各種政治祕辛，大搞獨家勁爆新聞。

這些想法對還是不對，只好等他再來聯絡時才有可能得到答案了。

守義躺在床上看天花板，今晚別想輕鬆入睡了。

也不知道過了多久，他開始感到雙眼疲倦，腦子卻了無睡意，心情愈想愈興奮，畢竟他發現了這個天大的祕密，如果要報導這個故事，它的標題應該是：「外星人選擇降臨台灣」。

凱達格蘭大道從景福門起到總統府，長約四百公尺，整條大道編了門牌號碼的一共只有三戶「人家」。

一號，台北賓館。

二號，中華民國外交部。

三號，台北二二八紀念館。

一號台北賓館在凱達格蘭大道北側，是一幢一百多年的古蹟。歐式建築、日本庭園，充滿了殖民時代的日式巴洛克風格，是當年日本總督的寓所。大門在凱達格蘭大道與公園路交角，斜著面向西南，這樣的設置可使汽車進入大門後，以較長的路線迴轉駛上賓館門口的斜坡車道，增加前院的氣派。

進門後一樓右手邊走到底有一間較大的待客室，厚地毯、絲絨窗簾、吊燈及家具都是仿巴洛克的風格，不過看上去總有一點不夠細膩的感覺。

外交部許部長招待賓客用完了晚餐，在陽台上觀賞了夕陽餘暉下的園景後，移步到了這一間待客室，兩個侍者送上了咖啡後退出，隨從人員也跟著退出，順便將隔音的厚門輕輕關上。會客室內就剩下賓主四人。

主賓和客人坐北朝南，陪客坐東西兩邊。

許部長右手主賓是一個蓄著大鬍子的美國人，身材高大，年約七十歲，一頭銀髮在燈光下十分搶眼；坐西側的是一個矮壯的黑髮洋人，面色紅潤，皮膚略黑；東側坐著禿頂短髭的老者，正是立法院的廖院長。

許部長啜了一口熱咖啡，很親切地道：

「這間會客室當年也是日本總督最喜歡接待貴賓的地方，這裡深鎖在賓館之內，牆外連燈火都看不到，既安靜又安全，我們大可放心暢談。」

廖院長暗忖道：

「許部長說得不對，從中山南路對面台大醫院十五樓的病房看下來，整個賓館全景鳥瞰無遺，說什麼連燈火都看不見？笑話。」

廖院長上個月才到台大健康檢查，在十五樓貴賓套房住了一夜，鳥瞰台北賓館建築庭園，記憶猶新。

許部長的英語帶點西班牙口音，實因他曾在好幾個中南美洲邦交國擔任外交官，西班牙語說得比英語流利。他的主賓是美國前參議員哈瑞士．羅勃森，聞言點頭道：

「不錯，十多年前我還是參議員時訪問過台灣，也曾在這間會客室喝過咖啡。時間過得真快，這裡的裝飾布置都還是老樣子，匆匆十年就過去了。」

許部長接著道：

「哈瑞士，你也還是老樣子啊，記不記得我們在巴拿馬前、前……總統就職典禮中頭一回見面？你和尊夫人一道參加祝賀團，那時就是現在的模樣，一頭銀髮好像一根都沒少呀。」

「許部長，十年世事變化太大了，海倫已經逝世三年了，而台灣和巴拿馬已斷絕了邦交……」

「真的很遺憾，哈瑞士，我們對逝去的人、斷了的關係都感到遺憾，但是未來的事才更需要我們費心去關切……就說軍售的事吧，我們真的亟需一些突破性的做法，國務院隔一段時間餵我們一點piecemeal，距我們的國防實際所需落差愈來愈大……」

「部長先生，我瞭解你們的關切和憂慮，我一向認為台灣是我們最堅強的盟友，當年我在參議院中力陳加強對你們防禦性武器的軍售不遺餘力，不論是F-16戰機還是愛國者飛彈的軍售案，我都是提案人之一，那一年……好像是一九九……反正是比爾．柯林頓剛上台不久，我為你們的事親自到白宮去說服他重視太平洋島鏈中台灣的重要性，後來他的夫人……」

老人一談到當年的得意事，便滔滔不絕地「講古」起來，許部長耐著性子等他告一段落立刻切入打斷道：

「哈瑞士，你是台灣的好朋友，多年來我們都感激不已，你現在離開參議員的公職，但是你私人的企業同樣能幫我們的大忙，說不定比當年更為有力有效。」

「好，你怎麼說。」

許部長道：

「我想你已經知道，我們自製戰機的計畫已經進行多年，但是遭遇到一系列困難，始終無法突破。根據不久前國務院派來的專家小組評估意見，建議我們終止這個計畫。可是，你一定瞭解，如果我們此時叫停，政治上的衝擊將會像是海嘯一般，我們相關單位建議找你的企業來幫忙……」

「部長，如果我沒有記錯，這一回你們的自製戰機計畫所訂的規格太高，相關技術不可能從美國取得。」

許部長緊接著道：

「瞭解，這麼多年我方對國務院和國會相關官員施足了力道遊說，不見功效。哈瑞士，你主持參院軍事委員會多年，對華府軍事政治的瞭解比任何人都懂得多，現在雖然離開了政府，其實施展的空間比以前更大。我國政府希望你能幫忙，能否由你的企業聘僱一批退休的戰機科技、工程人員，以民間顧問方式來台灣協助……」

哈瑞士立刻打斷：

「有這樣經驗的退休人士十分難找，就算有，還是得國務院批准才行，我不信你們沒有和國務院談過此事？」

許部長乾笑兩聲：

「怎麼沒有談過，只是一談到此事，話題便被轉台，根本談不下去，所以我們才想到你老兄和你的企業。」

哈瑞士也乾笑一聲：

「你們太高估敝公司的影響力，國務院那一批年輕的小毛頭，個個屁股翹得老高，手上有一點權力就囂張到了極點，你們碰釘子我可不奇怪……」

許部長趕快接上去：

「哈瑞士，我們也不是不懂事的菜鳥，你的能耐和你的企業的遊說能力，我們在華盛頓DC還找不出第二家。你知道，我們這回要從參議院下手，說明白點，就是針對參院軍事委員會遊說，這可是你老兄的勢力範圍了。我們期望你能搞定參院軍事委員會，准許民間公司出面跟盟國合作。哈瑞士，這個想法我方已經過最高當局同意，對能協助突破瓶頸的合作對象，我們將以最惠夥伴的方式訂定契約。」

「最惠夥伴，欸？有意思。」

「你的企業除了有遊說參院最佳的紀錄，也有軍用飛機製造專業最大的人才資料庫，再加上我們過去的友好關係，我不找你找誰？」

哈瑞士面帶微笑，並不答話，坐在他身邊的紅面矮壯漢子開口道：

「哈瑞士，部長，讓我來解釋一下……」

許部長道：

「霍夫曼先生，我知道你是你們公司的第一號策士及遊說高手，我樂於聆聽你的高見。」

霍夫曼臉上露出一個精明的笑容，緩緩地道：

「許部長，你和你的手下對華府政府市場資訊的掌握令人欽佩。但我必須指出，根據我手上的各項資料顯示，找『民間』高手來協助貴國造戰機是不切實際的，就算我們能讓參院通過一個提案，准許美國民間公司協助盟友自製武器，國務院可以不視此提案為有約束力的命令，它依然可以陽奉陰違把它放在抽屜裡，你是知道的……」

許部長臉上也展現一個笑容，笑容中透出一絲狡猾……

「你擊中要害了，霍夫曼先生……」

「叫我傑夫。」

「OK，傑夫，你說到重點了，要是參院軍事會通過這樣一個提案，國務院不把它放在抽屜裡呢？」

「你是說，部長先生，你們和國務院有這樣的約定？」

「這樣說吧，兩位我尊敬的先生，國務院答應我們，他們需要的就是一個依據！任何依據都行，只要是出自軍事委員會，他們可以……用中國的說法，可以拿著雞毛當令箭，懂吧，哈瑞士。」

「拿著雞毛當令箭，多有趣的說法，哈哈，拿著雞毛當令箭！」

哈瑞士和傑夫對望了一眼，哈瑞士微眨了眨眼睛，傑夫點頭道：

「ＯＫ，部長這話說得有趣，我們願意為這句話作一番努力，我們需要一些時間做些家庭作業才能進入談生意。」

一直沒有出聲的廖院長這時冒出一句：

「羅勃森先生，談生意，好得很。」

廖院長雖不講英文，但顯然聽得懂一些，至少聽懂了「談生意」，最重要的三個字。

許部長見談得差不多了，他看了廖院長一眼，廖院長點點頭，便宣布結束：

「兩位忙了一整天，還須克服時差，我不敢再多占你們的時間，該回旅館休息了……」

他站起身來，客人也起身，他緊緊握著哈瑞士的手，到這時候才透露：

「明天早上九點半，我陪兩位晉見總統，八點四十到旅館接你們，晚安。」

送走了外賓，廖院長向許部長伸出一個大拇指讚道：

「我看這回可能走對路子了。」

許部長點頭道：

「不錯，我們在華府和一家遊說公司簽了合約，這家公司的強項是在國會山莊和國務院。參院這邊就得另起爐灶，好在哈瑞士是老朋友了，這冷灶燒起來還是有著力點。」

他心中忖道：「何況哈瑞士還有一個媳婦是加州選出的眾議員，她常年守在眾議院軍事委員會裡呼風喚雨。再說，她還有一個同在華爾街共事過的大學好友，那好友剛好是美國當今總統的媳婦。」

廖院長察言觀色，發覺許部長似乎面有得色，他摸了摸脣上短髭，低聲道：「我只是從旁觀察，這個哈瑞士比較好對付，他老人家愛吹噓當年又愛別人捧，明天總統一定要好好感激他過去幫我們的事，也要耐心聽他吹噓當年之勇。倒是那個霍夫曼精明厲害，看來是個不好搞的角色。」

許部長道：「院長眼力真厲害，觀察入微，評語一針見血。傑夫．霍夫曼是個厲害角色；猶太人搞軍火生意的哪有不厲害的？」

「明天晉見總統，幾個重點一定要把握住……」

「是，我這就去官邸跟總統報告，院長，您先請，晚安。」

廖院長的賓士600駛離，許部長乘坐的凱迪拉克外交禮賓車跟著離開，台北賓館內部全面熄燈。

「阿飄」從賓館門前升空而去，這回真的沒有人看見他。

許部長的凱迪拉克出了台北賓館，左轉上公園路，越過愛國西路，在南昌路口向右轉，停在總統官邸的鐵門前，靜候警衛檢查。

警衛開門放行，凱迪拉克緩緩駛入官邸。

CHAPTER 04

外星人

丘守義駕著他的二手馬自達，心情愉快地從貓空往台北走，車行不快也不慢，何薇坐在身旁輕聲唱歌，聲音雖小，卻是清脆悅耳：

「疊疊青山涵碧，彎彎溪水流青；

雨餘芳草綠如茵，珠光點點明。

婉轉流鶯語細，翩翩蝴蝶身輕，

村後村前桃李，相對笑盈盈。」

守義問道：

「這是啥歌，很好聽的，妳記得一字不差啊？」

「我媽教的。她們小時候學校遠足就唱這歌……這裡路彎，你專心開車。」

「我技術本位，路又熟，在新北市開過計程車，妳還不放心？」

「守義，你開過計程車？什麼時候？我怎麼不知道？」

「哈，沒有工作時到車行打過零工，怕碰到熟人，就跑到新北市，每天開十小時，前後開了半年。」

何薇伸手輕拍守義臂膀，一時說不出話來。守義倒是沒感覺，問道：

「怎麼？不相信？」

「不，我……我是想問你半年下來有沒有碰到熟人？」

「哈，怎麼沒有？頭一個禮拜就碰上。」

何薇原是故作輕鬆地一問，掩飾她的多情易感，不料一問中的，興趣就來了，追問道：

「你碰上了誰？」

守義嘴角帶微笑，好像在講別人的故事：

「那天我送一個客人到板橋新北市政府，調頭要回三重，忽然一個人從公車候車安全島上衝下來攔車子，我緊急煞車才沒撞上這個冒失鬼，那人一上車我就暗叫一聲：『完了，怎麼這麼倒楣，竟碰上這個人！』那人從反光鏡也認出了我，大叫一聲：『丘守義，是你？你怎麼開起計程車來？』我當時又窘又急，但是聽到那人的口氣，忽然之間我就鎮定下來，我用冰冷的聲音回答：『張百志，開計程車有什麼不對？難道專門貪贓枉法的行業才高級？喂，你要去哪裡？』他就大吼『停車』，匆匆下車去叫別的計程車了。」

何薇笑彎了腰，叫道：

「張百志！那個廖院長辦公室的大助理，專門欺善怕惡要好處，標準的狗腿型小政客。上次向報社高層告你又施壓的，就有他一份。」

守義也被逗得哈哈笑起來，他補充前面的話：

「說也奇怪，我開六個月的計程車，就只那一次遇上熟人，而且是這個『仇人』，套句江湖上的行話，這叫『山不轉路轉』。」

腦筋快的何薇接口：

「對，路不轉車轉！」

過了政大一街口，從一條狹道斜接萬壽路、秀明路，然後從萬壽橋跨過景美溪，從木柵路上了三甲，系統交流道轉上轉下十分複雜，守義專心開車，又快又穩地從辛亥路下來，迴轉入辛亥隧道，原來守義是要帶何薇去他的蝸居。

丘守義在狹窄的小巷中再次展現他曾經幹過計程車司機的專業技術，小馬自達兩下就停進一個極小的空位，離前後車的距離都只二十公分左右。

何薇讚嘆兩聲，充分滿足了男人對駕車技術的虛榮感。兩人上樓，才一進入守義的房間，就聽到筆電發出「叮」的一聲，有信進來，他趕快打開來看，忍不住低呼：

「何薇，是他！是那個阿飄的來信，我們趕快側錄……」

何薇連忙掏出手機對著筆電的畫面開始側錄，只見來信寫著：

「丘桑，跟蹤廖院長發現許部長在台北賓館和美國人談生意，明天還要見總統。」

何薇一面側錄，一面皺著眉又讀了一遍，還是不得要領，便問道：

「喂，你的阿飄朋友在說什麼呀？」

守義不慌不忙，在「附件」上點了一下，只看了一眼，他和何薇便驚呼出聲，呈現在他們眼前的是高清版的一段錄影，何薇趕快繼續側錄，畫面上外交部許部長、立法院廖院長和兩個美國人在一間寬大、裝飾華麗的房間談話，談話的內容令兩個資深政治新聞記者瞠目結舌。

最後有兩行「阿飄」加注的文字：「美國話學不夠好，有些地方聽不懂。請問：參議院、眾議院、國務院，究竟誰比較大？誰聽誰的？還有，總統是不是等於國君？」

守義和何薇面面相覷，這段錄影看得兩人震驚不已，而「阿飄」留下的「注腳」卻令兩人感到極度的費解。

何薇首先忍不住了，她的聲音有些顫抖，顯然心情極為激動：

「守義，這個阿飄不是隨便說的，他真的能用眼、耳即時全錄音像呢！」

守義道：

「他當然不是說著玩的，他在 e-mail 上說我們的電腦是機器，他的電腦是大腦的一部分。」

何薇不解地問道：

「可是你不覺得這個阿飄好像對很多簡單的常識完全搞不清楚？你說他是不是在裝傻戲弄我們？」

「戲弄我們對他有什麼好處？我們如果認定他是『阿飄』，那許多事難以解釋，可如果我們認定他是『外星人』，反而好像所有的事都能講得通了……」

「我不盡同意，阿飄也好，外星人也好，都有特異功能的，但我想不出什麼話反駁你。好，就算阿飄是外星人，他本事大得像齊天大聖孫悟空，怎麼連『總統』是不是『國君』都不懂？」

守義道：「多年前有一部電影叫《超人：鋼鐵英雄》，裡面的外星人不就是科技先進而人文落伍？這個『阿飄』來自的星球可能也是這樣！」

「對此我還是保持懷疑的態度，不管他是不是外星人，你如何回他信？」

守義在電腦上回覆：

「ＳＭ，總統是國家元首，他是由人民選舉出來的。參議院、眾議院、國務院這些組織不是比誰大誰小，而是各有所司，權力平衡。」

最後又加一句：「以上是美國的制度，台灣的叫行政院和立法院。」

何薇輕笑道：「嗯，國小、國中公民課。」

沒想到立刻就收到回信：

「立法院？我去看過，靠打架平衡權力？」

守義忽然覺得台灣的民主制度不能在外星人面前漏氣，愛台灣之情油然而生，便澄清道：

「行政院有行政權，立法院有監督權，所謂權力平衡是指這個，不是指立院內委員爭吵的事，立院內的爭執最後是用投票解決的。」

對方安靜了一會兒，然後送來一行字：

「權力平衡的制度很有趣，運作起來有文有武也很有趣，我有很多疑問，等理清了再向丘桑請教。晚安。」

「嚓」的一聲輕響，雙方的往來信件全被對方單方面刪除，何薇忽然尖聲叫道：「糟糕，我辛苦側錄的也全被刪除了，這……這怎麼可能？他怎能刪掉我手機上的東西？」

守義搖頭道：「不可思議啊！這個外星人ＳＭ法力無邊，科技遠超過我們，真拿他沒法子。只是，他好像有政治幼稚病，比我們台灣的國中生都不如。」

何薇想了一會，忽然帶著興奮的口氣道：

「不管他是不是外星人，他確實有特異功能，而且似乎對我們的政治特感好奇，真可以邀他加入我們的行列，一齊來挖政治內幕，守義，你真要想辦法持續和他聯絡……」

「唉，這個阿飄來去無蹤，除非他想找我，我可找不到他。不過妳放心，他說過要和我合作，而且他對政治有興趣，卻對政治制度顯得十分白目，他一定會再來找上我提問題的。」

何薇的興奮冷卻下來後，心中開始閃過一絲不安，想多了一些以後，她的不安化成了恐懼。她抬眼看守義，發現守義也正盯著她看，眼中也顯出不安的眼色。

他們互看了一眼便都瞭解對方在想什麼，何薇忍不住先講了出來：「只要他是真實的，不論是『阿飄』還是『外星人』，都是驚世駭俗的大新聞，我的意思是說，可以說都是世界級的大新聞！你手上擁有這樣一個寶，打算hold多久？如何運用這個寶？還有，一旦在媒體上發表了，後遺症是什麼？我一想到這些，心中就有很大的恐懼感……」

這些問題守義也都想過，他接過道：

「回答妳的問題，第一，我hold住這個寶的目的是想要把這個外星人的來歷、目的搞清楚，碰上這事乃是千載難逢的機遇。做為一個記者，我不可能什麼都沒搞清楚就貿然發新聞。只要一發，我們這位司馬兄肯定就消失了，那我的報導就像之前我寫的遇上阿飄的文章一樣，絕大多數人讀了當茶餘飯後的聊天材料，就算有相信的人，也只把它當一樁靈異事件看待……」

「不錯，那就失去意義。可是你若hold住一直不發稿，萬一別的記者知道了搶先報了，你豈不虧大？」

「這事我考慮過了，當然不是沒有風險，但這風險我願意冒，以我已有的資料，就算有人搶先上了報，也只能報個皮毛，深入報導的稿還是非我莫屬，你是知道我的，沒有內容的搶頭香新聞一向不是我的菜……」

「就擔心這個『怪人』在台北市到處趴趴走，夜路走多總會碰上一個同行小鬼，搶了你的獨家。」

「說到這，別忘了我還有一個『獵飄行動小組』二十四小時在匯集情資，隨時偷偷餵我最新訊息。」

「好，我同意，就算一切如你所願，你蒐集了足夠具體而可信度高的實據，然後做一篇核爆式的報導，後果你想過嗎？」

「想過。這消息立刻變成國安問題！經過幾個小時的國際驗證，它就變成全球的安全問題！」

「然後呢？」

「然後，別國我不敢說，美國是肯定要派特種部隊來這裡追捕外星人，而我國政府是肯定不敢拒絕老美的要求的……」

「要是我們的司馬先生是一個和平使者呢，我們就不能保護他？」

何薇的心情是矛盾的，一方面她不全信真有『外星人』，另一方面已經開始為這位

『怪人』的安危擔憂了。

守義搖頭道：

「不是因為我科幻電影看得多了，人類對外來的、不瞭解的事物原就存有排斥心，對外來的『人類』更是天生就有恐懼，甚至敵意，如果發現外星人的科技又遠在地球人類之上，那肯定要抓狂了；老美頭一個就要逮捕他，祕密拷問出一切想知道的訊息，這……這恐怕是免不了的結局。」

何薇這時真切地感到後果的嚴重了，她抬眼望著守義，替他著急。守義接著道：

「這樣的結局卻絕不是我要的，所以我要一面弄清楚他的來歷和目的，同時幫助他隱藏身分，盡力不讓他曝光……萬一，萬一別人曝了他的光，我就要發動引導媒體朝阿飄靈異事件的方向報導……」

何薇有些訝異，輕聲問：

「你是說，你根本不打算報導『外星人』事件的新聞了？」

「不錯！如果SM終究曝了光，我的深度報導會『有憑有據』地堅持他的身分不是外星人；他就是阿飄——那個辛亥隧道外車禍現場出現的阿飄，也是台北市警察局有檔案的阿飄！」

「我是說，在你弄清楚了你想知道的一切祕密後，你仍不報導外星人事件？」

「我不知道，如果發現一切無害，SM只是一個好奇的訪客，我也許會寫個溫馨的故事，除非，除非……」

何薇緊接著問：「除非什麼？」

「除非我發現ＳＭ對我們、對人類的安全帶來危險，到那時，我會祕密通知安全單位。」

何薇深看了他一眼，對這個一路走來堅持原則的過氣媒體人悄悄在心中按了一個「讚」，但沒有說話。

守義也沒有說話。

他們沉默了好一會，何薇忽然「哈」了一聲，笑對守義說：

「我原來也設想過，假如要報導這個新聞，要用什麼標題？」

「什麼標題？」守義饒感興趣。

「外星人選擇降臨台灣。」

守義興奮地叫道：「和我要下的標題一模一樣！這是心電感應，我們也有特異功能呢！」

何薇緊握他雙手，守義順勢把她擁入懷，何薇深吸一口氣，聞著守義身上的氣味，這個在職場中漂泊流浪的男人，卻給她一種可以依靠的安全感，她也不知道為什麼，也許聽了、想了太多外星人和阿飄的事，心中總覺有點害怕，今夜她不想回家了。

紫芸身高一百六十五公分，在女籃球隊打小前鋒是嫌矮了一點，但是她的彈性和速度在女生中都是頂尖的，再加上她的罰球奇準，每場比賽靠罰球就能得好幾分。所以她在場上，教練總是鼓勵她只要有機會就勇敢出手攻籃，投不進就賺一個犯規，送她上罰球線穩穩得分。

時間是第八節課。紫芸這時間應該在教室裡寫作文，但她卻在籃球場上和幾個男生練球。第七、八兩節課是國文的作文課，尤其這一篇作文要從中選佳作參加全校作文比賽，所以老師特別慎重地把全校一致的作文題目解釋了十分鐘，算是給同學們做一個寫作的提示，希望大家不要寫得過分地文不對題。

題目寫在黑板上，「民主與民粹」。

什麼時代了，怎會出這樣老掉牙的作文題？

紫芸寫了不到五十個字就寫不下去了。她和鄰座同學一面咒罵出題的老夫子頭殼壞去，一面心懸約好練球的幾個別班同學，是否能如時從課堂開溜成功。

老師陪大家寫作文三十分鐘已達忍耐的極限值，不待下課號響，老師和紫芸同時閃人；老師前腳去休息，紫芸後腳直奔球場，一直練到現在，渾身大汗。

「欸，貔貅！幾點鐘了？」

「貔貅」是個大塊頭，因為經常有便祕的毛病才得到這個「古雅」的綽號。

「四點半。」

「不行了，我要回去寫作文，今天老師規定要當場繳作業。」

紫芸趕回教室，老師仍在休息，教室裡只剩下一半學生還在努力作文，其他人有的在聊天，有的趴在桌上睡覺。

紫芸看看時間實在不夠了，心急之下靈機一動：

「我用文言文寫，可以寫短一些，老師說不定反而給高分。」

想到「文言文」，她眼前浮起那個名叫斯永漢的年輕人，不禁莞爾失笑。

下課鐘響時，她還沒有寫完，老師緩步走進教室，高聲叫大家繳交作業，等到眾同學拖拖拉拉繳完了，老師點了點作文本，又大聲叫道：

「還差一本，誰還沒繳？」他環目左右察看。

「林紫芸！」

「有！老師，我寫好了！」

她及時繳了作文，喜孜孜地回到座位，才掏出手機，就正好收到一封不是熟人的電郵，仔細看送件人的郵址：

weixin@gzu.edu.cn

「啊，從大陸來的，不錯，是貴州大學。」

自從被選為暑假赴貴州天文營的交換學生後，她收到天文協會轉來與貴州大學往來的相關郵件，gzu 正是貴州大學的代碼。她迫不及待地點開來信，看了頭兩行便是一陣驚喜。

「林紫芸同學：我是貴州第一高中三年級學生韋新，很高興得知您獲選為兩岸天文營的交換學生，我也經貴州大學教授們的推薦，獲選為大陸方面的交換生，我想和您先交換一些個人資料，請見附件。」

「啊，原來 weixin 是韋新，不是微信。」紫芸見全文是繁體字，雖然在電郵上做繁簡體轉換只是一指之力，但她還是很欣賞這個叫韋新的男生的細心。

她點開附件，頭三行是：

姓名：韋新

性別：男
民族：布依族
紫芸暗呼一聲：「啊！他不是漢人！布依族是什麼少數民族？待我查一查……」
再往下看，她開心地發現，韋新和她同年，但比她小兩個月。
紫芸看了韋新的個人資料，著手回信，附上自己的個資，然後開始上網查「布依族」。

布依族是分布在中國西南的少數民族，總人口數約兩百九十萬，超過百分之九十五的族人住在貴州省的幾個布依族自治州之中。

在省會貴陽市東南一百九十公里處，進入黔南布依族自治州，平塘縣距離對日抗戰的名城獨山縣只有三十多公里，全縣處於喀斯特地貌中，山地丘陵起伏，林木茂盛，亞熱帶的氣溫和充沛的雨水孕育了這地區一望不斷的半原始植被，連綿的窪地和坑谷更構成類似古冰川遺跡的奇絕景觀。

古諺描寫貴州「天無三日晴，地無三里平，人無三兩銀」，天地條件雖然難以改變，但近年來鐵公路及航空的交通建設已經四通八達，經濟發展後發猛進，可以說路雖不平而通行無阻；人無豪富而豐衣足食。

韋新的家在縣城西邊二十公里山區中的一個小村落。村莊地處深谷，三面青山，一面綠水，村民全是務農的布依族人。從山頂下覽，農舍錯落，炊煙裊裊，宛如世外桃源。

由於少數民族分布零散，民族中學的學生大多住宿，同學們以布依族、苗族為多，還有少數壯族的學生，大家相處和諧，不分彼此。

韋新在民族中學讀了一年後，由於各項成績和表現特優，引起校方及教育領導的高度重視，在說服韋新家長及他個人後，特案推薦他直接進入貴陽第一中學就讀，平塘縣政府還補貼他學雜費及生活費用，可謂大力培植這個布依族的資優少年。

夕陽西下，晚霞變幻莫測，半邊天的五顏六色十分絢麗，但是看在同學眼中，沒有什麼人會特別注意或欣賞，因為美景常見，大家視為當然了。

韋新上完課留下來打掃教室，他和其他兩位輪值清潔生，分工擦黑板、掃地，最後擦課桌；課桌原本不算髒，上面的灰塵全是他們大力掃地造成的結果。正要收工，導師從門外走廊走過，伸頭進來瞄了一眼，感覺到教室似乎比不打掃還要糟，便下令道：

「怎麼掃了半天地上還都是灰？韋新！」

韋新大聲答：「有！」

「你們用水拖它兩遍就乾淨了。」

韋新心想：「平時都不用拖地，今天被你抓到還要拖兩遍，真背。誰要我被選為班長？」

口中響亮地答道：「是，谷老師！」

谷老師離去，韋新轉身就對其他兩位同學下令：

「狗子，小蘇子，你們快去水槽那邊拿兩支拖把來，我們抓緊點！」

兩分鐘後，狗子和小蘇子每個人扛了一支溼拖把回來，狗子將拖把舉起來給韋新看，笑嘻嘻地嚷道：

「拖把也不知道多久沒有人洗了，放在水槽後潮溼處，你猜怎麼著？」

韋新聽得一頭霧水，不知他在嚷些什麼，趨前一看，立刻一陣反胃，忍不住大罵道：

「他媽這拖把上竟長出菌子來了，你也不弄乾淨再拿來……」

布拖把上果然長了好多顆乳色的小菌子，看上去滑滑的，十分噁心，其中有幾顆成肉紅色，尤其可怕。

小蘇子叫道：

「搞乾淨這兩支拖把就要二十分鐘，我們吃飽飯沒事幹了？趕緊胡亂拖兩遍，拖把物歸原處。班長，我們請你出來領導，不是要你沒事找事做。」

韋新忍住笑，指揮道：

「那你們就快，多點水，我再去打一桶來。」

關了窗、鎖上門，三個值日清潔生回到宿舍，韋新沖了一個冷水浴，剛好趕上開飯，他正要出門，發現手機上接到了從台北送來的電郵。

韋新滿懷興奮地打開信件，果然是林紫芸的回信。

韋新同學：好高興收到你的電郵。首先要恭喜你獲選為此次兩岸天文營的交換學生，我知道中國大陸學生人數那麼多，你能脫穎而出獲得遴選，十分不容易。

你已經知道我的名字，我還是先自我介紹一下。我是國立師範大學附屬中學高三的學生林紫芸，我的個人資料在附件中。

飄】

由於這是兩岸民間天文組織第一次試辦交換中學生的活動，聽說如果辦得成果好，明年他們就會擴大辦理，因此我們兩人負有這項有意義活動的成敗責任，希望我們利用行前的時間多做溝通，共同為暑假的活動做最佳的準備，預祝成功。

韋新看了兩遍，有些繁體字不認得，但大致的意思還是看懂了，他心中一絲不滿之情油然而起。

「我還特別用繁體字給妳寫信，妳倒大剌剌地也用繁體字回我，下回我用布依文和妳通信，看妳要找誰替妳翻譯？」

待他打開了附件，看到林紫芸的照片，心中那一點不滿立刻煙消雲散。

紫芸穿了一身師大附中的制服，白色荷葉領的上衣，天藍色的窄裙，站在一片綠油油的草地上，臉上的笑容充分展現出自在和自信。

「哇塞，是個大美女啊！」

他盯著照片看了又看，忽然下意識地對鏡子看了一眼。

鏡中的韋新長得濃眉大眼，臉型瘦削，配著挺直鼻梁顯出一種剛毅之氣，他對鏡中自己的好皮膚滿意地點了點頭，暗忖道：

「還配得上吧？」

然後馬上就覺得自己很無聊，但是忍不住想要挑一張自己的照片寄給她。

晚餐後他在自己的照片簿裡找了半天，終於選到了一張去年在甲茶瀑布前著傳統服裝拍的單獨照。他穿了一件白底靛藍蠟染的對襟短衣，黑色長褲，頸上纏了一條印有小藍花的白色頭巾，對著鏡頭笑得開心。

他自覺照片裡的小伙子夠帥的，便決定寄給林紫芸，這回他就用簡體字寫，懶得替她轉換成繁體字了。

貴陽一中的歷史悠久，清朝末年便已立校，人民共和國建國後將貴陽省中、貴陽師院附中等四所中學合併為貴陽一中。建校百年時搬至現址，在貴陽市觀山湖區，校園遼闊，硬體設施大幅提升；宿舍、食堂和超市連成一體，學生的生活相當便利。

韋新住的宿舍每間學生寢室都有衛浴設備，尤其令同學稱便的是還設有直飲水、電話、數據網路接口，和韋新以前在平塘民族中學的設備比起來，不可同日而語。

韋新寫完作業時間還早，便踱到會客室去看看電視新聞，才進入就聽到新聞節目女性播音員略帶興奮的聲音：

「……位於貴州省平塘縣克度鎮大窩凼窪地的射電天文望遠鏡接收到外太空的神祕訊號，天文學家疑是來自位於兩千五百光年之外的銀河系某處，專家們對這個訊號做了繁複的分析，初步可確認……」

韋新快步坐下聆聽，螢光幕上貴州衛視的新聞主播音調高亢地照稿唸道：

「……初步可確認是超級脈衝星所發出的規律脈衝訊號，科學家相信這次精確的測定可以檢測到重力波，對探索宇宙之謎提供重要的資料和訊息。」

螢光幕上的畫面轉為位於平塘的世界最大天文望遠鏡，五百米直徑的射電望遠鏡面像一個巨大無比的倒鍋蓋架在平塘喀斯特窪坑上，四面群山峻嶺，氣勢雄偉無與倫比。

主播報導：

「這個國際學界稱為『FAST』、而國內傳媒稱為『天眼』的偉大設備，陸續接收到大量的、前所未有的外太空訊號。國際天文學界咸認為極有可能實現與宇宙中其他文明作另類接觸，地球要以何種態度來面對這不可避免的發生？自稱為萬物之靈的人類，我們準備好了嗎？」

休閒室中還有幾個同學也在看這條新聞，下午在一起打掃教室的狗子和小蘇子也在場，狗子嚷道：

「韋新，你是我們貴陽一中的天文學家，來解釋一下剛才這條新聞吧，她是不是說兩千光年外有外星人向地球發信號？是啥子信號呀？求救的還是打個招呼？」

小蘇子也叫道：

「還有，我不懂為什麼有個國際有名的科學家警告咱們，千萬不准回應任何外星人的信號？」

這兩人一叫嚷，其他的同學也圍過來要聽韋新解釋天文學，韋新有點不好意思地乾笑一下，然後道：

「學術方面，譬如說探究宇宙形成的奧祕之類，講老實話，我也不太懂。不過咱們這個射電望遠鏡是目前世界最大、也是最先進的天文設備，它能接收到極深太空的各種訊號；剛才聽到說兩千光年，在宇宙中只是很小的一個距離，以現知的宇宙來說，像地球這樣的行星多到不計其數，所以科學家確信地球絕不是宇宙中唯一有高度文明的星球，科幻電影裡面虛構的那些事，其實有可能是會實現的，我們的科技也進步到愈來愈接近和其他文明作另類接觸的時候了，人類要面對的命運可能是星際大戰？被殖民？甚至毀滅？但是也可能是和平友好的接觸，不同文明之間發展出難以想像的合作互惠方式，甚至能幫助解決地球上最大的困境，如能源、氣候變遷……等。」

小蘇子接著問：「聽老師說今年暑假你要到『大鍋蓋』那邊去參加工作？什麼……什麼天文營？」

韋新道：「其實這兩年每個暑假我都在『天眼』那裡打工兼學習，今年是被選上參加第一屆兩岸中學生天文營的活動，我們這邊由貴州大學的教授指導，台灣那邊也有一位同學要來這邊共襄盛舉……」

狗子忍不住賣弄他的獨家消息：

「我知道，台灣來的是個女生！」

同學立刻起鬨：

「女生？好哇！幾年級？」

韋新微笑道：「高三，和我一樣。」

「台灣高三的學生要不要考高考？」

小蘇子搶回道：「我知道，台灣的高三學生可以按自己的志願申請適合自己的大專學校和科系，申請不成的才要考他們的『高考』……」

狗子插口道：「不過他們不需要像咱們這麼緊張，聽說台灣高中畢業生考大學的入學率是百分之百，只要你肯繳學費，就有大學可以念。」

「他媽的有這麼好，我們去台灣讀大學算了，這邊準備高考要老子的命。」

「你憑什麼認為台灣大學要收你這號人物當學生？」

「台灣已經夠亂的了，你就不要給台灣添亂了。」

韋新笑道：「我聽貴州大學的指導教授說，台灣雖然升學率特高，但是要想進排名前幾名的好大學，也像咱們這裡一樣廝殺得頭破血流……」

小蘇子插口問道：

「你那個台灣妞兒來這裡住哪裡啊？」

韋新道：「這就要看指導教授怎麼安排了，我猜她初來時肯定會在我們學校的國際學生宿舍住一、兩天，然後就要移到平塘縣去，就近參加『天眼』望遠鏡的訓練營活動，全程三個星期。然後我們一起去台灣。」

小蘇子面現欽羨之色，酸溜溜地道：

「韋新這小子有豔福，考完高考，居然要和台灣美少女前後鬼混一個多月，而且聽說清華大學物理系已經預訂了你這個布依族的天才……」

韋新斥道：

「小蘇子，你胡說八道，哪有清華大學預訂收生的事，你他媽再胡說，小心我對你不客氣。」

狗子也調侃道：

「人都還沒有見到，小蘇子，你怎知是豔福？說不準台灣那邊使壞，選個醜八怪來陪我們的布依帥哥過暑假。哈哈哈。」

韋新也笑了，不再理會他們，慢慢踱回寢室。

飄】

CHAPTER 05

飄進總統府

丘守義的特稿〈只有臉的阿飄〉，「目擊：車禍現場和墳場」是副標題，週三雜誌一出刊，零售爆量，兩家電視台愛談靈異的主持人分別來邀約，丘守義堅持原則不上電視，但是可以提供腳本和相關資料，要價則比平時多了一倍有餘。

就在這時，他接到程士雄警官的電話。

「喂，丘桑，阿飄又出現了，這回有些麻煩。」

「警官，什麼麻煩？」

「阿飄被人發現出現在總統府。」

守義為之一怔，暗忖道：「又去總統府？難道是去看總統接見外賓？」

於是問道：「什麼時間？被什麼人發現的？」

「今天一大早七點鐘左右被總統府前側門的憲兵發現，那個憲兵發現他時嚇得全身發抖，由於和他一起值勤的另一個衛兵啥也沒看到，他們的上級也不知道該如何處理，就打電話到警方來查詢，得知我們有一個『獵飄行動小組』，就要求開緊急會議……」

程士雄一口氣講了那麼多，居然還沒有冒出任何一個粗口，甚是難得，也顯示他是在極為嚴肅的心情之下說話；守義很能體會，但仍聽不出他說的「麻煩」究竟在哪裡，便耐性地問道：「嘿，警官，你說有麻煩是怎麼回事？」

「那個被嚇壞的憲兵慌張之中竟然朝天空開了一槍，什麼也沒打中，但是他堅持看到一張『人臉』飄進總統府正門，一瞬間就消失蹤影，這一來，國安人員緊急出動，開始詳查總統府入口的安檢裝置及每一間辦公室、每一個角落，折騰到下午人仰馬翻，什麼也沒發現……喂，我要去開會了，你快去打開信箱，我送了一份資料給你。」

電話就掛了。

丘守義趕快打開信箱，程士雄送來的信上又是一張大台北地區的地圖，上面標示了兩個阿飄出現的新地點：「總統府」及「國防部軍情局」。

守義把這兩個地點加注在電腦上的「阿飄出現之時間地點」表，「總統府」和「立法院」都已出現了兩次，「國防部軍情局」則是新地點。這裡面的相關性是什麼？守義想了很久還是想不透。這時手機鈴聲再響起。

何薇的電話。

「喂，守義，總統府出事了，可能和『阿飄』有關係呢……」

「我知道，我的『線民』已經告訴我了。有進一步的消息嗎？」

「府方封鎖一切消息，發言人只說值勤憲兵意外走火，現場無任何損失，其餘的都在調查中；再怎麼『拷問』也沒用，他只是不停跳針。我透過管道打聽到國安人員遍查總統府內外，好像在搜查什麼人潛入府內；目前他們正在會同台北市警察局開緊急會議。為什麼總統府憲兵的槍走火，要找警察局開緊急會議，我猜會不會和警方的『獵飄行動小組』有關，如果是，那就表示『走火』事件可能和『阿飄』有關，而國安人員在總統府搜查的對象就是『阿飄』。你怎麼說，守義？」

丘守義聽電話裡何薇的清脆快板，覺得很是享受，竟然忘了回答。

「守義？」

「噢，我覺得妳的猜想八九不離十，我在警局裡的內線告訴我，他得到的消息是那個憲兵就是看到了阿飄，驚嚇之下才發生走火事件，這位內線朋友也在開會名單中，也許他們開完會後我還有進一步的消息。」

「啊，太好了。」

「所以妳要低調裝傻，不要讓同業朋友知道妳有內幕消息的來源。」

「謝謝你的叮嚀，這一點規矩還是懂的。」

「算我多事。不過妳的聯想力實在太厲害！加上我這個搞內線的老手，總統府這椿糗事的內幕新聞，誰也贏不了妳。明天等著看妳的頭條新聞吧。」

「話說回來，阿飄幹嘛要一而再地跑到總統府去嚇人，有毛病嗎？」

「何薇，妳忘了，他秀給我們看的那一段錄影，外交部長要帶那兩個洋人去見總統，就是今天早上九點鐘啊，阿飄既然去『旁聽』了，說不定等一下就會送錄影給我們看。」

「這回你一定要再試試下載！」

「我會試試，可別存指望！」

結束電話，守義的注意力又回到阿飄出現的地點上，他暗忖道：

「阿飄已經被發現了十次，除了去墳場，便兩類地點最受青睞：軍政機關和情治機關……也許我應該更主動一點和他合作，一齊打探一些什麼機密的東西，打探過程中就有可能摸清他真正的意圖……」

碰、碰、碰！有人敲門。

「這時候誰會找上門來？」丘守義不禁有些納悶。

「誰？」

「丘守義先生嗎？」

「是我，請問是誰？」

「管區警察，請開門。」

守義開門，只見門口站著兩個身穿羽絨衣的漢子。站在前面的年約四十，後面的是個年輕人。中年人掏出一張證件給守義看了一眼，一面往屋裡進，一面自我介紹：

「我是文山二分局興隆派出所的陳警官，這位是國安局的方組員……」

那年輕組員向丘守義點頭致意，也想跟著進來，丘守義心中一緊，半開門擋住來客，防禦性地問道：「兩位來我家，有什麼事情？」

那年輕的國安組員道：

「丘先生，我想請您到我們那邊談談，因為有些敏感，所以我請管區警官陪同登門求見。」

丘守義心中沒譜，但他並不緊張，先把來人的意圖問清楚：

「管區警察來查訪不奇怪，國安單位的人要我跟你走，你有什麼授權的，請出示公文。」

方組員很有禮貌地微笑道：

「哪有那麼嚴重？我們只是想勞駕你去我們那裡喝杯咖啡，順便請教一、兩個問題……」

「你有什麼問題？在這裡問就好。」

方組員和陳警官對望了一眼，陳警官代答道：

「有關丘先生之前在辛亥隧道外一個車禍現場看到……看到『阿飄』的事。」

守義暗忖：「果然不出所料，就是這檔子事。」心中反而篤定了下來，更是決心不讓這兩人進入屋內。他啊了一聲，大咧咧地回答：

「那樁事啊，我有報告給你們局裡的劉警官，現場所有的事都報備一清二楚。至於那個阿飄的一些細節，加上我自己推想的情節，也都寫在一篇長文裡，本週三的周刊雜誌已經刊登了出來，你們自己買一本去讀讀就好。我這邊，抱歉，沒有什麼進一步的事可以奉告。兩位晚安。」

說著便要關門，那國安方組員叫道：

「等一下，丘先生，我們就在您家裡談談也可以，不一定要去我們那邊……」

守義用力把門關上，不再理會外面兩人，因為他幾乎可以確定這兩人的身分都是冒牌貨；他忖道：

「國安人員不具司法警察身分，無權進入民宅查案，是以他必須會同管區警察來敲門。

但是他們來查的是『阿飄』的案子，陪同來我家的警官應該會是程士雄才對。何況我故意說錯是『劉警官』，同來的陳警官竟然完全沒有察覺，也沒有糾正我，可見他並不知道程士雄和『獵飄行動小組』的事。這樣看來，他們的身分不是假貨是什麼？」

接下來進入守義腦中的問題有兩個：

「假如他們冒充警察及國安人員來騙我，真實的身分是什麼？騙我的目的又是什麼？」

「我這裡有什麼事物，重要到有人要假冒警察及國安人員來查問？」

想到第二個問題，守義忽然感到一陣不安，似乎自己無意中踏入了一個危局。

何薇升任採訪主任後才有一間屬於自己的辦公室。辦公室雖不大，但靠窗採光佳，抬頭看得到台北的天空，雖然不一定有藍天白雲，她還是很滿意，便用心布置了一番。

牆角的短櫃上除了一盞造形新潮的檯燈外，放了一盆鐵骨素心蘭，姿態和顏色都屬上乘，是何薇在植物園「幽蘭特展」時親挑的佳品。

牆上掛了一張席德進的水彩畫，雲山之下檳榔林中一座小廟，一條弧形的田埂分開了綠油油的秧田和水塘，色彩不濃，表現出一種很舒暢的寧靜之感。

這張畫是一位政治世家的二代「小開」送她的禮物，那時候這位年輕英俊的政壇新秀剛選上議員，對同樣是新秀的美女記者何薇發動追求的攻勢。有一回兩人逛藝廊，何薇特喜歡這一張畫，第二天便收到議員送來這張畫，附卡上親筆寫著：「寶貝兒，生日快樂。」何薇看了才猛醒，隔日是她二十五歲的生日。

當時何薇很是感動，可是不久之後八卦雜誌就爆出這個政治世家的「金童」處處留情。據報導，收到他禮物的女友都會收到他親筆的「寶貝兒」卡，屈指算來就有四位之多，某年輕美女記者也在其中，只是八卦作者看在同業分上手下留情，女記者的姓名沒有曝光，不過圈內人都知道是何薇。

何薇就和此人斷了，但是這張畫她特別喜歡，便厚起臉皮留了下來。

如今那人已當選立法委員，結了婚，緋聞仍然不斷，好像既不影響他和夫人之間的關係，也不影響他的選票，人高富帥占盡便宜。

何薇也升任了採訪主任，每次在電視上看到昔日的政治金童在議場中和反對黨的立委推擠糾打，齜牙咧嘴，不禁搖頭嘆息。只有在凝視這張畫時，那個送畫人在她腦海中才恢復了瀟灑的帥氣。

有人敲門，不待回應便推門而入，何薇立刻知道來的是長官。果然推門而入的是頂頭上司，副總編趙永堂。

「何薇，我已敲定明天的頭條是總統府憲兵走火事件，綜合報導由妳定稿，情況如何？」

「副總編，府方到目前為止仍然咬住走火意外不鬆口，我特別管道來的消息，那個放槍的憲兵確實有看到一個阿飄才嚇得步槍走火，這事現在府方當然封了口，不過我的管道能打探到阿飄的事，難保我們的友報沒有他們的管道，所以我只能要求府方發言人和公關室一定要保持中立，任何小訊息都不可獨厚我們的對手。」

「妳目前文字部分完稿了？」

「大致就緒，我還在等最後一個消息進來。」

「目前的定調？」

「目前我們報導事件本身，府方說法之外，我們的記者訪問到三個事發時在總統府前的『目擊者』，一個是學生，一個是計程車司機，還有一個正好走到正門前方人行道上的路人，三人講得繪聲繪影，但都沒有見到阿飄……」

「我們的記者直接問『阿飄』？」

「那當然不成，我叫記者問有沒有見到『異樣事物』，NCC管不到的。但是，我正在等的最後一個訊息可能扭轉全局……」

「什麼訊息？」

何薇抬眼盯著她的頂頭上司，心中在考慮要不要讓他知道，趙永堂立刻察覺到某種不尋常的事何薇瞞著他，便正色對何薇道：

「何薇，妳要特別小心，這條新聞牽涉到總統府，明天如果我們的報導和其他各報大同小異也就罷了，如果我們的報導成了獨家，妳要給我保證每一個字都經過查證，絕對不能出紕漏！」

何薇心生反感，忖道：

「如果新聞每一個字都要查有實據才能報導，世界上哪會有『水門案』、『五角大廈密檔』、『維基洩密』這些媒體揭密的經典之作？我們報社的高層一面縱容各種八卦新聞完全不經查證就上報，另一面對權威體制又碰都不敢碰，反過來卻整天要求我們要有獨家新聞，簡直墮落到不行……」

趙永堂見何薇不即回答，而且一雙大眼睛中顯示出一種別有所思的目光，益發不放心了，他提聲叫道：

「何薇，我說的話妳有聽到嗎？」

「聽到的，副總編。可我這最後的消息來源如果證實了，您就準備把標題改一改，然後慶祝本報獨家突圍，總統府封口破功！」

趙永堂聽得又有些興奮了，順口問道：

「標題改成什麼？妳建議……」

「我就會建議標題改為『阿飄進入總統府』，副標題是『憲兵驚駭走火幸未造成損害』，如何？」

趙永堂聽了顯然是憂喜參半，他呆了一會，面露乾笑，對何薇示好地道：

「何薇，真有妳的，希望妳最後一個消息是好消息，妳定稿了立刻給我看，加油！」

心中卻在狠罵：

「這個何薇真不好搞！」

何薇等他離開走遠了，把門帶上按下了鎖，然後撥電話給守義。

「喂，守義，是我。」

「我正要打電話給妳……總統府這件事，妳們的報導千萬要小心，我這邊有人冒充警察及國安人員來調查，被我趕走了……」

「什麼？警察和國安人員？他們要幹什麼？」

「唉，這事以後再講，我先說最新的消息。國安局和警察局如妳所料，開了一個祕密會議，主題是討論阿飄的事，我的內線朋友也去參加開會，直到五分鐘前我才收到一封簡訊，妳猜怎樣？」

「怎樣？你不要賣關子。」

「他說會議沒有結論，但國安局抨擊警方，在辛亥隧道外車禍現場有關『阿飄』出現的部分處理有缺失。局長反駁警方已經成立『獵飄行動小組』還要怎樣，並說警察至少不會看到阿飄就開槍走火。國安局被嗆沒轍，最後竟然要求重新嚴查丘守義和那個計程車司機，包括背景、政治傾向及是否藏有阿飄的資料隱瞞未報。」

「守義，你要小心，這些人會亂來的。」

「哈，程士雄的簡訊最後一句也是要我小心。回到重點，那個開槍走火的憲兵的確看到一個只有臉的阿飄，而且從正門飄進總統府了，時間是上午七時五分。這是國安局在會議中報告的，千真萬確，妳們報紙敢不敢刊登就不是我丘守義的事了。」

「ＯＫ，明天看報。你小心些。」

何薇關上手機，立刻在桌上電腦中叫出原已整理妥當的新聞稿，將已確認的新資訊加了一段，然後建議了一個標題，她真的用了原來想好的一組：

「阿飄」進入總統府

憲兵驚駭走火幸未造成損害

文稿送出給趙永堂，她鬆了一口氣，一整天處理這條新聞，總算得到滿意的結果，明天成為驚動全國的獨家頭條，那份光采就不用提了。

十分鐘後，她收到趙永堂的回信：

「何薇，頭條已送總編過目，他讚賞有加，謝謝。」

過了三分鐘，何薇收到總編輯的信：

「何薇，撰文及查證俱佳，一流的獨家。謝謝。」

何薇露出滿意的微笑，關上電腦。

第二天的X報上頭條新聞的標題是：

總統府維安亮紅燈　憲兵持槍走火幸未造成損害

內容則以府方發言人的說法為主；國際恐怖份子活動逐漸移向東亞，我國安單位「防恐」壓力太大，基層年輕憲兵抗壓性不夠，府方將詳查個案並加強訓練云云。

何薇辛苦一整天的獨家新聞完全不見了。

何薇氣急敗壞地打電話找趙永堂，趙的手機連響二十三次也沒有人接聽，何薇只好掛了。她暗忖：

「他手機肯定設定靜音。」

過了十分鐘，何薇再試，依然如故。

她一橫心，撥了總編輯的手機號碼。通常她是不會直叩大老闆手機的，但這時急怒攻心就顧不了那麼多。

總編輯的手機根本沒有開機。

「不開機？真有重要事怎麼通報他？啊，他一定有另一支二十四小時開著的手機，只是我的層級拿不到他的號碼，媽的，我們這裡還真官僚！」

她恨恨地把手機關上。過了五分鐘，她冷靜了下來，撥了丘守義的手機。

守義也關了手機。

何薇忽然有一種被這個世界遺棄的感覺。

丘守義騎著他的老爺機車在公館附近的汀州路尋找一家「忠誠咖啡屋」；程士雄用Line和他約好在這裡見面，可是明明說好是這地方，他騎車去去來來兩次都沒有找到咖啡屋的招牌。

「邪門了，難道程士雄搞錯了？」

再一次轉回去時，看到程士雄穿了一件黑夾克在路邊對著他揮手打招呼。他停好車走過去，仍然看不到咖啡屋的招牌，直到程士雄指了指身後一間毫不起眼的店面，守義才勉強看到店面的玻璃門上手寫的「忠誠咖啡屋」幾個字，書法頗為拙劣。

守義暗中嘀咕，看這咖啡屋的外貌，店主好像很不願意被人認出來的樣子，他暗道：

「不好，看來是個吃葷的黑店。怎麼程警官要約到這種地方來？」

他心想幹記者的還有哪裡不敢去的？便對程士雄詭笑一下道：

「好啊，原來程警官是要來取締色情咖啡屋，特別通知媒體作現場報導的。」

程士雄呆了一下，不懂守義的意思，忍不住便開罵了：

「幹，你媽的在講啥米？亂七八糟！進屋去我再和你講。」

聽他這樣反應，守義有點意外，但無暇多解釋，便隨著程士雄進入那家「黑店」。

一走入果然光線較暗，但是撲鼻而來的是極為濃郁的咖啡香。守義不禁忖道：

「這家咖啡屋裡面黑壓壓的，外面一個招牌也沒有，就幾個雞爪子字像鬼畫符似地貼在門上，不是熟客誰找得到這鬼地方啊？」

果然，黑暗中馬上有人認出了程士雄：

「哎呀，程警官大駕光臨，您少說兩個月沒有來了。」

聽口音竟是很典型的外省台灣腔，守義環目看了一眼，店中有不少年輕人，看上去像是大學生，昏暗中雖然看不太清楚，但已經確信這裡沒有色情，是一家規矩的咖啡店，只是太暗，難道是節能省電？也做過頭了吧。

程士雄衝著一個迎面而來的五、六十歲高個子道：

「祁老闆，這是我的朋友丘記者，我們有事要談談，裡面那邊空嗎？」

守義看那祁老闆皮膚黝黑，昏暗中實在看不清他的面貌，忍不住多看了一眼，祁老闆乾笑一聲道：

「歡迎歡迎，丘記者一定覺得本店燈光怎麼那麼暗，說來不好意思，生意不好做，最近政府又推出節能省電的獎勵辦法，我們能省一個子是一個，順便響應政府，順便！順便！嘿……」

守義連忙回道：

「咖啡屋光線暗一點氣氛好，滿好的。」

祁老闆道：「謝謝體諒，兩位，請跟我來。」

這間咖啡屋門面不寬，縱深卻長，走到底一扇木門，打開門是一間雅室，窗外居然又見天空；原來外面有一片不大不小的草地與後排房屋相隔，在人口密集、房舍擁擠的這一帶彌足珍貴。

祁老闆送上咖啡，拉上窗簾，就關門讓兩人在私密的空間細談，守義對這個老闆很感興趣，甚至懷疑他是警方的線民。照常理推斷，開咖啡屋的確是做間諜或眼線的好選擇。

「警官，你約我來這麼隱密的地方喝咖啡，我覺得滿恐怖的。」

「丘桑，你先關上手機。」

「怎麼？」

「我怕你一接電話就被監聽，你已經被他們盯上了。」

丘守義關上手機，啜了一口咖啡，真不錯，這麼優的咖啡賣一百元，隨你坐多久，怪不得大學生喜歡在這裡泡。

「ＯＫ，警官，找我來這要告訴我什麼機密？」

「今天那個屁會開了足足兩個半小時，除了開始三十分鐘聽國安局簡報走火事件，剩下來的時間大部分是聽國安局和警察局的互嗆，他媽的還真夠吵人的。後來國安局便問到你，似乎對你起了懷疑……」

「他們憑什麼對我懷疑？」

「他們從媒體界聽到你和你以前服務的報社裡一個姓何的主管有一腿，丘桑，有沒有這回事？」

「有又怎樣？關國安局屁事。」

「不，你們的同業通報國安局說你和你相好的兩人手上握有更多阿飄的資料，現在阿飄成了國安問題，他們要求警方配合全面監視你的行動……我操他媽雖然沒有明說，猜你的手機一定被監聽了。」

「豈有此理？他們沒有法院准許，憑什麼監聽我的手機？這是犯法的！你說媒體同業告我，是哪家媒體？」

「媽的，你還真是老天真啊，懶得跟你講了。」

守義當然知道是哪一家媒體，他也知道這種事碰上濫權的警方是怎麼處理的；先便宜行事監聽了再說，聽到的訊息雖不能當作法庭證據，但只要能得到關鍵資訊，再根據資訊設局誘取合法的證據便比較容易了。

他也知道自己該如何應變，其實心中不安的是，自己和這個口頭粗痞實則胸有城府的警官素昧平生，只因交代阿飄出現在車禍現場這一案而相識，他甘冒洩漏會議的機密內容來幫助自己，實在感人，但想起來也滿不可思議。

程士雄見守義沉吟不語，便也不再多說，過了好一會，淡淡地道：

「丘桑，我告訴你的事絕不能讓我上級知道。我是看不慣他們自己分內的事無能，對人民，我操，簡直無法無天。這才約你到這裡來警告你，你要小心。這裡的祁老闆是絕對信得過的好朋友……」

這時祁老闆敲門，帶了三杯咖啡進來。

「來續一杯，我親自煮的。」

「不好意思，我們談得差不多了。這裡好安靜，真是好地方。」

祁老闆聽他倆已經談完了，便也坐下來參與聊幾句，守義起身將百葉窗打開一半，望了望窗外，只見天上雲層密布，窗外的草坪顯得格外幽靜，他看到兩塊大石頭，想來原是想增加一點「庭園」的氣氛，但放在草坪正中間卻顯得不倫不類，呆呆地相對著有點滑稽。

「啊，這一塊草坪也是屬於老闆你的？」

「不是啦，這塊空地屬一個祭祀公業，產權複雜得厲害，官司打了幾年也沒結論，今年又和政府打起官司來……」

守義的記者職業病發作，立刻反應：

「怎麼又和政府打起官司？」

「啊，政府有個新規定，好像要把這塊地標售，祭祀公業當然不依，便告到法院。他們內外官司打得沒完沒了，這裡雜草長到齊腰高，我找到管理員打商量，免費幫他剪草維護清潔，還搬了兩塊大石頭放在那裡當擺飾，倒成了我的後院。」

這位祁老闆很是健談，守義愈聽愈覺得他口音特別，忍不住問道：

「不好意思，我當記者有職業病；請問祁老闆是哪裡人，您的口音有點怪……」

程警官搶著替他答了：「祁老闆的老爸是大陳義胞。」

祁老闆補充道：

「民國四十四年老爸隨大陳義胞撤到台灣來的時候，我還沒出生，如果說出生地，我算是台北縣、現在的新北市人。因為我父母都是大陳人，從小在家都講浙江話，所以我講國語有些大陳口音。」

「你怎會在這裡開起咖啡屋？」

「混口飯吃呀。顧客多是對面台大的學生，消費額有限，好在房子是自己的，不付房租就還勉強湊合著過。說來也怪，我們家一直靠台大學生，他們是衣食父母……」

「怎麼說？」

「六、七〇年代，我老爸在『水源地』，你知道嗎，就是前面新店溪，他在河中間的沙洲上用竹子搭了一片棚子，棚頂上鋪油毛氈，棚裡擺十張撞球檯就做起學生的生意。那時候靠近羅斯福路巷子裡的撞球店一小時要九塊錢，有計分小姐服務，我們這裡沒有計分小姐，加上政府免稅，一小時只收五塊錢，生意相當不錯……」

「你說撞球店開在河中間沙洲上，顧客怎麼過來？」

「哈，我們另外一項收入就是用竹筏渡顧客——幾乎全是台大和附近補習班的學生，我十二、三歲就會撐渡船，向客人一人收一元，帶腳踏車的收兩元。我聽那些台大的學生把溜課打彈子叫做『過河』，滿有趣的。」

程士雄插口道：

「祁老闆是夠意思的前輩，他兩個兒子，大兒子祁大辰在警察大學高我兩班，很照顧我的，可惜沒畢業就離校了……」

「怎麼了，他去了哪裡？」

祁老闆接過道：

「我那老大個性太過剛烈，不適合幹警察。」

程士雄知祁老闆不想多談，便換一個話題：

「老闆的二兒子在台南做大官。」

「是啊?你二兒子的大名?」

程士雄又代答道:

「就是祁懷土,現在台南當文化局副局長。」

「是不是那個寫散文的祁懷土?」

祁老闆似乎對兒子寫文章比兒子做官更感興趣,聽守義知道兒子是作家,立刻道:

「不錯,就是他!你看過他寫的散文?」

「抱歉,我沒看過,不過聽說他寫得很棒,得過文學獎項中的散文獎。」

祁老闆有點失望,嘆口氣道:

「這小子寫得好好的去做什麼官?我說破了嘴皮他也不聽,唉,這年頭誰也不聽誰的了。」

祁老闆的反應讓守義有點訝異,但想一想也就懂了。這個島上所有的事都被搞成兩極化的對立,先是政治、族群,事到如今,已經蔓延到性別、宗教、階級、貧富、職業……每一個面向,使得人與人之間很難有一個領域不產生對立的。這年頭做官,順了姑意肯定就成了嫂意的叛徒,好好一個作家,頭殼壞去才當官。祁老闆將兩個兒子的名字取為「大辰」及「懷土」,他心懷大陳故鄉的情懷不言而喻了,於是他安慰祁老闆:

「做官也是一種經歷,多方經歷都是一個好作家的養分,哪一天祁懷土回到寫作時,作品就會更豐富多元。」

也不知祁老闆是否同意,他木然沒有回答。

何薇每隔二十分鐘撥一次，持續撥了三次電話給守義，守義仍沒有開機，她不禁開始擔心起來，守義從來不會在這個時候關機那麼長時間不接電話，她直覺地感覺守義那邊出了什麼事。

報社那邊她終於見到了趙永堂，他只是顧左右而言他，重複地說何薇做了很好的獨家新聞，但上級基於更高層次的考量，決定不登她的稿子，趙他本人愛莫能助。

至於上級基於什麼考量，他不肯明說，就直接要何薇不要多問，多問對她沒有好處。

「我趙永堂會記得妳的工作成績，妳就當妳這回挖出來的故事沒有發生過就好。」

何薇感到喪氣，她急於要想跟守義傾訴一下一肚子的委屈，可是守義「不見」了。

她叫了計程車直奔守義的住處。狹巷中看到守義的馬自達，經過他的機車，感覺上似乎車子還是熱的。衝上二樓，發現門居然是虛掩著的，推門便看見守義背對著門，坐在書桌前發呆。

「守義，怎麼了？為什麼不開手機？」

守義好像突然驚醒，起身先把門關上，然後低聲道：

「他們拿走了我的筆電。」

「他們？誰是他們？」

「我剛剛才回來，開門便發現門鎖被破壞，有人進來過了，我正在思考，是情治人員？還是……還是媒體……」

「媒體？你是說有媒體派人來偷你的筆電？太扯了吧！」

「如果我猜得不錯，昨天他們就假扮警察和國安人員來我這裡，我沒讓他們進門……但我一直想不通的是，如果是媒體，他們怎麼會如此膽大包天，居然白晝強入民宅行竊？」

何薇立即感到事態嚴重了，她先從最簡單的問起：

「要不要報警？至少通知你在警局裡的內線朋友？」

「我剛才離家就是赴程警官的約，他約我在汀州路一家『忠誠咖啡屋』談事情……何薇，妳腦子好，幫我想一想；這事嘛，從車禍現場倒帶一遍給妳聽……」

何薇見到守義安全在家，原先的憂慮算是解除了，頭腦就冷靜下來，這時見守義顯得有些慌張，這不像是心目中的丘守義，便拉住他的手要他坐下說話。

「從車禍現場開始，就只我和那個計程車司機見到了阿飄，然後就是程士雄警官來調查現場，我的筆錄和照片交到了警局高層……然後，就是妳，就這麼多人知道這件事，其他的人就只是看到我那篇靈異事件的報導，而那篇報導上著重的全是阿飄的詭異，絲毫沒有觸及任何敏感的事，怎麼可能發生冒充情治人員來嚇唬我的事？又趁我不在破門盜取筆記電腦的事……」

何薇打斷他，插口道：「你忘了警局成立了『獵飄行動小組』，說不定警局高層已懷疑你掌握了更多阿飄的資料，便露了一些風聲給媒體？」

守義想到程士雄警告他的話，點頭道：「沒錯，不過不是警方露風聲給媒體，而是媒體放話給警方……」然後就呆住了，接著他臉色大變，站起身來踱起方步來，何薇吃了一驚道：「守義，你怎麼了？」

守義終於再坐下，他喃喃地道：

「如果是這樣，難道程士雄約我出去是調虎離山？」

何薇輕呼：

「有可能！對了，程士雄約你出去到底談了些什麼？」

守義一面沉思一面回答：

「他帶我去一個他的好朋友開的咖啡屋，在密室中告訴我昨日國安局和警局開會的情況，講得很細……主要是警告我，他們已把我列為偵查對象，他叫我不要用這支手機，猜測國安單位肯定在監聽。」

「怪不得你一直關機，我叩你N次都不通。」

守義還在想程士雄的事，過了一會他搖搖頭道：

「不會的，程士雄如果是配合國安單位及警方對我偵查，調我離家讓人破門而入實是多此一舉，他沒必要大費周章扮演雙面諜，我不在家的時候隨時都可以破門而入，再說我本來就和他有君子協定，雙方分享阿飄資訊的……」

這時守義將手機開機，立刻聽到「叮」的一聲，有郵件進來。

他先看手機上顯出的送信人資訊。

Simasuii，司馬隨意，是他。看郵址嚇了一大跳，已變成了president.gov.com，這是總統府？

「要不要打開？」

何薇提醒他：「你要假設有人在監視你的信箱。」

聽了這話，守義反而決心打開信件，他低聲道：

「阿飄又換了帳號，郵件地址變成了總統府，他送信件的技術極為詭祕，我相信地球上沒有人能監測得到。」

於是他點開了郵件。

你的信箱被人侵入，回信請先按照附件一行事。

有關「水資源保護區」的事，最新發展，請見附件二。

守義點開了附件一，是一個軟體，附有如何下載的指令，與手機原設定的下載指令完全不同，守義照著指令做了，一分鐘後就出現下載完成的訊號，然後跳出一排漢字：歡迎加入阿飄通訊網。

守義喜對何薇說道：

「這就表示我這支手機可以和『司馬隨意』一般，通信無阻，不須擔心被監管。」

「你先打開附件二是什麼？」

附件二是一段清晰的錄影。一間寬敞的會客室，裝潢豪華，牆上掛了一張黃君璧的〈雲海飛瀑〉，一張馬壽華的墨竹〈清風亮節〉，都是寫贈立法院的公物，整體擺設名貴，但不甚協調。八張特大號的皮沙發圍著一張特大的花梨木桌几，立法院的廖院長坐在中央，右邊坐著兩個穿著正式的男士，廖院長身旁坐著一個穿著休閒的胖子。

廖院長對右邊兩人中年紀大的一位道：

「翁董，這塊地的問題差不多了，經濟部長和環保署長都已經擺平了，他們就等地方政府請求解除BS2-1那塊地禁令的公文報上來，就可以會簽處理。」

接著他又對年紀輕的那位道：

「陳市長，萬事皆備，只欠東風，你怎麼說？」

地方政壇春風得意的年輕市長道：

「報告院長，這事對地方發展是件好事，我已經完成地方層次的環評審查，有兩個環保團體推薦的教授原來持強烈反對開發的意見，經過翁董事長一一溝通後，兩位專家在會議上全都轉彎，不但沒有反對，反而十分專業地提出綠色開發兼顧環保的意見，對全案順利過關居功厥偉，但是現在我這份公文還沒有立刻送到中央……」

「地方環評會議都過了，怎麼還有什麼困難？」

廖院長有點不悅。這位陳景泰市長年紀只三十八歲，他的出身原是一間私立技術學院營建系的講師，專業是環境工程，他以專業幫助地方環保團體逼使兩家化工廠關門而享譽地方，後來成為市議員、立法委員、市長，選舉陣仗無役不勝，一帆風順的背後少不了廖院長的加持和提拔，可說是廖院長的得意門生，是以廖院長對他說話就比較直接，不需要客氣。

陳市長望了翁偉中一眼，微笑道：

「翁董本來說只要環評通過，他負責收全BS2-1地主們的同意書，哪曉得情形有變，變得複雜了……」

這時一個祕書小姐端了四杯咖啡進來，人未到，濃郁的香氣先到，廖院長身邊的胖子插口道：

「兩位先品嚐一杯立法院的極品咖啡，麝香貓屎咖啡，是印尼國會議長送給廖院長的禮物。」

大夥喝了一口讚不絕口，咸表麝香貓屎名不虛傳。廖院長繼續問：

「陳市長說有變化，怎麼變複雜了？」

翁偉中放下手中咖啡杯，乾咳一聲清清喉嚨：

「讓我來說明吧，地主一共有一百多人，本來只剩下不到十人尚未簽同意，主其事的呂教授規劃好，估計環評一過這不到十個人就會同意，哪曉得就在這時候有人強烈介入運作，在地主群體中傳一則訊息，要求大家不要急著簽同意書，如果加入『百利聯盟』，可以爭取到開發後更大的回饋利益，比原先我們的開發公司算出來的足足多了百分之三十……」

廖院長身邊的胖子不可置信地叫道：

「百分之三十？怎麼可能？這個『百利聯盟』是什麼東西，肯定是詐騙集團！地主們多是教授，有那麼好騙嗎？」

翁董搖頭道：

「阿不拉政，和你想的剛好相反，教授們最好騙，因為教授碰到自己的利益大都特別斤斤計較。這增加百分之三十好康的說法一出來，不但沒有簽的地主不肯簽了，原來簽了的也有不少人要求退出。到昨天為止，我們收到三十幾封存證信函，要求把原來簽了的同意書作廢……」

陳市長雙手一攤道：

飄】

「翁董這邊不能得到全體地主的同意書，市府這道公文便出不了門，這事還得要翁董那邊加把勁。」

翁偉中面色如常，略帶微笑道：

「這事問題不大，也不過就有人出來加碼三十趴攪局而已嘛，錢的事還是用錢來解決。阿不拉，你是地方老大，拜託幫我查一查搞個『百利聯盟』的是誰，我再來擺平他。」

游政看了廖院長一眼，然後道：

「嗯，待我回去先找幾個地頭蛇打聽一下就知道了，不管是什麼人，想要組織一百多個地主，紙包不住火，一定會在基層曝光，我搞清楚了就通知你，翁董。」

翁偉中道：

「我們定一個時間表，阿不拉禮拜五把搞怪的黑手弄清楚，我可以利用週末去擺平他，只要他一退出，吹噓的三十趴好康不見了，我三天之內可以把全部同意書收齊……市長，如果一切順利，下下個禮拜我們就可以出公文了。廖院長，請指示。」

廖院長聽得頻頻點頭，便附和道：

「老翁辦事，我一向放心。阿不拉，你今天回去就開始查一查，找出幕後黑手不難，難的還是那些教授，總有那麼幾個麻煩的傢伙軟硬都不吃。老實說，為這些大學和研究機構我也曾盡過些力，就算沒有直接幫他們做成什麼大事，至少也在台上台下保他們平安無麻煩。可是每次碰上那幾個自命正義清高的，我他媽就要叫救命，他講東講不過了立刻就換成講西，胡說八道還都有理論根據。對不起，我醜話說在前面，擺平教授的事，翁董，你要全權負責，絕對不准推到我這裡來，我看見那幾個人心就煩。」

阿不拉政立刻接上：

「那是。院長是我們的王牌，要到最後關鍵時刻，有必要時才出牌，哪能一上來就和這些教授糾纏。我們就照剛才說的時間表分頭進行。」

錄影到此結束。

守義還想試試下載，手忙腳亂完全無效，這段錄影就自動刪除了。

他連忙按照附件一的指令作了安全措施，然後回信：

「司馬隨意，你在何方？」

回話：「我在廖院長的辦公室裡休息。我覺得你們特有趣。」

「請說明。」

「我查了『萬事皆備，只欠東風』的來由，很有趣的故事。你們發明『黑道』兩字特有趣，我們那邊談『道』之大者，不知『道』竟可以是黑的，哈哈，實在有創意。不過最有趣的還是把本人叫做『阿飄』，十分傳神。目前你的郵址在你們的網路中是個未定的參數，所以發的信件現在也是一種阿飄，別人休想盯住你。」

「你為何特喜歡立法院廖院長？」

何薇伸出大拇指，對守義這一問表示讚賞。

「我有一支手錶專量電磁波、電磁場、各種能場，立法院『負能場』全市第一。」

「負能場？」

沒有回答。再問一次。

「負能場？」

「我在兩個地方量到一種奇異的『場』，它不是電磁場，也不是重力場，在我們那邊從來沒有見過的譜型，不知是什麼。」

「哪兩個地方量到的？」守義忽然感興趣。

「立法院和墳場。這兩種地方我們那裡都沒有。」

守義讀了更感興趣了。

「你們那裡沒有墳場？」

「我們的死人都是完全回收循環利用。告訴你，那天在立法院有個委員罵另一個委員的提案，說這個提案會造成社會分裂，提這種法案使立法院議場充滿『負能量』……我聽了覺得這名詞太好，就把我測到的怪異『場』叫做『負能場』。」

守義還想問，可惜就這時所有往來對話忽然自動刪除，只剩「附件一」留在頁面上。

守義轉向何薇，嘆道：

「這個司馬隨意愈來愈有意思了……一開始他對很多一般常識顯得無知，但他聰明絕頂，學習超快，現在居然能展現幽默感了。」

何薇道：「我覺得他很努力在吸收我們的文化，剛才他說有趣的三件事，無論是孔明借東風的故事，或是把流氓地痞叫成『黑道』，還是把鬼叫成『阿飄』，這裡面確有一些非常有趣的文化元素，只是我們說慣了就不去細思；他的『負能場』更是幽默，這個『司馬隨意』真是個有趣的外星人。」

「何薇，妳現在確信司馬隨意是外星人了？」

何薇心裡傾向說「是」，但有種無形的壓力促使她回道：「我……我不知道欸。」她心中有些激動，好像更情願把「他」定位在一個未知的東西上，心裡比較會有阿Q式的安全感。

守義其實也有類似的心態，他握住何薇的手，輕聲道：

「暫且我們就用司馬隨意本人的話來定義吧，他在我們的真實世界中是一個『未定的參數』。」

何薇漸漸冷靜下來，她沉吟說道：

「他給我們看的這一段錄影中，廖淳仁好像又在喬土地、炒地皮了，和他一起搞的竟是翁偉中，這倒滿出乎意料的，對這個案子，我有高度興趣去追它一追。」

「坐在廖身旁的胖子是誰？」

「他們叫他『阿不拉政』，好像是廖選區的服務處主任，叫做游政的傢伙，我再去確認一下。他們要炒的地皮好像是BS2-1代碼的，對不對？」

「BS2-1，沒錯，而且應該是水源保護地。」

「那個陳市長年紀輕輕就當上市長，居然毫無遮掩地參與炒地，置地方首長保護水資源的職責於不顧，如非親眼看到剛才那段錄影，我真不敢相信呢……但也因為如此，我很想介入此案追個清楚。」

「妳先不要魯莽，立即介入會打草驚蛇，把主犯驚跑了就白忙一場。我看妳還是先建立此案的基本資料，剛才那段錄影已提供了相當多資訊，整個案情的輪廓隱約已經在那裡了。哇塞，有個身懷孫悟空一般本事的外星人幫我們蒐集資料，追新聞也太爽了吧！」

何薇笑出聲來，但隨後又嘆了一口氣：

「唉，可惜我們無法主動聯繫他，只能被動等他的信，才能抓緊機會對話幾下子，他老人家不想談了，『啪』一下就全部刪去，科技不如人沒法子呀。」

「咦，說不定……」何薇猛地想起：「對，有了『附件一』，說不定可以直接主動跟他通信，快試試看！」

守義用了「附件一」的程式指令，發了「測試」兩個字。

正在暗中禱告，「叮」一聲，回信真的來了。

「沒要緊事不要找我，你發信多了，還是有可能被鎖住。」

緊接著，一來一往的對話就自動刪除了。

「成功了，成功了！」

守義和何薇興奮地抱在一起。何薇滿心高興，先前趕到守義家的來意，那滿腔的委屈好像已經沒有那麼嚴重了，只幽幽地說：

「我們辛辛苦苦追出來的獨家頭版頭條泡湯了，來你這裡之前，我都被趙永堂氣哭了……」

她緊靠著守義訴說她的獨家頭條的「悲慘遭遇」，但生氣的成分只剩下一半，另一半化為撒嬌了。

守義拍拍她的背安慰道：

「X報社高層固然可惡，但退一步想，這檔子事有可能被操作成國家安全的政治事件。何薇，妳應該高興妳的稿子沒有刊出來，省妳很多麻煩，妳不如去追BS2-1的土地案。」

「假如我們的『友報』搶先登出更多阿飄的故事呢？」

「既然有人偷走我的筆電，這事就十分可能發生，只好不跟他們搶就不會生氣。如果真有人大炒這條新聞，我就連寫它三篇靈異事件的報導帶風向，畢竟我手上的資料比誰都多！」

「那……國安的人在盯你，你怎麼辦？」

「我不怕，國安人員盯住我也沒用，我只堅持我看到好幾次阿飄，不折不扣是一縷心懷怨恨的冤魂，我可以寫得活龍活現……我倒要看看國安人員如何對付一個阿飄……」

他望了一眼房門，淡定地道：

「倒是這把門鎖要趕快去換掉，等一會我就去找鎖匠。」

丘守義的筆記電腦被人破門偷走，不管是誰下的手，後果已經昭然若揭，何薇擔心的事終於發生了。

何薇坐在報社辦公室裡生悶氣，她在等副總編趙永堂來上班。桌上放著一份「友報」的報紙，一則新聞用粗體大字的標題：「『阿飄』趴趴走」，副標題是「阿飄在台北七處現身」，內容十分聳動，臚列了七個地方的地名，強調是獨家獲得的資料，這七處都有民眾目擊，「阿飄」出現的新聞過去雖有傳聞，但從來沒有像此次的阿飄，行為極其囂張，視陰陽之隔如無物，文中建議政府應集合治安、科技及民俗專家，組成專案小組，因應這次不尋常的事件。

報導的最後加上一段純屬臆測的政治文字；據「不願具名的國安人士」透露，這些事件在兩岸敏感時間出現，不排除背後有來自對岸的藏鏡人插手操作云云。

本來應該是何薇的一篇獨家，現在變成了對手的獨家，最後還「畫龍點睛」地加上政治八卦的結尾，實在有點太超過。這一切都是因為X報社高層的腦子進水，而趙永堂不敢據理力爭，也是不可原諒的關鍵。

她本來接受了丘守義的好言相勸，已經不再跟「友報」搶這條新聞，但是事情真的發生了，看著不能不生氣，一肚子不滿都要算在趙永堂的頭上。可趙永堂過了十點鐘還不來上班，實在可惡極了。

好不容易等到趙永堂施施然走進辦公室，何薇衝進去把「友報」丟在辦公桌上，沒好氣的道：

「副總編，你看！」

趙永堂面不改色，手上提著一盒高記生煎包，瞄了一眼報上的標題，呵了一聲道：

「啊，這個！我一早就看到了。」然後就沒有下文，何薇強忍住怒氣，盡量禮貌地問道：

「副總編，您看了這篇有什麼感想？」

「這個嘛，它最後一段政治牽拖太無聊，很多讀者會覺得我們的友報狗改不了吃屎……」他竟真的就文評論起來。

何薇更沒好氣，忍不住打斷道：

「你知道我不是要問你對文章的評論，我是……」

趙永堂立刻變臉，一臉的嚴肅之色，道：

「何薇，我知道妳是指妳那篇獨家報導，我早就告訴過妳，上級長官有他們的考量，本報就是不要搶這類新聞的頭香，這事就這樣了，妳應該去專心處理其他的新聞。」

何薇回到自己辦公室，十分的怒氣已化為七分後悔，她立刻發了一封電郵給丘守義，轉貼「友報」的報導，然後寫道：

「守義，你的預感成真，這篇報導的內容正是根據你被偷的筆電上的資料寫成的。我心中憤怒錯估了形勢，找趙永堂發作，反而吃了他一頓排頭。應該聽你的話，放下這條新聞，去追BS2-1。」

守義立刻就回信了。

「請派一個靈光一點的記者來訪問我。」

「為什麼？」

「我改變戰略，一百八十度的翻轉！我要送妳另一條獨家，十倍的勁爆。」

何薇嚇了一跳，連忙問道：

「你要爆『外星人』的料？你不保護司馬隨意了？」

她得到的回答是：

「想通了，我自有分寸，外星人也有他的自保本事，我們還是保自己吧。你知道嗎，剛才程警官給我發了一條簡訊警告我，國安人員已將我列為監管對象，他們已經懷疑阿飄不是鬼魂，而是其他可能會影響國安的事物。我這邊hold不住了，再隱瞞下去，說不定反而害了司馬隨意。何薇，妳派一個記者來專訪我。」

何薇陷入思考，守義的信又來了：

「還有，採訪我之後，派一個懂科學的記者去採訪吳一覺教授，他是『天文』及『外星』科普專家，他的電郵地址及手機號碼是……」

晚餐後，邱守義才回到家就接到吳教授的電話。

「丘守義記者？我是吳一覺……」吳教授的聲音透出興奮的情緒。

「吳教授，您好，很抱歉，是我把您的電話給了媒體，希望沒有造成您的困擾。」

「沒……沒有，我現在美國，在華盛頓ＤＣ。半小時前有一位X報記者何小姐打電話來，把他們採訪你的專稿內容說給我聽，要我給意見。我因為事出突然，又沒有第一手資料，就只能做一些一般性的評論。不過我告訴何小姐，我需要和你談一下，談過之後再給她補充一些較具體的意見……」

丘守義把他和「司馬隨意」邂逅的經過簡述一遍，然後花了一些時間說明自己如何從「靈異事件」的觀察轉變為「外星人」事件的原委和心路歷程。最後他談到了和外星人之間的「接觸」。

越洋電話那邊的吳教授聽到「接觸」，聲音不自覺地提高分貝：

「丘先生，你是說你和外星人發生接觸？」

守義解釋他利用對方提供的軟體系統居然能和他那飄忽不定、無所不在的神奇電腦互通電郵，只不過通信完畢，一切內容自動刪除，也無法下載或複製……

吳教授的聲音開始顫抖：

「丘守義先生，聽起來你的經歷是人類有史以來第一次真正和外星人發生『接觸』。我……我實在太興奮，太興奮，我目前正在華府參加週末舉行的『世界華人UFO協會』年會，我是年會的貴賓，我有一個不情之請，能不能請您到華盛頓來一趟，擔任大會特別主講嘉賓，把您這一番……人類觀察UFO有史以來第一次偉大的『接觸』事件親自說給全球熱心研究UFO的華人……」

守義驟聽這番邀請，覺得有些太過倉促突然，便沒有馬上回應，倒是心中惦記的另一件事要先說清楚：

「吳教授，我剛才跟您說的一些細節，譬如說通電郵的事，超越了今天記者訪問我時所說的內容——您可以和何小姐那邊的採訪稿做比較，我希望您的評論以對我的採訪稿內容為範圍，我們為外星人的安全著想，要為他保護一些隱私……」

飄】

「我瞭解，我承諾。守義兄，我可以這樣稱呼嗎……」

「您客氣，叫我守義就好，我是您的粉絲，常讀您的文章、聽您的演講……」

「剛才我講的邀請您來華府的事……守義兄，您想想，您這一番史無前例的突破，如果要親自宣布於世，最好的對象當然是研究ＵＦＯ的專業人士。至於最好的場所，還有比世界華人ＵＦＯ協會的大會場更佳的場所嗎？」

這番話讓丘守義不禁動容，他不是一個凡事再三考慮、務求周延的人，很多時候甚至有點膽大妄為，於是當下就回應了：

「好，我就謝謝吳教授的邀請，只是……只是往返美國的旅費，我這邊有些困難……」

吳教授搶著說：

「多謝多謝，這一切您不要操心，明天上午我的助理涂小姐就會跟你聯絡這趟旅行的細節，謝謝……」

「太平洋西方企業公司」的哈瑞士．羅勃森董事長坐在加長型的凱迪拉克「客艙」裡，身邊坐著傑夫．霍夫曼，他企業的首席企劃及遊說大將。司機東尼是一個結實的中年黑人，從哈瑞士還是參議員時便跟著他做司機，忠心耿耿，從不逾矩，也從不生病請假。

「東尼，我們走三九五號州際公路，這一段是高乘載，可以快一些，到華府過了波多馬克河再走地面道路。」哈瑞士自己不開車，特愛作後座的駕駛，指揮路線鉅細靡遺，只有超級實心眼、一個命令一個動作的東尼受得了。

「是，參議員。」

無論哈瑞士・羅勃森離開參議院多久了，東尼永遠稱呼他「參議員」，用他那種獨特的忠誠南方口音叫出來，總會令哈瑞士聽了感到無名的踏實。

傑夫・霍夫曼坐在右座，他倆中間有一張小桌檯，放了兩杯五十年的皇家禮炮威士忌，他一面喝了一大口，一面讚嘆好酒。

不久前他們從五角大廈出來，哈瑞士去國防部找的是他當年在參院軍事委員會的助理羅賓・波頓，如今在五角大廈的「國防合約管理局」負責外包的國防計畫，對國內外的外包行政作業及管理工作十分嫻熟。

他拜訪羅賓・波頓的目的有二；一是敘舊，離開參議員的職位後，哈瑞士成立了「太平洋西方企業公司」，從事的商業活動幾乎每一件都與國防部的業務相關，哈瑞士不會放過任何一個曾經有關係的人脈，尤其是直接在五角大廈中工作的舊屬，他十分周到的不時造訪，贈送一瓶好酒聯繫老關係。

第二個目的則與他和傑夫・霍夫曼這次應邀到台灣一事有關，台灣方面希望他的企業能幫忙找到退休的美國高級戰機工程師，以他「太平洋西方企業公司」的僱員為掩護，赴台灣去協助製造高性能戰機。

這個構想讓哈瑞士心動的原因是台灣最高當局當面承諾，如果能達成任務，其酬金將是遠超國際行情的價碼；此外，多年來他一直對台灣有好感也有一定的關係。

他們希望就這件事聽聽羅賓・波頓的意見。傑夫・霍夫曼對這做法持相當保留的意見，他覺得不應在八字還沒一撇的時候，便向一個政府官員和盤托出如此機密的計畫。但哈瑞士對老部下羅賓有十分的把握；不只是兩人共事的交情非比尋常，也不只是過去在參院軍事委員會對羅賓曾有提攜之恩，最現實的是他們結束拜訪之前，哈瑞士用他和羅賓多年的默契，含蓄地遞過去一個有福同享的承諾。

哈瑞士一向相信情義和利益都到位的時候，沒有辦不通的事情。何況羅賓這小子當年在公帳本上出了一個不大不小的紕漏，全靠當時的參議員哈瑞士「仗義」護著他過了關。

哈瑞士放下手中的酒杯，對霍夫曼說：

「傑夫，我這一生對朋友永遠信任不疑，忠誠互助。羅賓跟我的交情非比一般，我們這件事以後一定還有需要他協助的地方，所以我們一開始就開誠布公，羅賓幫我們的時候就不會心中存疑，彆彆扭扭。」

霍夫曼點頭道：

「老闆做人四海，人脈滿全國，不過，我是您的幕僚，應該要盡提醒的職責，怎麼決定還是聽老闆的。」

「羅賓方才說得很明白了，我們第一步還是要從參院軍事委員會著手，事情到了羅賓可以效勞的時候，就已經成功一大半了。沒錯，我們現在就去拜訪我的繼任者，麥米倫參議員。」

霍夫曼皺著濃眉說：

「約翰．麥米倫不是個好吃的果子，去年我們替南韓遊說的案子就碰了釘子，害我們損失不少。」

「那件案子是我們找了一個吃屎的合約顧問，定出那種危及公司利益的條文，害死專案負責人，那個顧問我們永不錄用——不過話說回來，也要怪我們自己的專業負責人太嫩，他被fire掉剛剛好而已……」

霍夫曼插口道：

「還有就是不得不佩服韓國人的精明厲害，和他們打交道千萬要小心，每個韓國人看起來都傻傻的，講的英文只比日本人稍微易懂一點點，寫出的英文也怪怪的，但是找法律顧問一看，我的上帝，裡面全是陷阱。我有個好友常接和韓國公司打交道的案子，他的經驗是，合約不論談判了多久，盤算多仔細，一簽上名立刻就後悔了。」

哈瑞士哈哈大笑道：

「難道你的朋友每次都上韓國人的當？他現在還在領救濟金嗎？」

「倒不是，哈瑞士，事實上我的朋友做得還挺不錯的，他告訴我的是，和韓國人打交道的一種感覺，倒不是每次簽了約都搞砸。台灣的中國人就好像沒有那麼精，比較不會裝得土土，然後扮豬吃老虎。」

「哈哈，很好的觀察，其實台灣人有時候喜歡我們以為他比實際更精明，結果裝成精明的豬被老虎吃掉。我一直很喜歡台灣人，哈哈。」

「可是你的繼位者似乎比較喜歡台灣對面的中國人呢。老闆，更由於您和他是前後任，由您親自出馬遊說麥米倫，是不是一個聰明的主意，我有點持疑。」

「傑夫，我們只是禮貌拜會，絕口不談正事，在他家裡也不用待太久，只要傳遞兩個訊息；第一、我們兩人剛從台灣回來；第二、順便帶了一個台灣朋友送給我、我再轉送他的當地藝術品作紀念。其他就是談一些台灣的種種切切，譬如故宮博物院收藏精彩，食物讓人垂涎……」

「不談兩岸的關係？」

「他一定會問，等他問了我們就『被動』地為那樁事鋪一個前言，要盡量不著痕跡，因為沒有事能唬得過麥米倫，到需要的時候就把牌攤在桌上打，那時就要你上場了。」

「我們送他的藝術品是否合他的意？」

「哈哈，麥米倫最喜歡收集世界各地的民間雕刻藝術品，尤其鍾愛東方的，我們送他來自台灣的當地藝術品他肯定中意。等到我們離開後，他拆開包裝時，心中肯定已經明瞭大半了。」

「你說麥米倫看得出來是朱銘的作品？」

「不只看得出來是朱銘的作品，我猜以他對雕刻藝術品的瞭解，一定認得出是『單鞭下勢』！」

「那麼他也估得出這尊『單鞭下勢』的價格了，會不會……」

「哈哈，是台灣朋友送給我的禮物，我哪知道它的價格是美金五位數還是六位數？」

三九五公路從高架橋上越過地面道路第七街後，下交流道迴轉匯入第七街，向北越過維吉尼亞大道，右邊是史密森尼學會，左邊是漢考克公園。

公園裡聚集了一堆華人，男女老幼都有，他們有的三五成群散坐在公園裡設置的白色椅子上熱烈討論，有的圍在一棵大橡樹下聽人演講。這群人不是示威群眾，但是顯然是有組織的社團，因為無論是大樹下或是公園椅旁都插了藍色的旗幟，旗上有的是英文的「World Chinese UFO Association」（ＷＣＵＡ），有的是中文的「世界華人ＵＦＯ協會」。

細看那些旗幟，就能發現這些小組來自不同地方：中國大陸、香港、台灣、美國、加拿大、歐洲。

大樹蔭下聚集了較多聽眾，他們在聽一位來自台灣的吳一覺教授口沫橫飛地談ＵＦＯ（不明飛行物）最新的事件。

吳一覺教授用華語夾著英語講了大半個小時，聽眾愈聚愈多，教授愈講愈起勁。

「……這事件從一個墳場旁的車禍現場開始，有兩個人目擊『阿飄』——這是台灣對鬼魂的俗稱，之後引起了政府當局及媒體的重視，據相當可靠的訊息來源告訴本人，這個『阿飄』已經在台北七個不同地區出現，目擊的人數超過了十人，官方及媒體還獲得證據照片……」

「這一切所謂的靈異事件，在我們這些有專業知識的人士看來，其實應該是符合ＵＦＯ的定義。諸位，從五〇年代美國空軍嚴謹地定義ＵＦＯ以來，從來沒有一個『不明飛行物』連續出現那麼多次，而且也從來沒有一個事件報告過ＵＦＯ以人臉的方式出現。這些前所未見的現象和觀察，在台灣各界存有高度疑問的現況下，大家談得不多，尤其多數媒體傾向靈異事件的方向去炒作，有科學訓練又有ＵＦＯ專業的人少之又少，實在需要我們協會介入。」

一位來自加拿大的會員再也忍不住了，他用英文發問：

「吳教授，您談了那麼多，可是我沒有聽到您如何判定那個『阿飄』符合ＵＦＯ的定義？這是最根本的問題。」

吳教授回答道：

「下面我要說到一個重點，在台灣掌握這個事件最多訊息的人就是最先在車禍現場目擊『阿飄』的一位記者，他姓丘。這位丘記者愛好天文知識，正好是本人所熟悉的一個民間天文協會的成員。他提供了一些資料，包括照片、出現的時間、地點、目擊者描述……尤其不可思議的是，他似乎與這位『阿飄』有某種接觸的經驗……」

「什麼？接觸？哇……」

一大群聽眾驚叫聲四起，「接觸」這個詞在熱衷ＵＦＯ的達人中是具有特別意義的動詞；人類文明和外星文化的「接觸」，這個名詞對科學家、文學家、藝術家、宗教家……各有不同意義的震撼。

「吳教授，什麼樣的『接觸』？請說清楚一點。」

「吳教授，什麼樣的接觸經驗？他跟您分享了嗎？」

這一來，最先坐在各處的同好全都圍到吳教授這邊來，大家一面熱烈討論，一面要聽吳教授說清楚講明白。

吳教授伸出雙手，請大家安靜下來，然後道：

「丘記者透過某種特殊的方式，和那個『阿飄』傳達一些訊息，至於其中的細節，丘記者並沒有具體說明……」

「吳教授，以您的專業判斷，這位丘記者的經驗有幾分真實？」

吳教授道：

「我看到一篇尚未見報的訪問紀錄，也和他本人通了話，我不敢說有多少科學的實證，但是以我這些年來碰過許多ＵＦＯ的疑案來做比較，我覺得這一回丘記者的事件最具可信度，老實說，我和他通話時，興奮得不能自已……」

眾人又發出一陣騷動，有人瞭解吳一覺是十分嚴謹的天文學家兼外星研究專家，在國際上也有相當名望，聽他如此說，大多數的聽眾都感到十分興奮，紛紛要求吳教授講下去。

「諸位，女士們、先生們，最有趣的是，丘記者本來是一位目擊靈異事件的報導者，經過這一系列的發展，他鄭重的告訴我，他改變了他的信念，現在他傾向這個『阿飄』是個外星人，目前仍在……也許仍在台北的外星人！」

聽眾們先是一陣靜默，然後爆出熱烈的掌聲，有人大聲高呼：

「外星人，外星人在台北！」

喧譁聲中，吳教授轉過身看他手機上的資訊，這時回過身來，再次舉雙手請大家安靜，等群眾靜下來後，他笑嘻嘻的宣布：

「在這裡要告訴各位會員最新的好消息，我們的年會定在星期日，距今天尚有三天，我剛才收到台北助理來的電郵，丘記者已經確認應邀，立即飛來華盛頓ＤＣ，親自參加我們的年會！」

眾人又是一陣歡呼，吳教授叫道：

「到時候各位可以親自聆聽丘記者講述他如何與外星人接觸，這是人類史上第一次的經驗，我們何其有幸……不過，丘記者從台北到華府的來回旅費及在此生活費需要我們資助……」

立刻有人應聲發言：

「丘記者在美國的招待就由我們美國ＵＦＯ協會負責，來回飛機票及丘記者的演講費等就由各地分攤，各位以為如何？」

發言的是美國分會的會長菲利普．梁博士，他本人是個物理學家，在美國「海軍研究實驗室」工作，ＵＦＯ的研究則是他最愛的業餘嗜好。聽到吳教授的報告，他難掩滿心的興奮之情，恨不得立刻就能見到丘記者。

大夥鼓掌表示贊成，他便以地主的身分宣布：

「感謝吳教授給我們精彩的報告，尤其是有關丘記者來參加我們年會的好消息，更是要感謝吳教授為我們聯繫及邀請，讓我們以最熱烈的掌聲謝謝吳教授。」

眾人鼓掌完畢，菲利普．梁博士繼續宣布：

「我們就在這裡解散，大家各自回旅館休息，下午還有參觀『史密森尼國家歷史博物館』等節目，請準時到達集合。」

台北，某情治單位的竊聽中心。

「抓到了！」

一位顏值頗高的女士官滿臉興奮地低呼，上尉長官站在她身後捏拳，暗叫一聲「好」，他面前有兩排隔間的竊聽座，十幾位受過嚴格訓練的監聽高手正在各自鎖定目標進行竊聽，他們竊聽的對象，國內、大陸、國際都有。

「奇怪……跑了。」女士官面露驚訝之色，顯然她遇到一些麻煩。

身後的上尉睜大眼睛盯著士官，低聲道：

「重試！」

「啊……好，抓到了！」

但是數秒之後，士官又是滿臉狐疑地低聲抱怨：

「又跑掉了，怎麼會這樣？」

身後的長官再也忍耐不住，皺眉問：

「士官，怎麼回事？」

她把頭上的耳機拿下，低聲報告：

「每次抓到了目標的手機，不到兩秒鐘就跳到空號，感覺上目標的發射點似乎在飄移，沒法搞定……」

「我來試試！」

上尉親自上陣，士官連忙讓位，上尉戴上耳機，重新按下丘守義的手機號碼。這一台監聽機是全自動的數位機種，去年才從以色列購得，只要號碼按下去，後面的步驟全部自動處理。

果然五秒後上尉耳機中聽到熟悉的「嗶」聲，「抓到了。」

可是才聽一、兩個單字，人聲便消失了，剩下的是一種空洞虛闊的背景雜音。

上尉親自試了兩次，結果相同，他向士官下令：

「目標手機號碼是ＸＸ公司的，我們在那邊有人駐守，妳報我的密碼令，然後要求從他那邊聽。」

「是，長官！」

過了幾分鐘，士官報告：

「XX公司那邊監聽失敗，情形和我們這邊完全一樣，目標訊號飄忽不定，現在他的通話已結束。」

「混帳，搞什麼鬼……」

「報告長官，剛才那通電話是從美國華盛頓撥進來，和目標通話共十四分鐘二十五秒。對方手機號碼登記在吳一覺先生名下，經查，吳一覺是T大的教授。」

只這一會兒，這位士官已掌握所有的資訊，她的專業能力沒有話說。

「通知所在警局，監聽失敗，要求就近加強人力跟監。」上尉毫無猶豫，當機立斷。

「是，長官。」

斯永漢對他新租的房子相當滿意，一房一廳的小公寓，有簡單家具，有衛浴但沒有廚房，只在廳側隔出一小塊空間，放了一個簡單的流理台。燒個開水泡茶，煮個泡麵都OK。

他躺在床上假寐，腦子裡思慮不絕。他身上本來一文不名，但現在手上有一張儲值卡，一張ATM提款卡，兩張都已被註銷報廢了，但落在他手上，卻變成永遠有效、隨機使用的提款及付款卡。

這間套房大約十坪多一點，雖然有點舊了，但房東維護得不錯，四壁不久前粉刷過，月租一萬元。斯永漢也不知道算貴還是便宜，反正他不在乎。

上午跑了好幾個自動提款機，用不同的帳號，一共提出十萬元，付了房租和押金，口袋裡還剩七萬元。

午餐後他去了幾個地點記錄所見所聞，沒有特別的收穫，下午他打算去師大附中等學生放學。他想找林紫芸聊聊天，就算她沒有空，陪她走回家也是好的；而且還可知道她家住址。

他確實喜歡林紫芸這個女孩，聰明、漂亮、大方，和他以前認識的女孩截然不同，雖然之前惹火了她一、兩次，但是他心中忍不住會想到她，她的一顰一笑，還有說話時又直白又有趣的口氣。

他看了看時間，爬起身來，床邊倚牆豎立著一個長形的黑色皮袋，斯永漢隨身除了一個手提袋就只這一件行李，他把長包放平，推到床下。那皮不知是什麼材料，在燈光下泛出一層柔和的淡淡綠光，有點像螢光。

師大附中的美術課排在第七、八節，教室滿座，而且還擠入了一些第七節結束、已經放學的旁聽生。原因是這一堂課老師安排了師範大學藝術系的畫家講師涂小菁來講日本浮世繪。

台灣的年輕學生普遍對日本的流行文化有好感，聽過浮世繪的人多，真正能窺其堂奧的少，這個題目有一定的吸引力。尤有甚者，講師涂小菁是個美女畫家。

紫芸為了上這堂課做了一些家庭作業，把浮世繪的歷史背景瞭解一番，她尤其感興趣的是浮世繪和同時流行於十七世紀中國的楊柳青年畫的比較；還有就是歐洲十九世紀的後印象派畫家及後來的野獸派畫家如何受到浮世繪的影響，這是她想要在老師講完後發問的題目。

涂老師講得很精彩，大部分男生們享受的不是課程內容，他們之中不少人直到下課還是對浮世繪沒什麼概念，但是對美女老師的想法可就深了。

紫芸則覺得有收穫，她提出的問題得到老師當場的稱讚，但是老師的解說卻令紫芸無感，甚至覺得老師舉例秀出的畫作與她的論述有些矛盾。不過紫芸也沒追問，心想：

「藝術本就不要有太多理性思考，什麼派受了誰誰誰的影響，聽聽就好。是我問得不好。」

她收拾書包走到校門口，正好碰到學務處主任，紫芸行禮：「主任再見。」

主任笑咪咪地跟她打招呼，紫雲心中忖道：

「那件事後來還是主任高明，他施出『拖』字訣，反正就是不處理，過了一陣子，大事就變小事了。隔壁丁老師好像也就算了。其實我們學校的老師都是愛護學生的，倒是我對師長的態度恐怕要改一改。」

她經常自省，但經常是自省完就完了，也沒什麼改進。這時候她便想：

「從小總是被老師認為傲慢，這不是件好事情。」

她走出校門，老遠就看見斯永漢站在路邊陰涼處對著她笑。

「嗨，林紫芸，妳好嗎?」

他問候語說得很僵硬，聽起來就有些好笑，紫芸暗叫一聲：「不好，又是這個人!」

奇怪的是她心中不但沒有真的反感，反而有一點高興，不自覺地露出一絲笑容。斯永漢似乎得到了鼓勵，迎面走了過來，紫芸停下身來，看到他細柔的長髮隨著走動如波浪般上下傳動，那模樣很有喜感，她想到不要笑出來，但還來不及板臉，已經聽到斯永漢對她說：

「林紫芸，我想和妳約會。」

紫芸嚇了一跳，這人太大膽，一時不知如何反應，但臉色已經板起來，卻聽斯永漢又道：

「請不要隨便婉拒我。」

紫芸覺得又好氣又好笑，聰明的她立刻想到一個道理，暗道：

「這個不知從哪裡冒出來的怪咖，之前一直講文言文，想是他轉換成白話社交語發生了詞意的問題，講得不倫不類，完全無厘頭，我且戲弄他一下……」

紫芸待他走到面前停下，劈頭就道：

「君辭殊鄙，我當嚴拒！」

斯永漢聞言一愣，隱約感到多半是自己辛苦查資料得來的社交用語出了毛病，但他不知錯在何處，呆立在那裡，一臉的錯愕。

紫芸瞪著他的一雙淡色透明眼睛，看他囁嚅不敢言的模樣覺得好笑，終於試著為他解圍，道：

「你不要說什麼客氣話，直接講你想幹什麼？」

斯永漢如獲大赦，連聲稱是，然後道：

「也……也沒什麼，我發現有一個地方正在展出法國的名畫，想問妳明天是否要去看畫？我也一起去？」

「拜託，這不叫『約會』，應該說邀約……」才說出口便想到：「邀約不也是約會？是我們把『約會』的意義限縮在男女之間了，這個人來自野鄙不文之地，反而沒有刻板的想

【飄】

法。」

斯永漢默默咀嚼「約會」和「邀約」的差別，盡了全力得到的結論是：「邀約」成功了就是「約會」，自覺搞清楚了，就是仍舊沒有想到男女關係上面去。

於是他很有把握地重說一次：

「林紫芸，我要『邀約』妳去看法國名畫的展覽，好嗎？」

紫芸這回微笑不答，斯永漢再說一次，紫芸反問道：

「你是說歷史博物館的『奧塞精華展』？」

「對，就是這個展覽，我在電視上看到一些介紹，有什麼印象，又有野獸，我不懂那些，但電視上有秀一些風景和人物畫，讓我看了十分……十分地震動……林紫芸，妳知道嗎？這裡的震動！就想去親眼看一看。」

他一面說一面以手拍心口，紫芸忽然想到那一日他在故宮第一次看到抽象水墨畫時的激動模樣，一瞬間她便做了決定：

「好啊，斯永漢，明天星期六，我們上午十點半在歷史博物館見面。」

紫芸面對一幅幅來自奧塞美術館的珍品看得忘我，許多幅名作都曾在教科書、畫冊、網站中看過多次，此刻第一次看到真跡，心中充滿了感動。

她和身邊的斯永漢凝視一幅莫內一八七三年畫的塞納河景，畫裡天色有些混沌，遠景雖簡單而朦朧，但秋天的陽光仍然反映出一種淡淡的溫暖，近樹背光的一岸暗而不深，向陽的一岸亮而不濃；有三條小船，紅、藍、赭三色泊在岸邊，襯托出秋水共長天一色，有畫龍點睛之妙。
紫芸在這學期美術課的課外作業中剛好曾研習分析過這幅畫，得到老師很高的給分。她正想輕聲對斯永漢解說自己的心得，不料斯永漢竟然先對她說：
「紫芸，我發現這畫畫得十分科學，我是說，畫家的表現手法用了很高的科學原理。」
紫芸嚇了一跳，這裡有兩層原因；一方面聽到斯永漢竟從印象派的畫作中看到「很高的科學原理」，另一方面聽到他直接叫自己的名字。
她抬頭看了斯永漢一眼，斯永漢盯著畫點頭又搖首，讚嘆道：
「這位畫家為了表現光線和色彩的相互作用，就在腦海中將看到的光景依光線強弱分解成各種組成的顏色，然後再依照自己的感覺和情緒將它們重組。這樣畫出來的光線和色彩是跳動的，有生命的，形象已經不重要，就那一瞬間他所看到的、他所畫出的，已經比任何寫實更寫『實』，因為他抓到的是那一瞬間最真實的感覺。我真沒有想到，世上竟有這種高明的畫法！它超越了照相術！」
紫芸聽了感到很驚訝，想不到斯永漢第一次親眼看印象派的畫說出這樣的感受，但是聽到他最後一句話「它超越了照相術」，又覺得此人見解水平有限，不禁感到十分費解。她低聲問：
「你將畫跟照相術相比？」聲音雖低，但不以為然的意思表露無遺。
斯永漢點頭答道：
「在我們那邊，寫生就是要畫得和實物一模一樣，我們最高明的畫家就能把實物的形和神都抓到畫中。但是照相術的技術愈來愈好，寫實畫很難超越照相，而且寫實畫要畫到那種程度須有天賦，還要加上多年的訓練，而照相術入門就容易多了，所以愈來愈少人從事繪畫。我總是幻想著有一個天才能突破所謂『寫實』的定義，讓繪畫再次成為最有創作原動力的藝術……想不到今天終於看到了，我實在太興奮……」

紫芸聆聽他充滿感性的敘述，不禁十分疑惑，暗忖：

「這個人有很高的悟性，但為何那麼欠缺常識，難道他從來沒聽過『印象派』？就像上次在故宮，他好像從來不知『抽象畫』為何物，實在奇怪。」

她又想到自從在網咖遇見此人，他的言行無一不怪，從對電腦作業系統一無所知，卻很快就成為高手，居然還在自己的ＨＴＣ手機植入超級軟體！對老掉牙的古典文化相當瞭解，對時尚的東西一竅不通。但他學得特別快，每次見面都發現他與時俱進。今天和他一同看「奧塞精華展」，感覺上他比較像是穿越時空的科學怪人。

她想到這裡便回頭看一眼，發現斯永漢已經在看另一幅畫，那是梵谷的自畫像。紫芸緩緩走到畫前，站在一群仰慕梵谷的觀賞者之後，看那幅以綠藍為基調、素描味道相當重的畫像。那正是一八八九年梵谷最後一幅自畫像，此後梵谷再也沒有畫過自畫像，十個月後便離開人世。

畫中梵谷穿無領的白襯衫，微側的面上顯出緊張凝重的神情，色彩相對素淨，用了許多線條勾勒出整張臉的輪廓，眉眼間略現呆滯的目光，和其他梵谷自畫像比較起來，那個銳利的、彷彿看穿人世的梵谷不見了，呈現眼前的是一個充滿緊張與不安的老人，他的背心和舊外套上，以及整幅的背景中，都充滿了漩渦水紋般的線條，綠色的、藍色的，參雜著灰黃色，構成了一種悸動、亢奮的符號，但整張畫在老練精準的各色線條勾勒之下，把畫家澎湃的感情約束在傳統的刻板框架中；這時再細看他略帶呆滯的眼神，忽然就明白了，他熊熊的生命之火漸成餘燼，剩下的是一股不忿的無奈，被某種躲在畫布後面的平衡力制約，讓凝神觀賞它的人受到強大的感染而不能自已。

站在前面最靠近畫像的斯永漢忽然有些撐不住，他轉過身來，臉上出現青色，他目光顯得呆滯，走了兩步，步伐有些蹎踣欲跌，一頭長髮如彈簧般上下波動，看在紫芸的眼裡，立刻聯想到畫上梵谷無所不在的綠藍色筆觸線條。

「喂，斯永漢，你怎麼了？」

有一位年輕的觀賞者也注意到了，伸手扶了斯永漢一把，斯永漢站穩腳步，看了紫芸一眼，忽然快步走出展覽室，隔壁的中央有休息區，她關心地問道：

「斯永漢，你怎麼了？」

斯永漢抬眼望著紫芸，喃喃地道：

「威力太強大了，那張人像的威力太強大了！畫家是誰？」

「畫家是大名鼎鼎的梵谷，十九世紀末的荷蘭畫家，你說什麼威力？」

「我……我也不知道，就是畫中人散發一股震撼我心的力量……」

紫芸也十分震撼，不只是為那幅梵谷絕命前最後的自畫像，更因為看到斯永漢第一次面對梵谷的自畫像所產生的強烈反應，實在大大超出她的想像，她暗忖：

「看來這個斯永漢恐怕是個藝術感性很強的人，但不知為什麼，過去似乎被完全封閉在古板而守舊的世界裡，從來沒有看過解放、自由主義衝擊下產生的藝術作品，所以才會生出那麼強烈的反應，問題是他究竟從哪一個封閉的世界來的？」

她想起上回在故宮看到劉國松的雪山系列時，曾經說過畫中的抽象造境像是他的故鄉。

斯永漢的情緒已經平靜下來，紫芸輕聲問他：

「你要繼續看完嗎？」

斯永漢毫不猶豫的回答：

「當然要看，太好看了，從來沒有看過那麼好看的畫。」

看完畫展，兩人信步走到荷花池畔，荷花早謝，連荷葉也全枯，只剩下一枝枝枯莖，有些頂上還掛著兩片殘葉，有的就是光禿禿的杵在淺塘裡，紫芸指著荷塘道：

「每次看到春天荷塘這般死氣沉沉，都無法相信夏天一到，人們什麼也不用做，這裡自然就一一風荷舉。」

「一一風荷舉？」

又是一副等待解釋的表情，紫芸不理他。反問道：

「你從來沒有看過這種畫？」

「我們那裡只有兩種『畫』，一種是畫面很漂亮的照片，另一種就是畫得媲美照片的寫實畫。今天看到的畫太令人吃驚，敝人不僅眼為之開，腦子也為之開；如孟子言：『山徑之蹊間，介然用之而成路；為間不用，則茅塞之矣。』今天我茅塞為之開矣。」

紫芸怔怔地望著他掉書袋，忍不住問道：

「這些是孟子說的嗎？」

斯永漢有些吃驚地道：

「這是孟子〈盡心篇下〉裡對高子說的話，妳沒有讀過？」
紫芸有點不好意思，照實答道：
「我們不讀整本《孟子》，老師挑一些教給我們，你說的〈盡心篇下〉好像是《孟子》一書最後一篇，不知下學期老師會不會選到這段話……欸，你飽讀古文，是哪裡來的一個老夫子……」
「我哪裡是飽讀古文？只能算是熟讀四部書的半儒。」
「哪四部書？」
「《論語》、《孟子》、《詩經》和《史記》。」
「哇，《史記》有幾十萬字，你真的熟讀了？」
「五十二萬六千五百多字，我從頭到尾字字記得。」
紫芸看他的眼神不像是在說謊吹牛，不禁大為欽佩，同時心中更感到好奇了，便追問道：
「為什麼就只讀這四部書？」
「我媽一共只會這四部書。」
「你花了多少時間熟讀《史記》？」
「我一會講話就都記得了。」
紫芸不悅，撇嘴道：
「說不了幾句正經的，又開始胡說八道。」
斯永漢正色道：

【飆】

「紫芸，我給妳講的都是真話，但是有些事現在還不能告訴妳，怕給妳帶來麻煩。」

紫芸的個性不愛管別人的事，對打探別人的隱私更是毫無興趣，聽斯永漢這樣說就不再多問，只說道：

「我最怕麻煩。」

斯永漢笑起來像個孩子，他忽然很認真的問紫芸：

「我覺得跟妳在一起又有趣又開心，還能學到好多東西，以後妳有空的時候，我常來『邀約』好不好？」

紫芸道：

「你這人又古怪又好笑，不過你資訊和科學能力超強，對藝術及一般社會常識什麼的好像都不太懂，怎麼會這樣呢？」

「哈，妳問倒我了，我們那裡的人都這樣，凡是講求『理性』的事，譬如科學，人人都有一套；但凡是不講求『理性』的事，我們就搞不來，譬如說很多社會的事理性少，藝術的事理性更少……所以今天我先看那幅風景畫時，發覺畫裡蘊藏理性，我就高興起來。後來看那幅人像，我就試著去分析瞭解滿幅畫中密密麻麻的漩渦般線條……它們是一種符號……」

紫芸忍不住打斷他：

「不過是畫家營造的一種氛圍，藉以表達他情緒的不安和鬱悶，你分析什麼啊？」

「我把每一根線條的特徵都數字化了，包括形、色、明暗，與周邊最靠近的十根線條之間有什麼樣關聯的組合特色，然後擴大到二十根……然後忽然畫面上出現了一種狂野的圖象……」

紫芸覺得不可思議，忍不住再次打斷他：

「你就在現場做這麼複雜的數位分析？你是不是講笑的？」

「講笑的？不，我啟動了腦電合一的感應機制，那狂野的圖象迅速地變換，有如狂風捲雲，又如巨浪擊空，天地混沌，忽然間我就感到暈眩欲倒，只得切斷那幅畫的連結……」

「什麼連結？」

「腦電的連結。但就是我切斷連結之前，那狂野翻動變化的圖象忽然漸漸穩定下來，成形了……我看到了另一幅畫面。」

紫芸聽得起了雞皮疙瘩，睜大了眼和斯永漢面對著面。

「什麼畫面？」

「那些漩渦般的線條從飛快的捲動中慢慢安定下來，綠色的化為扭曲如螺形的樹，螺尖伸向上天；藍色的化為夜晚的天空，這回漩渦的線條勾勒出風捲的白雲；黃色的漩渦化為一顆顆的星星，不成比例地閃爍著，只有透過淚眼才見得到的那種碩大光圈……」

紫芸聽到這裡，再也忍不住了，她急聲問：

「梵谷另外有一張畫〈星夜〉，你有看過嗎？」

「〈星夜〉，沒有啊，今天是我第一次看到梵谷的畫。」

紫雲飛快地從手機上找到了〈星夜〉這幅藏於紐約現代美術館的名畫，斯永漢看了「啊」的驚呼一聲，這回輪到他全身起雞皮疙瘩，一時之間再也說不出話來。

紫芸卻連呼了兩次：

飄】

「不可思議，不可思議！」

斯永漢瞪著手機畫面上的〈星夜〉仍在發呆，這時忽然冒出一句無厘頭的話：

「驚奇，十的六十四次方的驚奇！」

紫芸一怔，隨即想到她曾查過古代計數，十的六十四次方的天文數字就讀作「不可思議」。於是她笑道：

「我剛才連呼兩次，便是十的一百二十八次方了。」

斯永漢默默在心中嘆道：

「我們的科學比你們先進百倍，你們的藝術勝我們千倍。」

紫芸見他不語，便坐在長椅上思量，這個人從不知印象派、抽象畫，但是對梵谷的自畫像產生了心電連結，竟然預看到梵谷畫完最後一幅自畫像後，他的壓抑、鬱卒、絕望如何轉化沉積而創作了〈星夜〉，這是心電、時光的穿越，這是奇蹟！

「這是奇蹟，我居然目睹這個奇蹟的發生。他，他恐怕不是來自新疆什麼少數民族，搞不好他是個外星人。」

於是她再看斯永漢一眼，她看到的是年輕英俊的面容，唇紅齒白，披著一頭瀟灑柔細的長髮，充滿驚奇、偶帶智慧的談吐，怎麼看分明都是個聰明漂亮的少年郎，既不像ＥＴ，也不像其他好萊塢塑造出來的「異形」。

「喂，斯永漢，我要去搭車回家了，手機還我。」

斯永漢把手機遞給紫芸，很認真地對紫芸道：

「紫芸，真的很感謝妳，每次和妳約會，我都學到好多有趣的東西。」

紫芸暗忖：「又來『約會』了，好吧，隨便他怎麼說吧。」
口頭回應道：
「我也學到很多呢。我要去小南門搭捷運，你呢？」
「我沒有事，陪妳走去吧。」

CHAPTER 07

捷運殺手

他們穿過植物園，要從後門直接走上博愛路，越過廣州街口，就到了愛國西路，小南門站就在路邊上。

走在植物園裡總給人舒暢的感覺，也許是茂密的林木，也許是南海學苑的氣氛；紫芸和斯永漢邊走邊聊，紫芸忽然驚覺：

「不好，真成了約會了。」

她嘴角噙著一絲婉約的笑意。

「我要進站了，再見。」

「我沒有事，陪妳坐幾站吧。」

週日這時段及地段乘客不算多，一節車廂中不到十人，紫芸看斯永漢一上車就東張西望的模樣，覺得好笑，就問道：

「第一次搭捷運？」

「不是……對，是第一次搭乘。」
「奇怪，是就是，不是就不是，你怎麼說不是又說是？」
「第一次不是『搭乘』，是自己沒票就跑上來的，所以不算。」
紫芸從認識這人到今天，已經多次發現他不守規矩，甚至犯法也不當一回事，這時忍不住埋怨道：
「你這人怎麼老喜歡不守規矩、占小便宜，甚至不惜犯法？」
斯永漢睜大眼睛嚇了一跳，壓低了聲音：
「犯法？不要亂講，犯法要被殺頭的。」
紫芸認為他故意裝傻，不禁大為不滿，數說道：
「你偷別人的信用卡，亂竄改用戶密碼，坐捷運也不付錢……」
斯永漢見她生氣，忙辯道：
「我們那邊這些都可以的，錢財大家都可以流用，乘車還要付錢真是笑話。」
他心中嘀咕：「還好她不知道我一口氣就提了好幾家的存款，且不要跟她說。」
紫芸聽了心中也在嘀咕：「你們那邊，又是你們那邊，聽起來像是個原始遊牧社會，牛羊財產族人共有。」
她想道：「問他來自何方，他不肯說。總而言之，斯永漢是個謎一樣的怪人，可是他對我很是友善，甚至有點……有點喜歡我。」
這時她看見一個身穿猩紅T恤的高大中年人從對面站起身來，一面把手上的報紙撕成兩半丟在地上，一面喃喃不知在怒罵什麼。

紫芸嚇了一跳，腦海中忽然浮現另一個穿紅衫在捷運上隨機殺人的年輕殺手，雖然事隔多年，那凶手的凶殘及冷漠的目光仍然深深留在市民的記憶裡；她只和這個高大中年人的目光接觸了一下，立刻就感受到幾年前那個凶手在電視特寫鏡頭中相同的冷漠和殺氣，紫芸不自覺地抱住身旁斯永漢的胳膊……

「斯永漢，你要小心這個紅衣人！」

那人一面咒罵一面走到緊急對講機前，按下紅色按鈕，大聲喝叫：

「停車，我要停車！」

接著聲音變得淒厲了：

「我要停車，立刻停車！」

對講機傳來回應：

「先生，出了什麼事？我們還有一分半鐘就到下一站。」

有幾位乘客發現情形不對，站起身來就往鄰節車廂跑，那個紅衣中年人一面對著對講機怒吼：「幹！你給我馬上停車，我要去總統府殺人……」一面衝向車廂聯結門，想要阻止乘客逃離。紫芸驚叫一聲，她看到那人已從背包中拿出一把一尺長的尖刀，對準一個正要逃離的乘客刺下去，那乘客慘叫一聲，背上鮮血噴了出來。他前面一個婦人回身抱住他大叫：「殺人了，救命啊，殺人了……」

緊接著又是一聲慘叫，那人一刀又刺向婦人，立刻在她肩下刺入重重的一刀，婦人慘號倒地。

那殺人狂似乎殺紅了眼，轉回身來找其他乘客行凶，卻發現只這一瞬間，其他乘客都從另一頭的門逃出這節車廂，他環目四顧，車廂中只剩下紫芸和斯永漢。

紫芸沒有逃走，是因離凶手太近，她被嚇得不敢動。斯永漢沒有行動，因他搞不清楚狀況，被突然而來的血腥場面驚呆了。

凶手對著兩人怒吼道：

「殺了你們！」

他揮刀就砍向紫芸，斯永漢一把將紫芸拉到身後，他不退反而向前迎上去，凶手空揮他的尖刀，斯永漢左手緊抓住他腥紅色的上衣，右手掌對著凶手的臉，五指張開，凶手尖叫一聲：

「我要……殺……」

他忽然雙眼發直，瞪著斯永漢的手掌，身體顫抖，揮向紫芸的刀被斯永漢一把奪過，丟在地上，凶手整個人就歪歪斜斜地倒下。紫芸拉著斯永漢朝反方向跑去，她偷看了地上一眼，凶手在一大灘血旁邊倒地抽搐，口吐白沫，喉頭發出一串如負傷野獸般的低吼。

他們跑入鄰節車廂，追上前面幾位逃離的乘客，這時迎面兩個保全人員全副武裝快步跑過來，一面逢人喝問：

「凶手在哪裡？」

紫芸跑在最後面，便指向後方道：

「凶手還在後面的車廂，有兩個人受重傷！」

捷運列車到了下一站，期間不到兩分鐘，但所有乘客都覺得分秒難熬，好不容易停車，自動門開啟，眾人一湧而出，紫芸和斯永漢也夾在人群中快步出站，耳中聽到警哨聲，警察和救護人員快步衝向列車。他們兩人趁亂狂奔，跑到愛國東路上才歇一口氣。

紫芸受到驚駭，精神未定，斯永漢卻顯得異常冷靜，他握住紫芸的手，紫芸覺得他的手冰涼卻極為穩定，感到一股安定的力量從他纖細、修長的手指傳來，自己也很快地鎮定下來。

他們並肩走進中正紀念堂的側門，兩人都沒有說話，一直走到一個觀魚池旁，斯永漢才開口問道：

「那個凶手到底要什麼？我還沒有想通他到底為什麼要殺人？」

紫芸驚魂甫定，搖首答道：

「我也不懂，回想起來，他一開始就坐在我對面看報紙，不知看到什麼新聞讓他激動撕報紙，要求緊急停車，高喊要去總統府殺人。我看那時候他已經發瘋了，後來刺殺了一個人，眼睛裡好像射出綠光，整張臉像一條毒蛇的臉，我好怕。」

「他要去總統府殺人，殺總統嗎？」

「聽他口氣好像是。」

「真是發瘋了！這裡常常發生這種瘋子殺人的事件嗎？」

「好多年前有一個大學生在捷運上持刀隨機殺人，殺死四人、傷二十多人，是最可怕的一次，其他還有幾次，case較小，細節不記得了。」

「隨機殺人，就是遇到誰就殺誰的意思嗎？難道不需要有動機？我們那裡也有殺人的事，但是每次殺人都有動機，為錢為利、為情為名、為氣鬥狠……總有個動機吧？紫芸。」

「你不要問我，我不懂，就那個穿紅衣的凶手他自己恐怕也不懂，有人說是後現代文明的疏離社會症候群，可我不懂。我倒想問你一個問題，這回我親眼看見的，你不准賴皮不回答。」

「好，妳問。」

「你對那個凶神惡煞到底作了什麼事，怎麼他看到你的手掌馬上就倒地，像是發羊癲瘋？」

「羊癲瘋？」

「就是口吐白沫，全身抽搐。」

「啊，妳是說癲癇……妳看我的手指！」

他伸出手掌，修長的手指張開，紫芸看到他的食指、中指及無名指上都戴了一個肉色的指環，不仔細看不易注意到。紫芸不明所以，問道：

「你的指環？好奇怪的顏色。」

「這三個指環顏色一樣，材料不同，併在一起，我能瞬間發出三種強大的低頻電磁波群，心存惡念的攻擊者腦波絕不會超出這三種頻譜，被我一電擊就誘發他腦子狂亂放電，他就變成剛才那樣子。」

「好厲害，我可不可以摸一下？」

「當然可以。」

「你不准突然發功……」

「妳腦中沒有惡念，我就算發射了也不會怎樣。」

飄】

紫芸好奇地摸他的指環，很細很滑，摸上去感覺有點涼，戴在斯永漢手指的底端很是隱密。她很佩服地道：

「你這三個魔戒好厲害，但是也很王道，人不犯你便無害，必要心存害你之惡念才會遭到攻擊。」

斯永漢點頭，他沉思了一會忽然道：

「我們是凶殺案現場的人證，說不定不久就有警察會找上我們。」

紫芸道：

「不會吧，現場還有那麼多目擊者都是人證，警察找他們作筆錄都忙不過來，何況我們溜得快，已經遠離現場，剛才車上及車站一片混亂，我不相信有人看清楚了我們……」

「不，紫芸，車廂上有監視器。如果警察發現我們是最後離開殺人現場的人，他們很可能會追到我們，我們怎麼說？」

紫芸最怕麻煩，她皺眉道：

「要是真找上門來，就據實告訴他們事件經過就好，反正和其他證人看到的也沒差……」

斯永漢打斷道：

「只除了最後那凶手癲癇發作的一段沒有旁人看到……」

「也就是你『奪刀發功』的一段……」

紫芸忽然覺得開心起來，接著道：

「斯永漢，你要紅了！捷運擒凶的帥哥……」

說到「帥哥」，紫芸感到一絲不好意思，就停了下來，斯永漢正色道：

「我就是不能曝光，如果問到妳，妳就說我們不認識，在捷運上偶然相遇的，其他妳照實說就沒麻煩，我可不行。」

「是因為你手指上的『魔戒』祕密？」

「嗯，也算是。」

「可是你奪刀時已經留下了指紋。」

「他們不會有我指紋的檔案。只憑後側角度的錄像，他們也看不出我的面貌。」

「你怎知監視器的畫面角度？」

「車廂上、車站裡所有的監視器裝在哪裡我一清二楚，大多不到百萬畫素，很……很什麼？對，很菜。」

「你怎麼知道？你和台北捷運有關係？」

「不，我身上有反監測系統。」

「你……你是間諜？」

「不，我是一個……留學生，一個親善使者。」

翁偉中董事長坐在寬大舒適的辦公室裡等待一通重要的電話，他已經從游政那裡得知，收集BS2-1那塊山坡地「地主同意書」的事，在最後關頭殺出的程咬金是一個有黑道家族背景的議員，這位議員的老爸曾經為某議長候選人操盤賄選而被起訴，第一審判有罪，第二審就擺平了。他的名言是：「選舉靠自己，官司靠運氣。」他對兒子說：「二審時老子運氣超好，碰到一個有『人性』的法官，你老爸就立即獲釋回家吃豬腳麵線。」至於「人性」，大家都說：「人之初，性本善。」所以那個法官肯定是善人。

翁偉中則暗覺運氣特壞，碰到這個彭金財議員，他恐怕是地方上唯一不買廖淳仁院長帳的政治人物，不但不買廖院長的帳，廖院長反而有點怕他。因為他的家庭成員曾因走私槍枝和海線的黑幫起衝突，結果一場火拚，海線的老大和老二雙雙斃命，海幫從此一蹶不振，而彭金財凶狠的老弟雖然在圈內聲名大噪，在警方的追捕壓力下，也只好逃亡海外。

最近有傳聞彭的老弟又出現在台灣，媒體也在追風捕影，雖然沒有正式證實，但從彭金財的言行變本加厲地囂張看來，確像有點自以為「如虎添翼」的樣子。

翁董不懂的是，這個殺出來的程咬金完全無厘頭，從來沒有聽說他打BS2-1的主意，怎麼突然就殺了出來？而且是在自己這邊只欠臨門一腳的時候。

他託了朋友輾轉約到彭議員見面，朋友回報彭議員很少親自和生人見第一次面，通常要對方等電話，到約定時間前半個小時才通知對方要不要見面。

翁董一肚子的窩囊氣，但也不能不耐著性子等這通電話，根據他過去縱橫企業界的經驗，對方只要肯見面，他總有辦法把事情談攏。說來說去，不就是讓利多少的問題嗎?!

電話響了，翁董連忙接聽，他聽著眉頭就縮成一團，本來就是一張眉眼擠在一堆的臉，更顯得有種愁苦的感覺。

他掛上電話，喃喃罵道：

「他媽的好大架子，最後一分鐘才通知我今天不見面，要我週末去他小姨子開的海產店見面，難道……難道要來硬的對付我？」

他撥出一個電話。

「喂，阿不拉，是我。我總覺得有點奇怪，彭金財突然出現在BS2-1的開發案裡，是不是另外還有內幕？」

「翁董，我上次當著老闆面答應調查誰在阻撓地主們簽同意書，我的兄弟查出來是彭金財，你還沒有和他見著面，怎麼就懷疑另有內幕？」

「阿不拉，不是我多疑，我覺得大家都知道彭和他的一票人從來不搞土地開發的，這回在我們的緊要時刻突然出手，事情是有點怪……他約了我週末去他小姨子開的海產店見面，我懷疑他想對我來硬的，你能不能找兩個保鑣陪我赴會？」

「阿揑喔，我不好出面，你找戴董就對了。她身邊的人黑白攏使會走，吃得開啦。」

「也好，我去找戴老闆娘幫忙。」

他撥了戴董事長的電話，才說完原委，電話那頭便傳來爽朗的笑聲：

「翁董，不是我誇口，山海兩線敢碰碰彭金財的大概就是老娘我啦，你說週末晚上？我要我身邊兩個最得力的弟兄五點鐘到你那裡報到，怎麼樣，夠意思吧？」

「有妳大姐大撐腰，我才敢去吃彭議員的海鮮，多謝了，我欠妳一個情。」

「什麼話，不是講好同一條船上嗎？船若翻，平平沉。和那些當教授的地主打交道，定是要翁董出面，和彭金財這種人打交道，找我剛好啦……我的弟兄站你後面，你都識得的。」

「感謝感謝，等我好消息。」

翁偉中坐在董事長的大皮椅上，雙腳擱在桌上，暗自盤算這一案的利潤，順便估計擺平各項阻撓最多能付多少代價……

這時手機響了，是一個陌生的號碼，他考慮不接，鈴聲繼續響著，他想了想：

「如果真是重要的事，對方肯定還會再叩。」便任由手機響了十五響，戛然而止。

過了五分鐘手機再響起，這回他接了，對方傳來一個清爽悅耳的女聲：

「翁董，我是X報的何薇，還記得嗎，前年你們發表新服務產品時，我曾安排記者專訪過您……」

「啊，是妳，何小姐，有什麼指教？」他有些印象了。

「我聽說你的好朋友立法院廖院長在炒作一個叫做BS2-1的土地開發計畫，您是計畫的操盤手，我想求證這件事情……」

應付媒體翁偉中也不是菜鳥，他聞言雖然心中大驚，聲音卻是鎮定如常，不顯一絲驚慌：

「什麼啊，何小姐，我完全不知道妳講的事，我倒是想請教妳從哪裡聽到這個謠言？」

「翁董，您是瞭解的，我們不能透露新聞消息來源。」

「可是妳說的不是新聞消息，是百分之百的謠言。」

手機對面溫和悅耳的聲音停了幾秒鐘，然後轉為嚴肅的語調：

「翁董，剛才在台北捷運上發生一樁類似當年鄭捷隨機殺人的案子，乘客中有一對夫妻被刺殺重傷不治，警方發現男死者身上懷有一張BS2-1土地持有人參加開發計畫同意書的表格，尚未經持有人簽名，從表格上資料得知死者為XX大學的王姓副教授……另外，王副教授身上還有一張地主委員會的通知，要求土地持有人不要急著繳同意書，委員會正與其他財團接觸，爭取更優惠的條件……」

翁偉中心頭大震，但聲音語氣絲毫不變，冷靜地道：

「是這樣啊，跟我有什麼關係？」

「關係是，同意書上寫明，簽名後繳給一家『台光開發公司』，而那家公司和您的關係很是密切……」

「啊，原來是這樣您就找上我，不錯，我是『台光』的投資人，就只是這樣的關係。何小姐，您在浪費雙方寶貴的時間了，對不起……」他打算結束對話。

「等一下，翁董，我可不可以拜訪……」

翁偉中已關上手機。

這事來得突然，他一時有點摸不清衝擊到底在哪裡，他需要靜下來好好想一想。

但是他先要多瞭解一下這件殺人案，不能只聽那個姓何的女人一面之詞。於是他打開電視，果然每一台都在播報捷運殺人案的新聞。

六十五吋的高畫質電視上播出清晰的畫面現場，記者都被隔在警戒線外，從遠距離拍攝，真正殺人犯現場是用動畫示意，記者一再強調本案與當年鄭捷隨機殺人案的異同之處，對何薇剛才電話中提及的內幕一字未提。

他轉了三台，報導都大同小異，差別只在動畫製作的精良度不同，收視率高的新聞台播出的３Ｄ模擬動畫比較生動。

翁董噓了一口氣，關上電視，開始深思這些訊息背後的意義，危機在哪裡？

漸漸地，這個在科技企業圈內有「智多星」之稱的翁董腦海中出現了一線光亮，那一線光亮似乎引向一個陰謀，一個他不敢相信的陰謀，想著想著，一股寒意從心底升上來。

「這件殺人案今天才發生，那個何薇不可能立刻知道那麼多媒體上完全沒有提到的事情，她打電話來問我絕不是即興即時的，應該是早就在調查BS2-1案了，凶殺案只是給了她直指核心的急迫感和藉口……」

「但是何薇不可能知道，甚或不可能那麼篤定地懷疑到廖院長和這案的關係，除非有人提供消息……」

「會不會是廖院長對行政部門那邊壓得太緊，部會承辦官員起了反彈才對媒體洩密？這事要問問老廖的看法……」

「還有一件事有點怪，我和彭金財的約會原是今天上午，改期是臨時發生的事，阿不拉為什麼一開口就知道我和彭還沒有見面，難道他預知改期的事？」

「難道……」

翁偉中是智多星，心思細密但多疑，這時疑心既起，念頭飛快地轉動：

「難道阿不拉和彭金財串通，所謂半路殺出的程咬金，竟然就是阿不拉？」

這是令他寒心的想法，他不得不把前後細節重新想一遍：假如真是阿不拉，他一面在BS2-1案參股，一面搞個「百利聯盟」，搶收地主同意書，給翁偉中設障礙，翁董要擺平就得花錢，阿布拉兩面黑吃黑，確實有他的動機。

然則如果是這樣，廖院長參與這案子的消息會不會也是阿不拉放給媒體的？翁偉中必須想得更深了。

十分鐘後，這個智多星終於自覺恍然大悟了：

「是了，如果藏鏡人真是阿不拉，他參加BS2-1，甚至慫恿廖淳仁進來參乾股，目的根本不在錢，目的乃是政治！老廖啊不妙，你的首席親信想要弄個弊案來扳倒你！」

翁偉中想起前屆立委選舉時，廖淳仁擔任黨內不分區立委，那時游政就想出來選，但廖院長勸阻了他，反而提拔了年輕的陳景泰，記得阿不拉曾有怨言；這一屆則是由於黨裡規定不分區立委不得連任，所以廖就只好自己出來選，阿不拉又是只有輔選的份；下一屆立委選舉在即，原以為廖淳仁一定會在黨裡爭取不分區立委，所以這一屆應該是阿不拉出頭的最佳機會了，不料廖淳仁日前表示國會政治氛圍不變，大家對不分區立委擔任院長漸漸不能接受，為了繼續保住立法院院長的位子，下屆立委選舉廖要親自上陣。翁偉中想到這裡，不禁喃喃自語：

「阿不拉眼看著最佳機會又將擦身而過，算算自己的年齡，這輩子恐怕進不了立法院了，難道還要忍下去？所以才……」

翁偉中站在阿不拉的立場代他想，愈想愈覺有可能，也愈覺可怕。這時手機又響了，看來電號碼，又是那個何薇。

他考慮了一下，接了電話。

「翁董，最新的發展，北捷殺人案的凶手已經被警方查出，竟是七年前海線黑道幫派火拚中殺死對方老大及老二的通緝犯，也是市議員彭金財的兄弟彭金發……」

「這個殺人犯不是流亡在境外嗎？怎麼會出現在捷運上行凶？警方有出來說明嗎？」

「這是我從警方內部得到的第一手消息，媒體現在都還沒有報導，猜想警方稍後會開記者會說明。」

「妳怎麼會先得到消息？為什麼要通知我？」

「我在警方內部有朋友，由於遇害人之一是BS2-1案的地主，我得到的訊息裡BS2-1案和翁董大有關係。所以待會警方開記者會時除了公布凶手的背景資料之外，會不會提到殺人動機，甚至是否扯上BS2-1有關等等，我想提醒您關注一下，OK？」

何薇的聲音很清脆，聽在翁偉中的耳中卻是一字比一字沉重，他忽然覺得應該和這個何薇談一下，至少多一些資訊對下一步的判斷是有利的，他腦中飛快地轉動：

「難道彭金財竟然敢用暴力介入BS2-1案，還是要殺雞儆猴？」

但他立刻覺得這想法實在不合理，彭金財除非瘋了才會這樣做；他衝口回道：

「何小姐，妳不是要想和我談談嗎？明天上午十點鐘，我在辦公室等妳。」

翁偉中的推想沒有錯：彭金財除非發瘋了才會用殺人來威迫地主，但這位智多星沒有想到的是，彭金財的煞星兄弟彭金發真的瘋了。

何薇搭計程車到了丘守義住處外的巷口下車，走進公寓，到了門前才發現門鎖換了，自己那支鑰匙已經不能用，她只好叩守義求救。

「守義，你換鎖忘了給我一把鑰匙，你還要多久能到……啊，十分鐘就到？好，我等你。」

她緩步走到公寓門外，這巷子在這個時辰十分安靜，原因是小套房住的大多是單身上班族，這時候都上班去了。

她閒逛了一會，正走到巷口，看到一個長得很帥的年輕人匆匆走過來，那年輕人最惹眼的是一頭飄動的柔細長髮，何薇從來沒有看過男孩子有這麼漂亮的「秀髮」，不禁多看了一眼，那年輕人發覺何薇在看他，很友善地點頭微笑，快步走出巷子。

何薇很想從那人背後再看一眼他的秀髮，才跟出巷口，守義開著的小馬自達轉進來。

「有沒有看到一個帥哥從這裡走出去？」

「帥哥？啊，妳說剛才走出巷子那個年輕人？嗯，是好像長得不錯。怎麼？帥哥出現在這邊很怪嗎？」

「不怪，是少見。」何薇笑答。

他們走進屋，何薇關上門就忍不住報告昨天發生的大事，她用北捷凶殺案的新發展搭上了翁偉中，BS2-1案的內幕正一步一步浮現……

守義看何薇樂得像個頭一次有獨家突破的菜鳥記者，不禁笑出聲來，何薇自覺興奮過了頭，有點不好意思，呱啦呱啦的聲音戛然而止。

守義笑道：

「妳追這個案子，底下有警方的內線，上面有司馬隨意的臥底，就算翁偉中再機智，廖淳仁再老狐狸，豈能逃得出妳的掌握？」

何薇點頭道：

「我真該謝謝他們。那翁偉中約了我明天面談，我如果把司馬隨意給我們的資訊透露一點，不怕他不告訴我一些我要的內幕做為交換，兩面湊在一起，BS2-1案就可摸清楚了。」

守義道：「這個案子一爆炸，掃到的有廖淳仁、翁偉中和那位年輕有為的陳市長……」

「沒想到當年靠挺環保團體起家的政壇新星，坐上市長寶座後就參加炒地皮了。BS2-1案的水保環評在他主導下過關，就憑這一樁他就賴不掉，真可悲啊。」

「司馬隨意給我們看的『全錄』，裡面有四個人在密商，妳這一揭發，四人中三個大咖逃不了，只有那個叫什麼阿布拉的俗仔沒扯進去。」

丘守義對政治操作的內幕通常猜得很準，但這回錯了。

這天晚上何薇沒有回家。明天一早守義就要趕到桃園機場，他搭中華航空的班機，在東京換聯合航空飛華盛頓ＤＣ。

何薇要幫守義整理行李，守義堅持自己來，何薇在一旁看，就只一個可隨身帶上飛機的小旅行箱都沒裝滿，幾套內衣褲襪、一件厚毛衣、一件羽絨衣、一個華航送的舊式盥洗包。

「這樣就好了，其他的都穿在身上。就一個禮拜嘛，帶那麼多東西幹嘛？」

何薇知道，其實他是沒有東西可以帶了。她心裡暗想，一個心氣高傲又有才華的大男人，混了這許多年，過的日子就是這般，想著不禁有些心酸，但她沒有露出絲毫情緒，只關心地道：

「你要去一個多禮拜，內衣褲夠嗎？」

「噢，沒問題，美國那邊氣候乾燥，內衣褲洗好過一夜就乾了。再說，真要缺什麼的話，在那邊臨時買就是，吳教授的助理拿了三千元美金給我。」

「是啊，你去過華盛頓ＤＣ？」

「沒有，這是我第一次去美國；其實是我第二次出國。」

「上次是去哪裡？」

「上次是N年前了，我還在報社，那次是隨立法委員參訪團去東京，報社付的旅費。」

「守義，你這次去華府演講，談『阿飄』無所謂，就是一個特殊的UFO個案罷了，但是談司馬隨意的事還是要有保留，措辭也要小心，不要給司馬隨意帶來大麻煩。」

「我瞭解。昨天深夜他來了電郵，我簡單告訴他要去華府演講的事，他沒有表示任何意見，只不斷追問我美國的情形，又問我的班機時程等，有些問題也不大相干，譬如說，他問華府的政治如何運作，這個我怎麼可能三兩行字講清楚？再說我也沒有那麼瞭解美國。」

「他沒有要求你哪些事不准講？」

「完全沒有，他問了一陣，大概覺得我的回答不得要領，忽然傳過來一句：『很好，我也要去。』就關機了。」

「他也要去？去華府盛頓DC？怎麼去？」

「我也正要問個清楚，我們的對話就他媽被刪除了，氣不氣人。」

何薇搖頭無奈。忽然想到一事，抬眼問道：

「守義，你的英文水準怎樣？」

「比『this is a book』稍強些。」

「跟你說正經的！」

「聽一般的還行，講就差一點，不過妳放心，吳教授說聽眾對象都是華人的UFO熱心者，用國語講應該沒有問題。再說，實在不行的話，我學過手語。」

何薇哈哈笑了，她看著守義充滿自信、帶點玩世不恭的臉，想到他身無長物，就這麼一個小旅行箱獨自飛到從未去過的美國，忍不住輕輕地環抱他，雙手大膽地伸進他的襯衣裡，在他耳邊親吻著說：

「我們睡吧，明天你天不亮就要去機場。」

丘守義坐在候機室等待登機，這是他第一次單獨搭機遠行，心中還是有幾分緊張。想到昨晚，很晚才上床，凌晨四點半鐘就起床趕到機場來，中間的時間和何薇作了兩次愛的遊戲，嚴格說起來，等於沒有睡。

他回味昨夜的軟玉溫香，嬌柔旖旎；上床前說好要早睡早起，可是兩人並肩躺下，手握在一起就什麼都顧不了，熾熱激情好像今宵一別，再也不得重見，守義不禁莞爾。

看時間何薇該起床了，登機還要半小時，他掏出手機想跟何薇說兩句情話，忽然「叮」一聲，手機收到一封電郵，是司馬隨意發來的。

守義打開一看，驚得幾乎要叫出聲來。

「我已登機，到華盛頓ＤＣ會找你。我在貴賓室看到廖院長，他搭日本航空去ＤＣ。」

丘守義暗忖：

「啊，立法院這個會期鬧到昨天深夜才休會，廖淳仁今天一早就去美國華府？」

他飛快地寫道：

「還沒有開始登機，你怎麼上去的？你跑去日航貴賓室幹什麼？」

司馬隨意的回答立刻進來：

「我在各家貴賓室轉了一圈，看哪一家供應的早餐最佳。」

對如何登上飛機卻避而不答。守義沒轍，只好問：

「哪一家最佳？」

「中華航空公司的牛肉麵和茶葉蛋不錯吃。」

接著便刪去了。守義再發信，立刻吃了「帳戶已不在服務中」的閉門羹。

守義搖頭暗嘆：

「搞不過他，這個司馬隨意連台式語法都會用了。聽他口氣，好像他溜上的就是我這班飛機，只不知他躲在哪裡？」

他撥通了何薇的電話，告訴她司馬隨意上了同班飛機，廖淳仁搭乘日航微服去華盛頓DC，不知是公務還是私人渡假。

何薇回他說，立刻找跑國會的記者搞清楚廖院長的行程和目的。「另外，守義，你一路上要小心照顧自己，愛你。」

十九個小時後，飛機降落在華盛頓杜勒斯國際機場。

丘守義沒有托運行李，輕鬆地拉著小旅行箱走出海關區，從登上飛機到東京機場、杜勒斯機場，十分努力地留意周遭四方，但是沒有發現任何司馬隨意的蛛絲馬跡，真不知道這個阿飄躲到哪裡去了。

一路上他百思不得其解的是，這個阿飄如何躲過機場的安檢人員及儀器登上飛機，又如何通過移民局的護照檢查順利入關；以各國際機場近年來對安檢的嚴格程度，就算他是阿飄，恐怕也難遁形。

好在他最後一次通信時說了到達華盛頓DC以後就會聯絡，只好等他來信吧。

走出海關的電動門，守義沒有看見阿飄，守候在外的吳一覺教授立刻看到了守義。他手中拿了一張白紙板，上面寫著「丘守義先生」五個大字。

守義立刻趨前打招呼，吳教授很高興地緊緊握手道：

「我的助理先把您的個人資料e-mail給我，所以我一眼就認出您了。」

「沒問題，我認得吳教授，最近還聽過您的演講。」

「您就帶這麼一個小旅行箱？您要在美國待一個多星期啊！」

「沒事，如果真缺什麼，就地買就好。」

吳教授指著身旁一位戴復古式大框眼鏡的紳士介紹道：

「丘先生，這是梁博士，菲立普．梁，美國海軍研究實驗室的物理學家，也是美國華人UFO協會的會長。」

守義和梁博士握手，吳教授補充道：

「梁博士代表大會的地主協會，守義兄這次來華府的一切都由梁博士負責招待……」

守義又謝了，他發覺梁博士在深度近視眼鏡片後有一雙敏銳的眼睛，應該說是屬於科學家那種深具洞悉力的眼睛。

梁博士一面引導走出大廳去乘車，一面對守義說道：

「這次世界華人UFO協會的年會十分盛大，各地的會長來了七個之多，正好輪到在華府舉行，我個人和台灣駐美代表蔡尚智是國中同班同學，因這層關係，蔡代表明天晚上在雙橡園宴請七位各地會長，他聽說年會主題演講人丘先生趕來，特別要我補上一份請帖，請丘先生賞光。不好意思，您才到華府，立刻就替你安排了應酬，時差恐怕很厲害。」

他一面說一面從一個大信封中拿出一個小信封，上面寫著「敬邀丘守義先生」，信封角上有雙橡園專用的標識圖案。丘守義有些受寵若驚，沒想到一到華府，便受到政府駐美代表的邀宴，他連忙道：

「沒事沒事。我平時生活作息很亂，白天晚上經常顛倒著過，時差十二個小時對我影響不大。謝謝您的安排，我久聞雙橡園的大名，能有機會一窺堂奧很是榮幸，全靠梁博士的關係和安排。」

丘守義check in位於城中第十一街上的哈林頓旅館，這是一間歷史悠久、位置絕佳而相對廉價的旅館，最受遊客的歡迎。

他才梳洗完畢，手機就響了一聲，果然是司馬隨意的電郵：

「對不起，花了幾分鐘才把美國的電信系統搞定。你還是用上回寄給你的『附件一』給我回信。」

「你如何躲過各機場的安檢系統？你怎麼登上飛機的？」

「我加戴匿蹤頭盔貼著天花板慢慢飛過安全檢查區域，沒有人看得見我。然後跟著服務人員一齊登機，頭等艙很空，連我只有五個人。」

「吃飯如何解決？」

「我從中華航空貴賓室拿了兩個包子、兩個茶葉蛋，長榮貴賓室拿了兩個肉粽，日本航空拿了一盒壽司，加上兩瓶水，足夠了。」

「佩服佩服。」
「不好意思。」
「你跟來華盛頓ＤＣ有何貴幹？」
「第一，學習美國民主政治之運作。第二，我盯住那個廖院長，我要看他來ＤＣ幹什麼？」
「為什麼要盯住他？」
「好奇心。」
「願聞其詳。」
「他的『負能場』太強，我身上的測量器『一般表度』幾乎破頂，從來沒有碰過這種事……和人物。」
「你是說測量器『爆表』？」
「爆表，對，這詞用得妙。我只要一靠近他，測量儀器就要爆表，不懂一個人怎麼可能有這麼大的『負能場』」。守義無暇再追問「負能場」，趕緊先問：
「請教，你在華盛頓ＤＣ要待多久，除了ＤＣ，你還會去其他地方嗎？」
司馬隨意就不回郵了，守義怕他要關機，飛快地補一句：
「明晚我要隨這裡的人去雙橡園，駐美蔡代表邀請我們吃晚飯……」
這回司馬隨意立刻回了：
「蔡代表？總統開會時曾提到過他！廖院長起飛前在日航貴賓室對他助理說過，蔡代表會到機場接他……不好，廖院長的飛機快到了，失陪。」

強制刪除對話，關機。

廖淳仁在飛機上很能睡。日航班機從東京成田機場起飛後還不到兩個小時，頭等艙裡他老人家便換了睡衣、拖鞋正式睡覺了。醒來時，飛機已越過太平洋到達北美陸地上空。他的兩個助理便沒有那麼舒服了，他們擠在幾乎滿座的經濟艙裡動彈不得。

李淑娟祕書的工作是翻譯，她英文日文都不錯，不過廖院長本人的日文能應付，所以她主要的工作就是英文翻譯。她在飛機上有睡不著的毛病，便帶了一本李・查德（Lee Child）的原文小說《午夜線》（*The Midnight Line*），打算一路看到華府。

另一位祕書蕭望在立法院跟了廖院長已近二十年，在處理「國會外交」公事方面是院長最信任的助理。他從上飛機就心事重重，一連看兩部電影都沒有搞懂劇情，只知道一部是一群帥哥、美女鬧來鬧去，最後不鬧了，反而哭成一團；另一部則是幾個大力士狠角色殺來殺去，最後好像都死了，結尾時有一個可能是主角的老人出現在銀幕，蕭望才知道前面的劇情是倒敘的，主角其實沒有死。

飛機降落在華盛頓杜勒斯國際機場時，已是下午五點鐘。廖院長和兩位祕書走出機門就看到駐美代表處蔡尚智代表率一位同仁，由美國移民局官員陪同前來迎接。

那位移民局官員是非裔美國人，身材和風度都佳，就是膚色極黑，比大多數黑人還要黑許多，以致他英俊的面容看不太清楚，從側面看就還好。

蔡尚智特別介紹了帥哥移民官：

「這位是馬丁・華頓移民官，台灣的好朋友，他將帶領廖院長走禮遇的公務門。馬丁，這位是台灣國會的議長廖先生，另外兩位蕭先生及李小姐是議長的幕僚。」

華頓移民官露出潔白的牙齒笑道：

「我的榮幸。諸位，請跟著我。」

華頓先帶他們到了一間內部的貴賓室，然後帶蕭望和蔡代表的祕書先去提行李、辦手續。

蔡代表坐近，輕聲向廖院長報告：

「報告院長，待會辦好手續，我們先check in旅館，我替院長訂在索菲特酒店（Sofitel Lafayette），離白宮只幾百公尺，地點好，不算豪華……」

「很好，蔡代表，謝謝你了，我們不能住太豪華的地方，萬一有台灣來的人認出我反而不好。」

「對，我也是這麼考量的，住進去以後我約了哈瑞士‧羅勃森前參議員，還有他的副手傑夫‧霍夫曼，我們就在頂樓的私人貴賓室談事情，談完後一道去一家法國餐廳用餐，不知道廖院長覺得怎樣？」

「太好了，蔡代表，你太客氣，我這次來華府主要任務之一就是和哈瑞士參議員當面談一下，上次他去台北時見到了總統，總統很關心後續發展……總統對這事急得很……」

蔡尚智代表道：

「許部長把上次哈瑞士參議員見總統的密電給我，我就一直在密切注意這事的發展，其間我和傑夫吃過一次飯，這個猶太人口風緊得很，旁敲側擊問不出什麼消息，不過可以確定的是哈瑞士已經在動用他的各方人脈管道為此事努力。我猜想，這一回他很爽快答應在院長一到華府時立刻面談，多半是有了一些眉目。」

廖院長閉著眼微微點頭，腦中在細細盤算，蔡代表接著道：

「另外，哈瑞士．羅勃森是個業餘的天文學家，他對不明飛行物ＵＦＯ的各種祕聞懂得不少，談起來頭頭是道。如果我沒有記錯，他曾經應邀在全美ＵＦＯ大會上作過演講……」

廖院長睜開雙眼，顯然這個話題引起了他的興趣：

「蔡代表，您一定聽到了國內出現『阿飄』趴趴走的怪事，有的媒體認為那不是阿飄，而是一種全球未曾報導過的ＵＦＯ，甚至乾脆說是外星人。」

蔡尚智微笑道：

「正要跟院長報告，全球華人ＵＦＯ協會此刻正在華府開年會，他們竟然把最先發現『阿飄』的那個記者從台北請到華府來作貴賓演講……」

「阿捏啊。」

「我和全美華人ＵＦＯ協會的梁會長是朋友，應他的請求，明晚在雙橡園請六、七個各地協會的會長吃飯，院長有沒有興趣參加？」

廖院長道：

「我是民意代表，見什麼人都ＯＫ，不過這次出來有些機密性，不相干的人見得愈少愈好。」

這時他們的幕僚已經隨著黑人帥哥移民官回來，蕭望道：「報告院長，都弄好了，我們可以出去了。」

移民官帶路，一行人從公務門出了機場大廳，蔡代表和他的祕書將臨時證件取下，繳還給移民官，謝了又謝，順利完成接機。移民官還對廖院長行了一個漂亮的軍禮，看來這人以前幹過軍人。

近年來代表處有愈來愈多接機的任務，國內高層官員來得倒是不多，民意代表訪美卻愈來愈頻繁，接待他們時只要一個不滿意，回去就找外交部的麻煩，搞得許部長親自對回國述職的駐外代表訓飭，要把接待立法委員的工作列為重點，派最能幹流利的幹部負責，每一次接待，事先要寫計畫，事後要寫報告，而且規定每半年要提檢討，務求精益求精。有幾個愛跑華府的委員，他們的喜好、購物品味，甚至名牌衣服、皮鞋的尺寸號碼都要記入接待人員的個人手機內。實施以來，委員們好評如湧，愈來愈覺得訪華府賓至如歸，來得更勤了。

廖院長其實來得次數不算多，立院休會期間會到東岸來走走，到華府主要是要替他約見幾個曾經訪問過台灣的參議員、眾議員、官員之屬，通常他都會帶名貴的「小」禮物，見面時當面致送，照他的說法就是辦「國會外交」，也就是蕭望祕書的工作。

還有一種人也是要事先替院長約好的，就是麻將牌搭子。廖院長有幾個醫生朋友落腳在華府附近，DC有一位，維吉尼亞有一位，還有一位住在馬里蘭州的貝塞斯達，是一位當地台灣人圈中很活躍的女士，傳說年輕時是廖淳仁的女朋友，所以廖每次來華府，都會見一面，不在牌桌上，就在飯店裡。

廖院長到目前為止對代表處的安排很滿意，尤其是那個黑人帥哥移民官提供的方便和禮遇。上了蔡代表的林肯大陸房車（Lincoln Continental），好奇地問：

「那個移民官很不錯啊，你們怎麼找到他的？」

「您問馬丁．華頓？他在菲律賓蘇比克灣服過役，常常跑高雄找樂子，對台灣特別友善，我們發現這號人在移民署工作，就連忙結交，一年三節好吃好康的禮物不會少，遇到院長您這種ＶＩＰ來的時候就用得上了。」

廖淳仁微笑點頭，伸手理了理短髭，望著窗外公路上川流不息的車陣，暮色中，忙碌了一天的美國人不徐不急地往波多馬克河駛去。

華盛頓索菲特酒店頂樓的貴賓休息室，靠窗的隔間裡，六個人勉強圍坐在四人的方桌周圍，四張椅子加一個二人座沙發。

廖院長和前參議員羅勃森坐在沙發上，廖院長右手邊是傳譯李淑娟，哈瑞士．羅勃森右手邊坐著傑夫．霍夫曼。

寒暄過後，廖院長先來一段簡短的客套話：

「羅勃森先生是台灣的好朋友，也是本人的老朋友，記得兩年前閣下訪台時本人有幸作東，請您品嘗台北最佳的台式海鮮，賓主盡歡；我要感謝參議員先生今晚撥冗相見，同時藉此機會，為羅勃森先生的新婚帶來台北朋友們最溫馨的祝福，也請代我們問候羅勃森夫人安好。」羅勃森再婚的消息知情者不多，蔡代表代擬的開場白中規中矩，符合外交禮儀。

李淑娟正要翻譯，蔡代表很殷勤地代勞了。

羅勃森也不免回應一段外交辭令：

「能在華府和廖議長相見，實乃至為愉快之樂事，羅勃森夫人一切安好，並囑我代為問候議長賢伉儷。」

李淑娟正要口譯，蔡代表又搶著代勞了。淑娟十分乖巧，她立刻瞭解蔡代表是打算親自擔任翻譯到底了，於是她拿出一個小拍紙簿，只就蔡代表譯得不甚到位的地方作紀錄，以便事後向廖院長補充報告。蔡代表看見她的舉動，微微點頭。

廖院長接著進入正題：

「上次參議員在台北時和外交部許部長所商談之事，我們總統十分重視，這次本人來華府之前曾接到總統的關切，希望瞭解一下，關於此案，參議員這邊覺得還有什麼事我方可以協助的，如果有，希望羅勃森先生不要客氣……」

這話就是繞個圈子問羅勃森事情辦得怎樣，羅勃森若真有什麼事需要台北協助的，隨時就近告訴蔡尚智就可以了，何須廖院長萬里迢迢趕到華府來關心？

哈瑞士．羅勃森耐煩地聽完蔡代表的翻譯，喝了一口咖啡，然後十分嚴肅地道：

「我在台北時承蒙貴國總統接見，充分瞭解總統對此事的重視，回到美國我們沒有浪費一分鐘時間，立即展開各方聯繫工作。今天我必須誠實地告訴議長先生，我們這個主意實現的可能性十分低……」

蔡代表翻譯了這一段，很快和廖院長對看了一眼，這個小動作沒有逃過哈瑞士銳利的觀察，他繼續道：

「我們接觸的範圍十分廣，包括國防部各相關單位、參議院軍事委員會、民間軍備公司、退休專業科技人士——我指的當然以台裔美籍為主，我們得到的結果是令人悲觀的……」

廖院長聽懂了之後，忍不住問：

「請具體說一說為什麼令人悲觀？」

羅勃森解釋道：

「以目前美、台、中三邊緊張的關係來看，只要國務院沒有明白給綠燈，沒有美國人敢踩這條紅線；另一方面，凡是和中國大陸有往來的公司或生意人，也不敢冒著失去中國生意的風險接下我們的案子；最後只好寄望於已經退休的專業人才，我們公司的分類人才庫十分完整，我們挑選出的第一批一共四位，都是大學畢業後從台灣到美國來受教育，拿到博士學位，在美國國防相關機構做了幾十年退下來的高手，相信我，他們都是高手中的高手，但結果令我相當吃驚……」

「為什麼吃驚？」蔡代表聽到這裡忍不住先問出來，然後才警覺還沒有譯給廖院長聽，還好機伶的李淑娟已經在廖院長耳邊飛快地翻譯了。

「其中兩位拒絕的理由是他們都曾被中國的軍備單位接觸過，有一位去中國一間大學講課兩星期，回來被美國安全人員叫去問了三次，扣留他的筆記型電腦，上面全部資料都下載存檔。他對我們派去遊說的同仁抱怨，美國的安全人員態度惡劣之極，他被嚇得不敢再出國半步。另一位有二十多年實務經驗的好手，更是還沒有去中國就被嚴重警告。這兩人都說美台關係表面上雖然比美中關係要好得多，但他們怕一旦美國政府翻臉，他們就要倒楣。」

「另外兩位呢？」

「另外兩位在美國待了大半輩子，居然還是台灣內部政治的狂熱份子，每天盯著台灣的衛星直播政治脫口秀節目。兩人的意識型態都反對現在的執政黨，向他們提出公司要延攬他們去台灣工作，他們還沒有聽完就拒絕了。你們國家是如此分裂，就像美國現在一樣。」

廖院長和蔡代表面面相覷，說不出話來。過了一會，蔡代表問道：

「參議員，我想知道……您的意思是這個獵人才計畫就……就不繼續了？」

哈瑞士．羅勃森胸有成竹地解釋道：

「我們的人才庫裡當然還有一些不錯的人選可以繼續去接觸，不過今天當著廖議長在這裡，我必須坦白講出我對此案的看法，還有對你們的建議……」

說到這裡，他停下來等蔡代表翻譯，他想看看這個廖議長的反應。

「羅勃森參議員，我們洗耳恭聽。」廖院長面無表情。

「好的。根據我和各方面的接觸和探索，我覺得貴國這個自製戰機的計畫，從美國這邊可能得不到你們需要的最佳人才，如果我的公司繼續努力，也許，我是說也許，我們能找到一些為了高酬金願意去台灣工作的美籍科技人士，加上我們的遊說和打通關節，也可以拿到國務院的默許放行，但是那些人不一定是第一流的人才，他們能幫上多少忙，就要靠你們評估。」

廖院長聽懂了心中一涼，暗道：

「老美開始使壞了，我們出超高天價，請一批二流人才來做教練，萬一飛機做不出來，風險還要我們自己承擔，他的公司啥責任也沒有。幹，我們有那麼腦殘嗎？」

蔡代表等廖院長回話，廖院長雙眼一轉，餘光看到李淑娟和蕭望兩人的表情；雖然只是一瞥之間，他似乎看到了這兩個年輕人臉上都顯出不以為然的神色，廖淳仁暗中一驚，這兩人都是自己的貼身幕僚，他們的表情已告訴了他，台灣的民意絕不可能接受這種交易，他搖了搖頭，暗忖：

「說了這許多，其實全是廢話，不管他找到什麼貨色，反正我方都要詳細查核其能耐，風險當然是我們自己承擔，他沒有必要先挑明一流人才來不了台灣。為什麼他要當我們面急著揭底牌？這是他厲害的地方！我們付這些外籍顧問多少酬金是我們和顧問之間的協定，一個願打一個願挨，也不影響他公司的那一份大佣金，他『醜話』先說了，到時如果飛機做不出來，可怪不到他身上。哈瑞士呀，就你一個最聰明，是吧？」

老謀深算的他飛快地轉著念頭，忖道：

「還有一種可能，他們對替我們找高手幫忙的主意不想搞了，難道這老狐狸另有新點子？」

於是他微笑回答：

「感謝參議員和貴公司為此案做了許多努力，但是聽了您的這一番話之後，我必須表達失望之情。聽來關鍵還是在國務院及國防單位是不是願意不顧中國的反對，在一流人才及技術上放寬，助我們一臂之力。本人充分瞭解，困難當然一定有的，否則我方也不會用超越國際行情的價碼請貴公司大力促成。我感覺得出在這一關鍵點上，參議員和貴公司顯然還沒有施出全力，我說的失望主要是說這一點，不過我們仍抱持很大的期待。至於您方才說到的困難情形，我會如實回報我們總統。」

蔡代表一面翻譯，一面暗覺欽佩，這個老政客縱橫政壇數十年，見事明白銳利，自己要把他的話譯得稍微「外交」一點，但壓力還是要加回到哈瑞士身上。

哈瑞士．羅勃森似乎料到這樣的回話，很輕鬆地道：

「廖議長說得十分有道理，我們雖然說明了推動這事所遭遇到的實際困難，但並不表示我們會就此放棄。不過，經公司裡幾位策略高手的整理分析，我們有另外一個想法，想要趁著廖議長來訪的機會提出來，也希望議長先生能把我們的建議帶回台灣研究一下……」

蔡尚智代表聽了暗忖：

「我還在納悶哈瑞士這一回怎麼那麼爽快就應邀來談案子，原來他們有新的議程……」

「哈瑞士，你的建議請講。」

「容我請傑夫來說明，這個聰明的構想很大部分來自他，傑夫。」

傑夫．霍夫曼點頭應是，接著說：

「我們原來的計畫是：找到一流的人才，突破國務院的關卡，然後以本公司僱員身分去台灣協助製造戰機，這條路如果真的走不通，與其花錢花時間繼續做虛工，不如跳出『盒子』另謀良策，我的建議是放棄戰機自製，出錢買現成的戰機，搞不好反而更快，也不一定要大幅增加預算。」

「你是說，你們公司能協助我們買到高級的戰機？」

廖院長心想：

「你這是什麼爛建議，就是因為老美不肯賣高級戰機給我們才要自製，傑夫，你講這種屁話是什麼意思！」

蔡代表一面忙著翻譯，一面也暗忖：

「連請幾個專家來幫忙都不放行，怎麼可能賣高級戰機給台灣？不過這個傑夫．霍夫曼是有名的點子王，不會隨便做這種無意義的建議，且聽他怎麼說……」

傑夫·霍夫曼點頭道：

「不錯，我仔細想過，在目前這種政治型態之下，我想到一條祕密的管道說不定可以走得通，就是設法取得美國國防部的同意，把當年新戰機競標時沒有入選的機種——一款已經投入費用於設計、測試、甚至已生產了原型機的競爭者，重新拿出來生產，專為賣給盟國的空軍——記不記得上世紀六〇年代最成功的案例：諾斯洛普的F-5自由鬥士戰機；美國空軍除了用它當作空中纏鬥訓練的靶子以外，後來沒有正式用為制式戰機，但諾斯洛普公司前後一共生產了兩千多架，賣給包括台灣在內的十多個國家，某些國家的F-5戰機現在仍在服役中……」他微笑停了一下，沒有人提問，便繼續道：

「這個辦法的好處是，雖然是競標時沒有中選的機種，其設計也是第五代匿蹤多用途高級戰機的規格，自然能符合台灣空軍方面的需求。再說，如果這計畫行得通，對當時競標失敗的公司來說，就是一個敗部復活的機會。如果能複製F-5的經驗，可為公司賺進可觀的利潤，由於這個敗部復活案的關鍵，是源自台灣的需求，台灣一定能獲得最優的購機價格……」

「傑夫，你心目中一定有具體的目標，能不能說出來大家參考一下。」

傑夫點頭道：

「蔡代表，你們一定聽過ＪＳＦ『聯合攻擊戰鬥機』計畫（Joint Strike Fighter）吧？就是國防部徵求自用及外銷型第五代戰機的計畫，當然大家現在都知道是由洛克希德·馬丁公司設計的F-35得標，在競標當時還有波音、麥道等公司參加，甚至俄羅斯雅科夫列夫設計局也藏在幕後，被淘汰的機種不乏相當精彩的設計。就以波音為例，那架原型機在比試中出了不少包，以致遭到淘汰，據我的內幕消息，其實出問題的地方大多可以經修改而避免，主要是共同業主之一的美國海軍改變了規格，而波音的原設計必須作較大的修改，以致時間上不容許作完善的修正，終遭淘汰……相當可惜，但也就是我們可以試探的對象。」

這個轉彎太過巨大，廖院長和蔡代表都在思考如何回應，傑夫又補充道：

「這個構想還有一個好處，就是從設計到生產，這款飛機已經做好了一半，時效上大為有利。我知道台灣政府這個案子亟待解決，時間因素對政治操作而言也是關鍵。如果我們可以比你們原來的自製計畫完成得更快，總經費也不超出太多，你們會覺得值得一試嗎？」

廖院長看了蔡代表一眼，用中文道：

「先問他，美國政府可能同意嗎？如果國務院不同意，我們在這裡談這個好處、那個好處有什麼意義？」

蔡代表用英文問了，傑夫笑了一笑，說道：

「當然不容易拿到國務院許可，但也不是絕不可能。第一、不要輕看大咖航太公司加上我們的遊說力道；第二、國防部這幾年愈來愈重視軍備生產外包的制度，為降低成本，境外合作或代工的計畫也作成了好幾案，據我們瞭解，成效評估十分正面，國防部的新部長有意擴大實施……」

蔡尚智對華府政治瞭然於胸，他很快就作了判斷：

「傑夫，無意對你不敬，雖說軍工外包作成了幾個案子，但是像本案這麼敏感的計畫，要取得國防部同意執行委外，我覺得沒有可能……」

「蔡代表，一般而言您說得沒有錯，但是如果委外的對象是以色列，由以色列和美國合資的公司承包修改設計、生產製造，您說是不是有一點可能呢？」

蔡尚智為之一怔，暗忖：

「厲害，這個傑夫．霍夫曼講到要點了！這幾年美國和以色列在軍備和武器的合作愈來愈緊密且走向多元，以色列從過去參與買賣軍火進展到參與製造軍火，美國這一高利潤的工業領域有以色列精明的商人和高科技的實力做為夥伴，頗有如虎添翼之勢，將歐盟及其他的競爭者遠遠抛在後面。他這一說法，倒是不能等閒視之……」

廖院長聽懂了之後，想得更深一層：

「以色列的加入，除了對白宮和國務院的遊說力道大增，對兩岸關係、美中關係也有白手套的效用。嗯，傑夫這個猶太佬真不簡單。」

傑夫．霍夫曼說完看他老闆一眼，哈瑞士接下去說道：

「這個構想雖是傑夫首先提出的，我們把執行上可能碰上的細節都做了沙盤推演，我要將推演結果向廖議長報告；如果採用傑夫的案子，我們對白宮和國務院的操作空間遠大於目前我們進行的獵人才工作，更何況現在我們的計畫中第一難題就是：根本不容易找到適當的、有意願的專家人選。」

廖院長通過翻譯反問道：

「霍夫曼先生的建議案中，你們有找到『適當的、有意願的』公司來執行嗎？」

哈瑞士．羅勃森的微笑帶有幾分詭異，他點頭道：

股。

「我們當然有適當的、有意願的候選公司，別忘了傑夫是美國人，也是猶太人。」

他說完就盯著廖院長，不再多作解釋，廖院長也不再多問，他看了蔡尚智代表一眼，蔡代表微微點了點頭，他們心領神會，那個「適當的、有意願的」以色列公司，傑夫．霍夫曼必定有份，哈瑞士．羅勃森多半也參了份，所不能確定的是，他參的是乾股，還是溼股。

如是這樣，可以肯定的是這兩人都會為這個計畫全力以赴了。廖院長深吸了一口氣，微笑道：

「蔡代表，我們的客人都餓了，我也有些餓了呢。」

【阿

飄】

菲立普．梁博士的休旅車載著吳一覺教授和丘守義，駛進位於華府伍德利路三二二五號的雙橡園。

這座建於一八八八年的喬治亞復興風格的百年建築，一九三七至一九七八年間曾經是中華民國駐美大使的官邸，現在做為我駐美代表處招待貴賓的場所。

大門口看到一塊銅牌，上面三行字，「雙橡園一八八八美國內政部列為國家史蹟」，梁博士解釋，一九八六年雙橡園申請列入名錄後，可以永保這座對中華民國及中美關係有重大歷史意義的建築，不受政治或商業影響而被迫改變其所有權；看來梁博士不是第一次來訪。

蔡代表在門口迎賓，正門前有兩棵橡樹，丘守義記得曾看過報導，雙橡中有一棵在上世紀六〇年代遭雷擊死去，後來重新栽植了一棵，但如今看上去兩棵樹似乎差不多大小，遠看分不出哪棵是老哪棵是新。

他們前腳進屋，哈瑞士．羅勃森的加長型凱迪拉克車接踵而至，所有的客人都到齊了。

主客坐定在一樓的小藍廳會客室，所有的家具都是紫檀木器，四壁木架上十分典雅地放置了一些古董，牆上有三幅名畫家的作品：張大千的潑墨〈太魯閣〉，黃君璧的〈阿里山雲海〉，還有一大幅葉醉白的〈八駿圖〉。

羅勃森的出現令各地ＵＦＯ分會會長感到意外，但是經主人介紹前參議員是業餘天文及ＵＦＯ愛好者，大家立刻覺得能和這樣的大人物同座為客，甚感榮幸。

羅勃森雖曾貴為參議院軍事委員會主席，但是私底下總是顯得十分親切健談，無論是什麼話題他都能立刻融入，談笑風生，是個典型的美式政治人物。他加入一群ＵＦＯ熱心份子的談話，毫無困難地接過話題，從他多年前應邀在美國ＵＦＯ協會演講的往事談起。

「那時候全國媒體都在報導科羅拉多布雷肯里奇（Breckenridge）的ＵＦＯ事件，我的聽眾，就如在座的各位一樣都是ＵＦＯ熱心者，我向他們說明，對此事件我個人的判斷是一回事，更直接而科學的取證是另外一回事——這是政府的責任，我會在我的權力範圍之內促成一項迅速而客觀的科學調查……」

吳一覺教授插口問道：

「羅勃森先生，我是來自台北的Ｙ．Ｊ．吳教授。二〇一四年的科州事件確是一個很著名的案例，布雷肯里奇的警方接到多起民眾通報，停在山脊的ＵＦＯ駐留十五鐘後，才化為一道亮光，從山脊上升空而去。能否請教這個事件後來調查的結果是什麼？因為我們沒有聽說美國對這事件發表過官方的意見……」

「啊，吳教授真是ＵＦＯ達人，隨便提到一個案子，你竟如此熟悉。為了這件ＵＦＯ

案，我用了參議院及個人的各種力道籲請軍方、太空總署及FBI協助，半年後我接到的報告，well，這樣說吧，接到的報告沒有值得公布的訊息……」

吳一覺追問一句：

「抱歉，容我再問一句，是沒有結果，還是結果不宜公布？」

羅勃森看了他一眼，這個說起英語來帶有國語四聲的台灣教授還真鍥而不捨，想了一下措辭，然後道：

「可以說……說是沒有結果，除了調查單位提了幾個假設——因為無從取證，我想還是不公開討論比較好——畢竟那份報告是限閱的資料。」

眾人聽了有些失望，便轉換話題了。來自加拿大紐芬蘭與拉布拉多省的會長勞倫斯．卡特把話題轉到台北發生的「阿飄」事件上。

卡特會長是加拿大皇家騎警的警司，他有一半華人血統，勉強能懂一些華語。一九七八年的克拉倫維爾UFO事件就是發生在紐芬蘭。發現UFO的皇家騎警警員吉姆．布拉克伍德正是卡特的表叔。那個事件之所以有名，乃是因為布拉克伍德警員不僅目擊UFO落在遠方地面，還用閃光燈互相打訊號，約一個半小時之後，UFO才升空離去。

也就是因為這層家族關係，加上勞倫斯．卡特和他表叔同是皇家騎警，所以他成為加拿大華人UFO協會裡最堅定、熱心的會員。他聽了吳教授轉述的台北UFO事件，雖然明知週日可以聽到丘守義現身說法，還是耐不住誘惑首先發問。

「丘先生，您能在大會如此倉促邀請之下，立刻應允趕來華盛頓ＤＣ為我們做貴賓演講，我們感激也感動。很冒昧地請問，能否先透露一點內容，讓我們先聞為快……」

其他幾位各地協會會長一齊拍手贊成，丘守義原來只想躲在一角默默欣賞、觀察雙橡園華麗典雅的設置及藝術精品，此時立刻變成了眾人的焦點。他雖然沒有完全聽懂，看大家的反應也知是怎麼回事，便低聲對坐在身邊的吳教授道：

「麻煩吳教授幫我翻譯一下。」

吳教授怕他緊張怯場，叮嚀道：

「沒問題，你講個大概就好。」

守義除了說英語有點菜，膽子是大的，安排好翻譯，他就毫不怯場地對大家說：

「我要向各位報告的是一件最新發生在台北的ＵＦＯ事件，我本人是目擊者。事情發生在一個車禍現場，一位計程車司機和我親眼看到一個飛行物低空掠過上方，令人吃驚的是這個ＵＦＯ是一個人的臉孔，只有臉沒有身體，那形象相當詭異，這種情節是全世界所有的ＵＦＯ事件中從來沒有見過的。更奇怪的是，這個ＵＦＯ在之後的兩、三個星期內居然陸續出現了很多次……」

加拿大的皇家騎警打斷問道：

「都出現在哪些地方？」

這句話不需翻譯，守義直接答了：

「總統府、立法院、電信公司、軍事指揮中心……還有墳場。」

吳教授照著翻譯成英文，忍不住補充道：

「台灣的媒體把這個UFO叫做『阿飄』，也許是因為他常出現在墳場附近。台灣民間將無主鬼魂稱為『阿飄』。」

他這一解釋，大家都起了雞皮疙瘩，皇家騎警比較不怕，繼續問：

「丘先生，我的吉姆叔叔說一九七八年當地和克拉倫維爾的UFO用信號燈互閃時，對方將他的摩斯碼一一複送回來，似乎是在記錄吉姆叔叔發出的每一個訊號。吉姆叔叔告訴我，他相信那個UFO是在學習破解他送出的密碼。台北UFO是不是也希望破解你們的訊號密碼？方才你說了，他出現的各種地方，對我來說好像是電信訊號密集的地方，不是嗎？」

「除了墳場！」吳教授挑個漏洞，接著將勞倫斯・卡特警司的話翻譯了。

丘守義忽然全身一震，暗忖道：

「是啊，這個加拿大騎警講得有點道理啊。我從來沒有朝這個方向去思考，總是想不通司馬隨意為何要去電信公司趴趴走，搞不好原來真被這個皇家騎警一語道破！」

他抬眼看了勞倫斯・卡特一眼，心想找機會再向他請教些細節。看見室中諸人都在等他回話，他決心把這個話題做一個結束：

「警司先生，您的猜測不無道理，我猜想台北的UFO仍未離去！還會有更多現蹤的報告出來，我會參考您的猜測去驗證，有任何結論我會告知吳教授。」

這時，一位身著白襯衣、黑長褲、打蝴蝶結的侍者進來報告：

「晚餐已備妥，請各位尊客到宴會廳用餐。」

於是話題暫停，眾人起身移步宴會廳，哈瑞士・羅勃森忽然對蔡代表道：

「請您私下通知華人UFO協會主持人，他們的年會我想參加。」
蔡尚智吃了一驚，一時會意不過來，哈瑞士一臉正經地低聲補充道：
「幫我討一張邀請卡。」
蔡代表心中嘀咕，口中答道：
「當然……當然沒問題。」

何薇準時趕到翁偉中的辦公室見了面。
「何小姐，一見面我就想起來我們以前見過，怎麼可能忘記貴報社最美麗能幹的記者？現在升任主管了吧，恭喜恭喜。還要補謝您那年幫我們公司安排的專訪，多謝……」
何薇禮貌地笑了笑，一面半虛半實地回答：
「翁董在台灣早期半導體產業作了很大的貢獻，我們當年跑經濟的記者對您的智慧和魄力都極為欽佩。沒想到您這幾年忽然轉向投資土地開發，站在台灣整體經濟發展的立場想，我還是覺得翁董留在高科技業更能發揮，貢獻更大些……當然，這只是一個小記者以管窺天的看法，翁董不要見笑。」
翁偉中哈哈笑道：
「何小姐問得好，這問題我自己也常自問的，我想答案是我天生的個性，總在不同時段為自己設定不同的目標，在別人看來我見異思遷、得隴望蜀，我自己卻最樂於迎接各種不同的挑戰，從中得到不同的經驗……說不上做什麼貢獻就更大些……」
話入正題，翁董很小心地切入：

「何小姐在前次電話中提到BS2-1土地開發的事，又提到想約我談一談，想來妳對這個案子已經詳細調查過了，不知還有什麼要和我談的？」

何薇暗笑：「明明是你改變主意要約我來談，卻一口咬定原是我想談；很好，誰約誰反正沒差，我就單刀直入。」

「翁董，BS2-1本來就是一個單純的土地開發案，問題出在這塊地在水資源保護區之內，現在摻進了立法院長對水資源管理的行政部門施壓，要求取消管制，這就代誌大條了。再加上忽然爆出一個北市捷運凶殺案，受害人王副教授是BS2-1的地主之一，凶手又是地方民代的通緝犯胞弟，事情看起來就更複雜了。我想瞭解兩件事，第一，翁董您和『台光開發公司』的關係：您只是一位投資人？還是該公司是一間紙上公司，背後的老闆其實就是翁董您本人？第二件事我想瞭解的是，立法院廖院長是以什麼樣的身分參與這個計畫，是受人之託對行政部門施壓，還是他本人就是計畫的主導人，而翁董您在後面幫他操盤？」

問到這裡，她才請問：

「翁董，我能不能錄音？」

翁偉中十分大方地道：

「沒問題，妳儘管錄。」

何薇打開手機的錄音功能。她問得犀利，翁偉中反而冷靜篤定地回答：

「第一，『台光開發公司』不是紙上公司，我是投資人，不是幕後老闆。是BS2-1的地主群買地在先，水資源保護區擴大劃定在後，教授地主們被套牢多年，希望能解套就找上

『台光』，台光公司收集到九成以上的地主同意書，就開始正式推動此案。我聽說市政府的環評會也通過了解禁開發計畫，正準備呈報中央核准，我只是站在投資人的立場，對台光公司表明，如果一切依法順利解禁，未來的開發計畫我有興趣參加投資；這是回答妳的第一個問題。」

何薇聽他的回答，知道翁董完全有備而來。一番話娓娓道來，聽起來合情合理，而且找不出和何薇已知的內幕相矛盾的地方。

翁董接著說：

「至於您問的第二個問題嘛，我可從來沒有聽說過廖院長和這個案子有關係。廖院長為人四海，熱心替選民解決困難，幾十年來確實有不少傳言，有的說他收取公共工程巨額回扣，有的說他收錢替商人打通關節，甚至傳出他有價碼表，最近還有傳出他關說司法收取好處的事……總之有關他涉及非法的傳言從未斷過，但是幾場官司打下來，別人告他都沒事；他告別人的，不論是告政敵或告媒體，全都打贏了。打勝媒體他通常見好收手，要媒體登道歉啟事就了事；但對報導的記者他從不放過，已經有記者被追殺到賠錢坐牢……」

何薇皺眉打斷道：

「翁董，您這是代廖院長威脅我？」

翁偉中淡然一笑道：

「我何必威脅妳，何小姐，我這是提醒您，把廖院長牽扯進這案裡，媒體效應固然大增，但是一定要小心後座力，除非您有十足的證據，廖淳仁是不容易被扳倒的；我剛才說，這麼多年以來，凡告他的案子都敗訴，凡他反控的案子大多勝訴，尤其這個案子，我從頭到尾沒有聽到過和他有什麼關係，妳千萬要小心；對了，妳如信得過我，能不能談談妳那邊有關廖淳仁消息的來源，是不是可靠的人——我可以幫妳判斷，免得妳被有心人利用。」

他說得十分坦誠，何薇的表情顯示她幾乎就要被感動了，但她心裡在暗笑：

「幫我判斷，免被有心人利用？可笑啊，『阿飄』要利用我幹嘛？」

翁偉中見這個美女記者臉上流露出感動的表情，更用一種輕鬆的口氣道：

「我要告訴妳一些廖院長的祕密，妳聽了就好，把錄音機關掉。」

他看著何薇關上手機，才笑容可掬地道：

「我認識廖淳仁也有二十年了，這人見事明白，行事又準又狠，更厲害的是他勝而不驕，從不把對方逼到牆角，所以他政敵雖多，卻也不結死仇。要說他幫那麼多人，認得的不認得的，不收報酬我也不信，可是他聰明得很，絕不會收人的錢放在家裡，不像以前南部那個傻傻的立法委員收了人家的錢，最後沒處藏，竟藏到水池裡去……」

何薇被他逗笑，隨口反問道：

「大把賄款藏在家裡不行，那要藏在哪裡？」

翁偉中笑道：

「我們廖院長幫了人忙，從來不拿錢回家，錢還放在對方銀行裡，只欠院長一個人情罷了，下回院長要花錢的時候——譬如說選舉到了，要花錢的地方還少得了嗎？那就是朋友出錢出力的時候了。我給這種政治運作模式取了一個名字，叫做『藏賄於民』。」

何薇讚道：

「好一個『藏賄於民』，神準！翁董，你不愧是智多星。」
翁偉中笑了笑，忽然就冒出一句：
「我們廖院長見事行事如此厲害，我才要提醒妳千萬小心，尤其是有關廖淳仁消息的來源，妳是知道的，太多人想利用媒體來修理他……一些言之鑿鑿的話聽起來有夠麻辣，到時上了法庭完全經不起查證。這些政壇上的老狐狸有時候還會故作怕怕狀，誤導媒體以為已經掌握案情，愈寫愈離譜，最後遭到反擊時，最倒楣的肯定是動筆寫稿的記者。妳務須檢視提供消息的人，看對方有什麼動機……」
何薇不想和他糾纏，就拋出一句：
「我們手上有廖院長為BS2-1案對官員施壓的證據，他賴不掉的。我倒奇怪他都毫無顧忌地出手施壓了，翁董，你竟全然不知道！」
翁偉中故作思考，然後順勢道：
「這也有可能，台光公司不會讓我知道他們如何運作的細節，以免影響我投資的意願。」
何薇暗嘆這人腦筋轉得快，忖道：
「憑你智多星再天才，怎知我看過司馬隨意給我們的錄影——你們犯罪的實錄，要不然還真被你唬了。」
翁偉中見何薇沉吟不語，便道：
「就算你們有所謂的證據，到了法庭上，所有的人——廖院長、台光公司、政府官員……全都矢口否認，這種案子從來沒有辦成功的。好，我們換一個話題，請問北捷那件

飄】

凶殺案，您有沒有進一步的內幕消息？」

何薇搖頭道：

「警方在記者會上說凶手被捕時倒在捷運車廂中，證實是癲癇症發作，經緊急處理後已經恢復神智，他對警方說他曾遭一個年輕長髮帥哥用『電子魔戒』襲擊，以致羊癲瘋發作，警方正在過濾搭乘那一節車廂的旅客，希望找到那個有『魔戒』的長髮年輕人，以釐清凶殺案情；不過凶手彭金發有些瘋瘋癲癲，他的供詞難以採信……對了，最新的消息是警方約談了彭金發的老哥彭金財議員……」

「這消息正確嗎？」

何薇看他有點緊張，忙道：

「我來這的路上接到報社專跑這條新聞的同事發來的簡訊，錯不了。怎麼？翁董認得彭金財？」

「知道他，沒有見過面。」

何薇覺得談得差不多了，翁偉中這隻老狐狸，從他口中再套不出什麼訊息，便打算告辭。臨行之前，她忽然問道：

「翁董，有一個集團叫『百利聯盟』的，您在地方上有沒有聽過？」

翁偉中吃了一驚，「百利聯盟」正是那個半途殺出來、願以高出百分之三十的利潤為餌，爭取BS2-1地主加入的聯盟，這事何薇也查出來了。看來這個厲害的女記者知道的遠比她表面上講出來的多，自己剛才一番做工恐怕不管用。

他看何薇一面站起身來一面盯著自己看，便儘量自然地回答：

「百利聯盟？沒有聽說過啊，妳問這有什麼特別原因？」

何薇道：

「我們從BS2-1的地主那裡看到『百利聯盟』發給他們的通知，提到可以提高三十趴的開發利潤，要求地主們加入聯盟，這就和翁董你的台光開發公司打起對台來了，我不信您真的沒有聽過。」

翁偉中堅持到底：

「我已說過，台光怎麼操作我完全不參與，如果他們能順利獲准解除BS2-1土地開發的禁令，我就對投資開發有興趣。」

何薇點頭，微笑道：

「對，剛才您說過的。順便提一下，我們打聽到『百利聯盟』的聯絡人名叫彭茂田，是金城技術學院的體育老師。」

翁偉中聽了心中又是一震，飛快地忖道：

「金城技術學院的體育老師？阿不拉從政前不正是金城技術學院營建系的講師嗎？」

「謝謝翁董的時間，和您談過對我的採訪有很大的幫助，我就告辭了。」

「何小姐，我猜BS2-1的新聞妳是一定會報導的，我希望……」

何薇很有禮貌地一鞠躬，同時道：

「翁董請放心，如果我寫到翁董的部分，一定據實報導，不會出現任何憑空推論的內容。」

何薇剛從睡夢中醒來就收到丘守義自美國發來的電郵。

華人ＵＦＯ年會的演講很成功，守義報告的內容並未涉及司馬隨意和守義通電郵的事，對會員們問到有關與ＵＦＯ「接觸」的事，他答的很保守，只敘述曾和「阿飄」四目相對的經驗，但是當他展示出「阿飄」有臉無身的詭異照片，立刻轟動了大會所有的聽眾，他補充說明這個ＵＦＯ還陸續在台北市趴趴走，至今沒有要離開的意思，聽眾尖叫聲四起。

雖然大部分聽眾聽得懂國語，但有不少國際同好受邀參加，因此仍需要吳教授擔任即席口譯的工作。

出乎大家意料，前參議員羅勃森出現在現場，他沒有上台致辭，而是從頭到尾做一位認真的聽眾。

對羅勃森來說，大會提供即席口譯正合他意，他聽得很仔細，一度還掏出一個小記事本在上面記了一些重點。守義講完後，聽眾提問十分踴躍，限於時間，主席只允許五個問題，羅勃森占了坐第一排之便，搶問到最後一個發問權。

「丘先生，以您的近距離觀察，您覺得您親眼看到的『阿飄』是不是外星人？如果是，他選擇台北做為訪問地球的第一站，是否又有什麼特別原因或意義？」

吳教授翻譯完，心中忐忑不安，前參議員的問題十分不好回答，記者出身的丘守義恐怕不容易應付。

沒想到守義連考慮都不需要就答道：

「如果『阿飄』不是鬼魂——我相信他不是，因為很難理解一個鬼魂整天在總統府、國會、軍事指揮中心這些地方流連忘返。哈哈，這倒像是之前我的生活例常，吳教授知道的，我之前是一個政治記者。ＯＫ，如果他不是鬼魂，以我所觀察到的來看，他所來之地的科技水平遠高於地球，例如具有個人飛行裝備，他又有個人的匿蹤科技，這些都遙遙領先地球，那是什麼地方？我想答案是很清楚的，他來自一個科技水準高過我們地球的遙遠地方，另一個星球！」

聽眾中有人鼓掌大叫「外星人」，也有人用國語高叫：

「為什麼是台北？他為什麼第一站選擇台北？」

聽他的口音應該是個台灣來的鄉親，丘守義立刻感到輕鬆，笑著答道：

「你問我，我問誰呀？老實說，我不知道他為什麼選台北，除非是我們國會裡的打架、咬人、鎖主席、占主席台、丟水球……已經盛名無遠弗屆，連外星人都聞名而來。」

他幽默的回答引起全場的鼓掌和大笑，吳教授翻成英文後，又引起第二波的鼓掌和大笑，丘守義在台上看到大家轟動的反應，心中飄飄然。

他在電郵中告訴何薇：

「那一刻，我也快變成阿飄了。」

何薇讀了一遍又一遍，只覺趣味盎然。

她回信道：

「我知道你的演講一定成功，卻沒有想到造成轟動。你對司馬隨意外星人的部分處理得也很好。難得去一次美國，好好享受大會後的旅遊節目，櫻花季節的華府美不勝收。司馬和你聯絡了嗎？BS2-1案大有進展，炒地皮、破壞水資源保護，加上凶殺案，媒體已開始追風捕影，我的全面追擊報導還沒有出來，預定週末見報。昨天我採訪了翁董，他說到政客『藏賄於民』的招式，很天才……」

丘守義住的旅館離白宮很近，下午他們參觀了國會山莊，晚餐後自由活動，他打算到白宮周圍去散步，看看全球最高權力所在地的入夜景觀。

接到何薇的電郵，他也覺奇怪，為何司馬隨意到現在還沒有來聯絡，是否出了什麼問題？這傢伙坐「霸王機」到美國來，又非法入境，如果出問題，肯定要坐牢，他不禁為他擔憂。

他手持一杯自泡的咖啡，回味下午參觀國會山莊的感想。這座全球最權威的民主議會，它的運作雖然宏大，卻處處顯出精緻的設計，環環相扣，無論內部處理各黨派之間議事爭執的規則，或是外部與行政部門權力的互動，都有具體而微、可供檢察和制衡的機制，的確是比較成熟且上軌道的民主體系，對國內立法院的運作嫻熟於胸的丘守義，看了其實是很感慨的。

「我們樣樣學美國，實際上學到的是民主運作的形式和皮毛，不但民主的真諦和核心精神沒有人在意，甚至已經遭到惡質的扭曲和破壞……」

這時手機「叮」一聲，司馬隨意的訊息終於進來了。

美國比較厲害，我進入網內不久就被察覺，有人在搜索我的所在，為了甩掉他們的追查，我花了不少時間，現在安全了。

你演講時我在聽，你講得很受台下傻子們的歡迎，你洩漏我很多祕密，不過我不在乎。我四處走動，國會山莊我也進去轉了一圈，他們開會不好看，台北的立法院開會比較值得觀賞。

晚上沒事連白宮我也進去了，那裡的偵測系統比國會山莊還要密集，我連臉都不敢露，隱形頭盔裡悶得不舒服，但感覺上比台北的總統府還是好得多，台北總統府入夜後又溼又暗又有霉味。我看到美國總統和他夫人在吵架，吵得很凶，但侍衛好像習慣得很，只坐在外面偷聽。有一間橢圓形辦公室的安全系統特別厲害，我搞了好一會還是沒辦法進去，這次就算了，下次再來。

守義連忙抓住機會回信：

「你冒險跑來華盛頓DC，真正的目的何在？」

「我來看花，桃之夭夭，灼灼其華。」

「華府滿城櫻花，卻不是桃花。」

「沒差。我只知道桃花，所有果樹的花我都叫桃花。除了看花，我來瞭解美國的政治與社會制度。」

「美國這麼大，你如何在幾天裡瞭解它的典章制度？」

司馬隨意沒有回答，丘守義以為對話結束，正要再問別的重要事，對方的回話進來了：

「請問，湯姆士．傑弗遜（Thomas Jefferson）這人怎樣？」

丘守義不懂他問什麼「怎樣」，一時不知如何回答，司馬隨意又寫道：

「我去了傑弗遜紀念堂（Jefferson Memorial），在一個湖邊，岸上全是花。紀念堂裡牆上刻著一段文字，說造物者賦予人生命、自由和追求幸福的權利，還有一句話說任何政府只要破壞這些，人民就有權力改變或廢除它。寫這些幹什麼？」

丘守義沒有去過傑弗遜紀念堂，但這些句子耳熟能詳，便回寫：

「傑弗遜寫的是他起草的〈美國獨立宣言〉，也是美國立國的基本精神和理想……」

「我覺得他寫得很好，美國有照這個精神做到了這些理想嗎？」

守義覺得很難回答，但他怕對話一停，司馬隨意就要關機而去，就勉強回寫：

「有些做到，有些做不到……」

「那人民有沒有起來廢除政府……」

「沒有。」

「那些話是刻在牆上好看的是吧？我們那邊也這樣，市中心所有牆上寫的都是放在那裡好看、做不到的廢話。」

守義第一次聽到司馬隨意對「他們那邊」有批評之意，秉於地球人類天賦的自保武器之一——見縫插針，他不加考慮地插進去：

「你們那邊人民有沒有不滿、暴動、甚至推翻政府的事？譬如說，革命？」

「革命？我們叫舉義，有過一次，死了十一個帶頭的，都是被砍成肉醬，和泥土做成了路基。出賣同志告密的四人都得到大量獎賞，並賜婚有錢的女子，一輩子享福。那次以後就沒有了。」

守義大感興趣，還想多問一些，對方已關機，通信紀錄全都自動消失。

藍天白雲，氣溫宜人，菲立普．梁博士帶領幾位各地來的ＵＦＯ分會會長，加上吳一覺教授和丘守義，大夥參觀完傑弗遜紀念館，沿著「潮汐湖」邊的步道走向林肯紀念堂，錦簇吉野櫻花影中，從「獨立大道」遙望華盛頓紀念碑矗立於晴空之下，這景色守義常在明信片及電影中看到，此時親歷其境，特別有感覺。

走過「韓戰老兵紀念碑」，對街的西波多馬克公園中集結了將近千人在靜坐示威，人群從白蠟樹公園（Ash Woods）的草坪走到林肯紀念堂階梯之前，手持標語牌，大多數的人戴了白色口罩，少數更戴了面具，有的扮魔鬼臉，有的扮劊子手，還有些比較直接的，乾脆戴上美國總統的臉。

梁博士說：

「他們在抗議聯邦政府拒簽『槍枝管制』條例，上週有兩個州傳出警察槍殺黑人少年的事件，加州又傳出瘋狂殺手在小學裡射殺教師及學童……我們快繞過人群，進林肯紀念堂去參觀。」

他一面解釋，一面快步帶隊從旁邊上階梯，走入紀念堂。守義記得讀國中時，教歷史的鄭老師給他們講中外偉人的故事，鄭老師說他學歷史，平生只佩服三位政治人物，就是美國的林肯、印度的甘地及中國的孫中山。他講的林肯故事深深印入守義的腦中，這時進入林肯的殿堂，看到那大理石坐像，總有五、六公尺高，神情肅穆，姿態莊嚴，但看在守義的眼中，總覺得有一絲愁苦之色。

雕像的後上方有一行字：「林肯將永垂不朽，長在人民心中。」右側牆上刻著林肯最著名的蓋茨堡演說講辭。

「八十七年前，我們的先人在斯土之上，以自由立新國，致力於萬民生而平等的主張……」

大一英文就有這篇課文，老師要求大家熟讀，堂上要抽背，守義至今還背得出頭一段的文字。

大夥兒有一半以上沒有到過這裡參觀，即使來過華府兩次的加拿大皇家騎警勞倫斯．卡特，也是第一次進入紀念堂，吳教授覺得不解：

「勞倫斯，你怎麼可能沒有來過這裡參觀？」

「不錯，我自己也覺奇怪，每次來DC都是洽談公務，辦完了就搭機回家。今天借搭UFO年會的便車，好好看了這一區的歷史古蹟，真覺不虛此行，過去兩次都白來了。」

看完了林肯紀念堂，他們一走出大門，被迎面看到的景象嚇了一跳。只這麼一會工夫，在紀念堂外草坪上聚集的人群已超過兩千人，有個一頭花白長髮的資深女歌手，抱著一把吉他在唱歌，兩千人的公園裡鴉雀無聲，大家靜靜聆聽女歌手的表演。

她唱的是巴布．狄倫一九六〇年代的老歌〈苦雨將降〉（A Hard Rain's a Gonna Fall），也是巴布．狄倫本人在他得諾貝爾文學獎典禮中親點演唱的民歌，在每一段的最後，一連四個「it's a hard」愈來愈高亢，直到最後一句以曲名暫結。此時上了年紀的女歌手有點唱不上去的感覺，她的嗓音忽然出現沙啞的裂痕，一股歷盡滄桑的苦澀之情如泉湧而出，隨著「苦雨」降下，聽者正接收到心靈的震撼，一陣吉他聲中歌者已緊接著進入到下一段；

繼續和他藍眼睛的孩兒娓娓對話，鋪陳起另一段憂患，營造起另一次震撼。

守義原就極愛這首民謠，當他得知巴布．狄倫親選為他受獎大典上的主曲，還私下高興了好幾天。這時站在林肯紀念堂的台階上聽到這首歌，再一次為控訴及抗議而唱，這一回是為了抗議槍枝氾濫，凶殺四起；然而六十年來，歌中唱到的十二座山仍在霧霾中，七個森林仍在悲情裡，成打的海洋仍然死亡……槍枝和利劍仍在孩子們手中，劊子手的臉仍然藏在黑暗處……

這些六十年前控訴的預言，一句句流過兩千多人的心扉，每一句都像當年一樣震撼有力，如果有不同之處，只是有些句子比六十年前更顯真實了。

年邁的歌手奮力爬過最後一個高峰，讓那大雨、暴雨、苦雨……一股腦降落在林肯紀念堂的草坪上。台階上甫從紀念堂步出的UFO專家們，幾分鐘前在堂內宏偉的牆上讀過的名句，「這個民有、民治、民享的政府將不會在地球上滅亡」，有幾人還會為這句話感到如草坪上的「苦雨」帶來相同的感動？

歌手收起吉他，緩緩步入草坪，加入大家一起席地而坐。一個頭上綁了血紅色布條的年輕人接過麥克風，對大家宣布：

「相信各位有些人已經知道了壞消息，加州小鎮的學校槍擊案，保護學童遭凶手開槍擊傷的女老師，珍．阿瑟和她緊抱著的學生露西都不幸死在醫院中，使這個凶殺案的受害者已累計到二十七死三十九傷。珍．阿瑟老師臨終前醒過來，她只惦記著她以生命保護的學生露西，當醫師告訴她露西正在和死神搏鬥，她閉上雙眼沒有再醒過來；而露西也在一個小時後不幸辭世……凶手仍然在逃……」，他說到這裡已語不成聲，草坪上一片噓唏，又有一個頭紮紅布條的年輕人站起來，一把扯掉口罩，慷慨激昂地發表意見：

「從前兩位總統時代算起，這個國家每年死於暴力槍殺的人數節節增加，每當無辜的生命死在槍下，死者的家人呼天搶地，電視名嘴指三道四，總統發表感人的演說，執法官員抱怨警力不足，我們走上街頭……結果是議員草擬『槍枝管制條例』，國會議員遭到NRA（全國步槍協會）遊說及脅迫，草案闖關失敗，然後一切歸零，等候下一次重大槍殺案發生，全國各界重新再表演一次……諸位，圍繞這塊草坪，我們的先賢勒之於石、耳提面命的告訴我們和我們的子孫，這國家是曾經誓以『生命』、『自由』、『追求幸福』為基本人權的國家，這個國家的政府曾經自詡為『民有』、『民治』、『民享』、永遠迄立不墮的政府，這個偉大的國家和政府，難道敵不過一個NRA的遊說和脅迫？」

草坪中發出憤怒的NO、NO……吼聲，這個年輕人繼續發言：

「就在我們後方，湯姆士．傑弗遜紀念堂的石壁上，〈美國獨立宣言〉告訴我們，任何政府破壞我們的立國基礎：生命、自由、追求幸福的人權，人民就有權力改變它、廢除它，女士們、先生們，如果這個國會不能通過，如果這個總統不能簽署『槍枝管制條例』，我們就有權改變它、廢除它，各位，改變的時候到了！」

這回草坪中的怒吼聲變成CHANGE、CHANGE……

梁博士低聲道：

「我們快走，繞到林肯紀念堂後面去……」

「什麼？」

「你們沒有看到西波多馬克公園人愈聚愈多，越戰紀念碑那邊草坪起碼還有上千人也往這邊合流，這些年輕人的言論很快就會引來警方加強人力及國安人員到場。我們再遲就擠不出去了，大家向後面河邊移動，車子會在兩百公尺以外的阿靈頓紀念大橋邊等我們。」

兩輛車從波多馬克河對面過來，在阿靈頓紀念大橋的橋頭接到UFO年會的這群人，梁博士負責送丘守義回旅館，其他乘客搭一輛中型巴士離去。

守義從林肯紀念堂背後的圓形台階往下走時，人群之中他似乎看到一個曾經見過的人。他肯定不認識此人，但也肯定最近在什麼地方見過他。

他一面跟著人群走，一面在人群中尋找這個人，但是直到上了車也沒有再見到他。他是誰？既不認識，為什麼從看到他就一直有些揪心？守義想了半天不得要領。梁博士發現他有點心不在焉，問道：

「丘先生，今天累到了？」

丘守義連忙拋開困思，勉強擠出一個笑臉，答道：

「不累，但是看了這些美國立國先賢的嘉言宏論，對民主體制的崇高理想，心中其實有很巨大的感動，生命、自由、追求幸福的人權不止是美國的價值，更為全球許多後進國家追求民主時奉為神主牌，然而當我們一走出紀念堂，面對的場面實在讓我震驚……感觸很深。」

梁博士一面熟練地駕車，一面輕嘆道：

「不只是您初來華府的人，便我在這裡住了快二十年的人也常有同樣的感覺，這裡有世界上最強大的民主制度，也是全球所有重大事務折衝、妥協、解決的地方，我看到它年復一年地陷入衰退和墮落，開國先賢的精神和理想就環繞在這座草坪和湖水的四周，一次次讓遊人旅客感慨萬千。」

路況愈來愈壅塞，許多人、車都湧向紀念公園，梁博士當機立斷向北轉入六十六號公路，然後下來接上賓州大道。車過第十七街，梁博士指著前方道：

「左邊是拉法葉廣場，右邊就是白宮。」

「白宮的建築平凡親民，和國會大廈的建築風格迥異。」

「這是個很有趣的政治錯覺。國會大廈的宏偉和白宮的平易近人給人民的感覺是民意高於統治，事實上每個人都知道美國總統是全世界權力最大的人。」

「國會制衡的力量還是很大吧？」

「不錯，但是自從網路社群媒體興起以來，總統們開始用推特直接和他的選民溝通，用網路語言引導、形成民粹式的民意，重大的政策也在推特上形成、測風向，甚至正式宣布。國會的監督力量隨著選區利益的分配而遞減，因為分配權愈來愈集中在總統之手……」

「台灣也一樣，叫做『政策買票』。」

「美國也一樣，叫做『肉桶政治』。」

「丘先生，你如果不急著回旅館休息，我們可以找到地方停好車，下來拍幾張以白宮為背景的照片做為紀念。」

「好啊，這幾天拍的都是團體照，我們兩人還沒有單獨拍過照。」

他們下車沿著拉法葉廣場的大草坪，往白宮北大門的方向走去，丘守義立刻發現又有一群人在前方抗議示威。

「梁博士，你看，這群人幾乎都坐著輪椅，他們是殘障人士的團體？」

梁博士沒有立刻回答，他們走得更近一些，看到集結的群眾不到一百人，但是有的坐在輪椅上揮舞國旗，有的身穿舊軍服，軍服上還掛著勳章。

「他們是因傷退伍的軍人！」

因為他發現坐輪椅的人大多雙腿只剩半截。

守義道：

「不知他們因何在白宮前示威抗議，什麼大事要直接訴諸總統！」

他發現這群退伍軍人前方有幾個年輕的警察在維持秩序，其中包括兩位女警，可以看出他們對示威者十分客氣。

守義暗忖：「畢竟這些人曾為國家出生入死，犧牲慘重。」

民眾、遊客漸漸聚攏在這幾十個退伍軍人的一側，示威者前排有一個坐在輪椅上揮舞星條旗的大鬍子開始演講。

「我們曾經因響應國家號召而上戰場，是從鬼門關撿回一條殘命的老兵。今天集結在白宮前，我們要控訴的只有一個人，就是三軍統帥總統先生；我們要求的只有一件事，就是立刻停止派遣僱傭兵在中東及中亞作戰，並立刻廢止僱傭兵公司的執照！」

近百位退伍傷兵一同發出怒吼：

「停止僱傭兵！黑豹滾蛋！」

守義問身旁的梁博士：

「黑豹是什麼東西？」

梁博士低聲回道：

「黑豹是一間公司，專門在華府包攬軍事合同，爭取五角大廈的外包合約，當前最具爭議的就是它替國防部組訓僱傭兵，在中東及中亞參加當地的各種戰鬥，殺敵效率高；為賺錢而殺人，特別凶狠。」

「我懂，就像法國的外籍兵團？」

「都是傭兵沒有錯，但是法國外籍兵團是法國正規部隊，黑豹是民間公司，它的部隊不是美國軍隊，它的最高統帥也不是美國總統。」

守義立刻意會這其中的竅門：

「所以，黑豹部隊如果濫殺平民，美國總統不用負責？」

梁博士點頭未答，他在專心聽那個下肢截空的大鬍子繼續道：

「……我們都曾在星條旗的召喚下，到千萬里之外的陌生土地與陌生人作生死搏鬥，為什麼？因為我們被告知那些陌生人是敵人，是會顛覆我們政府、毀滅我們信仰的敵人；國家說他們是敵人，ＯＫ，我們就拚性命去殺死他！我們逃過一死，但終生成為殘廢無用的人，我並不後悔，弟兄們，你們後悔嗎？」

「不後悔！為國家而戰，我們不後悔！」

慷慨的怒吼出自一群衰弱的殘障人之口，特別令人動容。那大鬍子繼續道：

「……我們跑到千萬里之外的外國，從空中、陸上、海上投擲百萬噸的炸彈、發射千萬發槍砲彈，毀滅他們的村莊、城市，打垮他們的政府，處決他們的元首……為什麼要做這些事，死在戰場上的弟兄們不會懂，苟活在世的我們也不懂，但是我們不後悔，只因為國家說go and do it，我們就去做了，因為我們是國家的軍人。」

「在我們疲憊、絕望的心中，在我們夜夜被惡夢驚醒的腦海裡，只有一件事支撐我們的生命，那就是，我們曾為國家而戰，為國家而犧牲，那是生命中最後一點光榮的東西……」

大草坪上所有的人都寂靜無聲，發言者的聲音並不宏亮，卻像尖錐一般深深刺入每個人的心中。他停下喘了一口氣，然後繼續說：

「可是現在他們卻把這些任務交給一家公司去執行，這些傭兵，他們被送到數萬里外的陌生國度去殺人放火，他們不再是應國家的召喚為保家衛國而戰，而是應公司的召募為金錢而戰，他們不再有那最後一點的榮譽之感……對我們而言，這個國家把那支撐我們可悲生命的最後一點光榮剝奪，原來我們用生命換來的那一點榮譽是可以用金錢取代的……我抗議，用我殘缺的生命抗議！」

幾十面星條旗從輪椅上一齊揮舞，草坪上的旁觀者感到心痛哀傷，發言的大鬍子壓在心頭的千鈞鬱悶一瀉而出，過度激動，禁不住掩面痛哭，他身旁一個年輕的女警員淚流滿面，俯身抱他。

守義想不到一天之中就在這首都方圓數公里之內見識到兩場怵目驚心的示威活動，比起台北街頭由政黨發動千奇百怪的遊行，人數不算多，但是兩場活動的訴求都是攸關國家社會根本價值之爭，令守義一個局外人深深為之感動。

梁博士請一個遊客替他和丘守義拍了兩張照片，丘守義自拍了兩張示威人群，看到天邊愈來愈密的烏雲，襯得白宮通體透亮，他對梁博士道：

「怕要下雨了，我們回旅館吧。」

回到旅館，梁博士執意要請守義喝咖啡，說晚上還要請守義去試一家華府市區最棒的牛排店，守義覺得不好意思，但他推辭不掉，因為梁博士說：「牛排店離旅館就步行可及，而且已經訂位了。」

坐在咖啡座裡閒聊，守義才有機會瞭解梁博士的背景。

「我是台大電機系畢業，到美國後在伊利諾大學拿到博士學位，因為論文的研究題目是量子糾纏（quantum entanglement）理論，就進了美國海軍研究實驗室，作下一代通訊相關的物理研究。」

「梁博士，你中學是不是師大附中畢業的？」

「你猜得準，我是附中五四七班畢業……」

「哈，我是七九五班的，算起來我們大概差十年，我一見你便覺得你帶有那麼一些附中味……好呀，學長您好。」

梁博士伸手和丘守義握手，好像重新認識附中人，以前的都不算。這一來立時就像是同校老友了。

「嗨，丘守義，我聽那個吳一覺說你當記者不好好當，被報社kick out（踢出來），有沒有這回事？」梁博士講話的口氣忽然就不像梁博士了。

「有，我和報社長官意見不合，不想讓長官決定什麼可以寫、什麼不能寫。結果我的報導替長官惹了一些麻煩，台北政壇被我這篇報導搞得雞飛狗跳。小弟文章一見報，自知惹了禍，二話不說就走人，可沒丟附中人的臉。」

「其實吳一覺跟我就這麼講的，我故意激你一下，就是要聽你親口講一遍才過癮。」

丘守義一口將咖啡喝了，問道：

「欸，菲立普．梁，你的中文大名是啥？」

「梁斐立，文采斐然的斐，立正的立。」

「怪不得，洋人不叫你菲立普都不行。」

梁斐立笑道：

「我的洋名是附中教我們英文的小楊老師給取的，那時候大家取洋名盡可能跟中文名字扯一些關聯；班上有個同學叫伍小虎，於是他的英文名自然就叫Tiger伍，沒想到十年後另一個叫Tiger Woods的美國人成為全世界最厲害的高爾夫名將，那時伍小虎也到了美國，在華府一家生物技術公司作研發工作，我們老同學及他的同事乾脆就叫他老虎伍茲，風光一時。」

「伍小虎打不打高爾夫？」

「打，技術差勁到令人崩潰的程度，他揮桿打不中球，卻強求姿勢漂亮，結果第一個月就在練習場把左膝的半月板搞裂了，運動傷害專業醫師說他執業二十年只第二次遇到這種『早傷』病例，就苦口婆心勸小虎別打高爾夫了，改用晨泳代替。哈，小虎他一整套和老虎伍茲同樣的名牌球桿就送給本人了，除了7號鐵桿和開球桿他老兄用過幾次，幾乎就是全新的，我是亂感動的，就答應小虎一定勤練球技，絕不有損Tiger Wu在江湖上的萬兒，哈哈哈。」

守義對高爾夫球一竅不通，便改變話題，問道：

「菲立普，我問你一個問題。從台灣看美國，我們覺得美國的民主政治出了很大的問題，你在美國二十年，你的感覺如何？」

梁斐立扶了扶眼鏡，沒有回答，似乎這個問題太過籠統，一時不知從何答起，守義也察覺到自己的問題問得有點蠢，便改問道：

「一般的美國人，我是說中產階級的，他們對美國的國家、社會、經濟最大的關切和最大的不滿都是些什麼議題？」

梁斐立笑答道：

「你修改了你的問法，其實還是一樣太籠統，難以精準地回答，這樣說吧，美國社會這十年來愈來愈走向分裂，貧富差距已經使中產階級為之崩盤，全美百分之一的富豪擁有的財富已超越其他百分之九十九人口的總財富，舉例說，你知道有個康乃狄克州吧？」

「嗯，耶魯大學的所在州。」

「康州最頂層百分之一的富人平均年收入大約是三百萬美元，其他九十九趴的州民年平均收入只有不到六萬，相差五十倍。欸，這是什麼世界？」

「以美國健全的民主制度，難道沒有辦法遏止這種惡質情形繼續發展？」

梁博士露出一個很有「深度」的微笑：

「我們曾有先賢精心設計的政治制度，但是施行久了之後，人民對政治的熱忱降低，認為有健全的制度在運作，誰來執政其實沒有太大的差別。老弟，你知道我們總統選舉的投票率是多少？有時不到百分之五十，過去我是一個崇拜美式民主的人，我以為投票率低代表一個成熟的、對制度充分信任的民主社會，到今天我才覺醒這個想法錯得有多厲害。因為全國一半的人不在乎誰作總統，剩下一半的選票如果受到鈔票和民粹的影響，哪怕幾十

【阿

分之一的選票受影響，大選的結果就可能勝負翻盤了。老弟，你知道這裡選總統合法的政治獻金是多少嗎？十億！十億美金，這個可怕的法案叫做「超級政治行動委員會」（Super PACS）！」

守義聽到「十億美金」嚇了一跳，但他深信美國乃是民主法治之國，脫口就說：

「美國既有法律規範，這些政治獻金的運用一定要透明合法吧？」

梁斐立搖頭道：

「當然透明合法！這裡面最可怕之處就是『透明合法』四個字，歷代政客們立了許多法，鉅細靡遺，無論是遊說、關說、獻金、作帳……每樣操作都須依法，嚴密地建構了我們合法的官商勾結體系，而且尺度逐年愈搞愈大，終於到了尾大不掉的地步。」

丘守義聽了覺得相當意外，他用請教的口吻說：

「梁博士，美國的制度縱使有問題，還是比獨裁集權的體制來得好吧？」

「我不是學政治學的，不敢妄作定論，只是從美國這二十多年來的變化，親眼看到這個國家崇高的立國理想年復一年的敗壞，到今天美國的選民選出一群對自己道德要求甚低、無事不以商業利益視之、甚至不時爆出性侵事件……的人來決定國家政策，偏偏有相當龐大的選民事事不問是非、唯問敵我，整個國家陷入嚴重分裂，於是國際事朝三暮四，國內事反覆延宕，效率每況愈下了。集權國家至少有一點可取，便是它的治理效率相對高，你問美國的國力、社會、經濟……中產階級如小弟者怎麼想？我最關心的就是剛才說的這些根本議題，可悲的是，這些議題根本無解……」

守義聽了打從心底感到一陣失望和悲哀，他搖頭道：

飄】

「你剛才說整個國家陷入嚴重分裂，這正是台灣社會兩極化的寫照；台灣有國家認同分歧的問題，美國號稱是民族大熔爐，我不懂為什麼也會變得如此兩極化？」

梁斐立想了想，很認真地回答：

「前不久《紐約時報》有篇文章談到這一點，作者是喬治城大學政治系的教授，他說美國社會近年走向兩極化，其嚴重情形是南北戰爭後所僅見，主要原因是這個國家失去了兩個民主政治中最核心的要素：包容心和使用權力的節制。」

守義沉思片刻，搖頭嘆道：

「我在台灣跑政治新聞，每天追逐的所謂『新聞』，很多是政治人物粗痞的言行、陰狠的鬥爭，以及他們搞出來的粗心、粗糙、粗暴的政策和法律。整天沉溺在這種沉淪的人和事裡面，我對自己國家的前途感到悲觀。台灣一切向美國老大哥學習，好的沒學到，毛病都學到位。我總以為美國老大哥國強民富，他們的制度必然有其優越的地方。聽學長這麼一說，我只覺更加悲觀了。」

梁斐立聽了也搖頭道：

「我在美國看台灣，倒是覺得近年來台灣的民主運作愈來愈『先進』，反而是美國政治人物努力向台灣學習各種奧步哩！」

「有這樣的事？什麼『奧步』？」

「選舉的奧步呀，我們有一個政黨，執政的時候讓有錢人賺更多錢、繳更少稅，他們賺的錢到下次選舉時就回饋這個政黨，讓它繼續執政；另一個政黨上台了就拚命撒錢，搞社會福利，搞到全國百分之四十五的家庭不用繳聯邦所得稅，三分之一的美國人領社會福利，這些人下次選舉時當然要投票讓這個政黨繼續執政……」

守義苦笑道：

「你說的也有點道理，我們台灣這些方面是超能幹的，你說的前一種，我們有位企業大咖把它叫做『藏賄於民』，後面一種我們叫做『政策買票』。說穿了，大家都是用選票換鈔票，然後用鈔票換選票，持續執政。」

梁斐立聽了哈哈大笑：

「沒錯吧，台灣比較先進，美國只有一個『肉桶立法』勉強拿得出來差可媲美。」

丘守義搖頭嘆道：

「在台灣大選結束後，當選人最愛說的一句話是『高興一夜就好』，本來的意思是說明天就捲起袖子為老百姓幹活，現在的意思是說明天就要全力為連任打拚。」

梁斐立笑道：

「這一點是台灣比較先進，美國正在追趕之中。」

丘守義也笑道：

「差別其實在於你們做得比較含蓄文明，我們幹得比較直接粗暴，你們制度中惡質的運作方式到了台灣翻陳創新，已經青出於藍了。」

一旦離開嚴肅的討論進入耍嘴皮，兩位附中校友立刻就流利起來，你說一句我加一句地樂開了。

等到吃完牛排和紅酒，兩人已成莫逆，無話不談。喝到七分的丘守義走路有一點蹎踣不穩，梁斐立陪他走回旅館，守義一把拉住他道：

「菲立普，你真夠意思，我要告訴你一個天大的祕密。」

梁斐立以為他在說醉話，便扶他一把，往電梯走去，丘守義湊近他耳邊低語：

「剛才吃飯時，聽你說在海軍研究實驗室研究下一代的通訊科技，我告訴你，台北阿飄用的通訊科技比你們不知高明多少……」

梁斐立一怔問道：

「你怎麼知道？」

「我和他通過e-mail，他隨時進入我們的網路系統，而且隨意變換、占用帳戶，完全無法追蹤，要用他提供的『附件』才能回信……」

梁斐立停下身來，拉著守義到旅館大廳角落的沙發椅坐好，瞪大了眼睛，壓低嗓子問道：

「你和阿飄通過e-mail？你在年會演講時沒有說實話？」

七分酒意的丘守義膽子壯了起來，用英文回道：

「Of course truth, but not all the truth!」（當然是實話，只是沒有全盤托出。）

梁斐立忍不住笑了，他續問道：

「你為什麼要隱瞞『部分』truth？」

「我和吳教授講好不提contact，台北的警方和國安人員已經在暗中追查阿飄，我要保護他的安全。」

看來丘守義雖有七分酒意，頭腦還清楚，梁斐立暗讚丘守義為人義氣，問道：

「那你現在為什麼又告訴我這個祕密？」

「我看你為人義氣，又是附中的……」

梁斐立暗忖道：

「這算是什麼理由？附中畢業的王八蛋多的是，華盛頓ＤＣ我認得的就有……就有三個。」他還真在腦中認真地計算了一下。

「你到ＤＣ後還有沒有和阿飄通過e-mail？」

丘守義的聲音低而模糊，在梁斐立耳邊喃喃地道：

「阿飄此刻就在ＤＣ。」

「什麼？阿飄跟你們一道來到華盛頓ＤＣ？你……你不要嚇人！」梁斐立快要昏倒了，聲音也開始顫抖，不知是不是因為也喝了不少，太陽穴青筋暴露。

「他……他和我……搭同一班飛機，可他沒有買票。」丘守義有點大舌頭了。

「他如何登機？如何通過安檢？」

「他會隱身……還有，他會飛。」

梁斐立幾乎確定他是在藉酒胡言亂語，丘守義忽然掙扎著從沙發上站起來，東歪西倒地衝向旅館的大門。梁斐立吃了一驚，恐他有失，連忙跟了上去。只見丘守義從旋轉門衝了出去，站在大門口兩邊張望，不知他在找什麼。

「嗨，守義，你在看什麼？是阿飄嗎？」梁斐立的聲音透著興奮。

丘守義張望了一會，似乎不得要領，便返回大廳，梁斐立決定不再跟他廝混了，拉著他去搭電梯，丘守義忽然問道：

「菲立普，剛才你有沒有看到一個年輕人在大廳那邊走來走去……」

「一個年輕人？我還看見好幾個哩！你在胡搞些什麼？」

或許是在大門口吹了一陣冷風，丘守義反而清醒了不少，他口齒清晰地道：

「一個穿黑襯衫的年輕人，手中提著一個長形的皮袋，一頭長髮像彈簧一樣隨著他走動上下抖動……」

「沒看見，這個年輕人怎麼了？你認識他？」

「不認識，他是……我在台北見過一次，今天在林肯紀念堂外也看到他，只一閃就進入人群不見了。」

梁斐立見他愈說愈亂了，便道：

「守義，我送你上房間去吧，早點睡，明天早上九點我來接你和吳教授去參觀海軍研究實驗室。」

他心中忖道：

「剛才聽到的一切太過驚人，我只好等到明天這傢伙清醒了，私下跟他搞個清楚。」

不料他們分手前，丘守義忽然問了一個很正經的問題：

「老哥，你說你在那研究下一代的通訊科技，能不能請問是什麼科技？和什麼量子糾纏理論有關聯嗎？」

梁斐立沒有多想，口中便答道：

「嗯，量子通訊。」

他心中卻暗道：

「原來這傢伙並沒有醉，腦子清醒得很哩。」

丘守義一覺睡到翌晨七點半，被電話鈴聲吵醒。到美國來的時差總算適應了，加上昨晚喝了半瓶紅酒，好不容易睡了個好覺，可以一補前幾日的不足；但被電話吵醒，還是一肚子的不爽。

接起電話，是梁斐立的聲音：

「守義，不得了，阿飄上了此地的媒體……」

「你是說華府媒體報導你們開年會的新聞？」

「不是，是阿飄被布設於國防部五角大廈公關室外的特種相機拍到，真的只有臉沒有身體，就像你演講時秀給大家看的照片，只是更加清楚……五角大廈的公關單位中一個值夜的打工學生覺得好玩，居然擅自傳給了《今日美國》（*USA Today*），今天以大版面刊出。他們的記者也真厲害，報導中提到了前一陣在台北阿飄的新聞，結尾處居然提到華人UFO年會邀請到最早發現台北阿飄的丘守義先生來華府演講……」

丘守義完全清醒了，他被這個消息驚呆了，一時不知如何接下去，耳中傳來梁斐立的話：

「《今日美國》用的標題是『台北UFO現身華府？』，副標題是『五角大廈拍到UFO的臉，沒有身體』，夠聳動吧！」

「他們是否知道我仍在華府？」

「肯定的，我猜記者手上有我們年會發給大家的資料。他們今天就會找上你，你可能要有心理準備。」

丘守義把今天可能發生的事很快地在腦中轉了一圈，冷靜地回答：

「我不怕，萬一記者找上來，我把阿飄的故事再講一遍就是，反正不會超越年會中演講的範圍……」

梁斐立打斷他：

「你昨晚跟我講的可一定要保密啊！」

「沒錯，昨晚講的就只我倆知道，不入六耳……」

梁斐立在電話的另一端聽了這話，忖道：

「守義昨晚講的果然並非醉話，全都是實情；哇塞，真驚世駭俗啊！」

丘守義不等梁斐立回話就繼續道：

「菲立普，你老哥能不能早一點來接我，如果有記者到旅館來找我，讓他們撲個空，我們早些到你研究室躲起來。」

「沒問題，二十五分鐘到，你來得及？」

「足夠了，我在門口等你！」

《今日美國》的記者一男一女趕到旅館，正在櫃台請求撥內線電話給丘守義，守義已經坐在梁斐立的休旅車上了。

梁斐立不斷從反光鏡中後視，確信沒有可疑的車輛跟蹤，換了幾條路，終於上了三九五號公路，接上六九五號公路，跨越安那考斯迪亞河就上了二九五公路，向南直奔DC特區最南端、波多馬克河邊的「海軍研究實驗室」。

到這時他才稍覺輕鬆地道：

「守義，記者們今天找不到你了，他們也找不到我，因為今天我休假，手機也不開機。」

坐在梁斐立右座的吳一覺教授認真地把《今日美國》報上有關台北阿飄的新聞讀完，把報紙遞給後座的丘守義，一面道：

「萬料不到阿飄竟跑到美國來了，也不知道是不是同一個阿飄？你看這張照片有多清楚，簡直像是高清電視的畫面。」

丘守義看了一眼那張彩色照片，果然十分清晰，從那張臉孔來辨認，丘守義確知他就是司馬隨意。那篇報導是一個署名黛安・沃芙（Diane Wolf）的女記者單獨撰文。

「這張照片確實厲害，我在台北親眼看見的也沒有那麼清楚，更別說慌忙間用手機拍的那種品質，完全沒法比。」

梁斐立一面點頭一面沉思，過了一會道：

「不得其解。」

丘守義聽了一頭霧水，問道：

「什麼不得其解？」

「從報上的報導推測，拍攝阿飄的監視器應該是裝在五角大廈外圍公關部門的西側——那邊我去過多次，比對照片的背景也確實沒錯，但是從背景中的建築物來判讀，當時阿飄離地面起碼有四、五十公尺高，可是你看看整張照片的清晰度，包括背景的大廈，每個窗戶，窗戶裡的遮陽百頁簾的條數都歷歷可數，這代表什麼？」

【飄】

丘守義不懂就問：

「代表什麼，菲立普？」

「代表軍事規格的光學設備用上了。我說五角大廈公關部門那裡只不過是國防部與民眾互動的所在地，怎會用這樣高規格的攝影設備？更奇怪的是，監視器是仰角對著天空的，你不覺得很奇怪嗎？」

吳一覺嗯了一聲，道：

「我們外行人看不出什麼名堂，經梁兄行家一指點，果然很不尋常。另外，我也有一點覺得奇怪，我們的年會也就是一個華人ＵＦＯ熱心者的聚會罷了。如果我沒看漏，年會那天就只有幾個華人的媒體在現場。怎麼會才隔一天的時間，《今日美國》報社的記者就掌握了我們大會全部的資料？」

這個問題其實也存在丘守義和梁斐立的心中，這時吳一覺一提出來，都覺得有些奇怪。丘守義試著解釋：

「大會那天少說也有近百人來聽演講，難保其中沒有人剛好認識那個《今日美國》的記者，把大會資料交給她，然後剛好這張照片誤打誤撞被一個值夜的工讀生傳給了她……」

「那麼多『剛好』，剛好都給了同一個女記者，這有點巧吧。」

梁斐立搖頭道：

「雖然有點巧，但也不是不可能。可五角大廈用超高軍規的設備對空搜索，更令我覺得不可思議……」

他想了片刻，忽然冒出一句：

「另外一個可能，你們還記得這次辦年會，從頭到尾有一位尊貴的不速之客……」

「啊，前參議員哈瑞士．羅勃森！」守義和吳一覺同聲叫出來。

梁斐立點頭道：

「羅勃森擔任參議院軍事委員會主席多年，五角大廈裡到處是他的熟人。」他說到這裡就打住，吳一覺問：「So?」

梁斐立沒回答，他的休旅車從二九五號公路下到奧弗洛克街（Overlook Ave），再行一公里左右就到海軍研究實驗室。他看了一下後視鏡，可以確信沒有記者能來打擾了，因為媒體人沒有特許是不可能進入院區的，這時他才回道：「So，是他通知了五角大廈。」

丘守義回到旅館時已是深夜，櫃檯服務員認出他，就把一張名片遞給他道：

「《今日美國》報社的兩位記者來了兩次，您都外出，這位女記者留了名片給您，請您和她聯絡。」

丘守義看那名片，正是寫那篇報導的記者黛安．沃芙，他謝了服務員，並再次囑咐櫃檯，他不接任何電話。

沖了一個淋浴，正要就寢，司馬隨意的電郵來了。

我被發現了。電視上看到我的照片，是我飛到一個五角形的巨大建築旁時被拍到的，他們的攝影和通訊技術非常厲害。比台北厲害很多。我被人鎖住大約十分鐘，後來還是被我反制脫身。

你明天要回台北，我要留在美國，這個國家的各方面十分有意思，我想再弄清楚一些事。再見。

丘守義記得司馬隨意曾說他來美國是要搞清楚美國制度的設計和國家的運作，於是他立刻用新的附件軟體回道：

「我也是第一次來到美國，這幾天的觀察，對美國的制度和運作有一些看法，和台灣的情形做了些比較，應該都對你來此的目的有些幫助。我需要一點時間把看到的和想到的整理一下，請你一個小時後再來信。」

「ok, thank you, you are a good earthman, see you later.」（好，謝謝，你是很好的地球人，待會見。）

「來美國幾天，這個阿飄居然用英文寫e-mail了，他還叫我earthman，實在搞不過他。」丘守義苦笑搖了搖頭，回寫道：

「美國科技及軍事力量是地球上最強者，你已被發現，千萬小心，這裡不是台北。」

五角大廈裡一個臨時安全小組會議正在進行。

會議由國家安全局（NSA）副局長召開，與會的有國家偵察辦公室（NRO）、國家地空情資局（NGA）、中央情報局（CIA），以及聯邦調查局（FBI）的代表。比較特別的是，會議邀請了前參議院軍事委員會主席哈瑞士．羅勃森先生列席。討論的主題只有一個：「人面UFO」出現在華府，於五角大廈外現蹤。

更「特別」的，而且大家都不知道的是，那個「人面ＵＦＯ」此刻就坐在這間會議室內設的準備室中。他這回全身穿上匿蹤裝備，連臉也藏在匿蹤頭盔裡，順利闖進安全監視最嚴密的國防部，打敗最先進的偵測設備，正在用他的「耳目」，全錄與會者討論如何對付他這個入侵者。這會議室中他只認識一人，就是羅勃森前參議員。

他因緊盯廖院長，也就盯住了羅勃森，又因緊盯羅勃森，便在羅勃森渾不知情的情況下，一路「引狼入室」地把他帶來這間會議室。

會議開始時，前參議員羅勃森先把他所瞭解的有關台北ＵＦＯ的資訊簡報了一遍，主席接著說：

「根據羅勃森前參議員第一時間提供的訊息，我們推測這個ＵＦＯ極可能是為了刺探美國最高軍事及安全機密而來，我們立刻決定要求所有相關單位全面換裝軍事安全級的偵測設備，感謝羅勃森前參議員的情報，我們果真拍到了這個ＵＦＯ的高畫質照片……」

助理立刻在螢幕上放出那張照片，坐在準備室裡的隱形人欣賞到自己飛翔的英姿，讚賞之餘也不得不對美國的監測科技暗自點頭。

會議室中各個國家安全單位的官員開始發言討論，司馬隨意開始還聽得津津有味，後來大家愈扯愈遠，夾雜著一大堆政府單位的名稱縮寫，一會兒ＮＳＡ、一會兒ＤＳＣＡ、ＤＳＳ、ＮＧＡ……ＰＦＰＡ，便覺得無聊起來。

好不容易主席作結論了，國家安全局的副局長站起來道：

「根據大家前後兩次的討論，我們似乎可以暫定這個台北ＵＦＯ是具有超高科技的『入侵者』，不過我們拍到的這張照片上的ＵＦＯ和現身台北的不一定是同一個ＵＦＯ，為進一步瞭解，我們立即聯絡ＡＩＴ台北辦公室，我們將派一組專家到台北協助調查。不過國防部的專家去台北有點敏感，這件事可能需要民間公司協助掩護一下。

「第二，這位入侵者具有個人隱匿技術，又裝備有個人飛行設備，這些科技皆超越我國現有的科技水平，雖然缺乏更進一步的資訊，但我們必須將之假設為『來自外星』，我們會後立即報請長官提升本小組層級，同時國土安全部（ＤＨＳ）應加入小組。

「第三，關於對外星人偵監、通信、甚至接觸……等相關事宜須另有高科技的技術支援，建議立刻邀集國防高等研究計畫署（ＤＡＲＰＡ）、國家科學基金會（ＮＳＦ）、海軍研究實驗室（ＮＲＬ）、約翰霍普金斯大學應用物理實驗室（ＡＰＬ）、國家科技局（ＮＩＳＴ）、太空總署（ＮＡＳＡ）、海洋暨大氣總署（ＮＯＡＡ）、國家衛生研究院（ＮＩＨ）等單位的專家組成專案技術支援小組。

「第四，由於本部公關部門的雇用人員將機密照片洩露給媒體，這種事絕對不能再發生，從此刻起，本案一切資訊列為極機密檔案，建立分層限閱系統，並嚴禁與媒體接觸，如有必要，由本小組統一對外發言。」

主席結論完畢，起立環顧大家一眼，羅勃森舉手發言道：

「關於主席方才提到國防部專家去台北需要身分掩護一事，敝公司和台北高層有特別管道，掩護之事就由我們來協助。」

主席伸出大拇指：「太好了，謝謝參議員。」

與會者sign off待要離開，然而就在這時，會議室外有人敲門，助理開門與來人低聲交換了幾句，一臉嚴肅地帶了兩個身著警服的大漢進來。

走在前面是一個身材魁梧、相貌英俊的白人，看上去有幾分像動漫及電影裡的「美國隊長」；另一個則是一臉聰明相的黑人，有點像年輕時的丹佐．華盛頓，他背上揹了一個背包，手中提了一個黑色的箱子，看上去有相當的重量。

白人警官行了一個舉手禮，恭敬地報告：

「對不起，長官，ＵＳ五角大廈警官亞倫．比德隊長報告，我們這一區電子安檢系統出了一些問題，上級要求我們這一翼逐室作電子偵檢。要麻煩各位稍待一會，等我們作業完畢後再離開。」

國安副局長奇道：

「為什麼不等我們散了再好好檢查？」

比德隊長道：

「長官，我們電子安檢系統的毛病就出在各位進來的時候；各位長官先前一共經過三道安檢，但事後安檢系統的電腦回報，每次各位通過時，系統都會當機一次，也許只有一秒鐘吧，但連續三次當機就可能很嚴重了。所以我們不但要偵測這間會議室，還要偵測在座的每一位長官！」

與會人士聽了都大為吃驚，在座的「國家偵察辦公室」官員本人就是電子物理專家，他忍不住發言問道：

「比德隊長，我是ＮＲＯ電檢組的卡茲曼博士，請問所謂連續當機是什麼樣的情況？電腦的回報是怎麼寫的？請說清楚一點。」

比德隊長瞪著眼看了卡茲曼博士一眼，略顯不耐地回道：

「報告長官，就是你們每次通過檢查站時，偵測系統都會當機一次，過了一秒鐘，又自動恢復，連續三個檢查站都是如此……」

他的再說明宛如跳針，沒有任何新的訊息，卡茲曼博士皺眉正要打斷他，那個黑人技術員開口了：

「長官們，華盛頓警員請求發言——」

比德隊長側目瞪他一眼，副局長點頭笑道：

「你姓華盛頓？名字不會是丹佐吧，酷啊，請講。」

華盛頓警員大聲道：

「謝謝長官，我叫史提夫．華盛頓，和丹佐沒有關係。事情是這樣的，所謂系統當機三次，每一次當機時通過的人並不是同一個人，這在『故障回報系統』中很清楚地記錄。此外，當機一秒鐘即恢復，操作人員重新設定後，各位皆正常通過安檢。所以技術上說，各位不需要接受我這手提式偵測器再測一次，但是，上級……上級不放心吧，要求我們再測一次，請各位長官體諒。」

卡茲曼博士聽了微笑，暗忖道：

「這個『丹佐．華盛頓』比那個『美國隊長』智商起碼高十分。」

副局長道：

「瞭解，你們職責所在。」

華盛頓警員設定好手裡偵測器，在會議室裡轉了一圈，然而進入準備室去偵測，忽然之間他驚叫道：

「喔我的天！又當機了……」

一秒鐘後，「ＯＫ，恢復了，這……這是怎麼回事？」

飄】

CHAPTER 09

恐嚇信

丘守義一回到台北，立刻約何薇到他家會面。守義的計程車到家時已經晚上十點鐘，他竟然找不到開門的鑰匙。他一直記得出國時帶著鑰匙的，但不知為什麼一時找不到了。

「還好何薇有一支。」

他只好在自家門前乾等何薇來開門。

拖著小行李箱在巷子裡踱了三個來回，心想：上回是何薇沒有新門鎖的鑰匙，在這巷子裡來回踱著等他送鑰匙來，這回主客易位，換成他在踱方步了……忽然一個念頭閃過：

「等一下，那人……那個在華府碰見的眼熟『陌生人』，不就是在這巷口遇見的年輕人嗎？何薇曾說那個帥哥秀髮飄逸有如一頭細絲彈簧……不錯，就是他。這個陌生人在這巷口和在華盛頓ＤＣ一共三次出現在我眼前，這純屬巧合，還是代表什麼特別的意義？」

他想了一會雖然不得要領，但至少解開了在華府時苦想不出何時見過這人的困惑，所以還是有點釋然的快感；就在這時，何薇的計程車已到了巷口。

進到屋裡，兩人自有一番小別勝新婚的激情。然後，何薇正要開口，守義已先說了：

「阿飄已經被美國軍方發現。」他一面從小行李箱的夾層中抽出那份《今日美國》報，何薇看了那張照片，點頭道：

「台北今天的晚報已經轉譯了這條新聞，由於阿飄在這段時間並未繼續出現在台北，因此晚報的標題是『台北阿飄人間蒸發，原來去了美國』，很天才。」

守義把美國之行的經過擇要敘述了一遍，何薇愈聽愈不安，尤其聽到守義和梁博士談到和阿飄通 e-mail 的一段，她忍不住擔憂地道：

「你和那個梁博士初識，就把司馬隨意的底全透露了，聽你說他是在美國海軍研究實驗室工作，這樣會不會為司馬隨意造成危險？」

守義和梁斐立一見如故，幾天相處就無話不談了，事後其實也有點自責說得太多，才會在離美前發出的最後一封電郵中特別叮囑司馬隨意千萬小心，多少反映了他擔憂的心情。此時聽何薇帶著七分擔心三分抱怨的問話，不禁有些尷尬，只好含糊地回答：

「不會的，菲立普答應我守密，他絕不會出賣我，再說，他是附中的學長欸。」

何薇忽然有點無名火，她抗聲道：

「什麼附中學長？隨便碰到一個附中校友就讓你掏心掏肺？我最受不了附中校友這一套！哪有一個學校的校友每次聚會一定要唱校歌？去ＫＴＶ也要點附中校歌，神經病啊，全校男女生都是這德行。」

守義笑笑沒有回嘴，他的認知裡，梁斐立不止是校友，更是個夠朋友的人，這種感覺跟何薇沒什麼好爭辯的，於是他換一個話題：

「妳的BS2-1案呢？」

何薇也從她的包包裡掏出一份報紙，翻到第四版，幾乎整版都是BS2-1案的報導，何薇領銜主稿。

「今天見報的，你整天在飛機上，諒你沒看過。」

丘守義很快地從頭到尾讀完，伸出大拇指讚道：

「何薇，真有妳的！」

「可惜案中要角只採訪到翁偉中和廖的心腹大將游政，我一連三天找廖淳仁，他都不接電話，是這篇報導可惜之處。」

守義道：

「妳採訪到BS2-1的地主代表呂教授，由他親口陳述『台光開發公司』和『百利聯盟』拉扯爭取地主們的同意書，這一招十分關鍵，鋪陳了這些複雜的關係，然後再爆出兩家公司的背後一個是翁偉中，另一個是彭金財議員，案情便有張力了。」

「下面也不用我去挖了，我點了火，自有人去深挖，這部分後續的發展潛力很大。」

「那北捷凶殺案呢？妳在側寫篇裡點到凶手彭金發是老牌通緝犯，和彭金財議員是兄弟關係，似乎在暗示什麼？」

何薇面帶得色，很認真地道：

「我這裡還提到『百利聯盟』的聯絡人彭茂田，這裡有三個姓彭的，他們之間的關係有待釐清，我估計這裡面還有爆炸性的內幕，等著看下集吧。」

守義道：

「以我的經驗來分析，北捷上的凶案恐怕和本案並沒有關聯，應該是凶手精神異常，隨機殺人，其中一位受害者碰巧是BS2-1的地主之一，這就把弊案和凶殺案攪到一塊，檢警要想釐清就辛苦了。」

「我也覺得兩個案子沒有一定的關聯……」

「那妳為何要在BS2-1案的報導中故意大篇幅提北捷凶殺案？」

「戲劇張力，用你剛才說的話。」

「拜託，妳是在寫新聞報導呵！我是說『案情』的張力，可沒有說戲劇張力。」

何薇搖了搖頭，有點無奈地道：

「守義，讀者是我們存在的理由，有一天沒有讀者了，我們寫給誰看？以前我們被老師教導，寫出的新聞報導要注意故事性，甚至說沒有故事就沒有可讀性；如今，記者與讀者的互動教導我們，徒有故事性還不夠，要有戲劇性才是好的新聞報導……」

守義忍不住打斷她道：

「慢點慢點，妳是說寫新聞報導要像寫劇本？」

何薇反問：

「我是說，即使全都是有實據的新聞素材，不同的記者寫出來的感染力、震撼力可以有天壤之別，為什麼？」

守義在思考，何薇已經接著說：

「那是寫稿記者功力的差別，以前講究的是文字的功力，後來要看故事的描述功力，如今愈來愈講究文字的戲劇張力。以前我不很懂，直到有一次我和一位作家和一位導演吃飯聊天，作家拿他的作品改寫成的劇本給導演看，導演只說了一句：這個劇本的故事很棒，可惜沒有戲。我起先聽不懂，好故事怎會沒戲？後來慢慢地我能體會了，這是一個素材呈現的藝術性問題。守義，你不否認吧，同一個故事兩個人來說，效果也可以差天差地？」

守義仍不能完全被說服，他用強調的語氣道：

「何薇，妳每天面對的是新聞，不是故事，這兩者之間還是有差異的……」

「不，只要我們談的素材不是捏造的，『新聞』和『故事』之間的差異已經消失了，剩下的是如何呈現它，使它輻射出強烈的感動力……」

「何薇，我發現妳已經妥協了妳的原則，妳們那個報社不能久待，近墨者黑。」

「你又一竿子打翻一船人，報社裡也不全是你討厭的那幾個王八蛋，也有很好的人。」

這時候，守義收到了司馬隨意的電郵。

我去了五角大廈內部，他們的安全小組正在開會商量對付我，我旁聽錄下了全程。如附件。

五角大廈的科技和安全系統很厲害，比台北強一百倍，我通過安檢站時，除了全面匿蹤從上面飛過，還發射強力干擾，讓安檢系統當機一秒鐘，我就一閃而過。

你寫給我的訪美觀察很厲害，看到好多我看不到的事，感謝。

我會很小心，你也要小心。

守義從簡單的文字中讀出了司馬隨意的感情，似乎已經把自己當成好友，拳拳互勉之意躍然信中。他想到從辛亥隧道車禍現場初見阿飄，到這次在華府相互關切的過程，其間的變化詭異離奇，實在不可思議；想著想著，一時竟發呆了。

何薇伸手在他眼前揮了一揮道：

「醒來，著魔了嗎？快打開附件，看司馬兄送給你什麼好東西？」

打開附件，才看了五分鐘，兩人驚駭地對望，何薇低聲道：

「是五角大廈安全會議的實況，那個前參議員也在裡面——他怎麼攪和到阿飄的案子裡？」

守義恍然道：

「果然是他！這個羅勃森本人也是一個ＵＦＯ迷，他參加我們駐華府蔡代表的餐宴，在那裡得知全球華人ＵＦＯ年會在華府召開的事，竟然向主辦單位要了一張邀請卡，全程參加了年會，也聽了我的演講。顯然是他拿了年會資料供給國防部，國防部才能那麼快以軍事規格的監視設備拍到這張阿飄飛翔的照片，清晰度遠超過尋常……」

他們耐著性子看完全程，看到會議的結論時，不禁面面相覷，何薇嘆了一口氣：

「唉，看來司馬隨意已經成為美國的國安問題了。」

守義露出憂心忡忡的表情，何薇問道：「很麻煩嗎？」

「妳聽會議的結論，他們要提升專案小組的層級，增加更多政府的安全相關單位，單看那個技術支援小組的成員就嚇死人，似乎美國政府和民間重要的科技單位一網打盡……」

何薇也感到憂慮，她接著道：

「還要派專業人員到台北來協助ＡＩＴ的調查工作，可以說正布下天羅地網要抓捕阿飄。他……阿飄只單槍匹馬，在華府ＤＣ最敏感的地方四處趴趴走，真為他捏一把冷汗。」

守義點頭，連忙回信寫道：

「他們要在華府布下天羅地網捉拿你，你除了小心之外，暫時不要去政府及軍事要地，再不然就回台北來。」

司馬隨意的回話很快就到。

「請教，『天羅地網』是什麼意思？是不是等於『十面埋伏』，我熟知的故事都是漢武帝以前的，這是講楚漢相爭的事，天羅地網和項羽有關嗎？」

守義和何薇不懂他為什麼忽然說到漢武帝，不禁哭笑不得，只好勉強回道：

「不錯，意思差不多。你還想去哪些地方？」

「華盛頓ＤＣ我玩得差不多了，還想去兩間博物館，一是國家藝廊，一是國家航空太空博物館，然後就要離開去別處走走。請放心，離開華盛頓，他們更偵察不到我，我可以現身到處玩耍，我的觀察報告寫好了就回台北。」

守義正想問他下一站去哪裡，司馬隨意已經關機。守義想想不問清楚也好，他老兄已經成為老美國安單位眼中的全民公敵，知道他的行蹤本身就有危險。他忖道：

「知道他行蹤的人愈少愈好，老美的科技對付阿飄不足，對付我們這些麻瓜綽綽有餘。」

何薇盯著守義手機上的對話迅速自動刪去，心中若有所思，忽然她想起一件事。

「守義，忘了告訴你，兩天前我帶了資料躲到你這裡來，寫完BS2-1案的新聞稿，整個下午沒有人知道我躲在這裡，手機也關掉，寫稿的效率特佳，想不到來了一位不速之客，敲門敲得急……」

「誰？誰來我這裡？」

「我也十分納悶，本想不理會，又怕真有重要事耽誤了不好，開門一看，竟是你那個警官朋友程士雄。」

「他來幹什麼？」

「我也問他相同的問題，他說汀州路開咖啡館的祁老闆很欣賞你，老闆的兒子在台南市當文化局副局長，聽他老爸說到你，很想跟你認識，程警官希望你回來後給他一個電話。」

何薇回到報社辦公室，辦公桌上放了一封掛號信，報社的收發室代收了送到她桌上。雙層牛皮紙的信封，看信封凸起的樣子好像裡面除了信件還有什麼其他物件，是小禮物？信封上寄件人是「倪芝」。

「倪芝？不記得有什麼朋友叫這名字的。」

她拆開抽出一張摺疊兩道的Ａ４紙，一顆子彈隨著抽信的動作滾落在辦公桌上，何薇嚇了一跳，下意識地快閃到桌底，抱頭蹲了下來。

沒有發生任何事。何薇這才警覺到自己這個動作很沒必要，不過她對自己的反應還算滿意，雖然有點慌張，總算沒有歇斯底里地尖叫。

她打開信，只見上面寫著：

「何小姐無冤無仇窮追不放必遭報」

飄】

看字體明顯是電腦文書現成的字型，看內容威脅性十足，加上一顆子彈，意思很明白了。

何薇已經冷靜下來，她很小心地把信紙放在桌上，盡量避免手指觸碰那顆子彈，掏出手機拍照存檔，然後才帶上門鎖，很鎮靜地向大辦公室裡的記者同仁宣布：

「我收到一封附有子彈的恐嚇信，請立即通知安全人員，還有，小金，請你幫我報警！」

何薇交代完了才上樓去向長官報告。心中忽然閃過一個想法，寄件人叫「倪芝」，似是「妳知」的諧音。

「妳知」，我該知道是誰嗎？

丘守義接到何薇的電話，他冷靜地安慰她：

「何薇，妳那一整版的報導顯然打到要害了，BS2-1案中誰最心虛，子彈就是誰寄的。妳不用慌，除了例行報警外，我來找朋友想想辦法，總之，stay cool, do not panic（保持冷靜，別驚慌），等我電話。」

剛從美國回來，講話中夾幾句英文，好像滿自然的。

接著他撥了程士雄的手機號碼，程士雄在通話中。守義沉澱一下思緒，暗忖道：

「BS2-1案裡被何薇爆料最受傷的首推廖淳仁，其次是翁偉中，至於彭金財其實本來不是主角，卻因他那通緝在案的神經病兄弟在捷運上殺人，才被捲入案子的核心，這一點何薇要負很大的『責任』……要不是她迷信什麼新聞的『戲劇張力』，也不會給這個有黑道背景的議員那麼多的媒體曝光……」

他理清了思緒，便開始找結論：

「廖淳仁院長雖然受傷最重，但以他的地位最不可能做出送子彈威脅媒體人的事；彭金財雖然在案中的參與程度最輕，卻是對何薇最火大的一個，再加上他的黑道背景，倒是最有可能做出恐嚇威脅的事……」

這時手機鈴響，是程士雄回電。

「喂，丘桑，找你嘸好找啊，電話打沒人接，親自拜訪碰見你厝內人，卡水欸某……」

「不好意思，我臨時決定去了美國一趟，聽說你找我，有啥事啊？」

「還記得在汀州路開咖啡館的祁老闆吧？他小兒子在台南文化局做副局長……」

「怎麼不記得？就是那個作家祁懷士。祁懷士怎麼了？」

「祁老闆把認識你的事和他兒子講了，他兒子很想和你見面交個朋友。」

「啊，可以呀，找哪天有空我們可以約在祁老闆的咖啡店聊聊，我請他喝咖啡……」

程士雄打斷他道：

「開玩笑，哪裡會要你請，祁老闆說他兒子的長官想多打些全國性的知名度，想和台北的媒體界多交些朋友。丘桑，你那個尚水的女朋友是媒體主管，一定要結識一下的，就請你們兩位一起來……」

守義笑道：

「原來找我是假，想認識何薇是真，不過也沒差啦，你來約一下就好，我也想認識祁懷士這一號人物。倒是另外一件事，我想要聽聽你的意見……」

飄】

「啥事？阿飄的事嗎？」

「不是，晚報說阿飄去了美國，哈，你們的獵飄專案小組可以鬆一口氣了。剛才不是提到何薇嗎？她遇到一點麻煩，想問問你怎麼處理比較好……」

「啥米麻煩？」

「她揭發了BS2-1案的內幕，這篇報導登了一整版，裡面牽涉到幾個大咖的人物……」

「不錯，我們局裡同事今天還在大談這個案子，失禮失禮，沒注意到原來這篇報導是你ㄟ某寫的，幹，還真精彩夠力！怎麼？這篇報導給她惹了麻煩？」

「不錯，她收到一封恐嚇信，信封裡附了一顆子彈。」

「幹伊娘，是誰幹的？報警了沒？」

「報了，我是想私下請教你，這種事除了報案之外，怎麼處理比較好？」

程士雄在電話另一端考慮了好一會，守義耐心等待，然後他聽到程士雄壓低的聲音：

「我給你講，丘桑，刑事那邊我有好朋友，我會拜託他們特別照顧美女記者，你嘛把美女的聯絡方式Line給我就好，我保證她二十四小時有人保護啦。」

「何薇工作關係需要四處趴趴走，你們警方哪能花那麼多資源……」

「欸，丘桑，這不關你媽的事，我的朋友一面保護美女，一面布個局引歹徒上門，就順便來逮一逮。」

「這樣說，何薇倒變成你們辦案的餌了。」

【阿

台北市重慶南路二段，從愛國西路起屬於博愛特區，東邊是中華民國總統官邸的外圍房舍，直到南海路口的中華文化總會，中間沒有商店；西邊的幾條巷子十分安靜，從外面看去尋常無奇，巷內幾所深院大宅曾是嚴家淦、孫運璿的公館，南邊的巷子中段座落立法院長的專用招待所，距植物園只有擲石之遙。鄰近有憲兵隊，與玉山官邸隔街相對，原是立法院長的官邸，現改為招待所。

夜已深，博愛特區少商家，從植物園一路過來，只見一盞接一盞的路燈光暈下，寂寞樹影，直是少人行。

然而此時立法院長招待所的二樓仍是燈光明亮，餐廳中一張大圓桌，一桌的宵夜佳餚，卻只坐了三個人。

廖淳仁院長左手邊坐著翁偉中，對面坐著廖淳仁的服務處辦公室主任游政。三人已喝掉了一瓶二十五年的麥卡倫威士忌，桌上一個超大的菸灰缸也堆滿了大衛杜夫牌的菸蒂，大部分都只抽了兩、三口就捻熄，看來這三位癮君子都深諳吸菸對健康有害，不惜浪費頂級瑞士名菸也要保重自己的身體，確為有識之士。

游政從廚房喚來一位身材豐滿的婦人。

「阿枝啊……把菸灰缸清一下，再拿一瓶麥卡倫來。」

阿枝年約四十出頭，皮膚白嫩，面容姣好，臉上總是帶著幾分世故的甜笑，她一面清理桌面，一面問游政：

「阿蘭姐的魚肚粥送到了，要不要現在用？」

游政揮手道：

「等一會再上，先溫著吧。」

廖淳仁臉色很不好看，他把手上的報紙摔在桌上，冷冷的道：

「這件事從頭到尾是我在幫老翁和你們的忙，一切進行得順利，怎麼到最後關頭，會搞出一個『百利聯盟』來攪局。尤其背後竟是彭金財這個王八蛋，他那個變態的兄弟居然也這時候出來殺人添亂，結果這篇報導竟把頭號箭頭指向我老廖。這他媽是怎麼一回事，老翁也該交代一、兩句吧。」

翁偉中長嘆了一口氣道：

「這是實在對不起院長了，不過老實說，這裡面有些環節我到現在還不能想清楚。唯一還好的一點是這個案子並沒有啟動，媒體上隨便怎麼亂報，就是沒有實質的東西可以寫，頂多就是一個BS2-1開發計畫的方案而已。沒有錯，方案裡是打算要解除水資源保護地的禁令，可那也是依法申請、依法審查來著呀。陳市長那邊不是已經請專家學者開過審查會了嗎？院長對地方的開發案關心一下，也不是多了不起的問題，重點是要行政部門那邊的人嘴巴關緊一點，也就沒事了……想想看，就算倒楣，白忙一場吧。」

廖淳仁聽完，點上一枝菸，吸一口立刻就吐了出來，顯然沒有吸進肺裡去，只是過過心裡的癮。

「行政部門那幾個人一定會守口如瓶，你白忙一場損失的是銀子，我這邊白忙一場，損失的是形象，你們難道不知道我要選下一屆立委嗎？」

他說時雙目圓睜瞪著游政，游政臉色微變，想說什麼但忍住沒說，廖院長衝著他道：

「別人不知道也就罷了，阿不拉，你總該知道的，我要連任院長，非得選區域立委才行。選舉就快要到了，這時候給我搞出這種負面新聞，你怎麼替我止血？」

游政搔了搔腦袋，有些尷尬地道：

「報告院長，依我的看法，這事固然是負面，但它的影響未必如您擔憂的那麼大。關心地方發展、與人為善是您一貫的為人和作風，您大可大剌剌的開個記者會，親自說明您的立場。院長為人民、為地方利益一向不怕沾鍋，這事又不是第一回，怕什麼怕？翁董剛才說要管住行政部門官員的嘴，我倒是有點擔心那個姓何的女記者手上的一枝筆……」

果然廖院長也接上阿不拉的話尾，轉向翁偉中道：

「老翁，你接受過那個何薇的專訪，這個女人到底知道多少內幕？我感覺她手上好像還有東西沒寫出來，如果我們搞不清楚狀況，貿然開個記者會說明了，她的第二集又爆出來，我這就掛了。」

翁偉中心中有氣，阿不拉對自己射冷箭，他豈有不知，其實他對阿不拉在此事中的角色很有些疑心，只是此時有些環節還沒有理清，還不到翻牌的時候，他暗忖「就讓子彈再飛一會」吧，口中卻道：

「說實話，院長，您這番顧慮還真有那麼回事，我們的案子本來勝券在握，誰想要接受那個女記者的專訪？但後來忽然殺出一個彭金財的『百利聯盟』，而彭的兄弟好死不死又在捷運上砍殺一個BS2-1的地主。我忽然覺得那個何薇不簡單，她好像掌握了我們計畫的內幕，而且也知道彭金財議員為何進來攪局的內幕，所以我才答應和她見面，想要掏她一點底細；就像院長方才說的，免得咱們居於敵暗我明的不利處境……」

廖淳仁點了點頭，問道：

「你掏出那女人什麼底細？」

翁偉中瞄了游政一眼，然後繼續道：

「明裡掏不出她手上BS2-1案消息的來源，暗的我還是摸出一些門道……院長，你有沒有一種感覺，這事發展到如今這般詭異的地步，已經脫離了開發利益的路線，也超越了地方恩怨的層次，恐怕是……其中牽涉了政治運作，才會如此……如此撲朔迷離。」

他說到這裡又偷瞄了阿不拉一眼，這回廖淳仁似乎看在眼裡，但他立刻習慣性地閉上雙眼，搖晃了兩下他的禿頭。

阿不拉面無表情，大聲呼叫：

「阿枝，可以上粥了。」

客人告辭後，廖淳仁仍留在招待所的客廳裡，他半躺在沙發上閉目思考，威士忌的酒力尚未褪去，他臉頰泛紅，思路也有些不清順。

忽然臉上感到冰涼，鼻中聞到沁心的玉蘭花香，睜開眼，看到阿枝緊坐在身旁，拿一塊冰鎮過的溼毛巾在為自己拭臉。阿枝靠得很近，髮間的玉蘭花夾著頸項上灑的濃郁香水氣息直衝廖淳仁的鼻子，他略一轉動身軀就碰到阿枝豐滿的胸部，轉目就看到她的乳溝。

「院長今天不回去，就住這吧。」

「不行，外面還有隨扈及司機。妳讓我靜一下，我要打一、兩個電話。」

阿枝伸雙掌輕撫廖淳仁的臉頰，在他額頭上親了一下，站起身來離開了。廖淳仁心中有些亂，過了十分鐘，他掏出手機來撥了一個號碼。

「喂，我是阿仁，歹勢吵醒妳……嗯，事情有點麻煩了，先問妳，阿不拉最近怎樣？他底下有沒有什麼動作？」

「嗯，妳看不出來，我這裡也看不出異狀，可是老翁剛才暗示阿不拉把BS2-1案裡一些消息通了外人……」

「外人，對，就是X報的何姓記者……啊？何薇已經升了採訪主任，我還以為……總之，何薇好像知道不少，有些只有核心幾個人才知道的內幕細節，她似乎也知道……不錯，妳說得不錯，阿不拉跟我這麼多年，我們信得過他，我怎麼樣也不該懷疑到他的。可是老翁提到一點，讓我有了不同想法……」

「老翁提醒我一件事，這個案子的發展愈來愈像政治操作！妳覺得是不是？是吧，妳也有一點感覺！這一來……」

「不錯，這一來我們就不得不注意一下阿不拉了。」

「還有，妳能不能幫我瞭解一下彭金財那個黑道王八蛋怎麼會進來攪局的？會不會……什麼？」

「你說翁董和彭金財談判的事？這事我知道……啊，原來是妳派了兩個手下保鑣陪老翁去彭金財小姨的海產店談判。阿戴，妳能不能乾脆把彭金財這個王八蛋擺平了，教他不要在這裡面胡纏，我這邊的事已經夠煩的了……」

說到這裡，廖淳仁已經完全清醒，因為他在手機中聽到這樣的回話：

「阿仁啊，你不提，我竟沒有想到這個八卦——彭金財的小姨，她老公得口腔癌死後也沒再嫁人，就是因為和阿不拉有一腿啦。那年我一大早到她家的靈堂去給她老公的牌位上

飄】

香，你猜怎樣？我看見阿不拉穿件睡衣大刺刺地坐在客廳，瞄到我只一個照面就躲進內室去了，聽說彭小姨子的海產店也是阿不拉出錢幫她開的——我早該想到告訴你的……」

廖淳仁出了一身冷汗，他多年來最親信的左右手在他背後捅了一刀，這時候他亟需要有一個心腹，一個真正能信賴的人，一齊策劃下一步的政治布局，他的聲音帶著濃濃的感性：「阿戴，妳等我，我現在就趕過來。」

戴董事長的別墅一樓從前面看過去是一座玻璃屋，全幅的落地窗，雙層窗簾裡是一間鋪了漂亮檜木地板的會客廳，拉開窗簾，從室內就能看到遠山的落日。觀景台石欄外的樹海裡有一百株日本黑松，棵棵都有三、四十公分粗細，樹齡應該都近百年，不知是殖民時代什麼人種植的。戴董看上這塊坡地，建造她的別墅時，特別交代盡量保存松樹，不要砍掉。建設公司清點後，告訴她正好一百棵，她更肯定是有心的日本人刻意規劃的百松坡，便要求修改設計，不惜工本一定要全數保留，一棵也不能少。

廖院長的座車靜靜駛上山坡，從彎道進入停車坪，早有兩個黑衣人上前來開車門。廖淳仁跨出轎車，仰頭看到滿天繁星和一輪彎月，走過一條彎曲小徑，路旁草叢中的螢火蟲閃爍明滅，這些都是台北市看不到的景象；他看了看腕錶，已是凌晨一點二十分。

戴董穿了一身悠閒的睡袍，坐在沙發上看楊麗花的「黛玉葬花」，廖淳仁進來時，螢幕上楊麗花一身寶藍披風，手持短鋤，正風情萬種地唱到「儂今葬花人笑痴，他年知是誰葬儂」，唱腔甜美，不過演林黛玉實在太胖了一點。這一段戲，戴董事長少說也看過五十次，這時依然一面跟著低吟，眼角還掛著淚水。

「阿戴啊，林黛玉葬花，她是體弱有病才感觸多多，妳身體那麼健壯，跟著哭啥米啊？」

戴董關了電視機，站起身來招呼廖院長坐下，一個長得乖巧的菲傭端了一壺東方美人茶進來，戴董很體貼地道：

「瑪莉亞，妳先去睡了吧，我們這邊不需要什麼啦。」

以戴董的情況是不可能申請外勞的，但她山上山下的住處一共雇了三個外傭，誰教她是廖院長的密友？要幾個就有幾個。

她盯著廖淳仁看了一眼，關心地道：

「阿仁啊，啥米煩惱，三更半暝趕到我這裡來？」

廖淳仁一進入戴董的別墅，整個人變得鬆懈舒意，似乎卸下了一身武裝，只想找個地方靜靜靠一下。他其實不渴，卻將一碗東方美人茶一飲而盡，抓起茶壺為自己又倒滿了一碗。

喝了兩碗茶，廖淳仁將BS2-1案最新發展及他對阿不拉的疑心細細講了一遍，最後回到最關鍵的問題：BS2-1一案往下如何處理？

「我的腦子有點亂了，阿戴，妳最冷靜有智，幫我想想要怎麼辦？」

戴董冷笑道：

「你在外頭呼風喚雨，你在美國和老情人重溫舊夢，又在台北招待所裡和那個風騷的阿枝鬼混的時候，什麼時候想到過阿戴？還不是走投無路了就到我這裡來？每次替你解決了困難，阿仁搖身一變又成了呼風喚雨的廖院長，我阿戴還是阿戴。」

廖淳仁陪笑道：

「全世界就阿戴對我真心好，我豈會不知道。」

「你少來這一套。老實告訴你，你來過電話後，我就把這碼事前前後後想過了，想清楚了才開始看楊麗花的《紅樓夢》光碟。」

「哇靠，金頭腦都想好啦，快講我下一步該怎麼辦？」

「阿仁，我先問你一句，下一屆立委你選不選區域立委？誠實回答我。」

「我當然知道，對我而言，區域立委不好選。這麼多年我關注的都是全國性議題，地方的鄉親肯定會覺得我老廖在地服務不夠周到；黨中央也有人熱心拱我做不分區立委，建議主席把我放在名單首席。可是我還是決定要撩落去選區域，那些人是看準國內政治氛圍的演變，一個不分區立委做院長的正當性已不存在，他們明著想拱我上不分區名單第一名，暗地裡是有人想要我院長的位置。所以我非得選區域立委不可，這個案子……」

「我問你是不是真要選，你答一個字就好，講那麼大一串幹嘛？OK，你要選，又怕BS2-1案打亂你的選情，尤其在地方上選舉，你一向靠你的鄉親阿不拉，現在他背後捅你一刀……哈哈哈……」

「妳發瘋了？講一半大笑什麼？」

「我忽然想起去年參團到張家界去玩，一個土家族的導遊小姑娘，跟我們介紹出身湘西的大英雄賀龍元帥的事蹟，說到賀龍在南昌搞八一起義，是他老鄉口中最親信的『賀老總』，文革時卻被活活整死，小姑娘在遊覽車上說：『以前我們說老鄉見老鄉兩眼淚汪汪，現在是老鄉見老鄉背後打一槍。』剛才講到你背上被老鄉捅一刀，忍不住就笑了起來。」

廖淳仁在戴董這裡完全沒有提防心，也不需要任何掩飾，直白地回道：

「阿不拉捅我一刀，就表示他決定自己要選下屆立委了，這樣我們很快就要互相殺到刀刀見骨，他媽的阿不拉和我比親兄弟還親，這場仗怎麼下得了手？」

戴董斜眼瞄了廖淳仁一眼，正色道：

「阿仁，你從第一次選立委起，從政生涯起起伏伏，哪一回我阿戴不幫你？但這一回，你要和自己兄弟對幹，很多地方就要靠你自己拿捏作決定，我以第三者的立場作的建議，要是你狠不下心，下不了手，我再厲害也是枉然，你可要想清楚了。」

「不能兩全其美嗎？阿戴，妳能不能勸他再抬一次轎，我阿仁不會忘恩負義的……」

「這種屁話就少講了，你這回要搓掉阿不拉，不是砸銀子就有用。只要看阿不拉為了拖你下馬，寧願 BS2-1 裡頭花花的鈔票都不要，硬把彭金財議員扯進來破局，就知道他這回心肝掠坦橫，要幹到底了。」

「那妳做個見證人，我廖淳仁老起面皮，求阿不拉再幫一次忙，他要什麼可以提條件。助我連任院長，樹大好乘涼嘛，何必一定要搞到自家兄弟兵刃相見。」

「別的事可以幫你，就這事老娘絕不當什麼見證，你們這些人斬雞頭的事也只記到當選那天晚上，第二天便歸零，一切重新來玩了。」

「那我該怎麼辦？」

「硬幹。」

「硬幹？」

「不錯，你想看看，阿不拉去把彭金財扯進來的目的是什麼？當然是讓 BS2-1 案搞不成，讓你向行政部門施壓的事曝光，最後讓你選立委的事生變。他只要在初選民調勝過你，你就得乖乖退選，然後對內對外都打腫臉充胖子，硬起頭皮說讓賢給你的接班人，而且還會說一定全力支持他，對吧？」

「幹伊老母，確是這樣。」

「我說『硬幹』，就是針對阿不拉的算盤跟他對著打。絕不能想和他和解，什麼兩全其美全是屁話；我要你做的第一步就是發揮你的影響力，讓BS2-1案過關，人家說你施壓行政部門，你明著矢口否認，暗裡就施壓給他們看。只要案子一過，就成了一樁繁榮地方的開發案，誰會去管案子怎麼過的？反而沒有人能拿這案子抹黑你，地方上只看到你夠力，選票自然就來了。」

戴董說到這裡，站起身來踱了幾步，有點煙視媚行，又有點躊躇自得的氣勢，她看廖淳仁仍在皺眉思考，便挑明了說道：

「阿仁啊，我要是你，第一步就先擺平那個插花的彭金財，沒有他那個什麼『百利聯盟』攪局，翁偉中那裡很快就可收齊所有地主的同意書，第二步就是逼陳景泰趕快出公文到中央申請解除禁止開發的命令，各部會那邊就靠你親自出馬了——這是你的專長！」

廖淳仁閉著雙眼，聽得不住點頭，但戴董講完了，他仍不開腔。戴董有點不耐，上前打他肩膀一下，嗔道：「啞吧了？」

廖淳仁睜開眼來，對戴董讚道：

「聽阿戴一席話，勝讀十年書。這樣卡好，就只有一個難處。」

戴董笑道：「你不說我也知道，難處在誰去擺平彭金財？」

「對，上次翁偉中去和他談判的情形，你是知道的？」

「那彭金財約翁董到他小姨子的海產店談，翁偉中不敢去就來找我，我派兩個貼身兄弟陪他去赴約。據回報那彭金財硬得很，要他的『百利聯盟』放手的話，他要插三成的股，翁董擺不平就不歡而散了。」

「現在就很明白了，彭金財根本是和阿不拉串通的，他有恃無恐就是想要破局，價碼哪裡談得下去？現在換成我要去擺平他，還是找老翁做白手套嗎？籌碼是什麼？」

戴董哼了一聲道：「這事交給我辦吧。」

廖淳仁素知這位大姐頭的能耐，但還是忍不住問道：

「阿戴，妳打算怎麼辦？」

「哈，我先寫封信給他。」

「寫信？寫啥米？」

「彭議員無冤無仇窮咬不放必遭報」

「就這樣？」

「信裡再附上一顆子彈。」

廖淳仁睜大了眼睛沒有吭聲，戴董又補了一句：

「同樣的信我也幫翁董寫過一封。」

「寫給誰？」

「那個記者，何薇。」

CHAPTER 10

儺戲

台海兩岸的關係為了一起突發事件緊張起來。問題出在前日一架從福建起飛的「翼龍II」無人飛機在釣魚台西方上空與日本自衛隊兩架F-15戰機遭遇，日機要求「翼龍II」轉離，翼龍不予理會，日機威脅要將它擊落，引來兩架中方「殲-11B」戰機進入相同空域增援。那架「翼龍II」並無武裝，在日機十分接近時作了一個大角度的翻轉，與一架日機發生擦撞。

日機飛行員彈射跳傘，F-15墜落釣魚台西面海上。中方「翼龍II」無人機受創，地面控制台緊急操縱它向西飛回基地。不料飛機失控，一直往西南方向飄移，機上的自毀系統也無法啟動，終於摔落在台灣東北角山區。幸好是個無人居住的山腰，坡地上長滿了野生香茅草。

這架無人飛機的殘骸立刻遭到台灣國安單位就地扣押，陸方要求依兩岸民航飛行器緊急救助協定，立刻派技術人員前來檢查鑑定狀況，然後歸還給大陸。

台方在事件發生後立刻派出海巡艦艇及民間海上救難的專業團隊，在東北台外海協助日方尋獲救起飛行員，日方以直升機送回石垣島機場。

摔落台灣的「翼龍II」雖然沒有武裝，但是由於這種先進的無人機具有偵查、對空對地攻擊的能力，尚難認定為「民航器」。民航局請示上級，上級只命令軍警加強戒護，對陸方的要求先不作具體回應，同時密令中科院、航空科技研發中心派高手組成專案小組，到現場對「翼龍II」的殘骸「驗屍」。

照國安單位的計畫是，快速把這架送上門來的高科技無人機殘骸摸個清楚，散落四周的零件也盡可能收集妥當，然後就歸還給大陸，表達「善意」。

問題出在美國伸手進來。

國安會王耀堂祕書長接到ＡＩＴ美國在台協會史汪森主任的緊急電話，要求「翼龍II」無人機的殘骸要經過美方專家檢查測試後才准作後續處理。美方專家會以「太平洋西方企業公司」雇員之名義入境，請我方協助，讓其人員及所攜特種機具及儀器免檢通關。

王耀堂是總統身邊的政治師爺，專長是搞選舉及國內派系鬥爭，以軟硬兩面出手詭祕難測，得了「二刀流」的綽號。國際事務其實非他所長，英語能力遜於日語，勉強能應付一般對話，系統性的論述就得靠讀稿了。

他聽了史汪森的要求，心中十分驚恐，為了掩飾，便故作鎮定，先不回話。史汪森講完等了將近十秒鐘沒有回響，忍不住問了一句：

「祕書長先生，您還在線上嗎？」

王耀堂這才緩緩答了一句：

「Ya，我在這裡。」

「祕書長，我方的要求希望能即刻得到配合，由於時間急迫——我相信北京一定對你們大施壓力——我立刻就讓我方的專家小組啟程來台，人員姓名和儀器清單我們會儘快提供給貴辦公室，ＯＫ？」

王耀堂被壓迫得有些不爽，也有些心慌，便故作沉著，壓著嗓子道：

「史汪森先生，你等我的回電。」

王耀堂放下電話就召開緊急幕僚會議，會議結論十分簡單，就是建議總統府對美方要求照單全收，與會者著墨較多的反而是這事必須要求美方絕對保密，尤其對中方要一口咬死絕無此事。

至於要如何和對岸打混，推延時間，就要靠國防部長洪天鑄了。

其實自從兩岸形勢轉嚴峻以來，雙方的對口機關陸委會和國台辦已經長時間不通往來，兩岸事務就由各主管部會直接摸索著幹，其中幹得最有成效的不是經濟部或交通部，反而是國防部。

洪部長沒任部長前曾經官拜上將，他有一個特異的嗜好——對大陸湖南貴州一帶的儺戲很感興趣，自己家裡收集了三十七個儺戲的面具，都是高手巧匠的作品，他本人也能戴上面具唱幾句、舞幾下，有模有樣。

儺戲的起源是先民驅鬼納吉的祭禮，而後演變為娛神娛人的巫歌儺舞，鄉民自編自唱而形成特殊的野戲，粗獷地把地方宗教及民俗藝術融合為一體。演唱者一律戴面具，依角色之特定形象而製作，但是並不戴在臉上，而是頂在額頭上方，腦袋反而藏在黑布袋裡，看上去演員個兒好像增高了十幾公分，但增長的部位只是頸項，所以每個角色都有又長又粗的黑脖子，上面頂一張表情細緻而僵化的臉孔，有一種很特別的神祕感，有些像是外星人在跳神。

洪部長極愛此道，他最愛扮明朝率大軍平定雲貴而後屯堡於西南邊塞的穎國公傅有德，演唱到傅帥被逼拔劍自刎那幾句，洪部長常常在蒙臉黑布裡被自己感動得淚如雨下。

洪天鑄退役後、尚未任國防部長前，有一段時間是平民身分，那幾年他跑遍湖南、江西、四川、貴州各地，求教於碩果僅存的儺戲師傅，蒐集各種製作精美的木面具。他最喜愛曹操那三張不同臉譜的面具；因為曹操生性複雜善變，民間戲人就乾脆製作三種面具，依劇情中曹操表現的需要而選戴。這種戲劇表達方式看似粗俗直白，可能是為了掩飾業餘演員不擅細膩表情之短，但其結果卻是忠奸看分明，善惡無間色，每個演員都是頂著「標籤」出台；譬如說，白臉歪嘴一上台，觀眾立刻知道奸賊出場了，讓大家專心看他有多壞，倒也別有興味。

洪部長做了國防部長，行事風格還是有點「戲如人生」的味道。他一面對長官顯得忠字當頭，對執政黨立委的要求極盡阿諛曲從，但是在他木然的「面具」下，部分立院委員及記者卻感覺到他有玩世不恭的另一面。何薇曾對守義說：

「立法院傳言，有一次洪部長被國防委員會的召委糾纏不放，職員聽到他對機要祕書說：『就配合他們作秀吧，待本帥下去陪他玩幾回合。』我覺得搞不好這才是真正的洪天鑄。」

這回陸方的無人機摔落東北角，洪部長竟然對陸方說出這番話來：

「每次你方飛機靠近我方空域，遭遇我戰機要求離開時，你們的飛行員在空中常說『自己人嘛，不要緊張』。現在你們的無人機摔在我境內，我們總要幫你們把飛機殘骸整理好、散落的零件收集好了，再送還給你方，這也是『自己人』該有的禮貌，應盡的地主之誼。」

洪部長這種怪招居然把這事呼攏了五天，但是「翼龍II」摔落的消息終於曝光了，消息登在每個禮拜三出版的一本周刊上，而且是封面故事。軍方及國安方面立刻否認，總統府派一個「大愚若智」的發言人出來開罵：洩密者犯了重罪，刊登的媒體違反職業道德，是媒體的敗類，也要求檢調單位及NCC國家通訊傳播委員會介入嚴查。但發言人說了「洩密者」三個字，豈非不打自招了？

陸方緊急透過管道直接給洪部長下了「警告」，大意是說，無人機落在「自己人」的山頭放置幾天也就算了，讓外國人來檢視機上的軍事機密，是賣國行為，涉嫌叛國罪及違反「反國家分裂法」，要求洪部長立刻阻止美方間諜介入，並將「翼龍II」殘骸交還陸方。

洪天鑄沒有聲張，他面無表情，有如戴了木製面具，心中在唱哪幾句詞就無人知曉了。他只私下儘快地報告了他的長官。

王耀堂當晚就召開了祕密國安會議。

林紫芸放學後留在學校的社團教室裡，天文社的校外導師吳一覺教授約她討論兩岸中學天文營交換學生的計畫。暑期漸近，紫芸急於想知道這個計畫的最新進度，她父母有點擔心最近兩岸的政治氛圍愈來愈嚴峻，是否會影響這個交流活動，尤其是紫芸去大陸的安全問題。

吳一覺教授準時趕到師大附中，紫芸和學校的課外活動主任秦老師迎了出來。大夥坐好後，吳教授開門見山地先宣布：「兩岸天文營交換學生的活動如期舉行。今天上午和貴州大學及中央大學都通了電話，兩校都確認這項交流活動的準備工作進行順利，如期舉行絕無問題。而且由於是首次試辦，兩邊的學校高層都十分重視，一定會以最好的接待和最精彩的活動來進行交流，到此時我總算放下心了。」

紫芸聽了也很高興，她向吳教授報告：

「我自己這邊的準備工作也ＯＫ，我和貴陽一中的韋新也聯絡過幾次——韋新是布依族人，對布依族的背景，我爸爸幫我惡補了一大堆家庭作業，現在我對布依族的瞭解好像比對布農族還多……」

秦老師笑著插口：

「我聽學科中心的簡老師說，有些學者研究結果顯示，布依族和布農族似有若干文化上的共同點，說不定還真有關聯呢。」

吳教授道：

「不管怎麼樣，一個少數民族的學生能夠在嚴謹的篩選下脫穎而出，這位叫韋新的同學肯定是十分優秀的青年。紫芸，妳和他通過幾次電郵，感覺如何？」

紫芸怔了一下，帶著靦腆的微笑道：

「是很優秀吧，感覺上有點，有點臭……對不起，我是說……」

吳教授哈哈笑道：

「妳是說，哈，妳就是說他臭屁，對吧？我懂。」

紫芸本來有些不好意思，她在吳教授面前免不了有幾分拘束。聽吳一覺這樣一說，就爽朗地笑開了。她繼續報告：

「讀了兩邊的資料，感覺上，貴州那邊的活動主要就是圍繞著五百米口徑射電天文望遠鏡FAST，反觀我們中央大學這邊的活動，有些天文學的理論需要較深度的學習。吳教授，我有一個想法不知對不對……」

「妳講。」

「中央大學活動營這邊的學習偏理論和假說，如脈衝星、類星體、黑洞、中子星、反物質……等等都是跟貴州的FAST有關，如果這次的兩岸活動順序調一下，先到中央大學修習理論，再去貴州學習FAST，效果是不是會更棒？」

吳一覺一面聽一面點頭，聽完了讚許道：

「紫芸，妳的想法有道理，不過這一次參加天文活動的同學都是經過挑選的，除了妳和韋新是交換生，須得兩邊都參加，其他都是在地的優秀中學生，他們只參與當地的活動，所以差別不大。但是對交換生的活動而言，妳的想法的確值得做為今後辦活動的參考。」

紫芸還想問一個問題，她先看了秦老師一眼，秦老師就替她問了：

「吳教授，你還沒有到之前，紫芸跟我談到，目前兩岸關係這樣嚴峻，她父母很關心紫芸去大陸的安全問題，她想問吳教授……」

吳一覺打斷道：

「這一點我覺得紫芸的父母過慮了，據我瞭解，兩岸關係雖然不佳，但交流活動也要看是何種屬性，像我們這次試辦深度天文營的活動，就不會有什麼干擾，紫芸又是唯一的台灣代表，我料想妳一定會被照顧得無微不至。再說，我自己這邊的事也處理好，我可以帶妳一道去貴州，全程陪妳前面兩個星期，等妳一切安頓適應了，我才回台。」

紫芸笑靨如花，開心地跳了起來，對吳教授行了一個舉手禮：

「謝謝吳教授。」想想又加敬一個禮：

「謝謝秦老師。」

台南。藍天白雲，雖然在太陽照射下氣溫偏高，感覺上卻比台北乾爽。黃昏後來了一陣清風，暑氣略消。

文化局邀請南部媒體主管，有兩家平面媒體和三家電子媒體，應邀而來有的是南部新聞中心主任，有的是常駐南部的特派資深記者。祁懷土副局長為媒體同仁精心安排了一場台南的文化之旅，他找了台南最有口碑的文史專家做導遊。參加者雖自覺對台南的著名歷史古蹟耳熟能詳，但是在資深文史工作者的專業介紹下，才知道無論是全台首學的孔廟，還是開山王廟的鄭成功祠，每個景點背後原來有那麼多動人的史實和故事。

大夥體驗了一整天的深度文化之旅，都體會到一些充實的感覺。晚上祁副局長設宴，餐後還有那卡西樂團點唱同樂。

這群媒體客人最特殊的一位便是來自台北的何薇。

自從程士雄警官約大家在台北汀州路「忠誠咖啡屋」見了面，祁懷土對丘守義和何薇這一對媒體人留下極深的印象，堅持邀請兩人到台南一遊，正好何薇計畫南下到報社駐南部的新聞中心商討公事，便湊在這一天和X報社南部特派員一道參加了這趟文化之旅。

守義就不方便參加了，而且他堅持既已離開X報，便不再和X報社扯上任何關係。

晚宴氣氛熱烈，祁副局長邀何薇坐在鄰座，就近聊幾句。大夥敬酒的氣氛高昂，噶瑪蘭威士忌喝了一瓶又一瓶。祁懷土興致很「嗨」，敬酒來者不拒，臉色愈來愈紅，漸漸說話也有點大舌頭了。

何薇從旁觀察，副局長的酒量很一般，這樣一杯一杯乾下去，很快就要醉倒，她趁個空隙低聲對祁懷土道：

「副局長，你不能再乾杯了，改隨意吧。」

祁懷土看了她一眼，點頭道：

「不妨事……好，我聽妳的。」

這時一個禿頭矮子過來敬酒，他一手持小酒杯，一手持大公杯，一路找人拚酒。看上去雖然滿海量的，但也有七八分醉了。何薇知道這人是她對手報社的南部資深記者，處理政治新聞時，個人的政治傾向十分強烈，常常發一些製造族群對立的假新聞，事後被證明純屬子虛，也從來不道歉。

這人何薇在台北某次應酬場合中見過，知他姓尤，一時忘了他的名字，只見他衝著祁懷土叫道：

「副座，我和你乾杯。」

祁懷土嚷道：

「隨意，隨意，我們都隨意。」

不料此人睜圓了雙眼道：

「我看副座和每個人都乾杯，為啥就和我隨意？」

不善推託的祁懷土一時之間被窘倒，不知如何回答，何薇對這個姓尤的人和他所屬的報社都不爽，忍不住便插口道：

「祁副座以一對十，不能再乾杯了。你乾不乾隨你便，很公平呀。」

姓尤的仗著幾分酒意，立刻轉移對象，衝到何薇面前叫囂：

「啊，何大主任出來護駕了，那我尤百泉就先敬您吧，咱來乾杯！」

何薇笑笑，拿起桌上的公杯，杯內少說有半滿，她指著尤百泉道：

「尤桑拿著大杯小杯跑來跑去，煩不煩呀，我就這公杯和你乾大杯，誰也不吃虧。」

此言一出，桌上大夥都嚇了一跳，祁懷土更不知何薇是不是玩真的，他低聲道：

「小杯就好，小杯就好……」

尤百泉倒有點猶豫了，他湊近何薇道：

「妳這是茶，還是酒？」

何薇聞到一股口臭，忽然想起上回對方偷了守義的筆電，搶了自己辛苦撰就的「阿飄」頭條，不禁心頭火起，便伸出公杯讓尤百泉聞了聞，然後冷笑道：

「尤桑，你小杯，我大杯。」

說完便將手中大半杯威士忌乾了，滿桌掌聲中，尤百泉只好拚著將左手的大杯酒喝乾，看何薇若無其事地把公杯斟滿，一副要不要再拚一杯的架勢，不禁呆了一下，踉蹌走回座位，整個晚上沒有再說話，看得出他不斷在努力忍住翻胃，臉色由紅轉青。

這時有位女記者點唱〈家後〉，但是唱得荒腔走板，全靠那卡西女郎幫襯遮掩著勉強唱下去。她唱完了還要點陳淑樺的〈問〉。兩首描寫女人動人之美、讓男人刻骨銘心有感的好歌，活生生被唱成不堪入耳。

何薇乾了大杯面不改色，祁懷士更是欽服，他大著舌頭道：

「何主任，真佩服妳啊，想不到妳不但有才氣，有膽識、有酒量、還有……有義氣！我酒量不行，但一定要再敬妳，我乾杯，妳隨意。」

何薇才說：「大家隨意……」祁懷士已經一口乾杯，何薇暗忖：「這個副局長今天要被抬回去了。」

祁懷士沒有倒下，只是話多起來，他衝著何薇道：

「何小姐，妳知道我不是台灣人，我家是從大陳來的，『大陳義胞』妳可知道？就像韓戰的『反共義士』，妳知道？」

何薇暗忖：

「這些話上次在你老爸的『忠誠咖啡屋』聊天時你都講過了，我看這人已經有點昏亂了。」

祁懷士見何薇不答，認為她沒聽懂，便「用力」解釋：

「我爺爺是浙江大陳島人，他們是民國四十四年才來到台灣，是最後一批外省人，我台語講不輪轉……」

何薇不耐煩，打斷道：

「我知啦，這些我都知道。」

祁懷士聲音低了下來：

「但是我要在台灣人裡出人頭地，我要出頭天……」

這時那卡西樂師們問還有誰要點唱？

祁懷士忽然舉手叫道：

「那卡西，我要唱，我要唱羅大佑的〈亞細亞的孤兒〉！」

樂師一愣，這條歌從來沒人點唱過，譜上查不到，三個樂師及歌手面面相覷，看來都不熟。

樂師有些尷尬地道：

「副局長，你真要唱那個〈亞細亞的孤兒〉？真歹勢，那只好請你清唱了，我試試和你伴奏……」

祁懷士還真的上台，接過麥克風就開始清唱。他的歌喉很有水準，兩句過後，那卡西老樂師也真是高手，居然就用吉他配了上來。他彈的雖然是臨時即興的伴調，但抓住了幾個簡單的key與和弦，順著唱者的快慢節奏，待祁懷士唱到第二段歌詞，簡單的吉他伴奏加入了另一位樂師的keyboard，居然已經很像樣了。

祁懷士唱到最後一段：

黃色的臉孔有紅色的汙泥
黑色的眼珠有白色的恐懼
西風在東方唱著悲傷的歌曲……

飄】

然後是連續三遍：

亞細亞的孤兒　在風中哭泣

祁懷士在如雷掌聲中走回座位，那卡西樂團三個樂師歌手都給了熱情的鼓掌，何薇看見副局長雙眼泛著淚光，眼神有些渙散。

「副局長，您的歌唱得真好！」

祁懷士沒有說話，只微微笑了一笑。台上又有人開始點唱林強的〈台北孤兒〉。何薇道：「怎麼今天有那麼多孤兒？」

聽著聽著，祁懷士忽然輕嘆一口氣：

「小姐，妳不會懂的，這條路真艱苦……」

何薇有很大的好奇心，她低聲問道：

「副局長，你是說你的從政之路？我看你一帆風順啊，剛才聽你唱那首歌滿意外的。」

「妳知道那首歌是電影《異域》的主題曲，電影講的是泰北國軍滯泰反共軍的故事，我看那電影就想到爺爺在炮火中撤離家鄉的情境，他的一生就是個亞細亞孤兒。」

何薇試著講些正面的話：

「可你這一代再也不是孤兒，你在台灣的事業成功，早已出人頭地……」

「是的，我們必須加倍努力，政治上，我們要用力洗掉自己族群的ＤＮＡ；對黨意的貫徹，我們要加倍打拚，不顧自己的族人罵『數典忘祖』，甚至不顧形象為黨作急先鋒、作打手……隨便妳們媒體怎麼寫，我們的苦處在於不這般用力表現，就永遠洗不掉身上的原罪。小姐，妳能瞭解嗎？」

這番傾訴把何薇嚇壞了，她有些不知所措，祁懷土像是醉了又像還清醒，他盯著何薇，何薇只好作了一個瞭解的微笑。他很感動地低聲道：

「我知道妳會瞭解的，從上次在我老爸的咖啡屋裡與妳見面，我就知道妳會瞭解的……我們族群的宿命，但我不屈服，我要奮鬥，妳要幫我，我們要互相幫助……」

他伸出手來，何薇遲疑了一下，還是伸手握了一握，心中卻在想：

「你想要脫胎換骨，在政治圈裡才活得辛苦。我不搞政治，只想做我自己，日子過得輕鬆自在。是你自己想不開，幹嘛要我幫你？不過這人不討厭，我恐怕還是會幫他的。」

「好，副局長，您如果需要媒體的協助，可以直接找我呀。」

祁懷土好像得到很大的鼓勵，他從手提箱中拿出一本書來，在扉頁寫下「何薇女士雅正」，簽好名，遞給何薇道：

「這是我最新出版的散文集，請您指教。」

何薇看封面上書名是《兩個島嶼的對話》，猜想他的兩個島嶼是大陳和台灣吧，心想很難把這樣的文學作品作者，和力推去中華文化政策的文化局副局長聯想為同一個人，她一面道謝稱讚，一面忖道：

「從什麼時候起，台灣的政壇變成文青揮灑的園地了。」

這時文化局主持節目的女同仁過來對祁懷土報告：

「副座，時間差不多了，請您上台講幾句話就結束了。」

祁懷士酒意上湧，顯得分外的「嗨」，竟然抓起桌上何薇剛斟滿的酒杯，起身上台，步伐明顯有些不穩，他的下屬連忙扶了一把。

祁懷士站上台，那卡西音樂戛然停止，他大著舌頭向大家道謝，但是他顯然喝得超量了，愈講愈離題，到後來有點文不對題了，就開始把剛才對何薇說的話大同小異地重複一遍。

何薇覺得十分不妥，便頻頻對主持人使眼色，主持人是個機伶人，也注意到了，就趁著祁懷士一個激動後喘息的機會，大聲宣布：

「我們謝謝祁副局長安排的深度文化之旅，也感謝他對族群融洽的期許。今天的節目就到此結束，謝謝媒體朋友們的光臨。」

她結論說得很漂亮，卻不料祁懷士舉起手中的酒杯大喊道：

「我們為外省人乾杯！」

全場忽然安靜下來，那個機伶的節目主持人趕快拉著副局長走到門口送客，算是化解了一室的尷尬。何薇暗道：「祁懷士這個助理是個佳作。」

她離開時，半醉的祁懷士雙手緊握住她的手，結巴地說：

「謝謝……妳來，妳酒量超好的，妳……妳要幫我啊……」

她把手從祁懷士雙手中抽回，很酷地對他道：

「謝謝，我一定會幫你的。順便報告副局長，我是彰化鹿港人，不是外省人。」

丘守義從美國回來後，就沒有再收到司馬隨意的信息。他注意美國的新聞，也向吳一覺教授打聽，都沒有任何消息，這位越洋跨海的阿飄好像忽然之間在地球上蒸發了。

守義對這情況心中很不踏實，因為他離開美國時，司馬隨意已經被華府的國安單位盯上了，以美國的先進科技加上國土安全部的嚴密防衛網，阿飄要想隨興到處趴趴走，實有很大的危險。

其實最令守義放心不下的是他這位阿飄朋友的個性。從之前的接觸裡，他發覺這個怪咖基本上有很強的叛逆性格，仗著自身的超高科技配備，常常做出過分大膽的舉動，而且對許多不起眼的事有無比的好奇心，不顧一切危險，定要搞個清楚，這種行為實在令人擔心。

還好就在這時，他收到了阿飄寄來的電郵。這回附件又換了新的回信軟體。

丘守義像是收到「親人」寄來的家書一般興奮，匆匆打開來看，只有寥寥數行：

「終於進了白宮橢圓形辦公室，旁聽一場祕密會議，他們在談亞洲安全的事，我發現美國總統不像我原來的想像，一點也不聽別人意見，比較像是一個壞皇帝。這種壞皇帝《史記》裡面記載了好多，很失望。他們談了一些台灣的事，總統右手邊一個矮子說台灣是個麻煩製造者。」

守義正要透過「附件」回問問題，對方又加了一段：

「在台北見過的老參議員要派他的副手帶人來台灣檢查一架摔壞的無人飛機，那個副手上次在台北賓館我也見過。他們這邊又要有大遊行，因為又有四個黑人被警察槍殺，其中有一個女人、一個小孩，警察告訴他的伙伴說：『我們專殺黑人，必要時黃人也可以殺。』

這段話被人錄了音，我聽了很不高興。因為我在台北的朋友都是黃人。所以我要回來了。」

守義怕他立刻關機，連忙回道：

「你怎麼知道派人來檢查無人機的事？是白宮的會議中商議的結果嗎？」

阿飄回寫道：

「商議個屁，皇帝直接下令。那個老參議員坐在後排，聽到皇帝身邊矮子提到他的名字，站起來猛鞠躬，主動說派人去台北的事由他公司負責，模樣很像皇帝身邊的奴才。」

「你何時回來？美國媒體還在追『ＵＦＯ』、『外星人』的新聞嗎？」

司馬隨意關機了。

守義罵了一句：「混帳東西，我還有事要問你！」

「誰混帳呀？」何薇推門進來，守義迫不急待地告訴她：

「阿飄終於來信了，他說他對美國很失望，就要回台北了。」

「什麼時候回來？他在美國沒有被國安系統抓到？」

「沒有被抓，也沒有說定回來的時間。但是有一件事妳肯定有興趣知道的……」

「他又提供了什麼獨家祕辛？」何薇顯然興奮起來，她把手提包摔在床上，從守義背後抱住他，輕咬了一下守義的耳朵，守義叫道：

「別鬧，阿飄說他進入白宮橢圓形辦公室『旁聽』了總統的幕僚會議……」

何薇安靜下來，坐到守義的對面，睜大眼問道：

「旁聽到些什麼？」

守義從桌上抓起一本雜誌，封面上畫了兩架飛機擦撞，前面一架頭大翼長，是「翼龍

II」無人機，側後方擦撞過來的是F-15戰機，機身長翼尾短，兩機之間畫了一個巨大的火花，表示撞得劇烈，兩機下方則畫了一個小小的釣魚台。

「日本自衛隊的F-15墜海，飛行員已經被救起來了，大陸的無人機墜落台灣東北角。周刊爆了料，現在政府除了一概不證實之外，不知該怎麼處理。可是更麻煩的事來了，司馬隨意偷聽到美國要伸手管這件事，他們要立即派專家來台北檢視這架大陸製造的無人機，而且美方專家人員均以羅勃森前參議員的私人公司雇員名義來台，妳有沒有興趣追追這條祕密新聞？」

何薇皺眉道：

「這條新聞如果曝光，馬上就要在兩岸之間和中美之間掀起驚濤駭浪。我們追出了內幕，你想報社敢刊登嗎？我聽同事說總統府對周刊震怒，那個發言人說要啟動國家力量調查是誰洩密，也要嚴追周刊的責任，搞得殺氣騰騰，我對敝報社那幾位長官的脊椎強度持保留態度。」

守義道：

「不錯，不過這件事太過敏感，萬一因為曝光引起國安問題，絕非國家之福，媒體人還是要有分寸。」

何薇點頭道：

「我會放在心裡，但既是獨家祕聞，追還是要追的，將來是否公布，到時看情形決定。我真高興司馬隨意別後無恙，希望他能安全回到台北來。」

這時有人敲門，守義開門見是穿便服的程士雄站在門外。

「警官，什麼事啊？又來調查什麼嗎？」

「沒事，我是來告訴兩位媒體人一個消息，你不要不識好歹。丘桑，你不愛聽就請出去，我就來告訴何大主任。」

何薇連忙出來邀程士雄進屋坐。程士雄說：

「不坐了，我只來告訴你們一件怪事……還記得台北捷運上的殺人凶手嗎？」

「那個彭金發，彭金財議員的兄弟。怎麼不記得，他怎麼了？」

程士雄面現神祕之色，他看了兩人一眼，一副要宣布重大消息的模樣。

「不是講他──他還在收押中，哪會有什麼花樣；是彭金財議員，他今天向刑事警察報了案！」

何薇感興趣問：

「他報什麼案？」

「他收到了一封恐嚇信，附帶一顆子彈……」

「啊？信上怎麼寫？」

「很簡單，就一行字『彭議員無冤無仇窮咬不放必遭報』。」

何薇叫道：

「同一個人，和恐嚇我的是同一個人！信上只有稱呼不同，內容一模一樣！警方比對過了嗎？」

「當然比對了，兩顆子彈一模一樣，恐嚇信的字體也一模一樣，因此這兩封信是同一個人發出的。所以，我想先來問妳一下，妳和彭金財議員是怎麼個關係？」

何薇道：

「什麼關係也沒有，我根本就不認識這個議員。」

程士雄抓抓頭，搖頭道：

「他媽的傷腦筋，什麼人會送相同的兩封恐嚇信分別給彭議員和何採訪主任，你們二人互相又不認得。」

守義道：

「請進來談，警官，我給你泡一壺老人茶，你坐一會兒。」

何薇道：

「但是我和彭議員確有一事相關聯，就是BS2-1案。」

程士雄一付恍然大悟的樣子，但是做工太差，守義一眼就看出他在扮豬吃老虎，正想跟何薇打個眼色，要她說話小心一些，何薇已經直言道：

「仔細比較這兩封信，還是有一個字不一樣，給彭金財的信上寫『窮咬不放』，寫給我的是『窮追不放』，這一字之差可能告訴我們一些事情……」

「什麼事？」

「我被恐嚇是因為我窮『追』BS2-1案不放，彭議員則是因為，我猜想，是因為BS2-1案中他窮『咬』住一些東西不放，咬的是什麼？他用『百利聯盟』咬住不讓地主們繳同意書給翁偉中、廖院長他們，你們從這裡去想，寄恐嚇信的人既怕我追出全部內幕，又怕彭金財攪局咬住不放，你們想這人是誰？」

程士雄順著何薇的思維推想下去，豁然有了答案：

飄】

「廖院長！妳是說送子彈給妳的是廖淳仁？」

守義立刻搖手道：

「不對，廖淳仁以院長之尊，應該不會出下策用黑道方式處理此案，他老兄整天在喬人事喬案子，如果都要用黑道手法那還得了？何況這個BS2-1案也沒什麼了不起，喬不成也不會有多大問題……」

何薇卻不甚以為然，她打斷守義的話：

「守義，你說得雖有道理，但我的意思不是說廖淳仁本人就是發恐嚇信的人，而是BS2-1這個開發案的主要獲利者，譬如翁偉中，我看還有其他的重要合夥人。這一夥人絕對有動機要阻止我『追』內幕，也要阻止彭金財『咬』住地主同意書。他們之中說不定有人有黑道背景，在急於解決問題的壓力下就施出恐嚇人的招式。程警官，你們可以從這個方向去查，BS2-1案的合夥人中有沒有人和黑道有關係，至少這是一條值得追查的線索。」

程士雄伸手在守義肩膀上重重一拍，道：

「丘桑，你這某真了不起，比我那些刑事局的朋友厲害，他媽的我服了。我猜他們不久就會來找何主任，拿彭議員接到恐嚇信的事問妳一大堆問題，妳就把剛才的說法講給他們聽，我靠，他們不服也不行。」

守義道：「老兄，你幫你的刑事朋友們先來探風向的對不對？既然認為何薇這個想法有道理，你就直接告訴他們便好，叫他們不必來問何薇問題了。還有，以後拍我肩膀輕一點，打得很痛。」

「丘桑，我知道你不希望何主任被辦案的刑警騷擾，哈哈，這個我太懂了。可是我就是要他們來問，教他們對你老婆生些敬意。何小姐啊，多些警察粉絲有妳好處的。」

不知道從什麼時候開始，台南夏天的溫度竟然比台北低一、兩度，這一、兩度甚是關鍵；感覺上，從熱到了無生趣變得勉強可以活下去。

洪天鑄部長一早就乘坐軍方的行政專機飛到台南，主要的目的是瞭解亞航台翔公司的專案業務；在國軍戰機自製案中，這家公司也分配到若干重要的任務。

洪部長早年曾在台南基地駐紮多年，後來離開作戰部隊後，又曾在台南供應司令部擔任過副司令，對台南有很深的感情。只是最近十幾年都在台北，很少有機會重遊舊地。所以這一次趁視察之便，特別安排在台南停留一天一夜，明天一早要去台中視察漢翔公司的航發中心。

台翔董事長簡報後就是業務視察。洪部長對這些業務瞭然於胸，聽了看了都只點頭哼哼，一不發問，二不指示，弄得公司高層心中忐忑不安，不知長官是喜是怒。

一整個上午，部長除了客套之外沒有講幾句話。中餐設在「台南度小月」，應國防部參謀的要求，部長微服到店裡用餐，事先不告知，以免驚動其他客人。

店家推薦了擔仔麵、蝦捲等必點菜，另外特別蒸了一條石咾魚，據說是一種以珊瑚蟲為食的深海魚，可遇不可求，洪部長吃得很滿意。

用完中餐，部長說他要去看全台首府的孔廟。孔廟這幾年似乎維護經費不足，很多地方都有待修繕，連大成殿都落漆了。洪部長看得很仔細，也沒說什麼。

看完孔廟，大太陽下部長流了一身汗，忽然說想到對街騎樓下的莉莉冰果店吃水果刨冰，眾人只好陪他步行去吃冰。這回他被人認出來，立刻引起一陣騷動，有些民眾擁上來要求合照，部長來者不拒，顯得又親民又開心。台翔的領導們看到部長終於露出笑臉，才稍感安心。

原本下午還要開會的，但部長已經不想開了，便要求再去延平郡王祠看看。

延平郡王祠倒還維護得差強人意，可能因為鄭成功的生母是日本人田川氏，祠堂內外常有些日本觀光客的緣故。正殿內延平郡王的塑像頗有藝術水平，不止栩栩如生，肅穆之中帶有淡淡的憂愁之色，據說是楊英風的作品，名家出手不同凡響。

洪部長細讀塑像兩邊的楹聯：

開萬古得未曾有之奇　洪荒留此山川　作遺民世界

極一生無可如何之遇　缺憾還諸天地　是創格完人

筆力渾厚，字體略顯局促，是「巡台使者沈葆楨」的親筆。

隨部長南下的軍備局蘇局長感嘆道：

「這副輓聯道盡延平郡王前無古人後無來者的一生，歌功之餘隱然有悲天憫人之意，的確是千古佳聯。」

洪部長知道蘇局長的父親曾是中文系教授，家學淵源，肚子裡頗有點東西，便點頭道：

「你說得不錯。除了沈葆楨這一副楹聯，康熙皇帝也寫了一聯，我覺得更有意思。」

蘇局長面露驚訝之色道：
「啊？待我來Google一下……」
洪部長不待他查谷歌，已經背了出來：

四鎮多二心　兩島屯師　敢向東南爭半壁
諸王無寸土　一隅抗志　方知海外有孤忠

他接著說：
「這副輓聯不僅顯示出康熙的大氣度，也對鄭成功流露出一種英雄相惜的心意。這裡面最棒的用字是『抗志』兩字，對延平郡王的孤忠志節表達了一種帝君高度的諒解，是以我喜愛不下於沈聯。」
蘇局長道：
「就不知是哪一位高人代筆的？」
洪部長搖頭道：
「這種高度，恐怕是出自康熙親筆。」
跟隨的台翔主管為工程出身，聽洪部長和蘇局長的對話，似懂非懂，不禁暗嗆道：
「媽的，果然官大學問大。」
晚上洪部長要回空軍基地的貴賓招待所歇息。蘇局長進來告辭：
「部長明天到台中視察航發中心，會有大陣仗的媒體在場，我這就先趕去瞭解、準備一下，明天在台中恭迎部長。」

「他們有備車？」

「不，我搭高鐵去，快得很。」

部長道聲辛苦便作別了。他到了基地貴賓室，看了看腕錶，交代隨扈：

「一小時後，漢翔的袁副總來，就請他過來，其他人一律不見，有事明天再說。」

洪部長隨行的蘇局長趕到台中航發中心去，而漢翔公司的袁副總卻漏夜趕到台南基地來見部長，這樣的安排，似乎很不尋常。

整整一個小時後，載了袁副總的專機從台北飛來，準時在台南軍用機場降落。袁副總是唯一的乘客，他著便衣下機，一輛悍馬車停在機旁，將他接到貴賓樓，部長隨扈直接帶他到洪天鑄的套房。

袁副總走進來，對老長官行了一個軍禮，洪部長讓座招呼道：

「袁博士辛苦了，你一開完會就上飛機，一定還沒有吃飯吧？」

「報告部長，有您的交代，專機上怎會不備餐？我吃了一個國防部的標準便當，份量剛好。」

「下午的會還有哪些人參加？」

「美方來了四人小組，兩個博士，一個資深情報官，帶隊的是個厲害的角色。我方也是四人，中科院前航發的副主任，另外除了松山基地副指揮官，就是情報署副署長，和我。我負責作技術對話。」

「國安方面沒有派人？」

「沒有，聽說是部長不讓他們派。」

洪部長臉上似笑非笑，搖頭道：

「我是保護他們，也保護總統。老美檢視了一整天，有什麼收穫？」

袁博士道：

「老美感興趣的主要是人工智慧、自動控制航電系統和雷達系統，這兩個系統都照部長指示處理了，他們一無所得，相當失望。可能對我方有些懷疑。」

洪部長道：「怎麼說？」

「那個帶隊的猶太人叫傑夫．霍夫曼，他問松指部張副指揮官翼龍無人機墜落的情況，每個細節都問，又要求看翼龍墜落的錄影。還好我們事先都演練好的，有問必答。反正翼龍摔落地，起落架全毀，飛機大頭栽地，衝擊太強，機上的兩大電子系統全毀。霍夫曼聽了冷冷道：『還真巧啊。』張副指揮官就附和道：『是啊，真巧。』其中一位老美顯然有遙控無人機的經驗，就說從墜落的錄影判斷，這架無人機似乎不應該會摔毀得那麼厲害。您猜我怎麼說？」

「你怎麼說？」

「我說：『我也覺得有些奇怪，看來中國製造的品質還是經不起考驗，比不上美國軍品堅固耐摔。』霍夫曼沒好氣地白了我一眼，說：『是嗎？』」

洪部長微微冷笑道：

「這事對他們老美而言，是盟邦必須得配合的小事，對我們來說可能是引起軒然大波的大事。我們惹不起老美，可也惹不起老共。好在飛機上的祕密設備我們自己儘可能摸清了

飄】

就好，實體設備都已毀了，死無對證。」

「老共會相信我們？」

「這架飛機殘骸遲早總是要交還給對岸的，到時他們看到摔成這般模樣，不信也只好信了。」

袁博士微微搖了搖頭沒答腔，洪部長奇道：

「怎麼，袁博士？不是這樣嗎？」

袁博士道：

「翼龍摔落時機上的電子系統沒有全毀，我猜早就有訊號自動發回去了，對岸肯定會知道事後機上系統全毀是毀在我們手上的。」

洪部長道：

「顧不了那麼多了，反正這件事就我們這幾個人知道，若有人問起來，大家就矢口否認有這回事，老美來檢視的事更是從未發生，有人懷疑也就只好讓他們懷疑吧……袁博士，你辛苦了，去休息吧，明天搭我的飛機去台中。」

「報告，我不搭您飛機，我搭早班高鐵，保證比您先到達漢翔，我就在那邊恭迎您。」

「唉，有了高鐵，大家都不肯搭飛機了。好，就這樣，晚安。」

「對不起，還有一事要報告一下：我們在東北角搞到很晚，張副指揮官接到一通電話，催我們儘快結束，事後我問張副是誰在催，他說是國安局王祕書長辦公室的祕書，說祕書長在等霍夫曼先生，要他墜機現場的事一完畢，立刻直接回台北進總統府。」

「進府？那不是要見祕書長，就是見總統？我拚命擋在前面，讓府方不要站在第一線，這個王耀堂就是不聽，唉，小孩玩大車啊……」

洪部長輕揮手，袁副總經理就告辭了。

洪天鑄坐在沙發上把這事前後想了一遍，默然忖道：

「他們會知道我已盡力了。」

王祕書長在總統府他的辦公室裡等兩位客人，立法院廖院長準時抵達，兩人寒暄之後就談到正題。

「廖院長這一趟華府之行收穫豐碩，就國安而言，總統最關心的是戰機自製一事。您帶回來的新構想，我立即就向總統報告。總統第一時間的反應是認為不可能，甚至覺得老美有點亂搞而不太高興。事隔數日，發生了無人飛機摔落東北角的事，我又報告了霍夫曼要帶專家來檢視的事。總統忽然改變意見，要我安排和霍夫曼見面。我說您總統之尊，不要急著見這個商人，讓我們兩人先好好盤一盤這個猶太人的底，有必要再安排晉見。」

廖院長啜了一口熱茶，低聲道：

「老實說，我初聽羅勃森參議員和這個霍夫曼提出這新構想時，我也覺得老美找不到高手來台灣幫我們造戰機，就胡亂想一個餿主意來呼攏我們。後來聽他們談到讓美國和以色列合資的公司進來，我聽出這裡面的門道……」

就這時，英文祕書小姐領著霍夫曼先生走進會客室，後面跟著國安會議的首席軍備委員許博士。

廖院長首先熱烈握手表示歡迎，王祕書長道：

「霍夫曼先生，我急著請你來，害你晚餐都還沒有用，一定餓壞了，我們先上晚餐，你一邊吃一邊聊。」

霍夫曼確實餓了，加上在墜機現場檢視翼龍無人機一整天，結果重要之處都沒有看到，空肚裡塞了一肚子的氣更覺飢腸轆轆。但一坐下來，看到小圓桌上已經布好的美食，立刻就開心了。

「哈！小籠包！鼎泰豐的？」

「對，今晚的晚餐全是鼎泰豐剛出籠的熱點，用保溫袋裝運過來的。來來，請用，不要客氣。」

霍夫曼一口氣吃了三個蟹黃小包，喝了一小碗熱茶，才滿意地噓一口氣道：

「呀，這才是生活。」

王祕書長道：

「霍夫曼先生，你和你的團隊檢視那一架翼龍無人機，一整天下來，一定收穫良多。」

「祕書長先生，我必須誠實地報告，我們團隊對此行感到十分失望。因為我方最有興趣檢視的部分幾乎都已全毀，能看到的非常有限，且多屬不重要的部分……」

「怎麼會這樣？我們從外貌看那架無人機似乎沒有全毀呀？」

「機頭毀得厲害，不幸我們想看的航電系統及雷達系統都在機頭，正好全都毀了……」

「啊，那可真不巧，這些……這些我不懂，不過我知道霍夫曼先生還有另一個計畫在身，所以我請了廖院長一起來，想聽聽你那個計畫的準備工作進展如何……」

廖院長插口道：

「傑夫，那天在DC和你及你老闆談得甚好，我回來後就向王祕書長報告了你們的新構想，祕書長也向我們的決策者述說了這個新思維。老實說，我個人是愈思考愈覺你們的想法有創意，值得進一步試探其可行性，可是我不是決策者。」

霍夫曼當然瞭解這是由自稱不是決策者的人先出來講好聽的場面話，製造良好的協商氣氛。這種招式看多了，聽聽就好，重要的是看王祕書長聽完自己的陳述之後作什麼樣的回應。於是他一面幹掉兩粒花素蒸餃，一面為自己盤中剝了一個湖州肉粽，這才慢條斯理地道：

「上次羅勃森參議員在場時，我們談到一家以色列和美國合資的軍工公司，這家公司我們已經選定，而且原則上有了合作意願的協議。這家公司——恕我現在還不能透露名稱，可以說的是這家公司乃是受到美國國防部及以色列武器發展部門雙重認證的著名軍工公司，我們『太平洋西方企業公司』和他們有多年的交情和生意來往，十分可靠……」

國安委員許博士在王祕書長和廖院長身後低聲解釋道：

「霍夫曼先生說的認證單位指的是美國國防部『國防合同管理局』及以色列『拉斐爾武器發展局』，後者是以色列最大的軍工研製及管理單位。」

王耀堂祕書長點首，霍夫曼嚥下口中的湖州肉粽，喝了一口熱茶，繼續道：

「這家公司的老闆和羅勃森參議員是十多年的老朋友，她對這個idea很感興趣，幾乎沒有花太多說服的唇舌，就得到原則上的同意，願意進一步研究執行的可行性……」

「她？是位女士？」

「沒錯，是位女強人。她一聽就有意願，這裡面有三個原因：第一，她對你們列的預算有感；第二，她個人對ＪＳＦ『聯合攻擊戰鬥機』計畫中競標失敗的X-32情有獨鍾，任何可能讓X-32死而復活的機會她都有興趣；第三，她買我們老闆的帳，她願為羅勃森參議員的生意盡一份力，助其成功。」

許博士低聲解釋道：

「他們計畫中的目標機型是和F-35同等級的X-32，嘿，如果能搞成……」許博士的聲音因興奮而略現顫抖。

霍夫曼看了許博士一眼，繼續道：

「這位女強人同意立刻派兩位有經驗的工程師開始作一些再設計工作，你們知道，X-32雖然是一流的設計，但不一定符合台灣的特殊需求，許多地方必須再專為台灣而設計，不過……」

王祕書長及廖院長對霍夫曼報告的進展很是滿意，聽到「不過」兩字，心中都是一驚，睜大眼望著霍夫曼。

這幾人的表情一一看在霍夫曼這個精明的猶太佬眼中，他心中暗喜，覺得已經能掌握王祕書長及廖院長這兩個重要人物急於搞定此案的心態，便更加好整以暇地喝了幾口剛送上來新溫過的元盅雞湯，然後才道：

「不過，我們這位女強人認為她的公司雖有意願接下本案的總設計，但不負責製造的部分。」

王祕書長很失望地問道：

「霍夫曼先生，你這個計畫之所以對我方有吸引力，乃是因為我們可以突破瓶頸，買到一流的戰機，而不只是得到一流的設計……」
許博士補充一句：
「而且，如果這個計畫只能提供我們一流的設計，由台灣的執行團隊來負責製造，那可能會比目前的情形更加困難，因為這樣會增加無數的設計和製造兩個團隊之間的界面問題。」
霍夫曼再次看了許博士一眼，深深點頭道：
「許博士說得十分到位，但我們找的這家公司不願承包製造，其實主要是基於財務上的考量……」
許博士點了點頭，輕聲用國語對王祕書長及廖院長道：
「我們要買的量太少，不夠經濟規模。」
果然霍夫曼解釋道：
「你們採購的是獨一無二的全新設計戰機，整個生產線要專為這款戰機而開發，如果到頭來只造這麼一批滿足你們需求的數量就結束了，那是完全不符經濟效益的。」
「難道不能多生產一些，外銷給其他盟國，以降低成本？」
「那個程序——法律的和政治的，就更麻煩了，這時候既然還談不上外銷別國，也就是專門為台灣的需要量身定做生產一百架高級戰機，剛才說的那家公司不肯投資開這條生產線。可是……」
王祕書長和廖院長都體認到困難所在，也明白霍夫曼這話的意思就是如果台灣方面決定選擇這條路，那就是要增加每架戰機的單價，是以兩人都眼觀別處，不正面對著霍夫曼，也不接腔。

霍夫曼歇了一口氣，繼續道：

「可是這並不表示我們找不到別的軍備生產者，願意用合理的價錢為買主代工限量武器。敝公司的專業之一就是能為顧客找到各種適合的設計者、生產者，我們負責統包整個採購計畫，負責把品質合格的武器如數如期交到買主手上，買主簽收了我們就拿佣金。台灣這個案子，我們老闆交代了，只要你們同意一個條件，馬上就可以開始協商合同。」

王耀堂和廖淳仁聽他說得好像有把握的樣子，對望了一眼。王祕書長問道：

「什麼條件？」

霍夫曼道：

「和我們簽統包合同，之後我們再分包給別的什麼公司，不需要先經過你們同意——我們合約上只明定產品規格、單價、總價、交貨方式和日期，有任何問題你們只跟『太平洋西方企業公司』打交道。當然，在合同上會定好雙方有爭議或問題時的處理方式。總之，乙方由我們負全責。」

許博士等英文祕書翻譯完畢就立刻提出問題：

「報告祕書長，容我先提一個問題……」王祕書長點頭，許博士問：

「貴公司把生產製造的部分下包給誰，我方不得過問，那麼如何保證下包的公司在技術與聲譽均屬優良呢？」

霍夫曼笑道：

「我剛才說過，我們合同上一定會定下雙方同意的處理爭議方式，也會包括相關的罰則。總而言之，敝公司開宗明義已承諾了全部的責任，我們會負責到底的……」

許博士打斷道：

「我知道貴公司會負責到底，但是這個案子我們要求保證成功。由於這裡面有很大的政治責任，這不是一紙合同可以保證的。我們要求有權徵信貴公司下包公司的可信度，我們不希望整個deal被下包公司搞砸了，雖然依合同可以找你們求償，但這裡面的政治責任是無法補償的。」

聽了翻譯，王祕書長和廖院長都點頭，祕書長讚許道：

「許博士，問得好。」

霍夫曼身經百戰，毫不激動，微笑道：

「許博士，你的顧慮也是很實際的，我們做為一個服務平台，當然要為顧客作客製化的考量——過去我們也和別的顧客定過一些特別的條款，例如，可以將下包公司的資格、技術證明、過去五年內的業績，由國際商業法律事務所認證，當作訂約的附件；另外，我們也可以規定乙方先繳原型機若干架，讓甲方試飛員參與試飛，確認達到規格後才開始量產……總之，『太平洋西方企業公司』在這方面的經驗豐富，你們甲方真的不需要知道乙方內部所有的運作。如果每一個界面都須甲乙雙方同意才能進行，不但作業費時費力，還會增加雙方的猜忌和不信任，這絕對是導致計畫失敗的重大因素。請相信我，我見得太多了。」

聽完翻譯，王、廖、許三人面面相覷，霍夫曼作了一個強有力的陳述，這個猶太人能言善道，陳述的邏輯和用詞遣字都精準而有說服力。輪到王祕書長要作立即的決定了。

雖然距簽合同還有些距離，許多事要先釐清，但是王祕書長此刻要作兩個決定：第一，這事要不要在這一番初步認可之下繼續走下去。第二，如果決定走下去，此刻要不要讓霍夫曼晉見總統。

他想了一遍，和許博士商量了一會，作了決定，由許博士代表發言：

「霍夫曼先生，感謝你十分清晰的陳述，使我們對貴公司提出的採購方案增加了不少的信心，就請你回報羅勃森董事長，本案請繼續進行。貴公司要準備一份下一階段的工作計畫書，這份計畫書應包括簽約之前所有該完成的預備工作；換言之，這份計畫書中雙方該完成的事都如期達成，就可以開始協商正式合同了。計劃書明列所需人力經費，儘快以密件交給蔡代表處理。」

霍夫曼很滿意這個決定，他暗忖：

「看來這裡面就許博士是個明白人。」

這時許博士又補問了一句：

「祕書長希望下階段的工作計畫書儘快交給蔡代表，依照貴公司的優良效率，傑夫，你估一下大約需要多少時間？」

霍夫曼有備而來，毫不猶豫地回答：

「頂多兩個星期，許博士。」

王祕書長對找代工生產線的事還是有些不放心，便也補問一句：「霍夫曼先生，真佩服你每件事都那麼有把握，有資格承造那麼高級戰機的對象肯定屈指可數，你也胸有成竹嗎？」

霍夫曼得到滿意的答案就顯得輕鬆了，他哈哈一笑答道：

「你們一定奇怪，我們談的那家美國、以色列合資公司因不敷成本效益而不願開生產線，別的公司為什麼會肯？這裡面的關係外行人是不懂的，在軍備武器的生意圈裡，就有那麼幾家，他們以代工製造為主要營業項目，他們的生產線高度自動化及模組化，可以很快地拆裝重組成適應任何一種特殊設計的需求。他們自身擁有最先進的工具機製造能力，因此可以用合理的造價接受小額生產的訂單。當然，單價會略貴一些；這些公司賺大錢是靠他們的高科技和高工程管理專業，毫無僥幸的成分。」

許博士讚道：

「聽君一席言，勝讀萬卷書，果真是隔行如隔山。傑夫，你說到有專門代工的高級製造商，這種製造商不會很多吧？」

霍夫曼見對方轉彎抹角地又扯回到這個問題，一高興就明講道：

「和我們『太平洋西方企業公司』打過交道的就有兩家，他們的技術都是世界級的，但我不能說他們是誰，這是公司的商業機密。」

他把圓桌上剩下的點心全掃入肚，祕書小姐換了一壺熱茶，廖淳仁道：

「這是上好的普洱茶，晚上喝了也不影響睡眠。」

霍夫曼是個吃貨，喝茶也懂得好壞，看那茶入碗中宛如一團琥珀，茶香極為醇正，便知是雲南普洱來的好東西。他主動為三位主人倒滿茶碗，四人細細品嚐了祕書長的珍藏。

喝完茶，王祕書長起身送客。他決定此刻還不到大老闆出面的時候。

傑夫．霍夫曼辭出後，國安委員許博士也跟著告辭，祕書長辦公室中只剩下王耀堂和廖淳仁。

王祕書長拉著廖院長坐下，壓低了聲音道：

「院長，你看這案子今天這樣處理可妥當？」

廖院長沉吟了一會，答道：

「我覺得應該沒有問題。我是這樣來看，戰機國造這個計畫恐怕是做不成功了。如果我們必須要有一個備案，今天談的這個計畫確有其吸引力，因為它能讓我們買到F-35同等級的戰機，而總價不會大幅超出原預算。依國人及台灣媒體的『特性』，不需要等交機成軍，只要原型機試飛成功，錄影帶在視頻網站和網路上一放，找一批假裝懂軍事的記者和網軍帶動輿論風頭，這個計畫就成功了。」

「問題是對方不肯透露下包的製造商，總統可能不同意這樣的合約。」

廖院長摸了摸短髭，點頭道：

「嗯，走一步算一步吧，你今天不讓霍夫曼晉見是對的。我們就等兩星期，看看『太平洋西方企業公司』提給蔡代表什麼樣的計畫吧。」

王祕書長雖覺還不到大老闆出面的時候，廖院長卻沒想到大老闆第二天就在總統府單獨召見了自己。

談話的時間很短，但內容極為沉重。廖淳仁辭出時，大老闆的兩句話一直在腦海中洶湧澎湃。

一句是：「廖院長，請你記住，戰機案能否順利搞成功，是我能否連任的關鍵。」

另一句是：「廖院長，如果我能連任成功，接下來四年行政院的重擔要你來幫忙啊。」

他的座車離開總統府，坐在車上心跳如鼓，再也壓不下那份興奮和激動，也禁不住心中飄起的狂想曲：

「只要我把戰機的事搞定，我廖淳仁將是有史以來第一位擔任過行政、立法兩院院長的人。嘿嘿，前無古人，後無來者啊。」

林紫芸從國文老師辦公室走出來，老師告訴她一個好消息，到此刻她仍不敢相信是真的：她寫的一篇作文在全校作文比賽中得了第一名。老師要她立刻把該文建檔傳回，校方要發布。

那一篇文章她原已忘記了，是老師提了兩句她才想起來：前個月的作文課，她開溜去練籃球，到第二節課才趕回教室開始寫作。記得那天一時興起，就用文言文匆匆寫了一篇短文，下課時正好趕上交作業。

作文的題目是「民主與民粹」，紫芸的文章不長，只數百字，以她很切身的校園民主為例，闡明她對民主和民粹的看法。哪些事應由學生投票決定，哪些事應讓學生參與決策；哪些事應由教師決定，哪些事應由學校行政決定。條理井然，說理明晰。

她的結語是：「民主非完美，故施其法不可『食西不化』，須視事性、時空之異而變，其不異變者惟公民之理智；微此，其淪為民粹亦復何言?」老師說這結語為她這篇短文加了不少分，他個人則特別喜歡紫芸發明了「食西不化」這個新「成語」。

紫芸萬想不到自己為趕時間匆忙寫的一篇文言短文，居然得到第一名，實在是「無心插柳柳成蔭」，她暗思：

「對了，那一陣子我被那個怪人逼得用文言文和他溝通，腦子裡都是文言文，恐怕也是這回忽然用文言作文的潛在原因……」

想到那個「怪人」，頓時就有點懷念起來，她忖道：

「斯永漢，這一陣子你怎麼突然從人間蒸發了呢？」

紫芸回到家，很開心地把作文得獎的好消息和母親分享，正談得起勁，手機「叮」的一聲，她接到斯永漢的來信。她暗喜忖道：

「也真奇怪，我才想到他，這個怪人就來信了。」

斯永漢的電郵只簡單的幾行：

因事離開了台北一陣子，抱歉不告而別……

看了第一行就生氣：「你去你的，幹嗎要跟我告別？文理不通。」

再看下去：

我將有中國大陸之行，行前盼能和妳見面聊聊。下個星期五放學後，我在捷運大安站等妳。

紫芸算了算日期，距下星期五還有十天的時間，她雖有些惱這怪人的行事神出鬼沒，但心中還是有些高興十天後可以和這怪人聊聊這段時間的林林總總。還有，自己這邊不久也將有大陸之行。

才關上手機，「叮」的一響，信件又進來了。

還是斯永漢的信：

有問題請教。

一、國家是否愈民主愈富強？

二、人是否愈自由愈快樂？

三、回信請用附件軟體處理。

紫芸深吸一口氣，想不到斯永漢會問這樣不好回答的問題。因為斯永漢的電郵地址總是在變換，紫芸懷疑他仍在竊用別人的電郵帳戶，所以她都不回信；這回想了很久，終於把自己得獎的這篇短文寄出，算是一種回覆。

「哈，正好是篇文言文，他還以為我特地為他寫的呢。」

信尾PS，她告訴了即將有貴州之行，將在世界最大的射電天文望遠鏡「天眼」（FAST）參加學習營，很是期待。

CHAPTER 11

太史公

一輛公車從陝西省韓城市中心開上國道一〇八向南駛去，車上擠滿了乘客，大多是當地的居民。有位老農一手提著麻布袋，一手牽著小孫子在車上搖晃，全靠人貼擠著人才沒有跌倒，還好一位好心的青年站起來讓座。老農咧開嘴笑著道謝：

「麻煩你了，小哥兒，麻煩你了。」

斯永漢覺得有趣，讓個座位給你，有什麼麻煩？他向左面的窗口望去，黃河只在兩公里外，對岸便是山西省，大河從此處滔滔向南，直奔潼關和風陵古渡，向東轉就進入河南省了。他心有所感地輕嘆，暗忖道：

「本來要先回台北的，卻匆匆趕來了這裡，這一陣子發生的變化真一言難盡啊……」

他的長髮和一身穿著夾在滿車的陝西老鄉之中，顯得有些不協調，從上車起就受到其他乘客異樣的眼光，斯永漢已經習慣了。他暗忖道：

「你們看我好像是外星人，其實你們不知道，我真的是個外星人。可是，我又是回家來的。」

車行約十公里，在芝川鎮停靠，讓客人上下，斯永漢早就把地理資訊查得清楚，便在這個小鎮下了車。

目送公車繼續向南駛去，斯永漢環目四望，就在公路旁他看到一家「開源酒樓」，肚子有點餓了，便信步走入。

時間已是下午一點半，酒樓裡還很熱鬧，斯永漢選臨窗的方桌坐了下來。因為鄰桌有四個大漢，伙計正在上菜，永漢不會點菜，便瞅著鄰桌上一道道上來的好菜，聞著濃郁的菜香，聽伙計吆喝著一道道的菜名，口水直冒。

雖然聽不太懂陝西話，但他這人記憶力驚人，尤其對語音的摹仿有鸚鵡的水準。鄰桌六道菜上菜完畢，他就學著點了三道，「爽綠脆瓜」、「蔥椒羊肉」和「岐山臊子麵」，口音調調兒模仿得逼真，伙計真被哄了，咧嘴笑道：

「先生，您當地人吧，平日怎沒見過您呀？」

斯永漢怕言多露餡，便打了哈哈混了過去。

「爽綠脆瓜」裡有蒜泥、芝麻等作料，伴著脆嫩的小黃瓜極為可口，羊肉除了蔥椒外還加了大量孜然粉，斯永漢不太喜歡孜然的味道，還好那一大碗臊子麵十分對胃口，他一口氣吃個大碗朝天。

飯後喝了一大碗粗茶，就這一陣子天色陰了下來，斯永漢怕要變天，便匆匆付帳，跨過公路，往長陽古渡旁的小山崗走去。

斯永漢胡亂揀一條小路，卻是條捷徑，路雖不大，但還算平整，走了一公里左右就看到路旁的指標：

漢太史司馬遷祠墓

這個時辰遊人幾無，有兩個大媽清潔員懶洋洋地在祠堂前的石徑上揮劃著掃帚，斯永漢登了近百級石階才進入祠門，內有獻殿、寢宮，三進的仿宋建築還算典雅，壁上不少有關太史公的生平及文獻、古今的詩賦頌辭碑碣，斯永漢都無暇欣賞，他直奔祠後的墓園。

司馬遷的墓建成圓形，外砌青石磚，墓頂有一棵龍蟠古柏，千年來陪伴一代文豪，簡單而氣勢不凡。墓碑上有乾隆四十一年陝西巡撫畢沅所書「漢太史司馬公墓」七個字。

斯永漢面對這七個字，心中各種情緒如五味雜陳、波濤洶湧，一時之間他不知身在何時何地，兩行清淚長流，再也忍不住跪倒在墳前，一拜再拜。

四周雖然無人，前殿仍有管理人員，斯永漢想要嚎啕大哭，卻只能用力忍著，只在心底狂喊，唇齒間低呼：

「父親啊！您的兒來看您了！」

「父親，您可知母親原本來自三十兆里之外的一個星球，當地語為『塞美奇晶』。當年被迫離您而去時，腹中已經懷了我。她在故鄉產下我，雖與您雲漢浩渺相隔，但在我成長中，她不斷告知父親之生平，還有她和您相愛的故事。我雖未見過您，但是您的一切卻深深印在我腦中。午夜夢迴，常見您執筆疾書，正氣凜然的模樣，只那形影總是那麼模糊，總是隔了一層霧；那一層霧，於空間是三十兆里之遙，於時間是在地兩千多年，在我星二十多年……但今天，您的兒終於越兆里而跨千年來到您的墳前，這一跪一拜何其神奇也！」

地下的司馬遷即使有靈，也未必懂得永漢所言的天文知識，但他卻一定會「懂得」天上一年地下百年的說法，因為這乃是亙古相傳之說；真正重要的是，在遙遠的星雲外，他有了一個兒子，此刻就拜在自己的墳前。他摯愛的隨清娛在西漢武帝時的某個夜晚裡突然神祕失蹤，這千古遺憾在此刻得到了補償和慰藉。

斯永漢對著墓碑繼續訴說：

「『塞美奇晶』星球上之人早窮宇宙天文之理，深究科學技術之巧，遠超地球人類。唯對人文藝術之奧，社會運作之道則發展甚為滯緩，較之地球人類堪稱落後……」

斯永漢站起身來，輕撫墓碑上的字跡，低聲告訴父親：

「您在世時，我星球上之科學智人發現兩地雖有兆里之隔，在浩瀚時空之間竟藏有相連捷徑。彼等窮究原理，終得陰陽密道之通關祕訣，遂派四人來此考察當時地球盛世之治國制度，母親便是其中之一。當她得知您是太史令，對歷代政治制度之瞭解無人能及，便刻意進身成為您的治史助手，就近向您學習。此計畫一切順利進行，只沒有料到母親對您由敬生愛，和您發生了一段異星之戀，世上遂有了我……啊，忘了告訴您，母親為我取名『永漢』，他們帶回大漢盛世之治理制度及儒學寶典，並做為我國制度之設計依據，遂有強國之勢，征服四夷而獨為星球之主。」

斯永漢低訴到這裡，覺得應該向父親說明自己這次再臨地球的原委了，他重跪下道：

「但是母親卻因私通於您並且懷孕，遂被打入奴工之屬，我母含辛茹苦育我長大，在我十五歲那年撒手棄我而逝。母親私記您的《史記》巨著，每夜教我熟讀，我遂也能熟記五十餘萬字之《史記》全文。我之星球過去數年間四方夷狄又起，而人民對現行施政及制度漸有不滿，諸多有識之士開始抨擊君主之制，君王在遺憾之中病逝。新帝英明通達，想到我國施行大漢之制已過二十年，盛極而後有衰落之象，此間在地球已歷時兩千餘年之久，其典章制度必有極大之改進，值得再次派人前往瞭解，幾經規劃，遂想到了我。」

「兒在京城衛戍師中當一個下級軍士，卻是宇宙中唯一具有兩個星球人類基因之人，新君主的太史令——也就您當年的職位，從史料查得『罪婦隨清娛懷有地球人種，產子一人，取名永漢』，遂在衛戍軍中找到了兒，經過嚴格訓練後與一科學智人同被送上旅途。一則君王之命不可違，二者來到地球如能一謁父親之墳墓，固所願也。」

斯永漢擦乾淚水，說到了重點：

「兒與科學智人通過『陰陽祕道』抵達前次母親等人建立之中繼站，科學智人以自動駕駛飛碟將兒送到地球，他本人則留守中繼站。飛碟降落於地球某小島之沙岸，放下兒後便依設定程式飛返中繼站。」

斯永漢敘述到這裡，腦中出現了初見清水斷崖的美麗景象，禁不住嘴角噙著一絲微笑。他娓娓告訴地下的父親：

「兒登上之美麗島嶼乃是中國大陸東南海外之台灣，而台灣之社會及民主政治發展極為豐富有趣，是兒此行調查民主政治最佳對象之一，另一對象則為當今地球第一強國：美國，最後來到中國；此乃我父母相逢、孕我生命之地，遲至今日始來父親墳前一拜，非敢緩也，蓋兒之調查計畫須有優先也。待完成調查，便是兒賦歸覆帝命之時矣。」

斯永漢再拜而起，他拭淚找一個石凳坐下，雖然從未見過父親，這時卻覺得和他好親好近，那種似真似幻的感覺，使斯永漢陷入了玄思，一時之間不知身在何處。

也不知過了多久，他走回獻殿，殿內古石碑林立，此前急於拜墓匆匆而過，這時細看，約有五、六十塊之多。不知何時來了兩位遊客在細讀碑文，其中一個長鬚的高大老者對著一塊碑搖頭擺腦地默讀碑文。另一個穿解放軍制服的瘦長漢子，則對著一塊看上去比較近代的石碑朗聲唸道：

「龍門有……秀，……毓人中龍。學殖空前富，文牽曠代雄。……才鷹斧钺，吐氣作霓虹，功業追尼父，千秋太史公。」

他有字不識，便轉向長鬍子老者求助：

「爺爺，什麼秀……什麼毓……才鷹斧钺，是些什麼字呀？還有，尼父是誰呀？」

老者頭都不回便答道：

「龍門有靈秀，鍾毓人中龍。憐才膺斧鉞，吐氣作霓虹。郭沫若這首詩用繁體字書寫，你便不識，你看這幾十塊碑，上無一個字是簡體字，你不學繁體字便自絕於古人了。尼父便是孔子呀，孔子字仲尼，這個你總該知道的。」

「對，俺曉得。爺爺，您在讀啥碑呀？」

「這是唐朝書法家褚遂良寫的司馬遷侍妾隨清娛的墓誌銘，你來瞧瞧。自來書家評褚字『法則溫雅，美麗多方』，也有人說他的字如天女散花，顧盼生姿……」

斯永漢聽到「司馬遷侍妾隨清娛」幾個字，心中一陣猛跳，連忙湊過去看，默讀著碑上的文字：

「永徽二年九月，予判同州，夜靜坐於西廳。若有若無，猶夢猶醒，見一女子，高髻盛妝，泣謂予曰：『妾漢太史司馬遷之侍妾也，趙之平原人，姓隨名清娛，年十七事遷，因遷周遊名山，攜妾於此。會遷有事去京，妾僑居於同。後遷故，妾亦憂傷尋故，瘞於長樂亭之西。天帝閔妾未盡天年，遂司此土；代異時移，誰為我知血食何所？君亦將主其地，不揣人神之隔，乞一言銘墓，以垂不朽。』予感寤銘之。銘曰：嗟爾淑女，不世之姿。事彼君子，弗終厥誌。百千億年，血食於斯。唐褚遂良撰文并書。」

高瘦的解放軍問道：

「爺爺，這碑文看不太懂，您給俺講講。」

老者道：

「這碑文說司馬遷的小老婆隨清娛死了葬同州，時任同州刺史的是褚遂良，隨清娛托夢請褚遂良賜她一個墓誌銘，免為無名無主的孤魂，褚遂良就親書了這篇墓誌銘。」

解放軍聽了便在心中暗自計算，他對歷朝的年代倒是有譜，算了一會兒，便道：

「哪有此事？從西漢到唐朝，這女人死了……七、八百年還托夢？不可能是真的……」

老者道：

「你這娃兒這句話倒說在道理上，這篇墓誌銘字雖好，文章卻不成，不可能是褚遂良親撰的，也許是哪個後人寫得一筆褚遂良字體，自己杜撰托名先賢；以前的中國文人最愛搞這一套……是什麼人把它立在這裡？以前好像沒有這塊碑……興許是為了搞觀光旅遊……」

站在一旁聆聽的斯永漢暗中點頭忖道：

「當然是假的，照這人說其間相隔七、八百年，在我們的星球上，那時母親也就三十歲不到，活得好好的，哪會托夢給地球上的褚遂良？不過也要感謝這個托名偽作的人，我媽的名字才永遠留在地球上了。」

他走出獻殿，日已西偏，信步走上坡頂。周圍古樹參天，遠方巍巍群山環抱，腳下隱見一水蜿蜒流過，回首處見到平台上牌坊矗立，上書「高山仰止」四個大字。永漢心中忽然一陣悸動，想到父親一生命運多舛，但他對文史的偉大貢獻被後人譽為直追孔子，不禁又悲傷又感動。

他默然對父親道：

「父親，兒要去了，此去也許不再回來……但我必須去貴州了……」

斯永漢坐上從韓城到西安的長途巴士夜車。這條G5高速公路從北京出發，可以直通昆明，穿過河北、山西、陝西、四川、雲南五省，一般稱為「京昆高速」。

韓城到西安不過兩百多公里，全程不到三個小時。斯永漢上車不久就覺昏沉疲倦，也許是哭拜父親的激動和辭墓永別的傷心，使他感到一種說不出的心神俱疲。

夜已深，G5高速路上車輛不多，巴士平穩地向南飛馳，這一段路穿越之地人煙稀少，周遭一片漆黑死寂，只聽見車輪疾駛過不平路面的聲響。斯永漢睜開眼眺望窗外，赫然看見一組星座出現在半空中，感覺上顆顆皆有拳大，似乎伸手可及。他吃了一驚，數數一共八顆，中間三星並列一排，來地球時在太空中似曾相識。斯永漢不禁冥想，沿著這組星座，在它的後面很遠很遠的地方……他忽然開始想回家，漸漸地，他閉上了一雙累眼睡著了。

熟睡了一會兒，就陷入了時醒時夢的狀態，醒來時忽然聞到一股酸腐的汗餿味，那異味似乎有些熟悉，幽幽地帶引他迷迷糊糊地再入夢鄉；他夢見自己坐在另一輛巴士上，四周看到的都是英文招牌。

伊斯特里奇（Eastridge）車站的電子鐘上顯示11：15 p.m.，二十二號公車緩緩駛進來，車頭窗上顯示前往帕羅奧圖（Palo Alto）。司馬隨意跟著一群中老年乘客上車，心中狐疑，為什麼這些乘客每個人都帶著大小的包袱行李，像是在逃難，說是乘客，其實更像是難民。

上了車，司機關了車門啟程，立刻就對乘客宣布：

這是二十二號公車，你們可以在車上睡覺，但要遵守規定：

不准躺臥。

腳不准上座位。

睡覺時頭須靠在窗上。

請尊重天亮搭回程車的乘客，他們是要到矽谷上班工作的。

OK，旅途安全順利。

司機是個德州人，口音很重，司馬隨意很努力聽懂了六、七成，對這些規定很是不解。他忙了一天，坐在車上心情放鬆了，暗自忖道：

「今天我潛伏進了矽谷三大科技公司，他們有很好的研究體系和製造技術，但是基礎科學的程度是不足的。他們當前最先進的技術我們早已不用，星球上的科學智人用的是完全不同的科學原理所產生的新材料和新軟體。我雖不是學這些的，但知道和地球上的科技發展不在同一水平上。明天我要去他們最好的大學『史丹福大學』瞧瞧，也許能對地球的科學發展多些第一手資訊……」

車上播放一個預錄的女聲：

「本夜車上請勿使用手機通話，如必須使用，務須輕聲、簡短。」

司馬隨意暗忖：

「怎麼一班公車上有那麼多規矩？」

車已駛入深夜的原野，車上的人歪歪斜斜地就座位的周遭尋找最舒服的支點入睡了。有的人把頭靠在窗框上，有的人用扶手撐手、手撐頭，還有的鄰座無人，放下他的大包袱，索性伏在包袱上入睡。鼾聲此起彼落，一時車廂中漸漸蓄積了愈來愈濃的各種「人」臭，一種酸腐的汗餿味。

司馬隨意剎時間懂了，他暗道：

「這些人都是無家可歸的中老年人，花幾元車資就把公車當旅館了……」

他想到上車時司機對乘客下的種種規定，那時聽著覺得很不禮貌，此刻就懂了。乘客全是無家可歸的可憐人，夜車就是他們的旅社，到了目的地其實沒有目的，只是又混過了一個難熬的黑夜。

車停靠站，上來一個渾身酒氣的年輕人，他一上車就把一個老人的包袱從座位上抓起來，丟在地上，大聲罵道：

「垃圾！全是垃圾。」

老人睜開無神的雙目，抱起包袱，喃喃回罵：

「你以為你是誰呀？屁眼！」

那年輕人大怒，戟指老人罵道：

「這是一輛公共汽車，不是你們的旅館！你他媽的懂不懂呀？」

老人身後一個滿面愁容的非裔美國人痛苦地叫道：

「喂，你們有什麼毛病呀，我好不容易睡著……司機，你就不能給我們開點暖氣？我操，我們也付了車費呀，你這混帳給我一點暖氣，我馬上就閉上我的鳥嘴！」

那挑釁的年輕人轉移目標，對著他罵道：

「要暖氣？這裡是二十二路公車，你還真把這當成旅社了！我操你媽！」

非裔美國人咧嘴笑道：「我們這車不是二十二路公車，它就叫做二十二號旅社！這可不是我說的，《紐約時報》早就取了這名，你不懂就先閉上你媽的臭嘴！」

說著他便站起身來，少說有一九五公分高，長相令人畏懼，那年輕人就暫時停止罵人了。嚇倒了年輕人，他一屁股坐到司馬隨意的身旁。

司馬隨意不想和他搭訕，便轉頭看窗外，車行甚速，路邊的樹影一棵棵向後快移，更遠處的野地一片漆黑，這一帶顯然人煙稀少，車窗上緣可以看到一線彎月和一顆孤星。

「嘿，你一個中國佬怎麼也會沒個去處？怪咧。」

「沒去處？我……」
「這車上的人都是沒去處的人，我丟掉工作、家庭，丟掉每樣東西……像這樣子快一年了。剛才那個脾氣大的老頭每晚在車上過夜已經一年多……」
司馬隨意不想交談，但還是忍不住問了一句：
「你發生了什麼事？」
「啊，這說來話長……簡單說吧，我丟了工作，再也找不到工作。」
「你原來幹啥的？」
「我原來是ＩＣ製程工程員，機器人搶走我的工作，我連個抱怨的對象都沒有。他媽的機器人做得又快又好，又從來不累，不需上廁所也不要求休假，你說我怎麼辦？」
「換個工作呀。」
「不錯，我去矽谷最有名的披薩店找到一份廚師的工作……」
「哈，你會做披薩，厲害。」
「我做的披薩可好吃了。我們店就在山景城，專作谷歌總部工程師的生意……廚房五個廚師才忙得過來。」
「那好得很呀，我昨天下午還去過山景城谷歌公司，你幹啥又不做了？」
「唉，你不知道，怪就怪你們中國佬，有一個聖塔克拉拉大學畢業的中國小鬼，他發明會做披薩的機器人，做的披薩口味是中華配方，麵餅口感好，一口咬下去據說有『驢肉火燒』的口味。我們老闆用了三台機器人，生意大大的好，我就被辭掉了。我操他驢肉火燒，你從中國來吃過沒有？」

飄】

「沒吃過，我又不是從中國來的，你搞錯了。」

「那你從哪裡來的？失業多久啦？」

司馬隨意想了想，回答道：

「我從很遠很遠的地方來的，沒去過中國，也沒吃過驢肉火燒。」

「那個中國佬發明的機器人執行主人設定的ＳＯＰ，從和麵、揉麵、幾分水、幾分麵、幾分鐘揉幾下、配料成分用量，全像用天平秤過，做一千個和做一個完全一樣。最厲害的是，它的手不怕燙，烤得最燙時就伸手抓起直接入盤上桌，我可做不到……」

「所以你又被辭退了？」

「不錯，但是事後想起來，其實真正被辭退的原因恐怕不是因為機器人，而是因為我是黑人！」

「黑人？啊，你是很黑。」

非裔美國人睜大眼瞪了一眼，不知司馬隨意是什麼意思，想了一會不得要領，就繼續說道：

「你猜為何我這樣想？因為另外四個廚師——三個墨西哥人、一個白種人，都沒有被解雇。尤其那個白人手藝最爛，我吃過他做的披薩，又乾又鹹，也被客人抱怨過，可是就我一人被機器人取代。離開那天，我偷聽到那幾個墨西哥小子竟在背後說：廚房太小，送走這個黑猩猩，大家都鬆一口氣……」

「黑猩猩？哈……」

司馬隨意差一點拍手表示贊同，但他立刻強行忍住，那人已經察覺，就轉頭不再理他了。

公車上再度陷入沉默。黑夜正長，忽然一個淒涼的歌聲從最後一排座位傳出，一個留長髮的白種女人低聲吟唱：

如今你不再驕傲，
不再大聲喊叫，
下一餐飯哪裡討；
感受可好，這感受可好？
無家無室，
就像是個完全的未知，
就像一顆滾石。

司馬隨意轉頭看，想不到坐在最後一排的那個長髮邋遢的老女人竟有那麼纖細美妙的嗓音。初聽之下對歌詞不甚瞭解，婦人重複唱了三遍，也就大致懂了。想到一顆滾石投向完全未知，不正有些像自己的處境？想著不禁有些恍惚……公車似乎更加顛簸起來，司馬隨意似醒非醒，半睜懵懵的雙眼……

他向兩面瞄了一下，感覺上哪裡是在矽谷的二十二路公車上？身邊擠坐著的好像不是那個黑人，左右前後倒換成了一批華人的面孔，難道自己已經離開了美國矽谷？難道現已身在中國？

可是，可是那子彈聲呢？他忽然聽到尖銳的子彈破空聲……

他看見自己正從二十二路巴士下車，在車上過夜的流浪者也魚貫下車。旭日已升起，車站大廈的玻璃帷幕上反射出百道金光，又是一個燦爛光明的加州好日子。「二十二號旅社」的「房客」各自帶著包袱行李消失在四方，他們是那麼自慚形穢。一個警察上車來清場，確保沒有人賴著不下車，因為這時候已經有十幾個年輕的科技人，或持筆電、或滑手機，另一手握著一杯熱咖啡，正準備登車前往矽谷上班。

他們是何等陽光，何等的璀璨。

司馬隨意走出車站，這一夜車上的經歷令他怵目驚心。那位曾和他交談的高大黑人，再也不瞧他一眼，從他旁邊擦身而過，在冷冽空氣中留下一股酸腐的汗餿味。

「奇怪，在車上反而沒有這麼臭；啊，是了，他剛脫下了厚外衣……」

他決心離開這個國家了，在短短不到一個月的時間裡，他已經記錄了豐富的第一手資料；這個國家的富強面和陰暗面，人民的幸福面和悲慘面，何以致之，孰以致之；政治、經濟、社會、制度設計的長短……都記錄在他的資料庫中，他該去中國了。

他去中國不是為了考察民主，而是去尋根，尋那兩千年前司馬家族的根。

但是在去中國之前，他要先回台北；好想念那裡的朋友。他發了一封電郵。

同時，他想到也該通知留在中繼站上的科學智人了。

不科學智人曾告誡他，他們之間通訊用的是「量子通訊」技術，地球上無人能截取，不過也一再叮囑：接收訊號不會有安全問題，但是千萬不要常常發射訊號；地球上的科技雖然不可能截讀訊號內容，但是以他們的科技，倒有可能偵測到你發射的位置，如果被偵測到……就麻煩大了。

司馬隨意一面小心地注意周遭，一面走到車站後，有一片空地被臨時矮圍幕圈起來，好像是一塊興建停車場的預定地。他四顧無人，同時也確定數十公尺內沒有人跟蹤他，便從衣袋中掏出一個扁盒狀的黑色事物，用大拇指輕觸一處，黑盒分為兩個更薄而狀似手機的東西。

他將一個藏在胸前口袋中，雙手捧著另一個，開始用手指在上面不停地點撥滑動。心中暗忖：

「上一次發信給中繼站是初到ＤＣ時，這一陣子我十分小心，沒有發射任何訊號，應該沒有被盯上。」

他試了兩次，無法連上中繼站，手上物的面板上顯現一組奇形符號上下竄動，他搖了頭，暗忖道：

「中繼站不在連結上，科學智人正在和『塞美奇晶』通訊中。」

過了十分鐘，又試了一次，仍然無法接通，他不禁有些不耐，便一次次連續撥叫，忽然他停止了手指的動作，只雙眼牢盯住掌中物，直到那物事通體發出一層微弱的藍色螢光，司馬隨意暗喜道：「終於通了……」

「咻！」

子彈破空聲！

就是這個時候，他聽到了刺耳的子彈破空聲。

聽到子彈破空聲卻未聽到槍聲，一個念頭電光石火之間閃過腦海：

「狙擊手，是遠方的狙擊手……」

說時遲那時快，「噗」的一聲，他胸上已被那顆遠處飛來的子彈擊中。

他忍痛猛按腰上一個機關，腳下「嘭」的一聲射出一張無形網將他身體包住，同時騰空飛起，剎時之間，司馬隨意就在狙擊手的高倍瞄準鏡中消失。躲在一千米外樓頂上的狙擊手繼續連發兩槍，子彈全都打在目標原在地的地上；華盛頓ＤＣ三個「量子通訊」研究單位的聯合偵測網，透過衛星定位鎖定的目標，就這樣瞬間蒸發了。

司馬隨意坐在史丹福大學的大草坪上，不遠處矗立著一個造型優雅的紅頂高塔，他胸口被打中一槍，但是那子彈正打中他上衣口袋中的半個「量子通訊器」，這個設備的外殼所使用的材料是地球上沒有的合成物，輕薄如紙板，強硬度可媲美十公分厚的碳鋼板，就這層薄殼救了他一條命。

他的胸口還在痛，但心裡更痛，痛的是他的「量子通訊」系統被打壞了，這表示他將無法與留在中繼站上的科學智人通信，更遑論與兆里外的故鄉星球聯絡了。和心痛比起來，胸口的痛只是短暫的「外傷」。

只要不再發射訊號，他就不必擔心行蹤曝光，他的全光譜匿蹤術能躲過地球上所有的偵測。但是沒有量子通訊，他無法和中繼站聯絡，就要被困在地球了。

司馬隨意充滿挫折，坐在草坪上發呆。他想了好幾個辦法，沒一個行得通。他就這樣呆坐了一個小時，最後有點絕望地問自己：

「難道我將永遠留在地球上?永遠回不成家?君主交付我的任務怎麼回報?」

他打開手機，意外接到來自台北的信，這讓他暫時開心起來。台北寄來一篇文言的短文，討論「民主」與「民粹」，內容打動他的心，但是更令他「動心」是，在「PS」中出現了「天眼」兩個字!

他腦中閃過一道靈光，全身猛然一震。

「天眼?FAST!據說是一個能收到宇宙邊緣訊號的『大耳朵』，也許是我的救星!貴州，我要立刻去貴州!」

「貴州，我要去貴州……」斯永漢擠在G5京昆高速公路的公車上，半夢半囈。身旁坐著一個穿著藍色大褂的老漢，好心地把斯永漢的頭從自己的肩膀上扶正到座椅的頭靠上，拍了斯永漢一下，道:

「細娃子，你要去貴州，就在西安搭渝西高鐵到重慶，在重慶換渝貴高鐵去貴陽，可快哩。」

車速慢了下來，駛進西安市區的交流道。

「謝謝大爺，麻煩您了。」這回斯永漢徹底醒了，也學會了「道麻煩」，心想頭靠在別人肩膀上那麼久，作了一場夢，這還不麻煩人家?

林紫芸和吳一覺教授約好，在「瘋天文讀書會」的演講活動完畢後，檢討一下臨行前最後該注意的準備工作。貴州那邊的活動細目已經寄來，不但內容規劃得詳細清楚，便是貴州那邊的生活細節也都提供了許多「溫馨提醒」。

和吳教授約定的時間已經超過半小時，仍不見他的人影，撥了兩次電話都沒有通，不知發生了什麼事。正在焦急，看到吳一覺挾著一疊資料，匆匆地從長廊的遠方趕過來。

「紫芸，不好意思，被麻煩事拖住，脫不了身，害妳久等了。」

「不會，不會，教授，你要不要先喝一口水，我們這邊有自助飲水機……你說麻煩事？是貴州那邊……」

「不，不相干的，是丘守義、何薇那邊的事。妳還記得上回我去美國參加全球ＵＦＯ協會年會的事？」

「啊，我記得，你是說那個『台北阿飄』的目擊者丘守義先生？他怎麼了？」

「紫芸，我們先把去貴州的準備作最後一次檢驗。這邊我帶來一些新資料，也為妳說明一下，然後我們再談丘守義的事……」

吳教授和紫芸將行前所有的準備事項一一複驗完畢，他很滿意地道：

「紫芸，此次活動，妳真是我方的最佳代表，相信妳到了貴州一定能讓貴州大學的指導老師及妳的對手韋新同學刮目相看，為台灣的學生爭光。」

紫芸謙道：

「我只是按照吳教授的指導，盡力做好功課而已。」

吳教授就帶來的資料解釋給紫芸聽：

「這些都是『天眼』最近得到的數據，幾乎全是發現新的脈衝星……另一篇論文是我國天文物理學家李院士寫的科普文章，描述脈衝星在宇宙中與星際電漿作用的理論計算結果……我是說『天眼』既然抓到了那麼多的脈衝星數據，應該可以用來印證李院士的理論計算是否正確。這是非常有意思的科學，這些理論和數據對未來的宇宙通訊，甚至宇宙旅行都有很關鍵的重要性……詳細內容妳可以拿回去細讀，有不懂的地方，我們還有時間可以討論。」

紫芸向吳教授道謝，心中計畫著：

「本來明天約好了要和斯永漢見面，下午才接到他的電郵，說他因故要爽約，但是他會到貴州找我，這個人……實在瘋瘋癲癲。不過也好，我就利用明日一整天讀懂這篇有關脈衝星的文章。」

吳一覺教授覺得該交代的都交代妥當了，便對紫芸說：

「我來此之前，和丘守義及他的女朋友何薇在一起……」

吳教授和丘守義約在建國南路一間飯店的一樓咖啡廳見面，吳一覺趕到時，發現除了丘守義，還有他的女友何薇在場。

吳一覺開門見山，對丘守義說明來意：

「守義兄，我收到梁博士的電郵，他說『台北阿飄』在五角大廈被美方偵測到以後就不見蹤影，這段時間華府三大研究機構組成專案小組，合力將阿飄所有相關情資綜合分析後，確認阿飄是『外星人』，這是有史以來第一次科學認證了外星人身分……」

丘守義點頭道：

「吳教授，我也收到了梁博士的信，他邀請我們兩人再去華府一趟，協助他確認對阿飄使用的量子通訊理論猜測……吳教授，這事你怎麼看？」

吳教授沉吟一會兒，道：

「量子通訊的科技在地球上尚未成熟，但是以外星人能克服宇宙旅行的種種困難來到我們地球的事實來判斷，他們擁有成熟的量子通訊應該是合理的推測。人類雖然無法跟上外星人的科技，但以華府在地的三個頂尖研究機構：海軍研究實驗室（ＮＲＬ）、約翰．霍普金斯的應用物理實驗室（ＡＰＬ），以及國家科技研究院（ＮＩＳＴ），它們都有前瞻的量子通訊研究計畫在進行中，這三個研究群聯手追蹤阿飄，除非阿飄放棄量子通訊，不再向他的對接者發射訊號，否則遲早會被偵測到並被定位；但是對阿飄而言，他若放棄使用量子通訊，他又如何即時和他的對接者或本壘基地取得聯絡？」

守義聽懂了重點，向何薇解釋：

「現在美國國安體系被阿飄『入侵』，引發了極度的不安，祕密嚴令全國相關機構獵捕阿飄，梁博士的ＮＲＬ研究團隊首當其衝，他希望從我們這邊得到更多關於阿飄的資訊……」

「啊，這……很嚴重啊！」

吳教授接道：

「不錯，何小姐，這位阿飄如果是一位無害的外星旅人，他最好趕快離開，否則成為美國的全民公敵，他終將無所遁形……我們可不願意看到地球人與外星人的第一次真實接觸，就以不文明的悲劇收場。」

何薇睜大了雙眼，忽然冒出一句：

「其實司馬只要趕快離開美國就好，譬如說回到台灣來，我就不信我們這邊有偵測能力將他定位？」

「何小姐，您說司馬？阿飄名字是司馬？」

何薇說溜了嘴，不禁怔了一下，守義心想我和阿飄之間通電郵的事已經告訴過吳一覺，也就不再隱瞞，接過道：

「不錯，他在電郵上用的名字是『司馬隨意』，不過我猜是個假名，哪有人用『隨意』當名字的？」

吳一覺想了一下，道：

「何小姐說得有道理，我估計老美的科技沒法越洋偵測量子通訊，這個司馬隨意應該儘快離開美國……」

何薇聽吳教授說她講得有道哩，興奮地道：

「守義，你快發電郵警告司馬……」

吳教授冷靜地打斷道：

「不成，如果我沒猜錯，守義的手機已經被老美鎖定，你發信給司馬，正好暴露司馬的位置。」

守義微笑道：

「不妨，這個司馬老兄專門隨機竊用別人的電郵帳號，老美短時間內破解不了的。」

他回頭對何薇眨了眨眼，看到吳教授全心全意為阿飄的安危著想，兩人都很安慰。

何薇從隨身袋中掏出上午出刊的周刊，默默遞給吳教授看：

頭條標題：BS2-1開發弊案爆新內幕

副標題：市議員及資深媒體人遭子彈恐嚇

內容報導了BS2-1案的概要，重點為彭金財議員和緊追BS2-1案不放的記者何薇，都收到附有子彈的恐嚇信，文末暗示立法院廖院長服務處的資深主任游政與本案關係密切。全篇消息來源幾乎全部出自何薇先前的那篇詳實完整報導，作者為「本刊綜合報導」，沒有具名，似乎處心積慮要誤導讀者認為這篇報導的內容提供者別有用心。

吳教授再往下一看，小方框中有訪問游政的側寫，游主任認為一切報導全屬子虛，並聲明凡涉及他個人的部分，正和律師研究對「造謠」媒體提加重誹謗的告訴。不過，記者最後又加一段，說游主任的反應強烈，超乎尋常，可能與即將到來的立委選舉有關；地方已經傳出游有意出馬參選，這又將衝擊到游的老闆廖淳仁的政治布局，也將衝擊到廖與游之間數十年的政治交情。記者的筆下可嗅出濃厚的「樂觀其變」的期待。

吳一覺看完，將周刊還給何薇，不確定何薇給他看這篇報導的用意，但他還是作了最直接的反應：

「這篇不具名的新聞，強烈暗示何小姐提供了資料……」

何薇苦笑道：

「我就是要聽聽一位無偏見的中立讀者怎麼看這篇報導；這是很惡毒的做法，BS2-1案的關係人明明是廖淳仁、翁偉中他們一票人，現在把它轉變成我在爆游政的料，暗示游涉嫌發恐嚇信……」

守義直接問：

「吳教授，經過阿飄的事和美國之行，我對您的為人和見識都極為欽佩，我對您也不須保什麼密……」

他頓了一下，看何薇一眼，道：

「何薇之前寫那篇報導，每一句話皆有所本，我們看到了他們對官員施壓的現場，所以何薇才敢在老虎頭上拔毛……」

吳一覺吃了一驚，問道：

「你們親眼看到了現場？那還怕什麼？鐵證在手……」

丘守義輕嘆一聲，道：

「問題就出在這裡，我們所看的『現場』全是由阿飄提供的，他老兄飄到各處作壁上觀，用他的耳目就現場全錄，電郵傳給我們看。但是，不知他搞了什麼超現實的科技花樣，我們通信完畢，他那邊一關機，所有的郵件全部自動刪除，再也叫不回來。我想請教您，有沒有什麼方法能讓被刪去的郵件復現？……只要游政一告何薇，何薇就亟需那些錄影。」

何薇在旁邊補充道：

「看來那個游政是真要選立委了，才會急著按鈴申告。他若告我，到了法院，我就得拿出證據。其實只要有一小段他們在對官員施壓的錄影，就足以打趴他們，可惜我現在拿不出來……」

吳一覺道：「這個阿飄科技方面的本事太神奇，如何讓被他刪去的資料重現，也許我該請教資工系的教授朋友。不過，恐怕……難以破解這個阿飄手上的高科技……」

他一面說一面看著腕錶，驚叫道：

「我要遲到了，約了師大附中的小朋友……林紫芸。守義，你知道她的，就是要去貴州天文營的那一位……」

「我怎麼不知道，你在『瘋天文讀書會』宣布林紫芸代表台灣去貴州時，我也在場。」

吳一覺匆匆要趕去師大附中，臨行時丟下一句：

「要是能聯絡上阿飄就好了，可以直接請他再寄給你們一段關鍵的錄影……阿飄到底哪裡去了？」

吳教授和林紫芸先飛上海，再乘南方航空的班機飛貴陽。台北飛貴陽原有直航班次，現因兩岸關係轉冷，旅客人數銳減，直航班機已被取消。一路氣流很是穩定，飛機航行順利，平滑地降落在貴陽龍洞堡機場。

林紫芸是第一次乘坐飛機，覺得每件事都很新奇，飛行的平穩顯然超出她的意料，讓她感覺旅程實在太短，吳教授卻抱怨多停一站浪費時間。

貴州大學的馬教授帶著韋新來機場相迎，紫芸和韋新都看過對方照片，互相老遠便認了出來。兩個少年人交換了許多資料，頭一回見到對方，都感到興奮。兩位教授曾經在國際天文學會議上相遇過，算是「老朋友」了。

貴州大學派七人客車載著四人，從機場道路上了貴陽的西南環線，轉入花溪大道，四十多分鐘後就到了著名花溪公園北面的貴州大學。

紫芸坐在車上看窗外的藍天白雲，高速公路兩邊的山巒、森林，感覺上和自己的預期有極大的落差，忍不住對韋新道：

「我們的地理書上說貴州是『天無三日晴，地無三里平，人無三兩銀』，我看完全不對嘛，這段高速公路倒像是台灣北二高的一段，兩邊的植被都差不多呢。」

韋新笑答道：

「貴州的緯度和台灣相當，氣候也相似，只是地勢較高，比較涼爽。以前雨天多，一年四季都像是雨季。最近十幾年來，晴天愈來愈多，像最近兩個禮拜每天藍天白雲，天無三日晴這句話就不對了……」

紫芸說：

「看來全球氣候變遷，貴州是得益者。」

馬教授接道：

「那第三句『人無兩三銀』也不對頭了，貴州自成為國家大數據中心以來，無論是資訊業、農業、旅遊業都突飛猛進，生產毛額曾接連幾年在全國各省中名列前茅，貴州人開始有錢了……」

紫芸指著不遠處一排一排新蓋的公寓大樓，真不知有幾千戶，她從沒見過這麼大片的高樓，忍不住問道：「這麼多新房子賣得掉嗎？」

韋新不急著回答，伸手指著一群二、三十層的高樓，從樓頂掛著長幅的大廣告，上面幾個大字：「土豪來了」。

吳教授接著前言道：
「至於那第二句『地無三里平』，大致還是對的，但是只要重要地點之間的高速公路和高鐵通了，地形起伏不平並不造成交通不便，反而是旅遊好風景的資源，對不對？」
馬教授伸起大拇指讚道：
「吳教授跑遍世界各地，見多識廣，一語中的。」
紫芸聽得開心，接口道：
「原來我們讀的地理都是歷史。」
韋新笑道：
「不奇怪，我猜我們讀的有關台灣的情形也有類似問題……」
紫芸好奇地問道：
「我查資料，說平塘附近有一塊『藏字石』，兩億多年的地質年代，上面居然出現漢字，而且不是後來雕鑿上去的。韋新，你看過這個奇觀嗎？」
韋新道：
「當然看過，就在我們平塘縣桃坡村掌布谷，我去過兩次，一次和同學一道去玩，另一次是小時候跟族裡的長老去採藥時順便看到的。」
「你看那石上的字真有兩億多年的歷史？」
「不可能啦，兩億多年前哪有什麼文字？我是不信的，教授，您說是不是？」
馬教授沒有料到韋新突然問到他，一時之間沒有立刻回答，氣氛就有些尷尬，紫芸道：

「我查的資料說那幾個字和巨大的石塊具有完全一致的成分和年齡，而且絕無人工鑿刻的痕跡。這些都是經過中科院院士等地質專家鑑定過的，這……總有個合理的解釋吧？」

韋新接著道：

「我不知道那些院士專家根據什麼科研證據作的結論，如果他們說得對，這些石上的漢字確實是兩億七千萬年前就在石頭上了。那時候地球上正發生二疊紀大滅絕，大量二氧化碳使氣溫上升、海水酸化，生命大滅絕後，歷經一億兩千萬年才逐漸恢復。這石上居然留下漢字，只能說是神蹟了，這根本就違背唯物論。」

馬教授這回接口了，他轉頭對坐在後座的兩個少年人解釋道：

「既然你們對這事物有興趣，我們就要站在科學的立場上來檢視。第一、石上的字的確不是人為鑿刻的；第二、兩億多年前的確不可能有漢字。這兩個『的確』之間其實不一定矛盾，欠缺的是一個尚未被發現的科學解釋。我不覺得這裡要去扯什麼神祕的東西，我們需要的是大膽設想一個科學的解釋，然後設計實驗去驗證它——或者否定它，如果是後者，我們就要努力去設想第二種解釋。」

馬教授藉這個議題對兩位優秀的學生作了一次機會教育，紫芸和韋新聽得連連點頭，吳教授讚道：

「馬教授說得很好，科學——就說天文學吧，人類不瞭解的東西太多太大了，我們不要因為現有的知識無法解釋就認為不可能，或就托之虛無的神話；所有的解釋都可以大膽地、創意地去假設，但最重要的是要有符合科學的實驗證明。」

紫芸和韋新對望一眼，紫芸很有信心地暗道：

「那塊石頭上的字，一定有一個合乎科學的解釋的。」

斯永漢坐在西安車站大廳的角落，他努力找到一個人少處閉目養神，前往重慶的高鐵還要四十分鐘才開車。他閉上雙眼，腦波啟動電子偵掃，四周共有五個電子錄影器便和他的生物晶片連線了。

哈瑞士．羅勃森

漸漸，這名字和影像從黑白轉為彩色，先是紅、橙、黃……最後停在綠色，視覺黑幕上顯出穩定的綠色「哈瑞士．羅勃森」。

斯永漢身上有兩個超級「電腦」，一個是植入他腦內的生物晶片，另一個就是他天生的人腦。凡在晶片上有紀錄的人名、影像，都由他當下的心思腦波決定了存取的序列。當他身邊有任何臨時狀況與某個人相關聯時，這個名字及影像便會自動從晶片中跳出，他的人腦迅速判斷其重要性，而決定「歸檔」或「顯示」；一經顯示，心念及腦波將依其嚴重或緊急性以顏色標出，紅橙黃綠藍靛紫，紫色表示極端緊急。

「綠色的『哈瑞士．羅勃森』！表示羅勃森已經出現在五十公尺之內！」

斯永漢吃驚地睜眼四望，他暗道：

「那個羅勃森怎會在此時出現在這個地方？他出現在西安車站，一定也是要搭乘高鐵……」

果然，他在前方三十公尺處的電扶梯上，看見哈瑞士．羅勃森和傑夫．霍夫曼及兩個中國人一同搭乘電扶梯，看來是要到樓上的貴賓室去候車。

斯永漢立刻抓起背包，快步走入廁所，衝進一間空著的蹲式便間，強忍臭氣，飛快地從背包中取出一件薄袍罩在身上。

斯永漢立時便消失了。

在二樓的貴賓室裡，一間隱密小會議室中，羅勃森和他的副手霍夫曼坐在沙發椅上，正和兩個中國人交換名片。一個著黑西裝的高瘦年輕人操著很重山東口音的英文自我介紹：

「孔繁紅，『成功重工』國際部經理。」

另一個穿著較休閒的中年人道：

「霍夫曼先生，我們在電話和電郵中都通過話；羅勃森先生，我是陳衛華，你可以叫我史提夫，我負責『成功重工』的系統製造部。」

羅勃森伸出大手，緊緊握住陳衛華，熱切地道：

「嗨，史提夫，好高興見到你。告訴我，你在哪裡學得這一口漂亮的英國英語？」

史提夫陳微笑道：

「我從香港科技大學拿到碩士學位後，受聘英國勞斯萊斯集團，在航太部門工作了八年。」

「啊，您是香港人？」

「不，我是成都人。在英國待久了想回國，正好家鄉也是航太工業的重鎮，就回成都來了。」

孔繁紅插口道：

「首先歡迎羅勃森和霍夫曼兩位先生，兩位先到西安參觀兵馬俑和古城牆。公司方面規劃我們陪同兩位乘坐西成高鐵，而不坐飛機去成都，主要因為這條高鐵是世上興建難度最高的鐵路，穿越的地帶是景觀最雄偉、生態最珍貴的秦嶺地區。我們設想這趟高鐵之旅是非常難得的經歷，比乘坐飛機要有意思多了。旅行時間約三小時，和搭乘飛機兩端機場到市區的時間加起來也差不多……」

羅勃森聽得興味盎然，連聲道：

「太好了，這樣安排太好了，聽說秦嶺有大熊貓、金絲猴和牛羚？」

「不錯，還有朱鸛，所以修建這條高鐵時，除了要克服地形險峻的挑戰，還要達到生態專家的要求，確是十分艱鉅的工程。」

羅勃森點頭，對霍夫曼道：

「傑夫，你能找上『成功重工』來談合作，真是天才，先不說『成功重工』的技術水平卓越，便是撇開生意談判，光是這趟西安、秦嶺、成都之旅就值回票價了。」

「兩位是知道的，我們公司雖是民營公司，但像貴公司這次要來談的生意是極為敏感的計畫，我們是一定要先向上級領導匯報的。如果沒有上面原則性的許可，我們根本不敢請二位過來談事。哈哈，恐怕連請你們來旅遊、吃飯都不行的。」

霍夫曼道：

「我們知道這個案子高度敏感，但是我相信你們的上級領導也都看出了這個構想的高

【阿

度智慧。如果能夠順利成功，甲方買到了他們渴求的武器裝備，乙方兌現了對甲方提供軍備的承諾，而乙方的統合執行者——敝公司，負責提出卓越的設計，交由分包者——貴公司負責優質的生產製造，你們不需面對甲方，只要產品好、價錢合，四方都是贏家……妙吧？」

陳衛華點頭道：

「我的部門是系統製造，傑夫，我不懂你說的那許多奧妙，但以我的專業來說，限量生產高性能戰機就是我們的專長，全世界綜合評量能勝過我們的少之又少。只要上面談妥條件定了調，這種特殊量產的案子，我們也不是頭一次執行。」

羅勃森伸出大拇指稱讚，霍夫曼補一句：

「敝公司總裁對我們手上的設計案特別鍾愛，她總覺得那麼天才的設計如果不能量產成真，實在是戰機史上極大的遺憾。史提夫．陳，您是行家，如果我們這案子談得成，當您看到我們的設計，我敢保證您將會愛不釋手……」

接著他們又圍著四川的軍工產業和熊貓保護基地的話題談個不休，直到擴音器傳來往成都的高速鐵路將於十分鐘後發車，請乘客到第一月台登車……

斯永漢隱身坐在會客室角落的書櫃上作壁上觀，「耳目全錄」到這一時刻，強烈的好奇心使他作了決定，暗忖道：

「暫不去重慶了，我要跟他們去成都，這件事和那個姓廖的有關係，我一定要搞清楚。」

不去重慶去成都，也就是「閒話一句」，斯永漢是不用買車票的。

往成都的高鐵列車從西安北站出發，經過「阿房宮站」、「鄠邑站」，就進入「大秦嶺隧道」。這條隧道貫穿秦嶺主脈長約十五公里，是西成高鐵上第二長的隧道。

成功重工公司包下了一節頭等座，整節車廂只坐四個人，加上隱身的「目擊者」斯永漢，一共五人。

列車在隧道中疾馳，整條隧道的平均高度在海拔兩千公尺上下，但車行坡度極大，主要為避開秦嶺主脈褶皺帶的複雜地質。兩邊沒有風景可觀，四位乘客便專心聊起天來，旁觀者也專心觀察聆聽。

等到十五公里的隧道走完，斯永漢已經確定了這個所謂「高度智慧」的國際合作案，就是台灣向美國買一流的戰機，美國把競標失敗的波音原型機設計圖交給以色列的公司修改設計，再交由成都的成功重工生產。台灣政府花大錢買到美國的一流戰機，對國內民意是大利多的交代；美國軍火商可以獨家專售航電、火控及武器等系統與裝備，雙方各得其所；霍夫曼的以色列公司賺了設計修改的錢；成功重工賺了生產製造代工費；羅勃森的太平洋西方企業公司賺到肥厚的佣金，他的貢獻便是搞定四方合同，並讓台灣和大陸做到「互不相知」。

這項「完美」的計畫，就等這邊和成功重工搞定，然後再回頭去搞定台北。

斯永漢因為曾經全程「旁聽」過台灣高層對此案的原始構想，經過這一程的認真「全錄」，他已經將此案摸得透徹，心中不由得對猶太商人的精明和創意感到欽佩，他暗忖：

「這種化無為有、敗部復活，而又能讓各方都自覺是贏家的做法，值得我們那邊學習……我們星球上的人科學創意無窮，社會運作太古板、太僵化了！」

高速列車穿出隧道，速度加快，兩邊青巒連綿，山形地貌既雄奇又秀麗。車上兩個洋人看得目不暇接，讚不絕口。史提夫．陳指著遠方，道：

「那座尖山的背後便有大面的竹海，是熊貓棲息的保護區，不但嚴禁狩獵，連進入那區域作調研工作的學者，也要經過申請及嚴格管制。」

出了隧道，斯永漢忽然感覺到手機震動，很意外收到了一封電郵，是丘守義從台北發給他的信。

守義很簡要地告訴他，何薇因為揭發BS2-1案而被控告了，罪名是「惡意誹謗」。由於申告人是立法院廖院長，這事立刻鬧大，詳情十分複雜，無法詳述。只是何薇亟需廖淳仁對政府官員施壓的證據，因此守義希望能得到之前寄給他、然後被刪除的一些「全錄」帶。

斯永漢望著這封寄給「司馬隨意」的電郵，心中開始了一陣天人交戰。

他想到從億萬里之外出發到地球來之前，國君命人在他腦中植入了最頂尖的生物電腦晶片，當時便被嚴肅地告知，他的身體上攜帶了國家的重要資產，凡此行記錄在此晶片上的資訊也都屬國家的最高機密，要在返回星球經國家相關單位處理解密後才准對外公開。在此之前，任何資料絕對不准落入地球，如有違反，要以洩漏國安機密罪論處。

這就是每次他寄給丘守義的「全錄」在他關機時便自動刪除的原因。星球上的嚴刑峻法對洩漏國安機密的罪罰，他可承受不起。

他很想幫何薇的忙，但把晶片上的情資洩漏給地球人的罪名他擔不起，斯永漢左思右想，無法決定要不要回這封信。

車廂中的四個人愈談愈是投緣，孔繁紅談開了，告訴兩個洋人他是孔聖人第七十四代後人，洋人大感欽佩。他愈說愈溜，滔滔不絕，遠聽完全像在說山東話，要靠近仔細聽才知他是在說英語，難得兩個洋人竟然好像都能聽懂。

霍夫曼說他有一個蒙古朋友告訴他，中國聖人中學問最好的不是孔夫子，而是孟夫子。

羅勃森開了第三瓶青島啤酒，搖頭道：

「什麼孟夫子，沒有聽過。」

霍夫曼賣弄他對中國的知識，得意地道：

「孟夫子比孔夫子晚了一百多年，但是他學識更勝孔夫子。十三世紀蒙古人征服中國，忽必烈大帝很是尊崇儒學，便請了漢人老師教授《論語》和《孟子》。有一天，忽必烈大帝問他的老師：『我覺得孟子的學問更勝孔子，為什麼孔子是聖人，孟子反而不是？』他的漢人老師便說：『我們聖人只能有一個，孔子是至聖，就只他一個了。』忽必烈說：『那我就尊封孟子為『亞聖』吧。』」

霍夫曼看了兩個中國人一眼，洋洋自得地說：

「我那蒙古朋友是學中世紀史的，他的研究橫跨東西方，我覺得他的說法很有道理。」

羅勃森轉頭問道：

「兩位中國朋友，你們對傑夫說的有什麼意見？」

史提夫．陳皺著眉道：

「沒聽說過啊，欸，老孔，你聽過這說法嗎？」

孔繁紅一臉的不以為然，搖頭道：

「沒聽過這故事。」

「傑夫，文化歷史的事很敏感的，不懂就不要去講，就好像我們雖然是老朋友，但要是我對我不懂的猶太歷史指指點點，你興許就會和我翻臉……」

羅勃森這幾句話說得霍夫曼有些招架不住了，孔繁紅到底是聖人之後，凡事中庸之道，便補了一句：

「忽必烈的故事雖然沒聽過，我倒是聽以前大學裡的中文系教授說過，『亞聖』這個尊號是比較晚期才出現在文獻上，霍夫曼先生的蒙古朋友有些什麼根據也說不定。」

霍夫曼連忙稱是，心中對這個孔聖人的後代頓生好感。

斯永漢隱身坐在最角落的座位上，聽這四人有一句沒一句地閒搭，感覺上他們是在建立正式談判前的好氣氛，而且雙方都很識趣，看來中方也有相當高的成局意願。其實這裡面還有一層，斯永漢此時並不瞭解：雖不明言，中國對「甲方」是誰其實多少有概念，為甲方生產這批戰機，將來甲方主力戰機的內部構造、性能……也都全部了然於胸了。這個好處可不能用金錢來計算的。

終於，斯永漢下了決定，暫不回信給丘守義，因為他作了一番衡量：自己這邊如果把「全錄」資料給了地球人，他瞭解返回星球將面對什麼樣的嚴刑峻法，但是他卻無法評估何薇被告的罪名有多嚴重，如果被判有罪，刑罰又有多重。

「待我到了貴州，問問那個聰明懂事的女孩，她雖然年輕，懂的卻多……哇，我有多久沒和她見面了……」

列車進入漢中平原，窗外又是另一番景象，播音響起，漢中站要到了。

CHAPTER 12

天眼

台北被捲入了氣候的大火爐，正午的溫度飆到三十七度半。何薇被捲入了政治的大風暴，BS2-1案又有了爆炸性的發展。

週三周刊又刊出一篇有關BS2-1開發案的報導；據一位深入案情的退休警方人士指出，這個案子在廖淳仁院長的主導下，其實裡裡外外都已打點妥當，唯一的阻礙是何薇在媒體上造成的「雜音」，以及彭金財議員半路殺出來阻撓「台光開發」收集地主群的同意書；廖院長決心選下一屆的區域立委，BS2-1案裡面得利的金主會出一筆錢，做為廖的競選經費，他的幕僚護主心切，便對何薇和彭議員這兩塊擋路石頭施以恐嚇，希望能嚇退兩人，好讓BS2-1案順利達陣。

這篇報導其實並無新意，卻是明指廖院長的幕僚涉嫌恐嚇罪，能夠作如此大膽動作的「幕僚」，雖未言明，已經直指阿不拉游政了。

記者找不到游政，也找不到何薇，就在彭議員的選民服務處堵到了彭金財。彭金財正和一批道上兄弟聚會，記者問他對傳言中廖院長的親信幕僚寄子彈恐嚇信給他的事作何感想，他在眾弟兄的起鬨之下，很阿莎力地講了一句話：

「我彭金財不是被嚇大的，誰要恐嚇我，我要他死得很難看！」

這句豪語上了社會版頭條，順便又把他的兄弟彭金發涉及捷運殺人案的事重登了一大篇，配上他在服務處說這句狠話時拍攝的照片，彭金財本人有點張牙舞爪的模樣，他身邊身後站的全是一批揮拳振臂的打仔。

媒體顯然刻意塑造彭金財兄弟兩人的黑道形象，丘守義氣沖沖地對何薇道：

「這些媒體正在引導風向，不信你看看網站上的發言，晚上某三台政論節目名嘴的發言，能這樣大規模地操作媒體，只有執政黨才有此能力……」

躲在守義家避風頭的何薇打斷他說下去：

「你說的都對，但重點是，這樣操作的目的是什麼？」

守義陷入苦思，他捧著一杯茶坐在床邊，想了好一會，仍然不得要領。

何薇皺眉道：

「媒體積極在做兩件事：第一、把我寫的那篇報導扭曲成暗指阿不拉游政是藏鏡人，雖然背離事實，但我還可以理解。可是後來把彭金財議員扯進來，而且刻意製造他和阿不拉的矛盾態勢，這樣的『布局』我就看不懂了，豈不是把劇本愈描愈複雜……」

守義接道：

「而且愈無厘頭！如果幕後操盤者有政治目的，這樣複雜的劇本根本演不成功。」

何薇沉思了一會，終於暫時放棄，對守義道：

「我們不得不承認，這劇本的藏鏡人比我們這兩個跑政治的資深媒體人高了一大段……對了，你跟那位阿飄聯絡得怎樣了？」

守義搖頭道：

「我用他給我的『附件』發信，猜想他已收到，但我仍未接到回信。何薇，我有一個第六感，不知對不對……司馬隨意多次提供我們極機密的錄影，但每次他一關機，所有寄來的資訊全部自動刪除，從來不留給我們保留或下載存檔的機會，這裡面恐怕有一個原因……」

他想到最初在辛亥隧道口拍攝到「阿飄」的照片，那個程士雄警官問他要照片存檔，他嗆程士雄那照片他有智財權……想到這裡，他不禁莞爾。

「什麼原因？你怎麼吞吞吐吐？」

「我在想司馬隨意來自另外一個星球，那個星球的資訊科技顯然遠勝地球，星球上的制度說不定對智慧財產保護更勝地球。司馬不能把他攝錄的資訊流給地球人，因為他的星球和地球並沒有簽資訊互保、互享的條約。所以他雖然出於好心和好奇，把一些全錄影傳給我們，關機便自動銷毀，似乎是合理的動作。」

何薇初聽覺得天方夜譚，聽守義講完了便覺也不無道理，她想了想，道：

「如果你的猜測是對的，我們趕快查一查台灣司法單位對做為證據用的資訊如何依法保護、如何限制外流等法律及施行細則，然後告訴司馬隨意，看看能不能說服他願意提供一段廖淳仁對官員施壓的錄像，他們就告不成我了。」

守義點頭稱是。

他們以為這些「全錄」的資訊是屬於司馬隨意的智慧財產，卻不知司馬此行在地球上所得到的全部資訊，智財權的主人是外星上的國君。

貴州大學的天文營「新人訓練」十分密集有效，兩位「天眼」的專家——一位來自北京大學天文物理研究所的客座教授，和一位天眼實際操作小組的資深研究員，很快就把「天眼」的原理、操作、偵測範圍、刻正進行的研究計畫……作了簡要但充實的解說。

紫芸來貴州之前在吳一覺指導下所作的準備工作，到這時就顯得極有幫助。韋新是當地的優等生，曾經利用暑假在此打工，對這個超大的天文望遠鏡已經有相當程度的認識，所以第一天上課時，顯得比紫芸進入狀況。紫芸利用晚上的時間，把白天所學所記作了完備的整理，不瞭解處就請教吳教授。到了第二天上課時，她已經能夠提出很有水準的問題，讓兩位導師刮目相看。

上完兩天的「惡補」，馬教授在晚餐時對吳一覺道：

「這兩個年輕人都是一流的好學生，『基本教練』圓滿完成，明天就可以去平塘了。」

翌日一大早，大夥兒就出發直奔平塘縣克度鎮大窩凼窪地——ＦＡＳＴ，五百米口徑球面射電望遠鏡的所在地。

韋新在車上急著給紫芸秀他前次在「天眼」打工兼學習成績優良的獎品——從高空瞭望台上拍攝的天眼全貌影集；只見一面世界上最大的球面鏡，像一口碩大無倫的天鍋，架在雄奇的喀斯特天坑上，關鍵設計和技術在於精密絕倫的支撐索網。另外，圓周上有六座高達百多米的鋼塔，用以架設六組垂懸交錯的鋼索，鋼索的交點就是接收匯聚無線電波的

「饋源艙」。這個鋼塔鋼索構成的饋源支撐系統由電腦精密地操控，可以使它移動、轉動到對準球面上任何區域的匯聚電波，精密無比。

韋新一面秀照片一面解說，最後得意地問：

「紫芸，妳看這個設計厲害不厲害？」

紫芸用力點頭表示厲害，然後道：

「但更厲害的是，操控者設定觀測區位後，不但饋源艙精確到位，那區域的球面鏡同步配合從球面轉變為拋物面，讓接收到的所有的電波完全匯集到饋源艙所在的焦點位置。」

馬教授聽了兩小的對話，忍不住想笑，心中暗忖：

「韋新急著在紫芸面前賣弄，其實等我們到了現場，這些都一目瞭然……哈哈，少年郎見到那麼聰明漂亮的姑娘，想要博取好感也是正常的。」

他轉頭看了吳教授一眼，吳教授臉上也帶著笑意。他含蓄地道：

「韋新啊，你要秀漂亮的照片就要趁現在，等我們到了天眼的現場，手機就不能用了。」

吳教授點頭，他知道「天眼」為了不受背景電波干擾，規定五公里之內無線電波淨空，興建時還遷移了不少原居民，也曾引起一些民怨。

車到平塘轉行S132公路，再行六十多公里，便到達了克度鎮。貴州大學已在距「天眼」七公里外的一家賓館訂好住宿之處，大家住進了房間，略事梳洗便集合。天文台有一位專業解說員來帶領大家前往天眼側翼的瞭望台，居高臨下一睹天眼真面目，算是對它的外觀有一個較全面的印象。

解說員的第一個命令便是請大家把手機、照相機等電子用品存放在旅館，並要求今後每天出發去天眼上課時，都要記得這件事，天眼五公里之內絕不允許用這些電子產品。

爬了七百多級階梯步道，四周景觀忽然開豁，遍山的樹木綠意盎然。平台上山風習習，太陽下也不覺炎熱。解說員引眾人走到平台邊緣向外看，宏偉的天眼就出現在眼前。

紫芸看得目瞪口呆，她指著「鍋」中央一個像是螺帽的小顆粒問道：

「那個小不點是什麼？為什麼裝在這五百米凹鏡面的中央底心？」

韋新解釋道：

「那就是最重要的饋源艙呀！妳看它『小不點』，其實有十米多大，工程技術人員可以進入工作的，裡面除了精密裝備及儀器，還有並聯機器人，輔助調整、穩定饋源艙的角度，如果說五百米反射面是天眼的話，這個小不點就是視網膜，非同小可。」

紫芸道：

「是啊，為什麼它停在反射面的底心？我以為它應該被六組鋼索拉在半空中……」

韋新侃侃而談：

「今天觀測基地沒有在操作，所以饋源艙放落在底心，肯定是在做儀器設備的校正什麼的……」

紫芸聽懂，對韋新的「淵博」十分佩服，讚道：

「韋新，你好厲害，什麼都懂。」

韋新笑嘻嘻地道：

「我沒告訴妳，其實每個暑假我都到這裡來打工，和好多工作人員都熟識，他們工作時也不要我迴避，這天眼裡裡外外也懂一些……看他們操作那麼多次，就算不懂，看也看出一些名堂了。」

馬教授忍不住笑著斥道：

「韋新，你這小子就這德行，大家瞧你聰明伶俐又勤快，讓你幫著做些簡單操作，我瞧你就驕傲起來了。你看人家紫芸多麼沉穩，現在是你懂得比她多，待天文營結束時，我看紫芸要超過你了。」

韋新皺皺鼻子，一付厚臉皮的模樣笑道：

「那是，肯定的。我沒見過紫芸那麼聰明的女孩，猜她的智商恐怕有一六五……」

紫芸哈哈大笑道：

「答對了，我的身高是一六五。」

馬教授被逗得笑起來，轉身對紫芸伸大拇指表個讚，韋新見紫芸得到讚美，很開心地道：

「馬教授明顯偏心，紫芸來了才兩、三天，便獲取馬教授的欣賞和……鍾愛，表示紫芸天生有出眾的氣質……」

在師大附中校園裡這種調皮「口賤」的男生紫芸見得多了，她聽了韋新刻意的阿諛之詞面不改色，只淡定地道：

「我倒覺得韋新的智商恐怕有一六四，難怪剛才他用一六五來試探時，我聽到他的聲音有點發抖哩。」

馬教授聽了十分驚訝，三天來表現一直文雅有禮的紫芸，竟然也有伶牙俐齒的一面，忍不住問道：

「我倒看不出紫芸的口齒如此犀利，韋新要小心了。」

紫芸笑道：

「我的學校原是男校，女生是少數，要不練就幾招獨門功夫是會吃大虧的……」

韋新插口道：

「不錯，妳的資料上說妳還當班長哩。」

「啊，那倒是一個不美麗的誤會，我幹這個不甘願的班長，差點害我被記大過。」

「妳這麼乖巧又討老師喜愛，怎麼會記大過？」

「我掩護班上調皮搗蛋又犯錯的痞子同學，激怒了學務主任和隔壁班的導師，差點被重罰。」

四人揀大樹下的石椅坐下，吳一覺也料不到乖學生紫芸竟然有這種「經歷」，不禁甚感興趣，催促道：

「妳怎麼掩護痞子同學的事，說來聽聽。」

紫芸把隔壁班「海報板」事件講完，大家都笑成一團，紫芸故作嚴肅，正色道：

「你們事不關己便覺好笑，人家當時被嚇得皮皮挫。」

韋新問：

「什麼是皮皮挫？」

「這是台語，意思是害怕得身體顫抖。」她一面解釋一面裝出全身發抖的模樣，甚是可笑。

吳一覺哈哈大笑，這些日子以來他心中始終壓著一些事，使他的情緒頗受影響，他自已知道，主要是因為那個從外星來的阿飄不見了。從菲立普．梁來的電郵可知，美國已經動用國安系統全面在獵捕他。他為阿飄擔心，也為丘守義的女朋友何薇被天王級政客中告而擔憂。此刻卻被紫芸的故事和模樣逗樂了。

他們從觀望台下山時，韋新偷偷在紫芸耳邊低語：

「妳膽子夠大，等過幾天摸熟了，我找個機會帶妳偷偷溜進控制室，自己玩玩操作。」

紫芸嚇了一跳，回頭瞥見一張漂亮、調皮、又帶些挑戰的笑臉，不禁心中一動，低聲回道：「你敢我就敢。」

台北四家大報有兩家的頭版頭條刊出相同的主題，其中一家的標題是「立院廖院長首席幕僚游政遭人擊傷生命垂危」！另一家是「BS2-1土地開發案再爆案中案」！

新聞內容的事實部分大同小異。政界朋友口中的「政治達人」阿不拉游政昨日在廖院長服務處辦公室被兩個身穿深綠衣褲、頭戴安全帽的大漢擊成重傷。兩個綠衣人進入服務處時，保全以為是郵差，等到辦公室內傳出激烈爭吵、大罵粗話的聲音，才發現不對，正要進入辦公室，那兩個綠衣人蒙面從辦公室衝出，跨上機車揚長而去。而游政躺在被砸得桌椅全毀的辦公室地上，腦後破裂血流不止，人已昏迷不省人事。

警方據報趕到現場，游政迅速被送往醫院。據警方初步瞭解，兩個行凶人經驗老到，對服務處裝設的監視器位置及角度摸得十分清楚，進入時採取的路徑及角度讓監視器只能拍到兩人的背部，而行凶後衝出時則戴有面罩，因此監視器上沒有留下兩人的面貌。機車上也沒有車牌，無從追查。

醫院方面則於晚間八時由發言人對記者說明：游政遭人以重器擊中後腦，顱內外出血，目前重度昏迷，醫院正全力搶救中。

跑社會新聞的記者在現場訪問目擊者，推論兩個綠衣人暗藏重器闖入游政辦公室，原意可能是砸場子警告阿不拉，後來起了衝突，導致行凶擊人。

另一位跑政治新聞的記者報導，則認為本案應該是BS2-1土地開發案的案中案，文中重提到因BS2-1案之故，彭金財議員及揭發弊端的X報記者何薇先後接到附有子彈的恐嚇信。文中又提到彭金財議員曾撂話，要送子彈恐嚇他的人死得難看。

這家媒體最愛替讀者整理「懶人包」，這次也不例外。「懶人包」裡首先簡單解釋BS2-1土地開發案是要將大片因水資源保護而禁止開發的土地解禁。其次，推動者是「台光開發公司」，而電子業名人翁偉中是重要投資人。「懶人包」中也點出廖淳仁院長和翁偉中的政商關係，以及何薇揭發廖淳仁涉嫌對行政官員施壓。最後一點是廖淳仁已對何薇提出加重誹謗罪的自訴。

何薇對著一桌子的新聞沉思，她自己的報紙則因為牽涉到她本人的事，刊登得比較低調。

這案子的發展撲朔迷離，讓人看得眼花撩亂，就連最先報導揭發弊案的何薇本人也愈看愈糊塗。上級要她暫時放手此案，相關新聞由另一位同事負責追蹤，也是「避嫌」的好意，不要因為自己牽涉其中而在處理新聞時意氣用事。

這案子一邊是BS2-1土地開發案，另一邊是接二連三的暴力事件，說它們之間有關聯吧，有的事比如北捷上的殺人案就很難說，因為凶手彭金發已被警方和專案醫師判定患有嚴重暴力傾向的妄想症。但接下來自己和彭議員接到附子彈的恐嚇信，然後游政又被擊成重傷，這些後續發展肯定和BS2-1有關，但怎麼看也看不出其中關聯到底是什麼？

照媒體上的暗示，似乎是游政為護主而寄恐嚇信給何薇，要她停止爆料；又發恐嚇信給彭議員，要他停止用「百利聯盟」搶地主同意書，激得彭金財火大了就重擊游政，要他「死得難看」。但何薇不相信是這樣，以她跑政治新聞這麼多年的經驗判斷，地方政治達人阿不拉絕不會做寄子彈恐嚇人的蠢事，他的老闆廖院長更不會准他這麼蠻幹。

那麼，其中的關聯到底是什麼？

何薇一會兒似乎想通了某一個關節，下一瞬間又覺得不得要領。

第三天，案情又有戲劇性的發展。

警方約談了彭金財議員，三小時後彭議員就從警局回到服務處召開記者會。彭金財對記者澄清：

「我對警方說明游政被擊傷絕不是我幹的，之前媒體暗示如果恐嚇信是他發給我的，我就要他死得難看，其實那是一句氣話。因為最早有人要我弄個『百利聯盟』，吸收地主的開發同意書，我們保證將來分利加三成，這個人是誰？就是游政！既然這根本是游政的主意，他怎可能做送子彈威脅我的事？所以我才說那句是氣話。警方要我給證據，我說『百利聯盟』的執行人彭講師也知道這事，警方立刻傳訊了彭講師，證明了我說的都是實話，所以當場飭回了我。本人在此聲明，如果再有媒體寫些什麼……含什麼沙什麼影的，我肯定要告死他！」

何薇和守義盯著電視看完這一段記者會，兩人臉上都露出不可置信的表情。守義搖頭道：

「這案子愈發展愈怪，也愈亂，我還是抓不到一個解結的線頭……」

何薇似乎抓到什麼重要的事，雙頰泛紅，顯得很激動的樣子，她揮手打斷守義道：

「你說得很對，這案子確實是愈來愈怪也愈亂；守義，你說什麼案子會是這樣子？」

「政治案！」

「對，BS2-1案已經完全是政治案了，我們拋開什麼『土地開發』、什麼『黑道凶殺』……專注在『政治操作』上，案情就豁然開朗了……」

「是嗎？怎麼說……」

「守義，我先說個腳本，然後我要聽你的想法。」

「好，妳說。」

「廖淳仁要想續任立法院長，他必須撩落去選區域立委。他的首席幕僚阿不拉游政抬了多年的轎子，這回下了決心一定要自己參選，不然他也老了。這就是真正的衝突所在，很簡單，也很現實……」

丘守義點頭表同意，何薇繼續說：

「廖想勸退游，這回游表面順從，心中死不退讓。好死不死這關頭上廖的牌友翁偉中提出BS2-1開發案，打算大發一筆財選舉可用。廖賣力對行政部門施壓，打算事成後他所分得的一份全部轉送阿不拉，希望能換取阿不拉不要參選。游政又是表面順著走，暗中找上和廖淳仁素來不甚麻吉的議員彭金財，要他組個『百利聯盟』搶收地主同意書，許以事成之後多分三成利潤給彭議員，其實目的是要壞 BS2-1 開發案的局……」

守義聽到這裡，忍不住叫道：

「這樣說，既然阿不拉沒有送子彈恐嚇彭金財，他更不會送子彈威脅妳！搞恐嚇信的另有人在，他是誰？會不會就是派人把阿不拉打成重傷的同一個人？」

何薇微頷首，緩緩道：

「我不知誰是凶手，但真正的藏鏡人就是廖淳仁！他派人先恐嚇我不要再爆料，又在媒體上製造彭金財不爽游政的假議題，然後派人把游政打成植物人，再嫁禍給彭金財。整個過程中，他有管道放消息給特定媒體，讓那個周刊每個星期寫一篇獨家，什麼可靠來源都沒有，就指桑罵槐胡攪一陣，弄得案情疑雲重重，不相干的人好像嫌疑重大，大家就搞不清真正是誰在幕後主導這場政治鬥爭秀了！守義，你怎麼說？」

何薇見守義沒有立刻回答，連忙補充一句：

「我的故事主體部分是根據事實推論的，細節則是想像的；我是問你主體的部分……」

守義見她一臉急切的模樣，忍不住笑了一聲，然後正色道：

「兩個想法：第一，贊同妳的推論，整個案子是一樁很老練的政治操作，真正的目的是幹掉阿不拉。而其他的角色不論立場為何，也不論過程中產生多少『插曲』，都能信手抓來放入他的腳本中，讓案情複雜難解、是非不明，便於最後把它搞成不了了之，這是政治高手寫的劇本。第二個感想，妳雖牽涉在案中，一度『不識廬山真面目』，但抽絲剝繭看到真相後，故事陳述確是一篇戲劇力高張的新聞報導，極為符合妳之前說的『新聞要有戲劇張力』！」

何薇心情佳，聽了不以為忤，只白了他一眼道：
「你這是褒還是貶？討厭。」
「當然是褒！妳要不要寫下來？」
「要，但下筆要很小心，避免有一字一語被對方抓到，做為『連續誹謗罪』的證據；廖淳仁一定會控告我：已是被告之身，不但不知悔改，反而變本加厲，繼續加力誹謗！守義，我這樣搞會不會罰則加倍？」
守義笑道：
「那也要法官先判妳有罪，才談得上罰則。何薇，妳寬心，民主國家的法律保護言論自由，誹謗罪很難告成功的，尤其是對媒體人。」
守義說這話的第二天，何薇就收到台北地方檢察署的傳票，案由是廖淳仁自訴何薇誹謗罪，要她七日後到地檢署接受偵詢。
「守義，你被打臉了，我被傳訊了。」
「怎麼會動作這麼快？他們閒著沒有別的案子要辦麼？他媽的法院還真是姓廖的開的！」
守義說這話一個星期後，媒體傳出推動BS2-1案的「台光開發公司」已經順利收集到全部地主的同意書。據說地主們看到「百利聯盟」陷入暴力案，紛紛改投原來的台光公司。陳景泰市長被記者問到本案時表示，開發案的環評已通過，地主同意書收集齊全後，市政府沒有理由不呈報中央，待中央核下就可據以推動。
這一來廖淳仁在地方聲勢再登高峰，沒有人再質疑BS2-1開發案的正當性，都說是一樁繁榮地方的綠能園區、兼顧經濟成長和環境保護的好事……至於阿不拉游政，仍在醫院中昏迷不醒，昏迷指數不升反降，看來是很難復原了。除了他的老闆廖淳仁院長三天兩頭到醫院探望他，其他地方政壇的朋友漸訪漸疏，關心這位地方政治達人死活的人愈來愈少。媒體直讚廖院長到底是有情有義的老派政治人物。

何薇在地檢署被整了一整天。簽了到之後，先是讓她枯坐，檢察官在忙別的重大案件，要忙完了才來審理她的「誹謗案」。何薇從十點鐘等到中午仍無動靜，她坐在一間小房間中看到外面不少人出出進進，有的是檢察署的公務人員，但是經過小房間時正眼都沒看她一眼，匆匆又忙著進出。

到了十二點半，才有一個歐巴桑拿了一盒便當、一瓶礦泉水，丟在桌上轉身就走。何薇連忙叫住她，問道：

「歐巴桑，我要等多久檢察官——王檢察官才來？」

明知歐巴桑不會知道，何薇忍不住還是問了。那歐巴桑搖頭，想了一下又搖了搖頭，沒有開口就走了。

她想打電話給守義，又怕這小房間有錄音什麼的，就忍住衝動，開始在手機上寫稿子，愈寫火氣愈大。

直到三點半鐘，王檢察官才帶了一個記錄員進來，手上文件夾中有何薇那篇新聞報導，上面劃了些紅線，問了幾個例行問題後，就直接問何薇：

「妳報導有關廖院長對行政部門施壓的證據是什麼？聽好，我是說直接的證據：物證、人證……而不是道聽途說的那種！」
「直接的……直接的……」
「人證？」
「我訪問過一些周邊的人，他們都認同我的說法……」
王檢察官冷哼了一聲，續問道：
「物證？」
「我有物證，但是……但是……」
「妳今天不必秀給我看，兩星期後再偵詢，到時妳帶物證來。還有，下次妳和律師一同來。現在妳仔細看一遍紀錄，沒有錯誤就簽個字，然後就可以走了。」
何薇把這一天的遭遇告訴守義，守義聽完抓起她的手道：
「總算回來了，走，我請妳吃豬腳麵線。」
何薇打了守義一拳，嗔道：
「我又不是從牢裡放出來，吃什麼豬腳麵線？你頭殼壞去啊！」
守義道：
「聽妳說起來，那個王檢察官好像對妳的案子不怎麼耐煩，也許再問一次就草草結案了。」
何薇沒有回答。過了半晌才道：
「可是下回我並沒有物證可以秀給他看。」

飄】

兩星期後，王檢察官果然極不耐煩地結束了本案的偵查，但結果是將何薇直接起訴了。守義的一番猜測和一廂情願的期待又被打臉了。

何薇覺得十分氣苦，但更令人傻眼的消息還不止於此，三日後經濟部批准了BS2-1開發案。

廖淳仁大獲全勝，黨內初選可能遇上的對手成了植物人；控告媒體誹謗，檢方已將媒體起訴；再加上開發案終於通過，大有過關斬將、所向無敵的氣勢。

台北的政治圈裡談起廖淳仁有如神人，「廖神」之名不脛而走，媒體更是吹捧上天。沒有人知道「廖神」的背後，一手運籌帷幄、一手雷霆出擊的其實是一個女人。

何薇躲在守義的十坪之家中，讓自己失蹤了一整天，心情壞到極點。丘守義發了一封信給司馬隨意，他在信中述說了呈交法庭的證物依法會受到保護，也說明了誹謗罪如判有罪，最嚴重可能受到的刑責和民事處分，更重要的是何薇的媒體事業將受到致命的打擊，務請司馬隨意能提供廖淳仁對行政部門施壓的錄影，助何薇打官司反敗為勝。

但是司馬隨意沒有回信。

廖淳仁坐在辦公室中，他要祕書擋下所有臨時的訪客，因為他需要一個人靜下來好好思考大局；他心裡知道，自己的政治生涯可能即將登上巔峰，此時他要步步為營，一步也錯不得。

區域立委之戰既已遙遙領先，現在要全力把「戰機案」圓滿完成，幫助總統連任成功。這樣他進可攻下行政院長，退可守住立法院長，進退自如，立於不敗之地。

但是想到下午和總統的密談，心中又是一陣猶豫。

他向總統密報採購X-32戰機案進行一切順利，只是「太平洋西方企業公司」下包公司的身分資料屬於保密範圍，我方不得與聞。事關簽約，他請示了關鍵的問題：

「如果乙方下包的公司是我國民意不能接受者，此案怎麼辦？」

兩人都心知肚明，這裡所謂「民意不能接受者」，指的就是對岸的公司。

總統回答得很有「學問」：

「一切依法律、依合約行事。」

然後又補充了一句：「蔡尚智代表政府，廖院長代表國會，你們簽的合約上講得很清楚，甲方根本不知道乙方的下包是誰，對不對，廖院長？」

很明顯，總統沒有給指示，但是總統要受到保護。

廖淳仁沉吟再三，終於下了決心，他一面對自己說「愛拚才會贏」，一面抓起電話，撥下了華府蔡尚智代表的保密號碼。

兩岸試辦交換中學生天文營的節目在貴州的部分進行得很順利，紫芸和韋新每天上午到天眼基地上課，內容包括射電天文望遠鏡的原理和應用、它和其他天文觀測設備的差異性和互補性、天眼做為世界最大射電天文望遠鏡的特色和任務、天眼的操作原理……等等課程，由馬教授及天眼內部的研究人員擔任講席，內容比科普程度深些，原理部分的程度儘量不超過大學一年級的「普通物理」及選修課「天文學概論」，對韋新和紫芸這兩位高三資優生來說，沒有太大的困難。

紫芸來貴州前，在吳教授指導下作了相當充分的準備工作，此時接觸的課程內容大部分都不陌生，遇到較深奧的部分，紫芸毫無畏懼地提問，和堂上老師討論後都能理解，覺得很有收穫。韋新則比較沉默，紫芸猜想也許他早有準備，胸有成竹。

下午的時間則放在實地觀摩及模擬操作訓練。這部分韋新表現得比較出色，他對模擬操作更顯得得手應心，充分發揮「主場優勢」。紫芸只專心認真地按部就班學著做。

天眼基地為下午的課程安排了一位年輕助教，對紫芸很是照顧。這時紫芸做錯了步驟，操作必須從頭來過，她斜眼瞥了韋新一眼，只見他十分流利地在桌上電腦前操作，規定的操演已經完成，不禁有些心急。

助教叫張軍，在中國起碼十幾萬人叫這名字，他很有耐心地鼓勵：

「紫芸，不要急，從頭一步一步慢慢來，這樣妳才能記住每一步的作用是什麼……不急著跟韋新比快，他這小子手腳麻利，又是地頭蛇。」

韋新耳中聽得清楚，手上敲下最後一鍵，模擬饋源艙的遙控輸入已完成。不由輕嘆一口氣：

「好了，助教！咱們助教見了台灣正妹，我韋新馬上變成臭小子了，人長得正還真占便宜，罷了，助教也是人嘛。」顯然他和助教混得很熟，紫芸心想：「還真像條地頭蛇呢。」

助教仔細注意紫芸的操作，嘴巴也沒閒著，回了一句：

「韋新，我只喚你這小子，『臭小子』可是你自己說的，我瞧你本來也是個挺標緻的小伙子，怎麼這會兒有點自慚形穢起來了？」

紫芸努力做完了全套動作，也完成了規定的模擬操作。她抬頭看了助教張軍一眼，張軍伸出大拇指表個讚。紫芸發現張軍長得老老實實一張臉，看上去甚至有點土氣，怎麼嘴巴也這麼壞。她就讀的師大附中，男同學之間互損互虧，湊在一起比賽說刻薄話是司空慣見，沒想到大陸碰上的男孩子也個個伶牙俐齒，沒個正經的。

兩個星期過得很快，也很充實，吳一覺教授必須先回台灣了。他急著要趕回中央大學，為交換天文營的後半行程作好最後的準備工作。

這一天，韋新和紫芸在助教張軍的指導下，在某特定的宇宙空域中作例常性的掃描，居然被他倆發現了一組重複出現的訊號。張軍立時請兩位研究員來看，研究員商量了一會決定上報。過了一會，負責掃描觀測的金組長從辦公室趕來，馬教授和吳教授立時被請到小討論室中參加會談。

紫芸和韋新有些緊張，不知小討論室中談什麼，直到金組長走出討論室，對大家宣布：

「剛才韋新和林紫芸兩位同學掃描觀測到一組訊號，經過專業的探討和初步判斷，非常可能是一顆超亮度的新脈衝星所發射。我們決定嚴密鎖定這個區域繼續觀測，希望數日後可以確定，天眼又增加一顆優質的脈衝星候選體。」

工作人員發出熱烈的掌聲，紫芸興奮地和韋新互相恭喜。

「韋新，剛才好像是你先發現的呢，如果好事成真，我們建議用你的名字來命名。」

韋新有些懵了，伶牙俐齒的他居然一時說不出話來。

紫芸哈哈笑道：「八字都還沒一撇呢，看你已經樂歪了。」

馬教授拍手道：

「這也可以算作是兩岸交換學生天文營活動的重大成果，我們今晚便以這個好消息為吳教授餞行，大家不醉不歸。」

晚餐吃得十分熱鬧，馬教授幫忙點了道地的貴州菜，除了必備的酸湯魚和辣子雞外，有一道青岩豆腐綿滑清香，還有一道小米與五花肉做成的糯粑，色澤金黃，十分可口。這兩道好菜有地方及少數民族的風味，在外地是吃不到的。

真正讓六個人聚餐嗨起來的還是正宗的茅台酒。

馬教授酒量極好，金組長和張軍的酒量也不弱，吳教授的酒量一般，紫芸沒喝過烈酒，可是那酒酣耳熱後的氣氛卻完全能感受到。

這裡面紫芸的酒量最差，一小口五十三度的茅台下肚就面紅耳赤，有些頭重腳輕，張軍抓住機會還要敬酒，韋新便挺身而出幫紫芸擋了一杯，布依族少年的酒量差不到哪裡去。

紫芸見張軍一手拿著小杯，一手持公杯，起身找人找理由敬酒，很怕他又來第二輪，便想藉問一個問題打個岔；一時想不出問什麼好，一直藏在腦海中的一個問題就脫口而出：

「張老師，我請教您一個問題。我觀察你們這裡事無大小多由領導決定，似乎很少由大家討論過後投票表決。對高知識份子而言，難道沒有不同的意見嗎？」

紫芸這個問題一出口，立刻使餐桌上熱絡的氣氛為之一滯，大家都停下來，一時之間都覺得有些尷尬。張軍見紫芸張大眼睛望著自己，不得不回答：

「紫芸，妳的觀察不完全正確，我們也是會討論的，就像今天你們可能發現了超亮度脈衝星，大家就會討論；在『天眼』內部的同仁，每天都會就工作上發生的問題詳加討論……」

紫芸道：「可是討論過了，還是領導說了算，這豈不就應了那句話：官大學問大……對不起，金組長，我不是在說您……」

金組長哈哈笑道：「紫芸，不是官大學問大，而是官大責任大！咱們每天討論的問題，要是都用投票來決定，搞錯了誰負責？全體一起負責就等於沒有人負責。」

紫芸想了想，又補問一句：「金組長，你是說，要是搞砸了，領導要負全責？」

金組長很豪氣地笑道：「領導當然要負最大的責任，妳以為領導是好幹的？」

紫芸覺得也有些道理，但她立刻又反向思考，問道：「這樣會不會使其他人懶得用力思考……反正領導英明，他要負責的……」

金組長對紫芸的思想靈活留下深刻印象，回道：「確有可能，我們確實會存在這樣的問題……」他轉向吳一覺問道：

「台灣的制度更接近美國，這方面是不是好一些？」

吳教授道：「我們的制度每件事都要談民主，如果單就你們剛才談的問題而言，的確要好些，因為大家都能參與，尤其是每個人都可用投票表示了『是非題』式的答案。可惜太多事不是多數人認為對就是正確答案，所以我們的制度產生相反的問題……如果套用紫芸的邏輯，我們每個人的意見都一樣大，投完票計票出來就算數，反而使領導們懶得用力思考！紫芸、韋新，你們說哪種比較好？」

紫芸笑道：「我喜歡民主制度，因為我喜歡『自己的錯誤自己犯』，反正責任大家負。」

韋新道：「我喜歡我們的制度，因為我看著領導們犯錯誤挺樂意的。」

金組長罵道：「韋新，你這兔崽子，領導虧待你了？你聰明伶俐，不幫著領導，儘想看領導出紕漏。」

韋新嘻笑道：

「我想幫，可大凡領導都不喜歡人幫，喜歡人跟。」

金組長被他逗得笑起來。紫芸又問道：

「金組長，我瞧你們每個地方都有大幅標語，連農田裡都有，十二個『社會主義核心價值觀』，什麼富強、民主、文明、和諧、自由、平等、公正、法治、愛國、敬業、誠信、友善等等，您覺得農民能懂嗎？」

金組長讚道：

「紫芸這小姑娘還真是過目不忘。農民不懂就要用各種機會教育他們呀，幾年下來，他們在開會時也都朗朗上口，有厲害的農民還用它來反駁領導哩。」

吳教授道：

「我就順著紫芸的問題說一說我的意見。這十二個核心價值，其中至少有民主、自由、公正、平等、法治、愛國、誠信、敬業等八項，便在資本主義的社會裡也是核心價值；其實我看不管你什麼主義，這八項都是普世價值，並沒什麼特別處……」

馬教授頻頻點頭，吳一覺見自己一番話好像大陸的朋友也還聽得進去，便繼續道：

「以我膚淺的看法，這裡面有幾項西方先進國家是不會列入社會核心價值的：文明、和諧、友善和富強——因為文明及富強他們已經有了，和諧及友善是他們國民的基本素養——哪怕有些只是表面功夫；可是對中國而言，這些卻是中國社會中特別不足而必須加強建立的價值觀！這四項裡面，依我看，又以『富強』為首要，『中國夢』的一切須以富強為前提！」

大家聽了一時都沒說話，似乎陷入沉思的氛圍。韋新第一個回應：

「吳教授，你說得好，但我希望中國有了『富強』之後，其他十一個核心價值都還在。」

吳一覺讚道：「韋新，你說得更好。」

餐後，吳教授送紫芸回到房間，叮囑道：

「我不在的這段時間，妳要多小心保重，有事向馬教授報告。他是一位可以信賴的老師，也有責任要照顧妳和韋新的。」

道了晚安，紫芸鎖上房門，開燈就看到坐在小書桌邊的斯永漢，嚇了一跳，但立刻就驚喜地叫道：

「斯永漢，你終於來了……這段時間你都去了哪裡？你怎麼偷偷跑進我的房間？」

斯永漢穿一件淺蟹灰色的學生裝，從頭到肩披著波浪般的柔髮，襯著白皙的皮膚和琥珀色的眼睛，看上去像是一個美國長春藤文理學院的大學生。他凝視著紫芸，嘴角噙著一絲微笑，在燈光下顯有點「倩」光奪目。

「紫芸，我剛才也在你們吃飯的房間裡，你們的談話我都聽到了，也都錄下了，我覺得很有意思。」

「我們吃飯的房間？我怎麼沒看見你？」

「妳看不見我的，我有隱匿術，地球上誰也看不見我。紫芸，今天要告訴妳，我的姓不是「斯」——要加一個字，是司馬……」

「啊，你為何要一直瞞著真姓名？還有，你剛才說『隱匿術』是什麼……」

「紫芸，我真實的名字是司馬永漢，我來自另外一個星球……」

司馬永漢說完他的身世，紫芸聽得又驚又駭，不敢相信耳中所聞，但司馬永漢所述合情合理，有如歷歷在目，又不得不信。她的心在震動之中夾著感動，各種情緒如波濤洶湧，不能自已。司馬永漢說到來貴州之前在陝西韓城拜祭父親司馬遷時，他再次淚如泉湧。紫芸也噙著感動的淚水，雙手握住他的大手，輕聲對他說：

「你爸死後兩千年，終於有你這個從外星來的親生骨肉拜倒在他的墓前，這是前無古人、後無來者的千古奇蹟，你們父子倆應該感到無比安慰才是啊。」

司馬永漢點頭收淚，然後開始告訴紫芸他到地球來的任務，他在台灣和美國的所作所為……紫芸只覺比讀任何科幻小說更加離奇、精彩、刺激。最後，司馬永漢說到他在加州被美國安全人員發現，胸口挨了一槍，倖免於死。紫芸驚呼一聲，她凝視司馬一雙色淺情深的眸子，不自覺地慢慢靠近他，輕聲在他耳邊道：

「可憐的永漢，你一個人來到億萬里之外的地球，他們歡迎你的方式竟是開槍打你，真是野蠻。」

司馬永漢搖頭嘆道：

「是我自己疏忽了。我們的科學智人通知我，他在中繼站上更新所有設備，量子通訊的基礎設備已經完成。我那時在美國，便想用量子通訊和他直接聯絡，省得電訊一往一返要七天，而且要冒被截取的風險。唉，我必須承認美國的國安能力，無論是科技或經驗都有相當水準，我不該在他們已經盯上我之後還發射訊號給中繼站。我若小心一些，是不會被定位並被那個狙擊手打中的……我的發射器雖然救了我一命，但已被打毀，現在沒辦法和中繼站通訊了。」

他一面說一面把發射器掏出來給紫芸看，墨黑的表面正中央被子彈打凹，凹下部分的中心點露出一點猩紅的暗光，似乎是子彈尖在發射器墨黑的表層上留下了一點痕跡。

紫芸伸手接過，輕輕觸摸那薄薄的發射器，感覺上非金非石，她露出不敢相信的神色道：

「這麼厲害的外殼，子彈只留下一丁點痕跡，這是什麼材料做成的？」

「全是碳原子，量子計算出最穩定強硬的排列和組合，薄薄一層，比鑽石或最堅硬的金屬強十倍。尤其厲害的是，碰上子彈衝擊，一半以上的動能瞬間會被轉換成紅外射線，以熱能形式散去，我立刻啟動隱身裝備飛離現場。可惜它能保我不被打死，還是保不住發射器內部的組件，全被打壞了。」

紫芸啊了一聲，猜測道：

「我猜是一維碳鏈之類的表層，這種材料我們還無法製造，在你們星球上很普通嗎？」

「我也不清楚，我只知道我們星球上甚少出產重金屬，碳是構成咱星球的主要元素，我們什麼都用碳製造。金屬嘛，之前學漢朝人用來製錢幣，現在早已不用錢幣了，金屬用來做特殊材料中的量子雜質，或製作裝飾品……像我這三個能發出超強低頻的指環，就是三種含不同微量金屬的陶瓷所做成，還記得那天在捷運上那個殺人凶手嗎？他被我用指環一發射就瘋掉了。」

紫芸嘆道：

「你們星球的科學技術比地球進步太多。我們這個『天眼』大概也不放在你眼中……」

司馬永漢睜大眼道：

「剛好相反，我現在完全要靠這個『天眼』才能聯絡中繼站上的科學智人，否則我就回不去了。」

紫芸驚道：「怎麼聯絡？」

「我們的中繼站到這裡的距離，光或電磁波要走三天多才能到。中繼站其實是前次我媽媽他們來地球時所建立的，用的是我們第一代的隱形材料，地球人到今天仍偵測不到。和我一起從老家來的科學智人留在中繼站上，我就乘坐程式控制的自動太空船，從中繼站飛到地球。當我在地球上到處『趴趴走』的時候，留守中繼站的科學智人也沒在盯著地球發傻，他要把漢朝留下的舊中繼站憑一人之力予以『現代化』，結果他雖完成建立了量子通訊系統，我卻失去了收發的能力，於是……我忽然想到貴州的『天眼』，這個地球上最大的射電天文望遠鏡，說不定可以助我和中繼站聯絡上……」

紫芸聽到這個外星人說的話已經從『漢朝文言』變成了『台灣國語』，不禁莞爾。她轉了轉一雙大眼睛，想像一個外星「智人」整天瞪著地球發傻的情景，含笑問道：

「怎麼聯絡？」

司馬永漢輕嘆一聲道：

「啊，妳的眼珠真黑，詩云：『巧笑倩兮，美目盼兮。』紫芸，我們那邊人的眼睛是淺灰色透明的，沒有妳的好看。」

紫芸嗔道：

「誰說這些，我問你怎麼跟中繼站聯絡？」

司馬永漢回過神來道：

「我有一個太空坐標定位系統，待我潛入天眼的操作室裡，弄清楚你們的系統，然後把中繼站的位置轉換成天眼用的座標，不知能否請什麼人為我發出一組訊號就行。」

紫芸道：

「我在此是客人，我不行，而且也不會用天眼發訊號。不過我可以試試韋新，要他幫你偷偷發送出去。他又好事，膽子又大。」

紫芸道：

「就是那個一臉聰明皮相的小傢伙？他是和妳一道發現了新超亮脈衝星的同學？」

「原來你一直跟蹤我們，也不出來找我，怎麼我一點也沒發覺？」

「不是告訴妳我有隱身術嗎？我在台北時，什麼立法院、總統府我想進去便進去，說實話，台北的國安系統完全不成，用妳們的話說，真是遜斃了……」

「哇！原來你就是那個阿飄？哇塞，吳教授去美國開會就是去談『台北阿飄』的事蹟，原來就是你的事……」

「乾脆向妳坦白，吳教授在美國時我也到了美國，我當然是為了觀察美國的社會、政治制度，但我順便也盯住你們的立法院廖院長……我懷疑他在出賣你們國家利益。」

紫芸皺眉道：

「這個人做出什麼事我都不會吃驚……你怎麼會盯上這個人？」

「我量出這個人的『負能場』特別高。」

「負能場？」

「對，我手腕上這個手錶是個具特異功能的電腦，除了一般功能外，還能測量負能場和電磁波……總之是很複雜的科技。我初到台北時，就被負能場特強與電磁波特強的地方所吸引，常在那些地方出現，如墳場、立法院，還有軍事、情報機構、電信公司……」

紫芸不懂，換一個問題：「那你幹嘛要扮成阿飄，到處嚇人？」

「我又不是故意的。告訴我，你們在哪個方位找到新的超亮脈衝星？」

「知道M42星雲吧？」

「聽過獵戶座大星雲吧？」

「不知。」

「沒有。」

紫芸猜想司馬永漢的星球上對星雲一定有另一套命名，就在紙上畫了一個獵戶星座，司馬永漢看了便笑：

「這個有點認得，那天晚上我在往西安的公車上看見過，你們叫它獵戶星座？你們發現的脈衝星是在這個方位？」

「不錯，就在『獵人』右肩西北方，在獵戶第二亮的紅色星和雙子星之間發現的訊號，重複的訊號……」

她在紙上憑記憶將訊號的圖譜畫出來。

司馬永漢的臉色沉了下來，他一把將紫芸手上的A4紙接過，仔細看了一會，然後緩緩地對紫芸道：

「你們收到的重複訊號不是什麼新脈衝星，這組訊號是中繼站上的科學智人在呼喚我！」

紫芸聽了驚得說不出話來，腦中一片空白，過了好一會，才聽見司馬永漢的聲音：

「妳剛才說不行幫我發射訊號給中繼站，難道你們在這裡受訓，除了參與掃描太空、接收電訊，沒有學如何對太空發射訊號？」

紫芸搖頭道：

「我沒學過，韋新每個暑假都來這裡工作，他說不定學過，我去請他幫你發一組訊號給中繼站。」

司馬永漢道：

「從這裡發射電訊，中繼站固然可以收到，但是更遠的宇宙中，只要在這個方位裡的任何外星文明都可能收到。如果被其他外星人發現了地球文明之所在，那……對你們可能帶來的後果，是福是禍，殊不可知……」

紫芸道：

「說得是啊，怪不得『天眼』剛建成開始運作時，有位英國著名的理論物理學家霍金警告，如果收到可疑的外星訊號，千萬不可發訊號回應！」

「這個機率非常非常小，我現在別無辦法和中繼站聯絡，只好試試天眼了……」

司馬永漢接著道：

「但是不能讓韋新去發訊號，就算他願意幫我……我是說幫妳的忙，也不能讓他違反這裡的規定，他一定會受到嚴厲的處罰……」

「多嚴重？」

「我不知這裡的規定，如果在我們那裡，要遭鞭笞，嚴重的話有可能要砍去手掌。」

紫芸嚇得以手掩口，然後從指縫中冒出一句：

「你們真野蠻！」

「我們是學你們漢朝的刑典。」

「回去快建議改掉所有野蠻的刑罰。我們台灣殺了人，只要法官認為凶手還『可以教化』，就不會判死罪，關幾年便出來……」

「出來能幹什麼工作？我是說臉上被刺了字，有人敢雇用他們嗎？」

「我們不對犯人刺字的。有些確實改過不再犯，也有的繼續殺人。」

「我們扯遠了，我的意思是不管這裡的刑典有多重，不能讓韋新去犯這個規。我是想請韋新教我操作，我自己潛進去發射訊號。」

紫芸想了想道：「更好的辦法是讓韋新教我操作，我再私下教你，這主意可行。可是你要『潛』進去操作，有那麼容易嗎？」

「Piece of cake。五角大廈我都進去過了。」

「啊，去過美國，秀英文是吧？」

「紫芸，妳要我教妳操作如何發射訊號，可不是真想發射什麼訊號吧？這可不能鬧著玩的。妳要是亂搞，電腦上立刻有紀錄，我們兩人都完蛋。」

韋新教了紫芸後，又覺得有點不放心，便多警告了一句。

「韋新，你放心，我當然知道後果嚴重，只是想到我們倆一道接受訓練，凡是你會的我都要會。」

女生天生會騙男生，漂亮女生騙起來尤其不可擋。

紫芸教司馬永漢時，也警告他：

「你要是發射訊號給中繼站，這裡的電腦一定留下紀錄，他們就發現你了。」

司馬永漢老神在在地回道：

「我要在他們的設備及操作步驟中瞭解這裡的科技，然後用我自己的『電腦』控制發射，天文望遠鏡的電腦上什麼紀錄也不會留下。」

天黑後，「天眼」的周遭幾無光害，那五百米直徑的反射大「鍋」靜靜地面對深邃的天空，也面向浩瀚無際的宇宙，只有那六支控索塔的頂尖閃著紅燈，還有四邊林巒中的蟲蛙在合奏著仲夏的夜曲。

司馬永漢回到「阿飄」的全身裝備，悄悄「飄」過三道偵測設備，這「天眼」的控制室他已進來過五次，其中三次是在韋新和紫芸練習操作的課程中，他總是居高臨下，默默地、仔細地「耳目實錄」所有的設備、儀器和操作的細節，包括學員、助教的對話。

他對例常的掃描搜尋操作已經嫻熟於胸，但是對利用「天眼」當雷達、朝定向精準發射訊號的操作，僅僅透過紫芸從韋新那裡得知一個大概，到了現場還得摸索一番。

他雖有些緊張，但基本上並不憂心。他知道所有的設備及儀板上都有閃爍的小紅燈，地板上也有夜間導行的小方向燈，暗忖道：

「對我族類來說，機器發出的熱加上這些小光足夠了，我們先天的夜視能力遠勝地球人用紅外線夜視鏡。」他在美國看過國安人員戴著夜視鏡持槍夜行的模樣，覺得很可笑。

現在司馬永漢隱身坐在極高功率無線電發射機之前，他摸索著檢視天眼的搜索掃描坐標，方位仍然定位在新發現「脈衝星」的地方，他暗叫一聲好，這樣可以省掉他重新定坐標的麻煩。

他把電腦螢光幕調到極低亮度，仍能清楚看到處理轉換後的波狀訊號，他立刻就認出那重複的訊號，正是中繼站傳來的「司馬請回答」、「司馬請回答」……

他當機立斷，將饋源艙中整套設備從「接收模式」切換成「發射模式」，然後送出了他準備好的一組訊號。

這個訊號被中繼站上的科學智人解密後，就能讀出：「司馬待命，請指示坐標。」同樣的訊號連續發射了三分鐘。

司馬永漢發出了天眼運作以來第一組有涵意的電波，利用天眼巨大精密的反射面，以平行的電波束射向太空，三天半後到達中繼站。

一個星期後，在之前發現新脈衝星的坐標上，那一組重複的訊號突變了，變成了更長串的訊號，重複出現的時間間隔也有不同的規則，天眼國家天文台裡的科學家們全都傻眼了。

很湊巧，這個突變又是在韋新和紫芸輪值觀測時發現的，他們立刻報告助教張軍，張軍立刻上報；這回首席科學家親自帶上了三位國際專家來瞭解情況，大家都覺得不可思議。

接著便開了一個專家會議，五十分鐘後，馬教授出來對韋新和紫芸宣布：

「你們之前發現的那個新『脈衝星』已確定為誤判了，新出現的訊號雖然也似有重複模式，但是十分複雜，一時解不出來……」

韋新敢想敢問，立刻問道：

「教授，是否有可能我們發現了一顆以上的脈衝星，以糾纏的方式發射出無線電波？」

馬教授讚許地點頭道：

「雖然我們不以為然，但目前的情形下不能排除任何可能……包括韋新科幻式的設想……」

說到這裡，他語轉嚴肅，對兩個學生道：

「他們檢視了饋源艙及控制室裡所有的紀錄，確信這組怪訊號是來自太空，而不是機器出了毛病。不過饋源艙的技術同仁在接收紀錄中發現了一段長約三分鐘的空白，這空白的三分鐘發生在三天前的凌晨一點四十五分；這是從來沒有發生過的事，所有的專家都覺得不可思議。」

韋新又有新看法，他緊接著道：

「肯定是接收模式被人切斷了三分鐘，但為什麼會切斷？如果是人為切斷的，目的是……」

他說到這裡，腦子中忽然閃過一個奇怪的念頭，他看了紫芸一眼，紫芸低著頭在沉思，韋新也就打住了。

馬教授道：

「韋新的想法剛才在會議室也被討論過，但沒有人能說出個道理來。如果有人切斷了接收的紀錄，目的是要跳過那三分鐘的訊號，那三分鐘之後呢？被刪去的訊號仍然重複出現，那麼有什麼必要性要刻意去刪除……」

韋新腦子裡的怪念頭使他沉不住氣了，他搶著道：

「除非有人把『接收模式』切換成『發射模式』！」

馬教授一怔，看紫芸低頭不語，便問道：

「紫芸，妳覺得韋新講的有沒有道理？」

紫芸抬起頭回答：

「從目前的情況來推猜，韋新的想法不無道理，但如果有人切換到『發射模式』，那射控電腦上一定有發射的紀錄，天文台的電腦陣是同步連線的，可以詳查韋新的猜測是否屬實啊。」

馬教授拍了一下手道：

「你們兩人講的都有道理，事實上他們已經清查過，沒有任何發射訊號的紀錄，唯一有的便是接收紀錄中空白了三分鐘——只是沒有人知道為什麼！」

紫芸聽了努力克制不要露出欣然的眼神，她心中忖道：

「司馬永漢真有辦法，他說不會留下發射紀錄，果然辦到了。那三分鐘的空白雖然可疑，但他們一時恐怕不容易抓到什麼破綻。」

韋新因為教了紫芸發射訊號的操作步驟，心中忐忑，便十分注意紫芸的動靜，觀察到紫芸前後表情似乎也沒什麼變化，他心中忖道：

「三分鐘的紀錄空白正好就發生在我教了紫芸發射機制之後的當天晚上，總覺得太過巧合。但紫芸晚上待在七、八公里外的旅館，半夜三更沒有交通工具，不可能潛回天眼……就算有人助她潛回基地，也通不過三道偵測站……我可是想太多了。」

韋新自己胡亂猜疑，忽然覺得很對不起好伙伴紫芸。

紫芸回到旅館，從櫃台保險箱拿回了手機。

她吃過晚飯，回到房間門前停下，因為門卡放在手提包中，一時找不到，正在抱怨手提包應該設計專放卡片的小口袋，她的房門突然開了。

司馬永漢站在門內。

「啊……」紫芸驚了一下，她知道這種電子鎖對司馬永漢來說形同虛設。這個外星人科技超過地球人類，也沒有地球人類的行為準則。他私開門鎖潛入紫芸的房間，紫芸完全不意外，也知道他的行為了無惡意。

紫芸進房，反手帶上房門，發現司馬永漢臉上的表情有些古怪；和這個外星人相處以來，漸漸知道這人聰明無比，心地善良，但臉上總是藏不住心中的情緒，而且很顯然他也有自知之明，所以經常努力維持一張撲克臉，自以為掩飾得甚好。

【飄】

這時他臉上古怪的表情便是努力淡定的結果。紫芸見他不說話，便主動問：

「司馬永漢，你一臉怪相，今天又做了什麼壞事？等不及我下課就先躲到我房間來。」

司馬永漢搖頭道：

「沒做什麼事，我看到了中繼站的回訊，那訊號複雜極了，我要借妳的手機。」

「借我手機幹嗎？哈，你要打電話到中繼站？」

「不，不要小看妳的手機，它是地球上威力最最強大的一台！妳記不記得……」

紫芸猛想起，打斷他的話，叫道：

「你偷……其實，也不算偷，你有歸還我；就在台北那家網咖，你在我的手機上動了手腳！」

司馬永漢白皙的臉上總算露出一絲溫暖的笑容，他輕嘆一口氣，嘆息中透露出一絲幸福感。他再次強調：

「不要小看妳的手機，我在裡面植入特別的軟體，它可以『借用』附近所有計算機的備算容量，想想天眼的計算機中心，還有貴州大數據中心的連線，都在這範圍之內。只要我啟動了軟體，這個小小手機抵得上頂級的超級電腦哩。」

「怪不得，你歸還給我後，這手機不知快了多少倍，原來是這樣！」

「不，妳的手機現只設定在我的軟體『一般』模式上，等我啟動『加強』模式時，計算能量還要成指數倍增。」

「所以你又來『借』我的手機啦。你要用它來解讀中繼站送來的訊號？」

「不錯。」

「你真行，那天晚上偷偷發射了訊號，果真沒有留下任何紀錄。」

「不，我留下了空白。只有『事件』的紀錄可以被刪除，沒有人能刪除『時間』，空白就是時間的紀錄。地球人如果夠聰明，刪去的紀錄其實全存在空白裡，可惜人類看不見。」

這句話讓紫芸為之震動，她反覆咀嚼這幾句似含深意的話，不經意地脫口說出：

「答案在風裡，託遺響於悲風。」

司馬永漢聽了心中也為之震動，他反覆咀嚼這兩句，忍不住問道：

「這是誰說的？」

「巴布．狄倫和蘇東坡。」

「他們是誰？」

「兩位天才詩人，巴布．狄倫是現代美國人，蘇東坡是宋朝人。」

司馬永漢啊了一聲，臉上露出無限欽羨的眼神，嘆道：

「啊，詩人，比我們星球上的『歌者』唱的美妙太多了！」

他接過紫芸的手機，找出他植入的程式，飛指按下了一系列指令，又輸入一長串數字，忽然手機的面板漸漸暗了下來，終至畫面完全消失。

司馬永漢抬起頭來對紫芸道：

「可能要跑一陣子，答案才會出來。」

CHAPTER 13

還來不及說愛你

紫芸坐在床邊，司馬永漢坐在小圓桌旁，兩人之間忽然陷入沉默，似乎都有心事，一時不知如何表達。過了幾分鐘，紫芸打破沉默：

「你還沒跟我說說你家鄉星球的事。」

「啊……」司馬永漢作了一個「說來話長」的表情，紫芸笑道：

「簡單講就好，我只想知道你們那邊跟地球上的小說家們寫的外星是不是一樣。」

「用我們的語言，我那星球叫『塞美奇晶』，意思是美麗之星。我們星球人大腦的認知左右極不均衡，科學極發達而文藝相對落後。二十多年前——也就是地球上兩千一百多年前，我國君曾派遣包括我媽在內的小組到地球來，帶回了漢朝的政治、社會制度，在我們星球上依樣建立起來。施行二十年後，人心思變，對君主專制、嚴刑峻法等漢朝規範漸有不滿之聲。我們新君主極為英明，他也認為需要改革。但『塞美奇晶』星球上的人對人文社會之學甚為膚淺，對這方面也欠缺創意，沒有人能設計一套更符合人民需求的新制度。

君王就想到再次來地球取經，這回被派出的先遣部隊就只一個人，我。」
「你還沒說你家離地球到底有多遠？」
「嘿，這要看情形。」
「看情形？」
「對。浩瀚宇宙，用地球的天文學單位來說，我們兩個星球距離一‧五八光年，但我們的科學智人發現了一個時空捷徑，我們稱為『陰陽道』，聽到吳教授說才知道你們這裡叫『蟲洞』，我們也發明了通過蟲洞的科技。地球的兩千年前，包括我媽在內的派遣隊就是通過蟲洞捷徑來到中國。後來我們的科學智人又發現，就在地球附近也有一個蟲洞，如果通過這個蟲洞距離可以更近。但是這個蟲洞大概要兩千年才會開啟一次，而且開啟時間非常之短，甚難掌握。兩千一百多年前正值此蟲洞開啟，我們的科學智人計算精確，我媽返回故鄉走的就是這條捷徑。」
紫芸聽得目瞪口呆，仔細想了好一會，回到原來想問的問題：
「你說你來到地球的任務是調查人類進步的政治和社會制度，你達成任務了嗎？」
司馬永漢深吸一口氣，點頭道：
「我想我已得到我想要的了。」
「能不能說一說？」
「其實所謂『進步』的制度，就是『民主』制度。我觀察調查了最強大的民主制度——美國，以及發展最迅速的新興民主——台灣，就這兩個地方我記錄了十萬條所見所聞，雖然尚待最終的整理，但綜合的結果已經呼之欲出……當然，地球上還有『民主』之外的其他制度，我就沒時間調查了。」

紫芸睜大了雙眼，驚問：

「十萬條見聞？怎麼可能這麼多？」

「凡我所見所聞皆有全錄，哪些資料想要『存下』，我的腦波便驅動『心腦』晶片立刻標示存入；有的只是一個鏡頭、一個畫面、一句話……數量當然就大了；光是紫芸的畫面數量就可觀。」

紫芸臉頰微赧，暗忖：

「我沒有什麼『晶片』，可你的容貌和畫面也存在我腦海裡，只是沒法『回取』在螢幕上重播。」

「那你說說你的綜合印象。」紫芸摔掉腦海中的畫面，回到現實。

「好，我說。民主制度裡有許多好東西，例如，以人民的意志治國，不好的政府可被替換，司法獨立，國會監督政府，人民的權利有憲法保障……大都是我們星球上所沒有的，我們應該好好參考學習。不過從我錄下的資料來看，其中的毛病也十分嚴重，我們學習時應該小心避免。譬如說，民主制度用選票決定誰執政，用投票決定政策、預算、人事……決定一切，但是我發現，行至今日，已經發展成為『鈔票換選票』，然後『選票換鈔票』的循環態勢。妳看在美國選舉一個總統的政治獻金可以達到十億美金，這不是鈔票換選票是什麼？還有，選勝了執政四年，卻可以把國家八年的錢預先分配精光，這不是選票換鈔票是什麼？最可怕的是，在民主制度中，這些事都是依法公開地做——不合現法就修法，沒有法就立個法——既稱法治國家，當然都會合法的。國家大事一律數人頭、比票數，勝者全拿，敗方的意見不是意見。久而久之，國家愈來愈兩極化。朝野票數懸殊時，執政者為所欲為，就是有人民背書的獨裁；朝野票數如勢均力敵，那就凡事惡鬥空轉，一事無成。」

紫芸覺得他講得有些太極端，但基本上也同意他的分析，更驚訝他的觀察力。但她仍要提出一個不同的觀點：

「選舉買票的事隨著選民的進步和執法的嚴格，漸漸少有看到了。」

司馬永漢很酷地微笑道：

「是啊？用你們的話說，恐怕是升級為4.0版了吧；台北有個記者轉述一位企業大老的話，我全錄了下來，他說現在的選舉不流行用鈔票買票了，卻流行用做不到的政策騙票；行賄所得也絕不收進荷包了，而是『藏賄於民』，下次選舉時替候選人打發開支費用。候選人從頭到尾不碰錢，你如何嚴格抓賄？」

紫芸想不到這個外星人在短短幾個月之內有了如此脫胎換骨的轉變，居然把當今民主政治的生態及病態摸得如此精準而具批判性，正在思考如何辯駁時，司馬永漢已繼續道：

「再說社會面，還拿美國為例吧，百年來綿密的金錢遊戲已經扭曲了資本市場的機能，利潤不再支撐新創意發明，而落入有錢人的口袋，貧富差距愈來愈大，加上政客的挑弄，使得社會對立愈來愈嚴重，這絕不是一個好制度應有的結局……」

「那麼你心目中有沒有更好的制度呢？司馬永漢。」

「我只有一些想法，哪有那麼大的本事設計國之大計？民主是好的，人民可以參與政治，可以監督政府；但是在運作上，不同層次、不同性質的政策、計畫、人事……要設計不同的投票辦法，投票的人要清楚他的選擇究竟會導致甚麼樣的後果，而不是糊裡糊塗，讓政客用騙術、用小利牽著鼻子走。譬如說，如果在『塞美奇晶』施行民主，我們選亭長跟選君主要有不一樣的設計，亭長可以全亭投票，因為鄉民對本亭的候選人瞭解得很清楚；選國君就不能全國人投票，因為太多庶民弄不清楚候選人對國之大政誰的主張更好。還有，我從美國的制度發現，當新興的企業模式以完全不同於傳統的運作方式累積財富時，國家用於節制資本的手段就要與時並進。否則，某些特定的新產業以不符比例原則的方式，迅速成為富可敵國的獨占財團，然後進入鈔票、選票的循環，民主而不敗壞者未之有也；就像漢朝的管理制度拿到今天來用是行不通、沒有效的。」

「你說得真好，我都不敢相信你們星球的人長於科學而拙於人文，你的頭腦對政治、社會的理解厲害極了……」

「紫芸，老實說，這半年來我的變化連我自己也嚇了一跳，我猜這和我的基因中有一半來自太史公司馬遷有一定的關係吧。」

「這麼說，你們的君主選你來做考察民主制度的先發部隊，還真有識人之明呢……」

「紫芸，其實我最大的心得是，地球人的智慧裡，科學與人文能相對均衡發展，所創造出來的文明實在了不起。但是，建立好的政治制度，須有菁英的頭腦，以領先世紀的遠見來奠定宏觀的制度，才可長可久；像美國建國之初的先賢，他們的睿智和先見確保了美國兩百年的興盛，如果沒有這樣的歷史機緣，所有社政制度順著人性逐步演化，終將淪入徒有制度而運作全遭扭曲；像現在的地球，就算人們看到了問題所在，也有要改革的理想，但已時不我予，很難有人、有辦法能和平地扭轉。我的星球雖然科技超過地球，社經政治制度仍停留在專制的社會，這時候如果能以地球為師，以地球為鑑，設計出更理想的社政制度，領先星球現況『兩千年』，也許能保星球進步繁榮『兩千年』，晚了就來不及了，畢竟我們那裡過一年，地球上就是一百年，改革，此其時也。」

紫芸深以為然，感動地說：

「宋朝有另一個姓司馬的大學問家，司馬光，他說：『由簡入奢易，由奢入簡難。』這話可供參考。」

司馬永漢點頭道：

「說得真好，由緊放鬆易，由鬆收緊難，這放鬆過程的設計和拿捏，可是成敗的關鍵啊。」

「叮」，紫芸的手機發出一響鈴聲，面板由暗漸明，終於顯出了密密麻麻的幾行字。司馬永漢連忙拿起閱讀，紫芸也湊過去看，奇怪的符號和費解的漢字，整體而言殊不可解。

司馬永漢很仔細地讀了兩遍，然後把手機還給紫芸，默默不發一語。

紫芸試著再讀，仍然完全不得要領，於是她抬起眼來望著司馬永漢求助。

司馬永漢默然無語。過了一會才低聲道：

「紫芸，我要走了。」

「走了？回台北？」

「不，回我的星球，回到我來的地方。」

紫芸心猛往下沉，緊張地問：

「回外星去，那是億萬里的距離，你怎麼走……」

「還記得我前幾天跟妳講我母親的故事？就在漢朝武帝紀元的某一個深夜，她被同行的兩個伙伴挾持，離開了我父司馬公，為的是要趕上一個『蟲洞』的開啟，才能回到她的故國星球。事情十分湊巧，這個『蟲洞』三日之後又將開啟，我必須及時趕到一個叫做『洞頭』的地方，中繼站上的科學智人親自駕太空船到定點接我——他已經上路了……」

紫芸第一次聽到隨清娛的故事時便覺感傷，這時司馬永漢又提到那情境，她眼前就出現了虛擬的景象……司馬永漢的母親隨清娛在深夜的長安城郊，兩個黑衣外星人突然出現，將她強行帶走，離開她敬愛的男人，永遠地離開這個地球……

紫芸一面幻想著，眼睛就溼了，她想到隨清娛做為司馬遷的妾侍，她為丈夫做的不只是閨帷承歡、紅袖添香，她協助整理史料文稿，又以晶片記憶將五十餘萬言的《史記》盡存於胸而藏諸外星；在司馬遷作出一生最悲慘的抉擇時，她挺身在旁慰藉支撐，最後被迫離去，卻在億萬里之外為丈夫留下了骨肉子嗣……

「太史公為李陵仗義執言而獲罪，固是捨身取義，而妳媽媽也是個俠女！」她忽然冒出這樣一句。

「俠女？」

「對，你媽媽對太史公奉獻的不僅是愛情，更是義薄雲天的俠情，你要永遠記得……」

她見司馬永漢目中泛著淚光，便繼續道：

「還有和你這『阿飄』合作的那兩個記者，他們知道了你的來歷，卻能頂住發表世紀最轟動的獨家新聞的誘惑，硬是壓住不報導，只是為了你的安全，這兩位記者也夠義氣啊。」

司馬永漢自幼熟讀母親記下的《史記》全文，這時候〈遊俠列傳〉、〈刺客列傳〉中的人物事蹟一一飄過他的腦海，他耳中猶自蕩漾著紫芸的話，心底已作了一個重大的決定。

紫芸見他臉上忽有豪情之色，很堅決地甩了一下頭，一頭「秀髮」如波浪簌然抖動，煞是好看。

「司馬永漢，你怎麼了？下了好大的決心嗎？」

司馬永漢輕聲回答：

「是的，好多有情有義的人和事我都會記得，特別是，我會永遠記得妳。紫芸，妳是我在地球上遇到最美麗的人，也將是我一生最美麗的回憶，我永遠不會忘記。」

紫芸聽得眼睛又溼了，她想到這個外星人從初見面只會說文言文，如今已能用現代的白話說出令她感動的話，多麼的美妙啊……可惜就要永別了。

紫芸忽然一陣激動，她抓住司馬永漢的雙手，叫道：

「你不要走！人家剛剛從討厭你變成愛……變成喜歡你，斯永漢，你不准走。」

司馬永漢聽她又叫自己「斯永漢」了，那是他初遇紫芸時所用的姓名，雖然是假的，卻是只屬於他們兩人的名字，不禁一陣悸動。他把紫芸拉向懷抱，萬分憐愛地撫摸她的短髮。紫芸也伸手摸司馬永漢漂亮柔軟的長髮，不停地撥弄，他一頭長髮就像後浪推前浪，又像是要抖落滿腦的三千煩惱。

紫芸小聲說：

「斯永漢，我早就想要玩一玩你的頭髮。」

司馬永漢把紫芸抱得更緊，在她耳邊說：

「妳儘量玩吧，今夜是我最後一夜，我要好好地多感覺妳，讓我日後在家鄉多些美好的感覺可以回憶。」

也許是用辭不盡精準，這話聽在紫芸耳中，就帶著一些暗示的挑逗。紫芸被他緊抱在懷裡，聞到的是一種令她心跳的氣味，那種氣味她在男同學或哥哥身上從來沒有聞到過，她喃喃地說，像是說給自己聽：

「我也要好好地多感覺你，斯永漢……」

一陣意亂情迷中，紫芸少女情懷初開，竟仰起頭來吻了司馬永漢一下。只是雙唇輕輕接觸一下，兩人都如觸電般為之一震，司馬永漢不自禁緊緊捧著紫芸的頭，深深地吻了下去。紫芸第一次和男子接吻，只覺得又緊張又甜蜜。當他們分開時，紫芸小聲道：

「斯永漢，你的嘴唇好冷，我像是吻在大理石上。」

司馬永漢凝視紫芸解釋道：

「我們星球上的氣溫比地球略低，星球上的人，體溫要比地球人低一度半，兩地的水土氣候不同，我必須服用特製的藥劑，生理狀況才能適應地球。當年我媽媽便是因為藥吃完了仍不願回家，結果硬撐著抵抗各種『水土不服』的症狀，回到故鄉生下我後畢竟早死，便是和這水土不服大有關係……」

說到這裡，他斜看紫芸一眼道：

「不過，妳也說得太誇張，我就算體溫低些，也不至於會像大理石吧？」

紫芸正色道：

「不騙你，就是像。不然我們再試一次。」說到這裡，紫芸忍不住笑了起來。

這一次的吻，激起了兩人的情和慾，兩人終於享受到男女之愛的歡愉，一吻再吻不願分開。

紫芸深吸一口氣，雙頰緋紅，心中似有一把火在燃燒，燒去了她的理智，也燒掉了她的矜持，心中只有永漢那句話……他要好好地多感覺我，他要紫芸給他能回味一輩子的感覺……

紫芸喃喃語如夢囈：

「今宵之後永無再見之日，斯永漢，你要多記得紫芸一些，今夜就不要走了，我要陪你……」

紫芸情竇初開，竟然愛上外星球來的帥哥。今夜之後就要永別，一時之間心田中塞滿了淒美的情愫，只想把握今宵，用整晚的時間陪伴斯永漢的最後一夜。擁吻之中她愈來愈熱，永漢的身體卻愈來愈冷，他輕輕推開紫芸，耳語道：

「我吃的那種藥使我情緒愈激動，體溫愈降低。紫芸，妳的嘴唇和身體好燙啊。」

紫芸輕握他的手，果然其涼如玉。永漢凝視著紫芸的眼睛，無限溫柔地對她說：

「紫芸，妳是個可愛的好女孩，我不能要妳的身子。但我真實感受到，妳已經把最好的妳全都給了我，今夜以後我將在億萬里之外時時刻刻思念著妳；在我的星球上，我將愛妳一生，在妳的星球上，妳將被我愛幾千年。」

紫芸冷靜下來，眼角流下熱淚，永漢輕輕幫她拭去，然後給她一個最溫暖的微笑。

「紫芸，兩代的星際情緣，該有一個句點了，這樣的結局最是……美麗。」

紫芸抬臉看他，睫毛上還沾著一點淚珠，她說：

「最後教你一個詞，淒美……」

台北地方法院對廖院長自訴控告媒體人何薇的案子似乎特有「急迫感」，才接到地檢署移來的公文，便以最高效率辦理，緊接著法院就第一次開庭，審理「準備程序」。

何薇和報社委請的律師出庭完畢，兩人在一家咖啡吧裡交換觀感和意見。兩人都覺得受命法官的態度相當負面，當何薇否認罪行時，法官對律師陳述的辯詞似乎都不甚接受。在處理「證據」的意見時，檢方甚至辯稱所呈誹謗「證據」確鑿，被告反駁理由薄弱，要求庭上直接使用所呈證據判定被告有罪。

何薇的律師則提出了申請證據調查，可以拖一拖時間。因為何薇仍在等待，等那個「阿飄」是不是會回心轉意，把廖淳仁向官員施壓的錄影寄給丘守義。

法官宣布擇期再審。

何薇回到報社，心情壞到極點。在她的理念中，一篇揭發重大弊案的新聞報導，在自由民主的國家應該享有相當大的言論空間，而她卻因此被告到法院。司法單位除了要調查媒體人是否有經過合理程度的查證，也應該調查弊案的內容是否有一定可信度的傳言、間接證人的說辭等，以保障媒體對可公評事件的揭發報導空間。如果新聞中每一件事都要直接實證才能動筆報導，那所有的記者都去幹司法人員應該幹的工作，媒體就關門算了。

但現實是，廖淳仁在司法體系中多年來埋下了很深的人脈和影響力，經過偵查庭和法院的第一庭，何薇的律師和她自己都感受到一種不利的潛在壓力。雖然不能說檢方和法院對此案已有了定見，至少看得出他們審理的重點將不會是對弊案本身的偵查，而是鎖定何薇對新聞來源是否能提出具體證據。

何薇所謂的消息來源竟然是一個「外星人」，這個消息來源在庭上提都不能提，只要一說出口，她的案子便掛了。

煩惱時她有拚命喝水的毛病，拚命喝水的結果便是勤跑洗手間。短短兩個鐘頭內，何薇第三次上完廁所時，丘守義的電話來了。

「何薇，妳快到我這裡來！」守義第一句話就顯得激動萬分，聲音都帶著顫抖。

守義平時不會這樣沉不住氣，何薇馬上意識到有大事發生了，她緊張地猜問：

「什麼事？是有關我的案子？」

「對，妳先別問，快來我這裡就知了……」

何薇還是忍不住問道：

「好消息還是壞消息？」

「超好的消息，妳直接過來，先不急著通知律師！」

何薇立刻像是從一個洩扁了的皮球一下子就充足了氣，一彈而起，給助理丟下一句話「有事打我手機」，就匆匆衝出報社，攔住第一輛計程車，直奔丘守義的家。

守義把何薇迎入房間，將房門鎖上，他桌上放著一「頁」新買的筆電，正在放一段錄影。

守義拉一把椅子給何薇，興奮地道：

「這是司馬隨意寄來的幾段錄影之一，妳看……這背景好像是立法院……」

新買的筆電其薄如紙，二維的螢幕能顯示出類似3D的視覺效果。何薇用一隻眼看立體效果更顯著，她細看畫面的背景，牆上掛著一幀雲海飛瀑，一幀墨竹，她按下「停格」，這回錄影帶操之在我了，她仔細看了一眼畫面，立刻就認了出來：

「這是廖院長的會客室，那幅雲海是黃君璧的作品，墨竹是馬壽華的作品，就憑這兩幅畫，和牆上的華航月曆，還有電子鐘，這段錄影的時間和地點就跑不了……」

這間會議室廖院長經常會用來招待記者，所以何薇有很深的印象。守義一面按鍵，讓錄影繼續跑，一面道：

「時、地有了，妳再看人物……」

畫面上就出現了幾個人物。隱身錄影的司馬隨意顯然刻意轉了一百八十度，把每個人的臉部特寫都錄進去了。

「你看，除了廖淳仁，這邊是翁偉中，還有兩個比較年輕的是誰，一時叫不出名字來……」

守義立刻補充道：

「左邊一個是環保署張副署長，右邊的……好像是水保處的官員，名字記不起來了，反正上回在廖院長辦公室前我親眼看見過這兩人。」

再下去便是廖院長對官員施壓BS2-1案的談話內容了，何薇愈聽愈興奮，等到錄影放完時，她激動得雙頰漲紅，大聲叫道：

「鐵證！廖淳仁告不成我了！」

她轉向守義問道：

「司馬隨意這回把錄像留給我們，不刪除了？他真是一個夠義氣的好阿飄。」

守義笑道：

「這回他不刪除了，我都下載存檔了。我老爸說得沒錯，碰上阿飄是要走運的。」

他在牆邊的迷你料理台上取熱水，用茶袋沏了兩杯立頓紅茶，遞了一杯給何薇，道：

「妳先喝一杯茶，我再放幾段錄影給妳看，如果這一段是廖某貪腐鐵證，另外幾段就是他賣國的鐵證了。」

「賣國？有那麼嚴重嗎？」

「妳看了就知。」

第一段實錄的地點好像是在總統府，主持會議的是總統，參加的有行政院羅院長、立法院廖院長，國安會王祕書長，另有國防部洪部長、外交部許部長；討論「戰機國造」計畫的瓶頸難突破，考慮停止計畫，但總統未作裁決。

第二段實錄的地點是在美國華盛頓，談話的主角有廖院長、駐華府蔡代表，還有美方「太平洋西方企業公司」董事長——前參議員哈瑞士．羅勃森，以及他的左右手傑夫．霍夫曼。

就在這一段錄影中，美方提出了購買X-32戰機的構想。他們有管道可以說服美國國防部，把X-32修改設計及選擇製造商的業務轉包給一家美國、以色列合資的公司。透過以色列的關係，可以迅速完成設計修改，並順利找到最適合的生產者，保證品質一流、如期交貨。條件是台方不必知道下包的公司，一切只和「太平洋西方企業公司」簽統包合約就OK。

第三段錄影的地點更神奇了，竟然是在中國大陸四川成都的一家「成功重工」公司裡，看室內陳設大概是董事長的會客室，參與的有「成功重工」的董事長、總經理、總工程師，以及美方的羅勃森及其副手霍夫曼。他們談的是製造X-32的生意經，談了一些技術的問題，然後談錢，談交貨時程，最後談「成功重工」和「太平洋西方企業公司」簽約的項目及步驟；這時候中方董事長召請法律長前來一同參與討論，原則上同意不須知道甲方買主是誰，一切法律關係只認「太平洋西方企業公司」，但是「太平洋西方企業公司」與美以合資公司簽的合同要當作本約的副件云云。

這段錄影的結尾還有一段羅勃森和霍夫曼在旅館喝咖啡時的對話，咖啡桌的桌號卡上可以讀出是「錦江飯店」。霍夫曼說：「這趟成都之行十分順利，就不知道這邊和台灣那邊如果猜到對方是誰，會不會還有變數？」羅勃森笑道：「依我看，其實兩邊心中都已有數，但是為了政治利益，政客們肯定裝傻到底。反正有我們的合同在中間頂著，他們本來就『不知道』對方是誰。哈哈，妙啊！再說，我們還有廖議長這個祕密武器，必要時他一定會幫我們搞定合同，我們讓他參乾股，好處可不是白給的。」

何薇耐心看完了所有的實錄，其中有部分美國俚語及專業名詞不甚瞭解，但整個案子的全貌已大致瞭然於胸，但她的臉色卻從興奮的緋紅漸漸變為驚恐的蒼白。

她望著守義說不出話來。

丘守義敲了一下重播鍵，讓影片從頭放送，他本人則陷入沉思。

何薇從激動中冷靜下來，她發現守義仍在長考之中，似乎有什麼難決的事困擾著他，於是她試著打破僵局：

「守義，有什麼為難的事？」

「沒有，我只是在想如何處理這些從『天上』掉下來的證據。有關廖淳仁對環保署和水保處官員施壓的錄影，當然是儘快交給妳的律師，希望妳的官司就此穩住。我在傷腦筋的是有關『戰機自製』的錄影證據，我們如何運作它來徹底扳倒廖淳仁……」

「那有什麼好考慮的？把它送進地檢署，我們找一位正直的檢察官，好好告廖淳仁一場，讓他也嘗嘗官司的滋味。」

「不成，檢察長和廖的交情非比尋常，就算妳找到正直的檢察官，上級照樣能把案子交給別人辦。何況我們現在手上還沒有一個『案子』，有的只是這幾段錄影。而且有些是在美國和大陸拍的，到了偵查庭上，我們如何交代證物的來源？難道說是『阿飄』拍的？」

「照你這樣說，這一段廖淳仁對官員施壓的錄影也會被要求交代來源，我會遇到同樣的問題……」

「不一樣，妳對律師說錄影來自一個祕密證人，是他潛入立法院長會客室偷拍的，然後請妳的律師有模有樣地要求庭上在祕密庭審詢證人，到時我就出現。」

「那你豈不犯了潛入公署、竊取公家資訊，還有洩漏……洩漏公家機密……」

「笑話，機密個屁，竊取也好，洩漏也好，全是他廖某犯罪的證據，我頂多被控私闖潛入立法院，這個罪名我可不怕。私闖立法院，甚至占據議場的又不是沒有前例，不是都判無罪了嗎？」

他看何薇睜大眼睛望著自己，便再補充一句：

「我的身分就是自由撰稿記者，就是那個專門揭發政治弊案的記者丘守義。怪只怪廖院長會客室防護疏漏，我才有機可趁，藏於暗處，拍下這段他向官員施壓的過程。這樣取得的證物不能用來在法庭上指控廖某，但是至少證明妳寫的新聞報導確有所本——我們不就是要證明這一點嗎？」

何薇同意守義的分析，她點頭道：

「你說得不錯，現在的案子不是我們控告廖淳仁對官員施壓，而是要證明我的新聞報導確實作了合理的查訪和求證，所以這一段錄像是用來『自保』的。另外幾段我們想想看如何才能用來『扳倒』廖淳仁。」

守義點頭道：

「再說，就算偷拍的錄影不能當作法庭上的證據，但廖淳仁可不願意這段錄影在網路上公布，因為任何人看了都知道它是真的！他不要想選下屆立委了。這回他非退讓不可。」

何薇道：

「其他幾段錄影，送地檢署你說不行，那我們就交給監察院，找一位在野黨的監察委員？」

「不好，這樣會被廖某操弄成泛政治化，在我們的社會裡，任何事只要把它搞成政治化，就沒有是非可言，剩下的只有敵我意識。」

「那……」

「何薇，我在想一條『毒』計……」

令媒體界頗為驚訝，廖淳仁以立法院院長之尊自訴控告媒體人何薇的案子，在對何薇一路不利的氛圍之下，卻忽然無疾而終了。

法院開了第二次庭，在審視了何薇律師提出的證物後，受命法官匆匆結束庭議，宣布擇期再議。

三日之後，廖淳仁的律師代表自訴人宣布撤回對何薇的控訴。在媒體的逼問之下，律師作了「簡單」的說明：

廖院長經過慎重思考，認為選舉期間部分媒體的惡質報導之風，在他嚴正提出自訴後已見收斂。為台灣民主發展大局著想，他願撤回對媒體人的告訴，希望台灣的媒體善自珍惜全體國人捍衛言論自由的決心，這份權利不應毀壞在少數惡質的新聞報導上。

乍聽之下，廖院長竟然是為了「捍衛」媒體的言論自由，寧可在自訴明志後委屈撤告；此聲明一見報，立刻有大批網軍按讚，異口同聲感佩廖院長胸襟可鑑日月。

何薇看了這位律師的聲明，沒有任何表示，就如平時一樣去報社上班，私底下她正在構思，想得很深。

「BS2-1案到此時只演完了上半集，同樣的，我的報導也只寫完了『上』篇。」

雖然在雙方律師庭外和解書上定下了「何薇不得公布『證物』」的條文，但是何薇對守義說：

「就算我們不公布錄影帶，但只要錄影帶在我們手上，它就保障我可以寫BS2-1的下篇，對不？」

守義笑道：

「不錯，法律這東西真有趣，同樣一段錄影，在控告廖院長關說施壓時不能當作合法的證據，但在媒體人寫新聞報導時，卻能當作記者曾經查證的證物。它既保護了當事人不受非法採證的權利，又保障了媒體人合理的新聞自由，我頭一次喜歡法律這玩意兒。順便問一下，妳下篇的主題是什麼？」

何薇的臉色轉為嚴肅，冷靜地道：

「阿不拉凶案。報社的地方記者告訴我，地方上已有傳言，阿不拉是與廖淳仁相關的人下的毒手，我要追出那人是誰？已經加派了一位資深記者下去追這條新聞！」

飄】

CHAPTER 14

棄車保帥

廖淳仁坐在戴董事長的客廳裡發牢騷。

「這個何薇真是一個狠角色，手上居然有我在立法院裡喬事情的錄影，我實在不懂是什麼人用什麼方法拍到的，幹，那段錄影還確實是真的，不是合成的……」

戴董事長在看電視新聞，一位喜歡用誇張的語氣及表情「評論」新聞的主播，正在播報一條離譜的車禍新聞；一位機車騎士逆向衝上中山高速公路，引起嚴重車禍。

她沒有答腔。

廖淳仁再次強調：

「我的辦公室經常有專人在做電子偵防的維護，可從來沒有發現過有人在裡面搞鬼，這件事實在太離譜。阿戴，妳說怪不怪？」

阿戴把電視關了，冷冷地道：

「先別管什麼人怎麼拍到那段錄影，重點是它是真的，你就只好撤告，就這麼簡單。」

廖淳仁在戴董面前常常會裝點小傻，烘托他對女強人的依賴，也有點老男人撒嬌的味道，第三者看起來定會覺得肉麻受不了，可阿戴好像就吃這一套。

「阿戴啊，妳看我那個律師有多白目，和何薇的和解書上還訂一條要求何薇『不得公布證物』的條文，這有屁用啊？」

戴董道：「何薇自己不公布，難道不能教別人公布？何況這段錄影肯定不是這個女人自己躲在你辦公室裡錄的，既是別人錄了提供給她，那原始錄影帶會落到哪裡去，誰也不知道……阿仁啊，反正我認為你這一仗打不贏了，我猜不要兩天就會有後續的爆料。底下人向我報告，說X報的記者已經在緊追阿不拉的事，搞不好下一篇就是爆這個案子，只不過記者的名字不會是何薇這破婊子就對了。」

「那……我就一直挨打？」

「對啦，一直挨打！」

廖淳仁面露委屈之色，抓抓頭，倒坐在沙發上。

阿戴又打開電視，主播還在播那則新聞，畫面已經從高速公路實境換成彩色動畫，一步一步模擬機車騎士如何從交流道逆向衝上高速公路，一輛重型工程車為了躲避突如其來的危險，被逼得全力往左閃避，同時汽笛喇叭怒吼狂鳴（音效），結果閃過了機車，卻撞上中間線道上的一輛小本田，小本田被撞飛到兩個線道外的紐澤西護欄上，然後畫面切回實景，小本田已毀，不成車形，主播說：

「小本田車上一對夫妻重傷送醫，生命垂危。機車騎士和工程車司機都安好無恙，已被警方帶回詢問。高速公路封閉兩小時後，已全線恢復通車。」

然後主播就開始信口評論，阿戴再次關上電視機，坐到廖淳仁旁邊的沙發，雙眼望著頂上吊燈，若有所思。

廖淳仁低聲嘆道：「哪有這款代誌？」

阿戴盯著那盞吊燈沒有回答，廖淳仁忽道：

「阿戴，妳剛才提到阿不拉的事，我想不會有問題的，那兩個派去阿不拉辦公室辦事的手下很能幹欸，幹得清潔溜溜……」

阿戴仍然沒有回答他，只左眼角抽了三下，富態的胖臉上閃過一絲冷酷的神色。

自從程士雄警告丘守義手機恐怕已遭監聽，他對接聽電話就格外小心，不是熟知的人來電一律不接，和何薇之間的通話則儘可能當面談。

偏這時他接到程士雄的來電。

「欸，丘桑呀，電視上看到咱廖院長偉大的聲明了，我感動得哭死人了，哈哈，你厝內人足鱉ㄟ。」

守義不想在電話裡多談這事，心中忖道：

「你不是警告我手機可能被監聽嗎，怎麼自己講電話這麼沒有警覺心，唉，這個程士雄……」

於是就簡短地回道：「你好吧？有一陣子了，找我啥事？」

「今天我的『資深』好朋友祁老闆六十大壽，我想去他咖啡屋拜壽，你要不要一道去道個賀？」

「啊，花甲大壽啊？該去的，該去的……」

「要去就早一點，去晚了祁老闆肯定要請吃晚飯，實在沒有時間吃飯；最近無事忙到摧心，幹伊娘！」

守義看了一下腕錶道：「那好，一小時後我們在忠誠咖啡屋見。嗯，還來得及買個賀禮帶去，OK？」

「OK。」

丘守義騎著他的老爺機車駛上羅斯福路。心中忖道：

「自從上回和何薇在忠誠咖啡屋和祁老闆及他兒子祁懷土聊過之後，就沒去過他那裡了。這個『大陳義胞』是個性情中人，花甲大壽是該去賀一下的，只是這份賀禮恐怕太寒酸了一點。」

他臨時去買了一盒日本宮廷御方精製的「長壽茶」，其實就是中國自古即有的桑葉「神仙茶」，不過經過日本天皇的「加持」，身價就不一樣。

到了忠誠咖啡屋，才發現今日休業，看來祁老闆也有過生日的準備。門前平日客人停機車的地方停了一輛老爺賓士280，黑色柴油車，是一款經典的名車，不過看上去有些老舊。程士雄已經先到了，祁老闆滿面春風迎守義入內，一面走向最裡面的小客廳，一面連聲向守義道不敢當；但明顯看得出，他對守義的到來十分高興。

進到這長型屋最深處那間小房間，裡面兩個年輕人，一個是祁家二兒子，在台南作「大官」的祁懷土，另一位則沒有見過。

祁老闆指著守義介紹：「大辰，快來見過丘記者……」

程士雄話多又愛插嘴：

「大辰，丘記者就是當年揭發都會區輕軌弊案的記者丘守義；祁大辰是祁老闆的大兒子，我警察大學的學長，他懶得幹警察，四年級沒等畢業就跑了，夠性格吧。」

祁大辰長得高大，比弟弟懷土整整大了一號，但看上去沉默寡言，沒說話，只對丘守義點頭致意，嘴角微笑時帶有幾分靦腆，和他魁梧的外型很不相稱。

祁懷土和守義打過招呼後，很開心地道：

「大哥已經三年沒回來過了，真虧他還記得爸爸的生日，今天我們全家團圓，爸爸可高興了。」

祁老闆親手煮了上好的咖啡，祁懷土端上三樣精緻的點心，守義忽然覺得自己有點驢，心想：「人家是咖啡達人，我偏送他一盒神仙茶。」

閒聊著，程士雄就扯到這兩天的熱門新聞BS2-1土地開發案。這人十分愛賣弄胸中內幕，加上守義在場，更是忍不住繪聲繪影地把案情內幕和盤托出，其中廖淳仁、翁偉中、彭金財、捷運凶殺、阿不拉被打成植物人……一路數下去，最後聚焦在這案中力抗廖淳仁勝出的女英雄何薇；當然主要是要說何薇乃是丘守義的女人。

守義幾次打斷他的「八卦」，可是程士雄鍥而不捨，既斷又續，還是一口氣把BS2-1案的內幕報告完畢，丘守義暗嘆這樣大的嘴巴當警官適合嗎？

祁老闆和作家祁懷土倒是聽得興味盎然，祁懷土最後還加了一句：

「那個何薇確是集美麗、聰明和犀利於一身，守義兄真好福氣。」

只有祁大辰從頭到尾專注地聆聽，一言不發，守義注意到他沉毅的臉上只有兩次似乎略顯動容；一次是程士雄說到阿不拉被打成植物人，另一次是聽說到「女英雄」何薇是丘守義的女人，當時他似乎想對丘守義說什麼，但是沒有說。

用完點心，喝了兩杯香醇的南美咖啡，丘守義和程士雄再次祝賀祁老闆生日快樂、生意興隆，就告辭了。守義和祁大辰握手道別時，祁大辰又一次似乎想說什麼，但是只簡單說了一句：「幸會，保重。」

客人走後，祁老闆望著兩個兒子，又開心又感慨地道：

「大辰、懷土，當年你們爺爺離鄉背井，從老家大陳島撤到台灣，你們是第三代了，我給你們起的名字就是要你們不要忘記大陳故土。今天我六十歲了，你們媽死得早，祁家就我們三個人，你們今天回家來，我真高興，尤其大辰多年沒有消息，我……」

說到這裡便哽咽了，祁大辰到這時才開口說道：

「爸，我對不起你，這些年沒混出什麼名堂來，也不想回家和你和弟弟見面，其實我都惦記著你們。」

祁老闆伸手抓住祁大辰粗壯的胳膊，激動地道：

「大辰，你在警校讀到四年級退學而去，我不怪你，你的個性太猛太衝，也不見得適合做警官。你要浪跡江湖，我也由得你，只要你做人正派，剛直不阿有什麼不好？可是江湖路上布滿險惡，人在江湖很容易迷失本性，我就為這擔憂你，你這幾年到底在哪裡混啊？」

祁大辰閉目深吸一口氣道：

「爸，你放心，我很好。」

「記得讀國小時，每一冊作業簿的封底上都有兩行字：『做個活活潑潑的好學生，做個堂堂正正的中國人。』你們都長大了，海闊天空，想做什麼便去做。爸也不指望你們給我養老，之前還望著你們早日結婚生子，現在我連這也不想了。只希望你們記得，在爸花甲生辰的當天，我要你們記得這句話，做個堂堂正正的中國人。」

祁懷士噙著感動的淚水，但是心中陷入天人交戰的掙扎。他叫了兩次「爸」，都說不下去，只能激動地看著老爸，淚水再也忍不住流了下來。

祁大辰沒說話，面上沒有表情，只閉上眼，微微點了一下頭。

過了一會，他忽然開口道：

「爸，剛才士雄講的那個BS2-1案裡，把阿不拉打成植物人的兩個綠衣人，我是其中一個。」

祁懷士跳了起來，驚慌地喊道：

「大哥，是你幹的？」

祁老闆面色蒼白，過了一會，長嘆問道：

「大辰，是你動的手？」

祁大辰也嘆了一口氣道：

「是我動手砸他的場子，用重器猛擊阿不拉頭部的不是我，不過——唉，也沒差……」

祁老闆急道：「當然有差，大辰，你沒出手打那致命的一擊，就還可挽救……我要你去自首……」

祁懷士壓低了聲音問道：

「大哥，你為誰工作？你的老闆到底是誰？」

祁大辰不語，忽地抓起掛在椅背上的外套，對著老爸跪下行禮，沉聲道：

「您的話我都聽到了，有件事我要馬上去做……爸爸……生日快樂。」

然後他起身大步走出，經過祁懷土時深深看了他一眼，從牙齒間迸出一句話：

「你要何薇千萬小心，她知道太多事。」

何薇提早離開報社，準備晚上再回來處理幾條新聞。

她匆匆叫了一輛計程車，飛馳躲到守義的住處，鎖上門，泡一杯伯爵茶，坐在桌邊，從手提袋中掏出蘋果電腦，攤開來一面滑一面等守義回來。

看時間已經過了五點鐘，守義說他去忠誠咖啡屋為祁老闆花甲大壽祝賀，五點鐘一定會回家。

忽地她的可摺捲電腦螢幕上出現一封意想不到的電郵，發信人竟然是祁懷土，那個台南文化局的副局長。

電郵用紅色大字寫了一行：

「千萬小心，妳知道的太多！」

何薇悚然而驚，怎麼會是這個人來警告我？自從上次在台南，看到他和南部媒體摶感情喝到大醉，之後就沒有再見過此人，怎麼這時突然來警告我？

「是了，今天祁老闆六十大壽，他一定在忠誠咖啡屋那邊，不知發生了什麼事，讓他發這封警告信給我……等守義回來便清楚了。」

五點十分，守義回到家，開門看見何薇捧著電腦發呆，趨前就看到那句警告的話，不由吃了一驚，忙問道：

「誰發的電郵？妳剛收到的？」

何薇從沉思中「醒」過來，她反問守義：

「祁懷土發的，剛才收到，你下午有碰到他嗎？你們在祁老闆的咖啡屋裡談了些什麼？」

「祁懷土？他一直在他老爸的咖啡屋裡呀，我離開時他還在那裡，還有……還有祁大辰，祁懷土的哥哥也在，第一次見到他。奇怪，祁懷土怎麼發這麼一封警告信給妳？」

丘守義努力回想下午的過程，沉吟道：

「沒有談什麼……呵，是程士雄談 BS2-1 的案子，內幕八卦一把抓，最後把妳捧成女英雄，打敗廖淳仁的大英雄……」

「守義，我覺得好恐慌，一定是你離開以後他們談了些什麼，祁懷土才發了這封信。對了，程士雄還在不在那裡？」

「他和我一道離開了。讓我把下午的細節從頭回想講一遍，我們倆一起琢磨一下。」

守義把下午在忠誠咖啡屋的細節講完，兩人仍然琢磨不出什麼事會激起祁懷土發警告信，何薇道：

「會不會是祁懷土從地方上聽到什麼不利於我的消息？」

「可能不是，應該是今天即時的事因，就是發生在我和程士雄離開之後……讓我來問問士雄。」他掏出手機。

響了十五聲，程士雄沒有接電話，不知他在忙什麼。

何薇忽然問：「祁懷上那個大哥祁大辰是怎麼樣的人？」

「他長得高大魁梧，沉默寡言，大部分時間臉上都沒有表情，偶然露出的神情有點靦腆，也有點陰沉，我摸不清這個人；聽說他警察大學自動退學後浪跡江湖，但看上去完全沒有黑道的樣子……」

何薇感到好奇，追問道：「他說了些什麼？」

「他……他什麼也沒說。」

丘守義帶了兩盒便當回來，一直提在手上，這時候才放落在桌上。

「叉燒？燒鴨？」

「混在一起微波分享。守義，吃完飯我還要回報社。」

「好，我開車送妳。」

丘守義的藍色馬自達從巷口轉上馬路，巷裡有一輛停在暗處的小發財車，駕駛座上一個長髮瘦子掏出手機，撥了一通電話，只說了一句「上路了」，便關上手機。

辛亥隧道外的迴轉彎道上逆向駛來一輛日立重工程車，悄悄停下，車燈未開，黑暗中宛如一隻潛伏山邊的怪獸。

丘守義的馬自達從道路的右邊往中間移，準備進入二線隧道的慢車道。這時，那輛重工程車忽然啟動，加足馬力全速從前側方衝來。

丘守義沒有料到從這不可能的方向忽然衝來龐然巨物，他完全沒有躲避的機會，在何薇尖叫聲中，他盡全力猛打方向盤向右，車輪擦地發出尖銳刺耳的聲響，但是守義估計仍將被那巨型工程車撞個正著，駕駛座將首當其衝！

然而就在這一瞬間，一輛黑色轎車以一百公里的時速從左邊快車道呼嘯而來，一道震耳的長喇叭聲聞之驚心動魄，霎時就超越守義的小馬自達，這一下換成那輛沒開燈的工程車司機嚇得魂飛魄散。

這輛黑色轎車不知從何處冒出來，完全出乎重工程車駕駛的意料，驚慌中本能地猛打左轉，轟然一聲，撞上了隧道洞口外的石牆，爆出一聲震耳巨響，夾雜著碎石塊和車上的配件沖飛半天高，落在數十尺之外，駕駛人生死不得而知。

守義全力把小車扳回車道，堪堪從隧道口的右緣進入洞口，躲過了一場致命車禍。那輛黑色轎車並未放慢，守義打起遠光大燈極目辨認，依稀認出是一輛中古賓士280。他心中狂跳，忍不住叫出聲來：

「啊！是他！」

何薇臉色蒼白，驚魂甫定，低聲問：

「是誰？」

「是祁大辰，他救了我們一命！」

「怎麼會是他？你是說剛才他是故意衝向那輛工程車？」

「顯然是！那輛重型工程車衝撞的目標是我們，祁大辰出其不意突然殺出，是賭那工程車司機一定閃躲，他捨命一拚，果然逼得那輛凶車自己撞毀。這個祁大辰的膽識令我五體投地！」

「誰？誰要謀殺我們？」

「主要是殺妳！現在有點瞭解祁懷士為何發警告要妳千萬小心了，但我仍不懂祁大辰怎麼可能知道他們要用『製造車禍』來殺人？」

「守義，你還沒回答我是誰要殺我？」

「祁懷士的示警信上說，妳知道太多。妳知道誰的事太多？那個人就是幕後兇手……」

前面的賓士280愈開愈快，已經衝出隧道，消失在羅斯福路的車流中。丘守義索性放慢了車速，默默考慮一個問題。何薇想到自己成為凶殺的目標，便覺又氣又怕，身體開始不由自主地顫抖，一個字也說不出來。

丘守義也不說話，一直到了報社，他停靠在路邊，側身抱了抱何薇，感覺何薇已經鎮定下來不再顫抖，便輕聲安慰道：

「何薇不怕。妳處理完工作給我打電話，我來接妳。」

何薇對他苦笑了一下，悄聲道：

「何薇不怕。」

守義望著何薇走進報社，他的臉色漸漸變得陰沉，雙眼露出堅定、憤怒、甚至有些凶狠的目光，他捏緊了拳頭，對自己道：

「廖淳仁，開打了！」

立法院雖然在休會期，居然在媒體上又熱鬧起來。原因是執政黨擬在下會期提一個「戰機國造」追加預算案，消息遭坊間周刊曝光。這已是此案第三次追加預算，不過這一回不只是預算問題，而是要提案根本從「國造」改為「採購」。

本來這樣的案子是不可能提出的，但這回國防部拿出了和美國「太平洋西方企業公司」簽的備忘錄，確保售予台灣一百架與F-35同級的戰機（X-32），預算尚在合理範圍內，最重要的是提案附上了美國參議院軍事委員會對本案樂觀其成的「準背書」；當然，最後一行明定必須預算到位才能正式簽約。

如此機密的案子居然鉅細靡遺地提前曝光，有評論者認為是國防部內部有人故意放給媒體，動機引起不同的解讀。

就在周刊爆料後第二天，「批踢踢」的「八卦版」網站上出現了一篇內幕報導的文章。標題是「台灣將擁有最先進戰機X-32」，下面一行副標題「立法院長廖淳仁從中牽線」。

文章內容敘述「戰機國造」計畫徹底失敗，關鍵技術無法突破，不但推力120千牛頓的發動機製造不出來，其他第五代戰機必備的「主動相陣雷達」、隱匿技術等各方面的研發都遭遇不同程度的瓶頸。半年多前，國防部長在總統府高層會議中，親口向層峰報告現況及困境，出席者有行政院羅院長、立法院廖院長、國安會王祕書長、國防部洪部長，以及外交部許部長。兩個星期後，立法院廖院長及外交部許部長在台北賓館宴請美國前參院軍事委員會召集人哈瑞士．羅勃森及其助理傑夫．霍夫曼，餐後在一樓右側會客廳密談，商請美方民間軍工高手協助，由羅勃森擔任董事長之「太平洋西方企業公司」居中牽成。

經過數個月各方面之努力，美國參議院軍事委員會通過為「民間協助台灣採購／製造高性能戰機案」背書的案子，送請國務院參照。美國國防部的國防合約管理局批准由「太平洋西方企業公司」下包設計及製造，標的產品經國防部核准後售予台灣，以符合「中美協防條約」內容為限。

此一歷年國防軍購最大突破，來自立法院廖淳仁院長的一手策謀、折衝及協商，廖院長憑其國內政壇的重量級身分，以及長年國會外交在友邦累積的人脈，奔波於太平洋兩岸，終於協助國防部及外交部完成了不可能的任務云云。

此文一出，新聞媒體湧向立法院院長辦公室，廖淳仁很客氣地表示這全是行政部門的努力不懈才得到的成果，自己只是利用多年來累積的各方人脈關係，為這件有利於國家的大事，在關鍵時刻略盡棉薄之力，對網媒上的讚譽自覺不敢當。媒體評論廖院長充分展現了資深政治人物的從容和氣度，不過他在謙虛中也承認了自己居於關鍵地位的貢獻，此案對他尋求下屆區域立委的選舉，可謂立下了未選先勝的基石。

廖淳仁表面上顯得躊躇自得，內心卻充滿了狐疑和不安，是誰在幕後操縱這一切？表面上是為自己造勢，但背面的目的是什麼？政治圈裡打滾數十年的老狐狸，這回卻摸不清下面是什麼路數。

三天後，「批踢踢」又po出一篇文章，這篇po文徹底讓「戰機案」沸騰了。文章的標題是：

五代戰機　美國設計　中國製造　台灣買單

文中提到近日媒體曝光，國防部將在立法院下會期提追加預算時，同步提出變更「戰機國造」為「戰機外購」，引起軒然大波，而此巨大髮夾彎的幕後祕聞終於曝光。據可靠消息來源顯示，此案之轉折，全在立法院廖院長一手操控之下推動，美方的要角「太平洋西方企業公司」下包給一家美國、以色列合資的公司負責修改設計，而負責製造的竟然是設籍在中國大陸四川成都的「成功重工公司」。目前萬事俱備，只欠立院通過追加預算，三年後「太平洋西方企業公司」可將兩架原型機交給台灣軍方試飛。據熟悉X-32原始設計之軍事專家透露，X-32原為波音公司設計與洛克希德馬丁公司F-35競標之戰機，性能屬第五代，可與對岸空軍一線戰機一較長短。

文章最後還提到，目前所曝光之資料不僅百分之百屬實，「來源」手上還持有更勁爆、牽涉更高層之祕辛。

這篇po文立刻成為次日各報頭條新聞，各方肉搜po文者，記者圍住立法院院長辦公室，卻不見廖院長現身，一切應付記者的工作全由祕書張百志負責。

從早到晚仍然不見廖院長蹤影，記者們開始不耐，咆哮之聲此起彼落。張百志雖然精於應付媒體，到此時也有點招架不住，最後只好宣布昨晚廖院長身體忽感不適，正在休息，兩日後（下週一）收假上班，就會召開記者說明會。至於「批踢踢」的po文，院長辦公室已逐字查證，其中多有不符事實之處，甚至有惡意造謠之嫌，院長辦公室幕僚群已準備提告，一切訴諸司法。

立法院群媒洶湧，總統府那邊也沒有清靜，各家媒體跑總統府的記者圍在公關室外要求發言人回答兩個問題：

第一，「批踢踢」的po文內容是否屬實？

第二，總統涉入多深？

平時面對任何問題慣用文青式回答的發言人一直沒有出現，記者等到午後開始抱怨。某大報的記者仗著平日和府方高層互動熱絡，專門替總統府獨家放話，此時很自然跳出來扮演大咖記者的角色，她直接撥到總統府孫祕書長的手機，對方關機。她再撥國安會王祕書長的手機，可是只聞鈴聲不絕，卻等不到接聽。

王祕書長此時把手機設在靜音，因為他正在緊急會議之中。

會議由總統主持，參與的人有副總統、行政院羅院長，總統府孫祕書長，國安會王祕書長，另外就是國防部洪部長及外交部許部長。

半年前在同一會議室中第一次討論「戰機國造」案，比較兩次與會人士，此次少了立法院廖院長，多了副總統及府祕書長，談的還是「戰機國造」案，但是內容和氣氛迥異。

總統府孫祕書長利用隔壁辦公室與執政黨立委聯繫，出出進進，滿是事務性的忙碌。討論的議題就是「批踢踢」上po文引發各報頭條的「戰機國造」案。事關國安，就由王祕書長起了一個頭，然後由國防部長及外交部長補充細節。

總統皺著眉頭聽，聽完報告時眉頭更是鎖成三條線，就等外交部許部長下結論：

「本案從法律面看，我方受到充分的保護。我們的對象是『太平洋西方企業公司』，該公司得到美國國防部授權，透過美、以合資公司買下X-32的原始設計。合同上明訂我方不得干涉『太平洋西方企業公司』的下包合同，所以只要po文所說的『成功重工』不承認它是下包製造商，此文的報導就只是一項謠傳，不可能被證實。今天稍早，根據蔡代表與『太平洋西方企業公司』的法律部緊急通話，彼方認為『成功重工』方面不可能回應台灣這邊所謂的爆料，建議我們守口如瓶，堅守合同條款就沒事。」

總統轉問王祕書長意見，王祕書長沉吟了好一陣子才回話：

「剛才兩位部長的意見都很中肯，在合同和法律上我們的確站得住腳。但是現在還不只是法律問題，我們面臨的是政治問題。『太平洋西方企業公司』方面的建議也是對的，但他們恐怕不完全瞭解台灣內部的政治、媒體生態及社會氛圍。所以我先作一個最根本的建議：這個案子無論要如何因應，一切思考及作為要以切割總統為前提，要以保護總統為優先考量；這是處理本案的底線。」

總統的目光掃向行政院羅院長。羅院長對面坐著副總統，她回想上次在這裡總統主持戰機案時，對面坐的是立法院廖院長，這回廖院長缺席，這改變是否在暗示著些什麼？她見總統目光盯著自己，當下奮勇地表示：

「王祕書長講到了重點，我們不但以保護總統為優先考量，也以保護總統為終極目標，必要時得有人跳出來勇於承擔。」

總統點點頭，目光轉向一言不發的副總統。副總統很認真地聆聽每一個人的報告，因為他原來對本案細節不是十分了解，這回被指定參與會議，總得把案情先搞清楚。聽懂了本案的全貌，學都市規劃而後從政的他心中另有想法，他忖道：

「這案子是數一數二的國防大案，隨便我們怎麼切割、怎麼保護，三軍統帥如何沒有責任？這些話全是討好總統的馬屁話。那個po文的人看來確實掌握了內幕，也許有人從內部故意洩漏，也許有陰謀家要借這個案子扳倒……」

他想到這裡，無可避免地閃過一個不敢想下去的意念：

「如果總統倒了，那……那……我就成為總統！」

總統的目光停留在副總統的臉上，不知是不是心理作用，副總統感到有如兩道無形的利刃凜然生光，他輕吸一口氣道：

「王祕書長的意見很重要，我完全同意。」

總統的臉色稍霽，他作了結論：

「第一，國防部要馬上透過媒體對國人說明，說明內容全依與美方的合同基礎，我們只和『太平洋西方企業公司』簽約，該公司依法取得X-32原始設計，並獲美國國防部授權。至於媒體上提到的『成功重工』為X-32之製造公司一事，國防部一無所悉……措辭要讓外交部看過，不要有傷及台美關係的字句……」

國防部洪部長一面聽一面稱是，心中卻忖道：

「對不起，國防部還要加一句：如果確經證實統包商之作為有我方無法接受之情事，國防部仍保留終止合同之權利。這幾乎是句廢話，卻多少能保護國防部自己的屁股。」

總統繼續裁示：

「第二，此案起於一連三篇內幕爆料，雖然一篇在周刊，兩篇在網站，但顯然是出於同一來源，國安局須在一天之內查出po文者是誰，並以國安理由加以偵詢。」

王祕書長稱是，總統對孫祕書長指示：

「府方沒有特別聲明，請發言人對各媒體說一切依國防部發布的聲明為準。」

孫祕書長回道：

「是。剛才聯絡到廖院長，他在等總統的指示……」

總統正色道：

「我沒有指示。孫祕書長，就以你的名義將國防部的聲明先告知廖院長，建議他參照，說一致的話。其他的不必提。」

孫祕書長對羅院長道：

「報告羅院長，麻煩您和兩位部長稍坐一會，等國防部發言稿內容搞定，府方發言人將在新聞室召集記者作說明，那時離開就能避開媒體，各位還是共乘國防部的休旅車，從博愛路三號門離開。」

與會人士離去後，總統回到辦公室，只留下國安會祕書長王耀堂。和半年前開完「戰機國造」祕密會議後的情形一模一樣。

兩人的臉色都顯得十分沉重。總統先開口道：

「這三篇爆料文來歷十分不單純，其中很大部分的內容都涉及極機密，而其報導基本上是正確的，國安會怎麼個說法？」

王祕書長聽總統口氣不善，連忙答道：

「從昨天『批踢踢』po文一出來，十分鐘內國安局已啟動全面蒐查，局內國安評估專業小組工作到半夜，將所有可能相關的資訊在大數據中找相關性，到目前為止提出兩種可能性……」

「哪兩種可能性？」

「其一，機密資料從我方內部洩漏出去，而參與了本案每一環節的人正是廖院長，但廖院長不可能洩密，搬石頭砸自己的腳，是以這個可能性暫時不需深究。第二種可能就……就玄了……」

「玄了？」

「對，第二種可能和大半年前台北發現『阿飄』的事有關聯，局裡專家分析，認為『阿飄』應該是外星人……」

「外星人？」總統的眉頭又皺起來。

「此事說來離奇，難以置信，當時在台灣的新聞及談話性節目中也熱談過一陣，但多以靈異事件看待。國安局及台北市警察局都曾成立專案小組，追查那個『阿飄』，但過了一陣子也就不了了之。後來美國華府也發生類似事件，美國國安方面極為重視，曾派專業人員來台北蒐集相關資料，但好像也沒有得到什麼具體結論。直到約兩星期前，蔡代表密電報告，五角大廈方面經過綜合分析，幾乎確定台北這邊和華府那邊發現的『阿飄』是同一件事，專家判斷直指『阿飄』來自外星……這則情報我們已經在『國際匯報』中呈報，總統也許沒注意……蔡代表透過他在華府的各方關係繼續打探，最新的消息是美方已組成大陣仗的專案嚴肅以待，要捕捉這個外星人……」

總統原來覺得此事有些荒誕，加以國際匯報中說美方消息來自一位叫菲立普・梁的華裔科學家，便沒有特別加以注意。此時聽說美國方面已經「嚴肅」對待外星人的事，立刻也就嚴肅起來，不過仍有疑問未解，便問道：

【飄】

「就算真有外星人，他怎會有本案這些機密資料？」

「總統，您還記得之前國安局曾有報告給您，他們蒐集各方資訊，發現這個『阿飄』曾在總統府、立法院、空軍作戰指揮部……等地出現，最近在美國則出現於五角大廈。這些地方都與我們的戰機案有關，看來他對此案特有興趣。美方確信他擁有隱身科技，出入高度敏感地區如入無人之境。他蒐集到本案的資訊必然多為現場實錄，如果他將這些資料交給有心人運作，不論是何目的，想起來都十分可怕……」

王祕書長見總統沉吟不語，似在考慮一個難題，便進言道：

「我仔細研讀這幾篇爆料文字，發現爆料人到目前為止對總統還算是善意的……」

「喔？何以見得？」

「『批踢踢』的第一篇文章，報導廖院長及許部長在台北賓館宴請羅勃森前參議員及其助手霍夫曼的事，文中沒有提到會後許部長赴總統官邸報告，也沒有提到次日上午部長帶羅勃森晉見總統的事。以作者對整個過程鉅細靡遺的描述來看，不可能不知道當時約定次日晉見的事，我仔細推敲，這是作者對總統放出的善意……」

總統想了想，點頭表示同意其看法，王耀堂就繼續道：

「操盤者是一個極攻心計的人，看他分三篇爆料，把廖淳仁套牢了之後，才拋出『中國製造』的殺手鐧。廖淳仁這樣的老狐狸也會著了『捧殺』的道兒，真不敢相信。」

這時侍衛長進來，遞給王耀堂一個牛皮紙信封，上面寫著「王祕書長親鈞啟」。侍衛長行禮道：「已安檢過，沒有爆炸物。」然後退出。

王耀堂拆封來看，袋中有三張照片，一張是總統主持會議，與會者就是大半年前在總統府的那次會議。第二張是在華盛頓拍的，蔡代表、廖院長和羅勃森及霍夫曼在密商。第三張也是會議中，可只認得羅勃森和霍夫曼，其他的可能是大陸人士，背景可見到簡體字。

總統看了照片，臉上閃過驚色，然後就陷入沉思。王耀堂深知總統的個性和行事風格，當其連續不斷深思時，就知接下來很有可能是一個突破性的決定。

這一回總統沉思長考了十多分鐘，王耀堂習慣地耐性等著。果然，總統開口了：

「王祕書長，替我準備一篇簡短聲明，我要親自面對媒體，我要與這個『戰機案』切割！」

但是總統主管國防、外交和兩岸事務，「戰機案」牽涉到的有國防、有外交，最後竟爆出了對岸製造的消息，把總統所主管的三大項目全包了，要怎麼去切割？

王耀堂暗忖：記得羅勃森晉見總統那天早上，總統府的憲兵看到「阿飄」，還引起開槍走火的事，既然外星人能拍到手上這些照片，此時他必須做一個合理的猜測：外星人手中一定有總統在府裡接見羅勃森的錄影，只是目前沒有抖出來；看來po文者首要目標不是總統。王耀堂是個明白人，以他和總統的默契，聽到總統要親自切割，他一點就透，抬起眼來望著總統，低聲道：

「棄車保帥？」

總統面色陰沉，微微點了一下頭，心中暗忖：「這案子必須徹底破局了，否則，我的安危就捏在大陸那個『成功重工』的手裡。哪天北京只要策略性地承認有此一事，我就玩完了。絕對不能冒這個險！」

CHAPTER 15

蟲洞

看到「美國設計，中國製造，台灣買單」的po文，廖淳仁就知道大事不妙了。他立刻先躲起來避風頭，同時緊急和府裡聯絡，但是無論總統府孫祕書長或國安會王祕書長都不接電話，他越發感到事情不妙。

正在焦急時，接到一通從公用電話打來的電話，是他安插在孫祕書長身邊的自己人報來的消息：總統正召集副總統、行政院長、府會兩位祕書長、國防部長、外交部長開會，好像是為戰機案……

總統召開會議討論「戰機案」，卻不找廖淳仁參加，他想到這裡，心已揪成一團，感到事態嚴峻。如此機密的事竟被爆料到這個地步，自己身邊沒一個人能好好商量商量，他心中只有一個念頭：

「這事只有把總統綁在一起才有救……我要去找阿戴商量一下……或許她旁觀者清，能替我出出主意。」

就在阿戴的客廳裡，他看到總統親自上電視。

總統的聲明非常簡短，首先直指這三篇爆料文的內容有事實也有虛構，有些地方把『猜測』當『事實』，極為混淆視聽。然後對行政院、國防部、外交部、駐美代表處在我國爭取先進戰機的工作上通力合作，從重重困難中設法找出路，其努力值得國人的肯定。接著話鋒一轉，對文中提到「中國製造」部分表示高度質疑，以國家三軍統帥的身分，竟然從來沒聽說過有此一事。而po文中對國家最高機密竟然或予曝光或加臆測，尤其「中國製造」部分已引發全國人心不安，嚴重影響國家安全。因此總統下令國安局會同司法調查單位全力偵辦，務須於一星期內查出真相；如屬子虛，要查出是誰在造謠；如有其事，是何人策劃、牽線，幕後動機為何……都要毫不隱瞞，一一公諸國人面前，徹底消除國人的不安。

爆料文中的主角廖淳仁，在總統聲明中卻一字不提，似乎代表著特殊意味。

廖淳仁將手中的威士忌酒杯重重放落在茶几上，嘆了一口氣，一言不發。阿戴坐在他旁邊的沙發上，神情沉重中帶有一絲不解。她側眼看廖淳仁，發現他面色灰敗，閉著的雙眼底下眼袋鬆垂，好像瞬間老了十歲。

「歐吉桑，總統完全沒有提到你……是好還是不好？」

廖淳仁雙眼未張，像是用鼻子說話：

「妳說呢？」

「未必不好，總統這聲明可以理解為整個案子是行政部門在負責操作，而po文中講到

『成功重工』的部分是虛構的，對不？只是一字不提你，總覺得有些奇怪……」

「阿戴，不奇怪，總統要棄車保帥了，我是那隻『車』。一字也不提我，是總統為了自保，表示『中國製造』這件事總統完全在狀況外；po文上公開指我是主角，總統府怕我為自救，想跟總統綁在一起，這才完全不提我，徹底切割。」

這時他睜開雙眼，喝了一口威士忌，繼續道：

「總統的聲明裡說什麼？要查清是誰策劃、牽線、幕後動機……po文中不是已經明言我是這一切的主角，還需要查嗎？」

「問題是你自己已經『承認』主角是你了。」阿戴說了實話，直指核心。

「唉，真後悔，『批踢踢』第一篇po文出來時，我就應該對媒體說，這一切都是總統英明的領導，我們才會有重大的軍購突破，這樣總統要怎麼切割？只能拚命地挺我了……唉，一步之差，被搞po文的王八蛋惡整了！」

阿戴覺得廖淳仁分析得對，便不再說話，也不再多想既成事實的案情，她一面想未來，一面問：

「那麼阿仁，你覺得這案情下面會如何發展？」

廖淳仁道：「國安局查什麼？此事裡裡外外總統全知情，他們查個狗屁！我猜大陸那邊也會咬緊全面否認，查不出什麼也許會拖一陣……說是說國安單位一週之內要查出真相，但是如果真查不出東西來，那也是沒辦法的事……」

阿戴打斷他的話，用一種很冷很酷的聲調插口道：

「歹勢啊，阿仁！我覺得你老了，想事情有點一廂情願了。我從如果我是總統的立場來想，總統為了保自己的尻川，肯定要把這個採購案徹底毀了，才能一勞永逸，高枕無憂。不然就算目前拖過去，就算將來新戰機成功交貨，各種性能絕佳超出國人期待，但這個『中國製造』永遠是個潛在的把柄。天下事只要是『把柄』就會有『證物』，只是你永遠不知道證物什麼時候會突然冒出來，你同意否？」

廖淳仁恢復了他的敏銳和沉著，道：

「好，說得好，總統的性格正是如此，為保護自己不擇手段！妳再講下去。」

「要毀掉這個案子，就要大動作查『中國製造』。那個什麼『太平洋西方企業公司』就會以台方調查他的下包公司為由，指控台方違反合約，要求終止合同並求償。而這一切的罪魁禍首就是當初牽線成功的人，院長大人，明白了嗎？」

廖淳仁喝了酒，臉色依然蒼白，阿戴又補了一句：

「至於躲在暗處po文的王八蛋多半反而安然無事，因為他手上的黑資料裡肯定還有可以牽扯到總統的證物。」

廖淳仁瞪大眼睛道：

「有理，這人和那個給何薇提供錄影帶的多半是同一人，那錄影是高解析度的高清版，如果這三篇文章後面都有高清錄影為證，國安局怕扯上總統，肯定會投鼠忌器的！」

他開始感到恐懼，心知如果阿戴的判斷正確，很快國安局和檢調單位就會約談，然後自己就從「證人」變成「被告」，一旦收押禁見，自己的命運就在別人的手上了。

阿戴看到廖淳仁眼中流露出她從未見過的恐慌神色，忽然站起身來，離開客廳，走回她的臥室。

廖淳仁深知這個永不變心的老友，她每次要作重大決定時，一定要完全獨處，靜思一、兩個小時，不能有人打擾。於是他一口將杯中威士忌乾了，閉上眼也開始細細盤算。

阿戴回來時順手打開客廳大燈，廖淳仁覺得一時之間眼前大放光明。阿戴好像剛梳洗過，換了一件淺黃色純絲薄外套，胖臉上精神奕奕，像是睡足了剛起床，雙目中綻放出一種堅定的眼神。

「我想好了，淳仁。你要上演失蹤記——至少暫時的。」

「失蹤？為什麼？」

「對你好，你不見了就不會被當作被告羈押；對總統也好，你『逃亡』就等於承擔了責任，總統就會暗中放鬆追緝你。這是雙贏的做法，你救總統，總統保你。至於事過後，淳仁，君子報仇，十年不晚！」

廖淳仁想了一會，問道：「那我要躲到哪裡去？」

「我有一個生意上死忠的伙伴，十五年前到溫州做房地產發了大財，我也摻了一份，現還有兩千萬人民幣放在她那裡，你去溫州找她，她會把那兩千萬交給你……」

「那怎麼行……我怎麼去？」

「你聽我說完，你的身分當然不能去訂飛機票，你就搭乘我的遊艇去溫州。我的遊艇注冊的是開曼群島籍，現停在基隆東一號碼頭，七十二小時內可以隨時起錨。你今晚就去基隆，不要住飯店，找到我這朋友，他會安排一切……」

說著她把一張小紙片交給廖淳仁，上面寫了「大翔」兩字，一個手機號碼。

「這是我朋友的日文名字，你不用知道他的真實姓名。你的車到基隆中興隧道出口第一個加油站停下加油，『大翔』會上前來找你，後面的事全都安排好了，明天就開船。」

她又將一個信封交給廖淳仁，叮嚀道：

「裡面有我死忠伙伴的聯絡辦法，我都先用電話聯絡好，也告訴她那兩千萬人民幣的事……」

「不行，我不能用妳的錢。妳用電話聯絡，難道不怕……」

「放心，我用的是菲傭的手機。至於錢的事，你要是堅持的話，這邊付給我台幣也是一樣……」

現在輪到廖淳仁陷入沉思，其實各種可能性他已想過很多，但自從確信總統在此案中決心棄車保帥後，實在已經沒有什麼可能性供他選擇，除非他束手就擒，為總統作代罪羔羊，這可從來不是廖淳仁的風格。他想到：

「只要能躲過眼前這一場災難，等總統任期滿了，我就可以回台來對簿公堂，到那時我不但要平反，還要讓這個『前總統』也嘗嘗被控『叛國罪』的滋味！」

他站起身來，握住阿戴的雙手，柔聲道：

「謝謝妳，阿戴，這世上我欠妳最多，永遠也還不完……」

他抬眼望著阿戴，老眼中居然流露出一脈依戀的神色。阿戴避開他的眼神，只故作豪放地打個哈哈道：

「阿仁，你該走了。記住，到那邊不要和任何人聯絡，一切由我的伙伴當中間人，我會把你的情形轉告你家人。我們暫時不見，放心，不會太久的。」

阿戴說完轉過頭，她的左眼角連抽了三下。

立法院廖院長失蹤了。

台北政壇和媒體圈傳出各式各樣的謠言和揣測；總統府裡，國安會王祕書長正在向總統報告。

「根據國安局各方情資的綜合分析，廖院長應該還在國內，他可能的匿身處都派有人監控，目前尚無進一步消息……」

總統一面聽一面點頭，王耀堂報告完了，總統仍在點頭，他不禁懷疑總統到底有沒有在聽。

過了好一陣子，總統終於停止點頭，忽然冒出一句：

「看著點就好。」

「報告總統，您是說……」

「我是說看著點就好；『廖淳仁失蹤了』，外界會作怎樣的解讀？」

王耀堂啊了一聲道：

「您是說，外界會解讀為廖畏罪躲起來了？」

「我再問你，這情形對我們不好嗎？」

「不錯，對我們的處境沒有什麼不好！甚至比抓到廖淳仁和他對演『真假羅生門』還要好。」

「我們一日找不到廖淳仁，這案子就懸起來了，這就給了我們時間和空間，也許就有機會透過美方商量出一個三全其美的解套辦法，這案子未必定要走上『魚死網破』的路……」

王耀堂把這事的前前後後仔細想了一遍，愈想愈覺得這話確有道理，不禁嘆一口氣道：

「對啊，沒想到廖淳仁這一躲起來，全案竟然峰迴路轉，柳暗花明又一村。廖淳仁，你真是一隻聰明絕頂的老狐狸啊……」

總統微微頷首，輕聲道：

「廖淳仁這一手，也算得上『顧全大局』了，嘿。」

台北熱鬧的政治新聞滾滾聲中，有一則海上意外事件的新聞被淹滅了。

據浙江海防部隊海上救助辦公室發布的消息，今日凌晨在溫州海外洞頭島附近，一艘遊艇遭突發性的猛浪衝擊，撞上礁岩而沉沒。海防部隊趕往救援，沒有救起任何人員，只撈起零星的船上設備及用具，皆屬歐式名牌，因而判斷沉船應為一艘豪華遊艇。

這條新聞沒有引起多少人的注意，除了大姐大阿戴。

阿戴先是震驚，被這突變震得大腦一片空白，她閉目沉思了好一會，漸漸恢復一貫的冷靜，這裡面所有的得失利弊全都已經算過一遍，最後她喃喃對自己道：

「可惜了我那艘遊艇，大翔也犧牲了，唉！……這樣也好，就一了百了吧！」

貴陽市的修文縣在明代是一個不毛之地的小驛站，名叫「龍場驛」，來往的客人很少，有的多是被貶的謫人。城東的棲霞山上有個石洞，這一驛和一洞都因為一個人而名垂千古。

這個人就是一五〇六年被大明朝廷貶為龍場驛驛丞的大儒王陽明。他的正名是王守仁，那年他三十四歲。他曾在棲霞山上這個石洞裡住了三年，在此苦思聖人之道、宋人理學，終於悟出了自己的「心學」之道，著名的「致良知」、「知行合一」等重要思想皆出於此。

從此不毛之地「龍場驛」便在中華文化史上占有一個重要的據點，閃耀發亮。

「天眼」的夏令營結束了，馬教授帶了紫芸和韋新來到修文縣「龍場驛」，參觀王陽明悟道的遺址。

紫芸和韋新兩人的結訓報告都受到教授們的讚賞；另外，兩人合力完成了一篇科研建議書，對那塊兩億多年前的「藏字石」上面的漢字作了大膽假設，也設計了實驗證明的步驟：

首先，假設石上漢字是若干年前有人用油漆寫上去的，有油漆蓋住之筆劃不受環境侵蝕，無漆處則被風霜雨露逐漸侵蝕，日久則字跡逐漸凸出，宛如雕鑿。求證之第一步為實地取得「藏字石」所在地的氣候、溫度、土壤及雨水酸鹼度等自然環境參數；第二步用這些自然環境參數建立模擬的侵蝕環境，將「藏字石」樣品置於此環境中，全年記錄侵蝕數據；第三步用這些數據建構侵蝕模型，進而求得侵蝕之速率常數；最後利用侵蝕速率推算出「藏字石」上漢字是多少年前以漆所書寫。

馬教授的評語是：實驗操作未必可行，實驗設計之構想可得「甲上」，答應將此科研建議書送交有關單位參考。

這時他們滿心輕鬆愉快，看過了陽明洞，接著轉向「陽明文化園」，廣場上矗立著十五米高的陽明先生銅像。紫芸看那銅像清癯挺拔，手握巨椽筆，面貌神姿處處都展現出深沉的哲思和悲天憫人的情懷。紫芸讀了說明書，對雕像的創作者欽佩不已；她環繞銅像各種角度，連拍了五張不同的照片，無一不美。

看完了王陽明的生平及文化資料，馬教授帶他們在茶座享受一碗都匀毛尖茶。

司馬永漢回外星去了，紫芸終於收拾起悲傷的心，繼續完成了訓練營全部的功課。畢竟是個開朗的孩子，紫芸恢復了活潑理性的心態，她先向馬教授道謝：

「經過三個星期的科學之旅，馬教授帶我們到這個文化聖地來做為此行的句點，實在太有意義，我要特別謝謝您。」

馬教授笑道：「我就猜紫芸一定會喜歡來這裡實地實境緬懷我中華偉大的先哲。」

韋新道：「我真慚愧，我學校離這裡不過四十公里吧，我居然是第一回來此瞻仰。」

紫芸笑道：「韋新，這一點也不奇怪。台北近郊有座陽明山，每年春天賞櫻人潮遍山遍野，後山公園中也有一座陽明先生的銅像，和真人大小差不多。我從小去陽明山遊玩過恐怕不下十次之多，也是到最近一次才去瞻仰那座銅像。」

韋新問道：「那銅像的水平和今天我們看的可相比嗎？」

紫芸道：「我這外行人看來覺得兩座銅像的藝術水準都很高，但貴州這座有台北那座

七、八倍高，氣魄宏偉不用說，工藝的難度也高多了。」

她一面說，一面從手機中把她今年春天和同學在陽明山王陽明先生雕像前拍的照片拿給韋新和馬教授看。

馬教授看了道：「這座雕像雖小，卻透著斯文和大氣，興許是陽明先生老年時的模樣。」

韋新接著道：「龍場驛這座雕像的線條和造型都比較豪放而氣勢非凡，想是抓住陽明先生悟道之後的豪氣；據說王陽明在兵營中練氣，不自覺發出的嘯聲，讓數里之內的將士人人皆驚。我想陽明先生的武功內力都是一流的，金庸在《神鵰俠侶》裡就寫過，這一點我們這座雕像掌握得恐怕比較好。」

紫芸見他說得眉飛色舞，暗覺好笑。其實她看了許多王陽明的事蹟和遺址，心中有很大的感動，這時不吐不快，便對兩人道：

「陽明先生在此徹悟大道，我也悟了一個小道。」

「妳悟了什麼道，快說來聽聽……」

紫芸道：「國中時候老師教了我們一首詩，是王陽明十五歲時寫的，我還能背得出：『山近月遠覺月小，便道此山大於月；若人有眼大如天，還見山小月更闊。』來到這裡，我忽然悟了，六百年前，陽明先生的『天眼』看到了山小月更闊；六百年後，你們在陽明先生悟道之地建此『天眼』，能看到宇宙的盡頭哩。」

溫州灣甌江口外，向東行二十多公里，有一群小島名為「洞頭列島」，由大約一百七十座小島和一百八十個左右的島礁組成，其中最大的島就叫「洞頭島」，在它東方約五公里處有個最小的島礁，地圖上找不到它，來往漁民也很少看見它，大多時候它被淹沒在海面下。漁民偶爾看見它冒出頂尖時，都會驚恐地避開這「洞頭礁」，因為相傳洞頭礁冒出海面時，四周會有超強的漩渦，不及躲避的漁船均遭吞噬，無一倖免。但是這一帶水域漁撈資源豐盛，漁民們又相信見著「洞頭礁」，如能安全避開，肯定漁獲滿載而歸。

司馬永漢滿懷依依不捨之情離開了紫芸，按照科學智人的精密坐標指示，來到了這片複雜的水域。現在他獨自坐在距「洞頭礁」所在地約一公里外的另一座較大島礁上，背上仍揹著那長形的行囊，面對大海張望，神祕的「洞頭礁」躲在海平面下，沒有露面。

海風甚強，永漢坐在岩石上一動也不動，若不是長髮飄飄，完全就像是一尊石像。他想到五分鐘後從中繼站飛來的太空船即將降落，自己一登上此船，從此宇宙浩瀚，永遠也不會再回來。他想到幼時母親教他背誦《詩經》：「昔我往矣，楊柳依依；今我來思，雨雪霏霏。」心想：「紫芸啊，從此一別，妳在地球上不論是楊柳依依還是雨雪霏霏，我在億萬里之外只能心嚮往之了。」

海面很安靜，他忽然看到前方不遠處有一艘遊艇駛過，黑暗中他的超強目力讓他看到一幕奇景：

遊艇甲板上有一人以重器揮打另一人，遭攻擊之人退躲連連，忽然失足跌落海中。司馬永漢依稀聽到那人高呼救命。

但就在此時，天空卻突然風雲變色，一分鐘之內月星隱耀，四周一片漆黑，伸手不見五指，同時海上迅速湧起巨大的長浪。永漢聽到鬼哭人嚎的咆哮之聲發自茫茫大海，只有他的紅外線視力可以勉強看見那艘遊艇陷入驚濤駭浪之中，忽然之間被超大的巨浪捲起十幾公尺之高，三起三落後，終於轟然重撞在一片礁岩上，船身斷為兩截，巨浪將殘骸捲上天空。永漢來不及思考，也無暇旁顧，因為他看到天際有一道紅外線的光束以不可思議的速度飛近，瞬時就到眼前；一個碟形的飛行器無聲無息地停在怒海之上，一動也不動，那景象甚是詭異。

那艘遊艇的殘骸已不見踪影，他看那停在海面之上的太空船，頂端有六個漢字：「塞美奇晶二號」，漢隸書法不俗。這時太空船上大小兩道艙門都悄悄打開，衝天的巨浪已湧上較低的小艙門，司馬永漢不再猶豫，起身選擇那較大的艙門飛入，兩門隨即關閉。

十秒鐘後，太空船無聲無息地發動，迅速飄向前方，三十秒後到達一公里外的海面上，這時海面忽然捲起巨大漩渦，漩渦的中心漸漸下降，「洞頭礁」的尖頂緩緩露出，停在低空的太空船忽然紅燈連閃三下，同時爆出一聲巨響，就如一道紅色閃電鑽入了大海。

天空漸漸恢復常態，月亮和星星恢復了明耀，好像什麼事都沒有發生過。

司馬永漢穿上了特殊的飛行衣，戴上護腦、護耳目的頭盔，恭敬地向握住駕駛桿的科學智人報告：

「智人，我的量子通訊器在美國被人開槍擊毀，所幸貴州的『天眼』望遠鏡助我們聯絡上，感謝你親來接我。」

他說的是外星語言。

「司馬永漢，就算不為接你，我也不能不來。這裡從洞頭到洞尾要通過減壓隧道，隧道裡的加速、衝出的時間和方位，正好對準一個蟲洞的開口時間和方位。這個蟲洞兩千一百多地球年前，大約二十多我星年前，開啟過一次，它每次開啟時間不等，這次只開啟一百秒鐘就要關閉……上次它開啟時，也是我駕駛太空船接你媽媽等人回家，這路我熟悉的……注意，我們要進入『頭尾減壓隧道』了……」

一進入海底減壓隧道，太空船啟動質子硼核反應系统，瞬間驅動電漿噴射引擎，以四十二秒鐘穿越了一百五十九公里的隧道，衝出洞尾時，太空船的時速已達十五萬公里，距離蟲洞開啟時間還有五十分鐘左右。

太空船外殼的表層是由碳原子按照量子布局編織而成的材料，可耐極高的溫度，加以核反應產生大量的氦氣，均勻地由表層密布的奈米管腺放出，其散熱冷卻的能力是大氣的六倍，因而在大氣中如此高速摩擦，居然不見熾熱的焰光，實在不可思議。

科學智人抬頭看了儀表一眼，咦了一聲，喃喃道：

「衝出海面時，為什麼太空船的重量增加了千分之一點五？」

司馬永漢也注意到了，但不瞭解這千分之一點五代表什麼意義，緊張地問：

「增加重量千分之一點五很危險嗎？」

智人很快地應道：「千分之一點五相當於地球上八十四點六公斤，不知為何……」

「蟲洞」終於無聲無形地開啟了，比科學智人計算的時刻早了一秒半鐘。

當太空船以超高速進入蟲洞時，霎時間雷電之聲大作，船身劇烈震動彷彿即將解體，它被超強的重力吸引，已達相對極速。智人連扳下三道開關，太空船全面感應外力的分布及變化而作出即時反應，透過表層的奈米管腺釋放出負能量及反物質，其布局及份量每一瞬間皆達最佳化，宛如人之身體反應外熱而全身汗腺出汗，其分布與調節恰到好處。

艙外雷電交作更加劇烈，爆炸之聲震耳欲聾，正、反物質碰撞爆炸的亮光直逼白晝太陽，物質湮滅產生巨大能量。科學智人按照他的量子計算精巧地運用，使太空船在無與倫比的吸引力及排斥力之間，艱險地維持平衡，而劇震因爆發的頻率特高，反而形成一種奇特而詭異的假穩定狀態。

司馬永漢曾有過一次經驗——來地球時通過另外一個蟲洞，但似乎沒有這個「洞頭洞尾」蟲洞的反應暴烈。他感覺自己的身體也繃緊得彷彿瀕臨解體，他屏住呼吸，偷偷睜眼看了駕駛人一眼，科學智人神情專注嚴肅，看上去一副老馬識途的模樣，他的鎮定冷靜給了司馬永漢亟需的信心，不由在心中暗暗讚佩。

在驚駭的環境和極度的緊張中，也不知時間過了多久，忽然轟然一聲巨響，緊接著所有的雷電戛然而止，太空船已經安然通過蟲洞，司馬永漢覺得周遭突然安靜得像是進入了夢境。

他們已在另一個時空，另一個大千世界中。

飄】

CHAPTER 16

負能量

太空船降落在一片一望無際的沙漠中，司馬永漢跨出艙門時，瞥見太空船腹下伸出的降落架正停在沙地上畫的星形號誌中央定點上；這個touch down（著陸）一百分。

科學智人脫下頭盔道：

「司馬，我們離家兩天半了。」

五百公尺外一個小飛碟冉冉起飛，到達三十公尺高度時，倏然以四百公里時速飛來，七點五秒鐘飛到兩人上空，降落在離太空船五十公尺處，一個身著黑色制服、頭戴黑色高冠的駕駛跨出來畢恭畢敬地行禮，大聲道：

「司馬先生、科學智人，請上車，君王在等您們。」

「司馬先生」四字入耳，司馬永漢眼前就浮出陝西韓城夏陽古渡旁他曾哭拜過的太史高墳。此刻，他人上了「車」，滿心仍然留在地球上。

就這時候，不可思議的事發生了……

「喂！請等我一下！」

聽到的竟是漢語，太空船尾部的備用小艙門不知何時已經打開，一個禿頂的地球人正向著他們的小飛碟步履蹣跚地走過來。

司馬永漢驚駭到無以復加，他幾乎歇斯底里地叫出聲來：

「廖院長！是他！廖淳仁！」

身旁的科學智人不可置信地、萬分困惑地道：「怎麼可能？這人沒有防護衣，怎能在蟲洞的極端環境下存活？照說他早該被氣化了。」他喃喃自語：「除非……除非這個怪人本身就有巨大的負能量……但，這怎麼可能？」

這個疑問，連科技水準遠超地球的「塞美奇晶」科學智人都無法解釋。

司馬永漢曾測量到這人特具的高「負能場」，但他一直以為那是屬於精神層面的東西，就如他在墳場測量到的氣場，這時他也不可置信地、萬分困惑地忖道：

「難道在某種極端的境界裡，譬如在『蟲洞』之中，不但陰陽混沌不分，空間無遠近，時間無先後，質量能量可以互換，連精神世界和物質世界之間也有管道相通？甚至根本就是一物之兩面？這……這太玄了！」

兩個外星人面面相覷，科學智人低聲道：

「這人到了塞美奇晶會一輩子關進生醫智人的實驗室，生醫智人們定要研究他的『特異功能』，他是最稀罕的『活檢體』！」

司馬永漢想到廖淳仁將一輩子關在生醫實驗室中，被當作白老鼠，臉上不自覺地閃過一絲快意。

「活檢體」廖淳仁在兩個外星人不可置信、萬分困惑的目光下，掙扎著、十分狼狽地搭上了小飛碟車，小飛碟車略向下沉。

科學智人忽然啊了一聲，似有所悟，然後釋然地點了點頭。

司馬永漢也同時醒悟，明白了同一件事：

廖淳仁的體重在地球上是八十四點六公斤。

飄】

後記

從二〇一四年起，上官鼎基本上維持每年出一部長篇小說的方式：《王道劍》（二〇一四）、《雁城諜影》（二〇一五）、《從台灣來》（二〇一六），第四部《阿飄》於二〇一七年完稿，二〇一八年六月出版。

前三部小說中故事發生的年代躍進得很快：六百年前的《王道劍》，七十多年前的衡陽保衛戰，到二〇一四年的索契冬季奧運。

那麼第四部《阿飄》呢？

許多朋友建議我第四部小說要寫發生在未來的故事。接受了一半，我選擇故事發生的時間在過去、現在與未來之中，發生的空間則在地球與外星球「塞美奇晶」之間。

《阿飄》是一本科幻＋政治的小說。

寫現實的政治，一定會有「對號入座」的困擾。我希望做到的是，小說裡的人物設計不刻意針對任何特定的真實人物，但是故事的點點滴滴卻能讓讀者感到它們是那麼的熟悉卻又驚心動魄。

《阿飄》完稿於去年十月，今年看了一部電影《血觀音》，其核心故事竟然與《阿飄》裡部分情節相似，想來面對相同的政治環境，該電影的劇作者和我有某些類似的觀察和感慨。

其實我真心想要表達的是近年來全球對於民主政治發展感到的憂慮。沒有包容和同理心、對權力不能自我節制、政治人士耽溺於選票和鈔票的惡性循環，整個社會被撕裂成全面對立，其結果就是喪失民主制度得以合理運作的基本條件。而這些條件創建維艱，崩壞則如覆水難收，一去而不復返。

如果能重建更理想的社、經、政治制度——就算真能有這樣一個制度，恐怕也只能在虛構的星球——「塞美奇晶」上試試了。

很有趣，第二次蒞臨地球的二代「外星客」，選擇了台灣和美國做為考察學習民主制度的對象，希望他帶回去的十萬筆資料能幫助塞美奇晶人建立更理想的制度。隨著科技的進步，相信終會有宇宙如比鄰的一天，那時候，地球人類也許還有「禮失求諸野」的機會吧。

CMR 81 作家作品集

阿飄

作　者—上官鼎
主　編—沈維君、李麗玲
助理編輯—林慧雯
責任企畫—金多誠
封面暨內頁設計—陳恩安
內頁排版—立全電腦印前排版有限公司

總　編　輯—曾文娟
董　事　長—趙政岷
出　版　者—時報文化出版企業股份有限公司
一〇八〇一九台北市和平西路三段二四〇號三樓
發行專線—（〇二）二三〇六—六八四二
讀者服務專線—〇八〇〇—二三一—七〇五
（〇二）二三〇四—七一〇三
讀者服務傳真—（〇二）二三〇四—六八五八
郵撥—一九三四四七二四時報文化出版公司
信箱—一〇八九九臺北華江橋郵局第九九信箱

時報悅讀網—http://www.readingtimes.com.tw
時報出版愛讀者—http://www.facebook.com/readingtimes.fans
法律顧問—理律法律事務所　陳長文律師、李念祖律師
印　　刷—勁達印刷有限公司
初版一刷—二〇一八年六月一日
初版三刷—二〇二一年七月十六日
定　　價—新台幣四六〇元
（缺頁或破損的書，請寄回更換）

時報文化出版公司成立於一九七五年，
一九九九年股票上櫃公開發行，二〇〇八年脫離中時集團非屬旺中，
以「尊重智慧與創意的文化事業」為信念。

阿飄 / 上官鼎著. -- 初版. -- 臺北市 : 時報文化, 2018.06

面；　公分. -- (作家作品集 ; 81)

ISBN 978-957-13-7419-2(平裝)

857.7　　107007229

ISBN 978-957-13-7419-2（平裝）
Printed in Taiwan